U0331134

飞翔的姿势：

1990 年代墨西哥女性小说批评

La postura del vuelo: crítica de las novelas mexicanas
escritas por mujeres en los años noventa

陈硕◎著

华东师范大学出版社
·上海·

图书在版编目（CIP）数据

飞翔的姿势：1990年代墨西哥女性小说批评／陈硕
著. -- 上海：华东师范大学出版社，2025. -- ISBN
978 - 7 - 5760 - 5839 - 0

Ⅰ. I731.074

中国国家版本馆CIP数据核字第20255JG462号

飞翔的姿势： 1990年代墨西哥女性小说批评

著　　者　陈　硕
责任编辑　张婷婷
责任校对　江小华
装帧设计　郝　钰

出版发行　华东师范大学出版社
社　　址　上海市中山北路3663号　邮编200062
网　　址　www.ecnupress.com.cn
电　　话　021 - 60821666　行政传真021 - 62572105
客服电话　021 - 62865537　门市（邮购）电话021 - 62869887
地　　址　上海市中山北路3663号华东师范大学校内先锋路口
网　　店　http://hdsdcbs.tmall.com

印　刷　者　上海锦佳印刷有限公司
开　　本　890毫米×1240毫米　1/32
印　　张　12.875
字　　数　305千字
版　　次　2025年3月第1版
印　　次　2025年3月第1次
书　　号　ISBN 978 - 7 - 5760 - 5839 - 0
定　　价　69.80元

出　版　人　王　焰

（如发现本版图书有印订质量问题，请寄回本社客服中心调换或电话021 - 62865537联系）

飞翔是妇女的姿势，用语言飞翔也让语言飞翔。

——埃莱娜·西苏

目　录

绪

论

　　讨论 20 世纪 90 年代的墨西哥女性小说，我们不能忘记肇始于 60 年代拉丁美洲的"文学爆炸"。作为具有世界意义的文学事件，60 年代拉美的"文学爆炸"意味着叙事文学取代诗歌在拉美文坛的统治地位，被推上世界文学舞台。"文学爆炸"后，经过短暂的沉寂、转折、孕育，80 年代拉美叙事文学进入所谓的"爆炸后文学"时期。

　　从表面来看，"爆炸后文学"是对"文学爆炸"的继承和延宕，但就实质而言则表现为"反叛"。一批年轻的小说家以"反叛"的姿态，从叙事体裁、叙述手法、表现形式等诸多方面对"文学爆炸"时期的叙事文学进行挑战，并出版了大量以日常生活和边缘群体为题材的作品，从而将拉美叙事文学推向新的发展阶段。除此之外，如果我们用历史眼光描述"文学爆炸"后拉丁美洲文学领域的新兴叙述现象和非常有价值、具原创性的贡献，则表现为一批充满活力的女作家登上叙事文学舞台。一些年轻的或不年轻的女作家，以自己一系列具有创造性的作品和惊人的姿态闯入了国际文学舞台，引起国际评论界的高度重视，一些评论家甚至不无夸张地将其称为"由女性撰写"的"新爆炸"。

　　作为拉美"爆炸后文学"的重要组成部分，80 年代的墨西哥叙事文学也进入了一个"女性叙述"的重要时刻。其中，安赫莱斯·玛斯特尔塔

(Ángeles Mastretta)的《普埃布拉情歌》(*Arráncome la vida*，1985)和劳拉·埃斯基韦尔(Laura Esquivel)的《恰似水之于巧克力》(*Como agua para chocolate*，1989)两部作品无疑是奠基性和代表性的。但是，与整个拉美女性小说在80年代达到高峰略有不同，墨西哥女性小说进入90年代才达到全盛，表现在：一方面，40和50年代出生、80年代开始发表作品的女作家，在90年代延续了旺盛的创造力并继续扩大其影响力；另一方面，60年代出生的"新一代"作家在90年代开始发表作品，成为90年代墨西哥女性文学发展的生力军。

90年代墨西哥女性小说几乎涉及当时墨西哥叙事文学的所有重要领域和类别，并表现出女作家独特的风采。她们继承了女性写作为女性发声的传统立场，但更为关注边缘、下层女性的生存空间、生存环境和社会价值。她们突破"三重边缘化"身份和男权文学体裁的限制，将目光投向历史，在真实与虚构的结合中重写历史并实现对现实的观照。在写作风格上，她们不再追求技巧上的实验和复杂的哲学思辨，而更专注于日常生活，并将目光聚焦于大众文化元素，更注重读者的参与和感受。她们在写作体裁和主题上不断推陈出新，将视角转向更为广阔的时间和空间领域，也对禁忌题材进行了大胆探索，表现出女性对自我认同和自由更深层次的渴望。特别是对自传体和书信体等女性传统叙述手法的创造性使用，消解了艺术形象和现实人物的界限，展现出女性个体的复杂性和多样性，实现了对传统男权社会性别和身份定义的解构。同时，一些墨西哥女作家既发表作品又积极参与文学评论、积极投入争取女性社会权益的斗争，她们既是作家、文学评论家，又是社会活动家，从而使她们的写作更具有现实的社会政治文化意义。

她们在写作中凸显出来的对过去、现在、未来的敏感度以及对三者之间密切相关性的认知，打破了传统的时间概念和官方历史的叙事逻辑。特别是女作家以其敏锐的感知力对世纪末历史时空转变的深刻体验，对全球化、都市化引发的人类生存现状改变的深刻感悟，明确地意识到隐匿于现代化发展话语矩阵中历史的重要性。所以在一定意义上甚至可以说，90年代墨西哥女作家作品中展现出的人物及主题造就了一种性别、身份的"历史意识"现象，并由此编织了一个具有多重意义的历史认知网络，其中所包含的对种族、性别、阶级和政治文化等因素的理解，成为墨西哥当下个人和社会乃至国家观念形成的重要途径。

可以说，90年代墨西哥女性小说中所反映出来的"历史意识"与当代女性主义的发展有着千丝万缕的联系。一方面，在这一时期的墨西哥女性小说中，历史小说重写历史与集体记忆，都是女性将自己写入历史或在当下对自我的唤醒，是女性在历史与现实中发出自己的声音，也是女性颠覆传统刻板形象，重塑自我意识、主体位置和身份认同的过程。另一方面，注重对边缘和下层女性书写的显著特征，实际上是当代女性主义研究重心从白人中产阶级女性向有色人种和"第三世界"妇女转变的反映。同时，作为原殖民地国家，对殖民经历的反思，尤其对殖民文化与本土文化冲突中的种族、阶级和性别问题的反思，也是90年代墨西哥女性小说的重要题材，并且通过身体体验和身体写作，实现了对这些问题的时间和空间跨越。

对于历史主题的关注是当代墨西哥知识界的普遍共识。墨西哥当代著名诗人、评论家奥克塔维奥·帕斯（Octavio Paz）就曾在其著作《孤独的迷宫》（*El laberinto de la soledad*，1950）中明言："重建我们真实的历史，从西班牙的统治、我们独立战争的失败——这个失败是与西班牙在 19、20 世纪之交的一系列失败相呼应的——直到现当代。"①墨西哥知识界对民族历史的关注源于血脉，是墨西哥历史的特殊性所造成的。具体而言，现代墨西哥社会文化源于原住民文明，阿兹特克人则是最后一个在墨西哥谷地定居的民族。由阿兹特克人建立的帝国被 16 世纪科尔特斯征服之后成为西班牙的殖民地，从而导致了阿兹特克社会的分裂，也导致了印第安世界其他部分的衰败。随着世界范围内民族独立运动的蓬勃发展，墨西哥也走上民族独立以及后来的现代化道路。由于殖民统治造成的社会文化断裂及其深刻影响，墨西哥的独立运动、革命和现代化进程是在极为复杂的背景和诸多矛盾交织的过程中进行的，"寻根历史"必然成为处于现代性困境中的墨西哥知识界的应然选择。尤其是处于"离上帝最远，离美国最近"的空间位置，美国独立及之后的现代化运动使其成为当代世界的霸主，面对这样的近邻，墨西哥社会面临着巨大的压迫感，历史反思意识无疑更为强烈。

对历史强烈的反思意识，不仅是墨西哥知识界关注的重要问题，也是 90 年代墨西哥女性小说的重要题材，女作家们通过重写历史，唤醒妇女在历史中的"记忆"，进而实现对女性身份认同的建构。如果说强烈的历史反思意识是墨西哥知识界的基本共识，那么，在重写历史中唤醒女性的自我意识和身份认同，则是 90 年代墨西哥女性小说的重要目标和特殊表现，二者形成一种良性互动关系。由于墨西哥历史的特殊性，女作家在重写历史时对女性身份认同的探索，又与历史演进过程中的种族、阶级、性别等问题密切相关。一般而言，妇女问题的根源在于性别差异，但

---

① 奥克塔维奥·帕斯：《孤独的迷宫》，赵振江、王秋石等译，北京：燕山出版社，2014 年，第 176 页。

性别差异并不是自然形成的,而是历史过程中社会建构的结果,这种结果进而导致父权制意识形态的强化,并作为一种十分重要的观念力量发挥作用。在墨西哥殖民化、独立和现代化运动过程中,性别问题与种族、阶级问题交织在一起,共同构成对妇女的"三重边缘化"压迫。为了反抗这种压迫,90年代墨西哥女作家借助于历史题材,通过重写历史并在历史记忆中解构父权制意识形态,重新找回妇女的位置、自我意识和主体性。

从评论界对90年代墨西哥女性小说的研究来看,重写历史也是关注的重点。乌特·赛德尔在《叙述历史:墨西哥女作家对历史主题的虚构》一书中指出,在欧洲文学传统中历史的真实性与文学虚构性之间的关系已经有所讨论,墨西哥文学界对于这一领域研究起步较晚,但是在最近的讨论中也做出了积极响应,使长期以来被视为"自然"划分的界限开始出现模糊和可通融的部分。人们已经意识到,不管是小说还是官方历史编纂或人类学、社会学文本,都是基于人们对现实的解释,以及生活经验和人类行为转化而成的语言符号系统,尤其在后现代主义理论框架下,所有的二元对立和边界将被视为消解的对象。① 埃拉·莫利纳·塞维利亚·德·莫雷洛克在《墨西哥革命的女性重读和叙事》一书中进一步将历史主题聚焦到墨西哥革命时期,主要讨论了女作家如何通过墨西哥革命叙事,恢复大众对女性的记忆,以及如何在国家叙事中重塑女性形象等问题。② 同时,一些评论家也开始关注20世纪末女性写作中的女

① 参见 Seydel, Ute. *Narrar historia(s). La ficcionalización de temas históricos por las escritoras mexicanas Elena Garro, Rosa Beltrán y Carmen Boullosa*, Madrid: Iberoamericana, 2007, pp. 13 - 27。

② 参见 Molina Sevilla de Morelock, Ela. *Relecturas y narraciones femeninas de la Revolución Mexicana: Campobello, Garro, Esquivel y Mastretta*, Woodbridge: Tamesis Books, 2013, pp. 1 - 21。

性身份、土著居民、边缘群体、空间、种族等问题。

　　不论从墨西哥女性文学的发展、历史语境还是评论界关注的重点来看，从重写历史的视角研究 90 年代的墨西哥女性小说无疑是一条重要主线。在这一时期的女作家中，卡门·博略萨（Carmen Boullosa）的《沉睡》（Duerme，1994）对 16 世纪殖民历史官方叙述的修订与重构，拒绝再现神话和民族寓言中的英雄主义，着力表现殖民初期欧洲中心主义殖民文化与土著文化冲突背景下边缘女性的命运。从整个叙事的主线而言，女性角色、身份的不稳定性，多重性和混杂性成为其主要的叙事策略和方法，包括女扮男装的"混杂"，水与血液互换的"混杂"，以及"异装癖"和"男子气概女人"的文本互文性的借用等等，使女性角色和身份的不稳定性和混杂性成为一把利刃，既解构了欧洲殖民文化中种族、阶级、性别的稳定性和二元对立，也破解了民族寓言中阶级、性别的稳定性与连贯性，并实现了女性视角对 16 世纪殖民官方历史的跨越和种族、阶级、性别、时间、空间的重写。安赫莱斯·玛斯特尔塔的《爱之恶》（Mal de amores，1996）实现了对墨西哥革命历史的"另一种"书写，这种书写已经不再以革命战争、历史功绩和民族英雄作为叙事对象，而是突出了对女性历史经验的再现；在这种书写中女性作家已经作为历史主体开始重新构建自己的历史，并为女性在墨西哥历史中的重要性辩护，从而表现出鲜明的女性主义色彩；同时这种书写始终离不开对当代墨西哥妇女生活的现实关照。克里斯蒂娜·里维拉·加尔萨（Cristina Rivera Garza）的《没有人看见我哭泣》（Nadie me verá llorar，1999）则以边缘女性的视角实现了对墨西哥现代化历史记忆的重塑。作为前殖民地国家，现代性话语中包含的殖民话语对独立后墨西哥社会现代化产生了双重影响，一方面是宏大的实证主义计划，另一方面是更为突出的种族、阶级和性别矛盾。作品从三个维度展开了对墨西哥现代化的质疑和解构：一是科学、理性为核心的欧洲中心主义话语与民族主义话语的结盟及其对边缘属下妇女的压制；二是现代性学校、工厂、妓院、监狱、疯人院等空间对女性身体的规训；三是现代性规训所导致的边缘属下妇女的再度边缘化。可见，三部作品通过对殖民时期、革命时期和现代化运动三个重要历史节点的文学书写，无疑成为 90 年代墨西哥女性小说的典型代表。

在更为广泛的意义上，我们将这些作家作品作为主要的研究对象，不仅仅是因为她们在 90 年代的墨西哥女性小说中具有不容置疑的重要性，或者说更符合我们所要讨论的主题，实际上更重要的原因还在于这些作家充分运用了历史主题虚构化的叙事方式，解构墨西哥妇女在文学中的传统形象，重新找回她们的身份和角色，并唤醒和恢复她们的历史记忆。换言之，这些作品对墨西哥历史的回顾似乎成为一种引导机制，引导我们发现"过去"和"今天"在墨西哥妇女身上、她们的言谈举止中留下的文化差异、社会生活的痕迹，以及她们仍然停留在官方历史主导话语边缘的处境。特别是从 90 年代的文学变革角度来看，这些作品不仅融入性别视角作为新的叙述策略，而且以重新定义女性的责任和命运为特征。更重要的是，女作家的"另一种视角"会产生一种距离感，使读者以不同的方式进行观察，进而更清楚地了解墨西哥历史创伤、文化冲突中妇女的思想和身体经验，以及她们对于身份认同的犹豫不决和文化归属感的困惑。

如何挖掘、强调和证明曾经沉默或消失的"属下"妇女的声音以及为她们发声，是当下女性主义批评和文化批评所面临的一个令人十分困惑的问题，尤其是与许多其他前殖民地国家一样，在墨西哥，对有色人种女性的性别歧视一直是最突出的问题之一，也是女性文学本身面临的重要问题。我们选择的这些作家作品，通过重写历史使小说成为代表那些没有发言权的人的发声空间，成为女性被诉说并获得社会存在感的舞台。尽管在面对关于代表"属下"主体发声的问题上可能会产生某种挫败感，但是，"那些文学文本中对属下问题的表达并没有失败"①。这些作品为女性找到通往更广阔世界的可能性，换言之，它们表达了作家打破限制属下女性自由发展障碍的坚定决心。同时，这些作品的叙事并不局限于典型人物形象，尤其拒绝单一的"属下"女性主体和被主流话语控制的"好女人"形象，并且我们会在这些作品中发现大量墨西哥妇女存在的普遍问题，如生存困境、性别偏见和歧视、传统观念的压迫、文化差异带来的冲突，以及家庭和婚姻等问题。

在 20 世纪后半叶的西方文学发展中，随着后现代主义的兴起，许多作家纷纷将目光重新投向"实践的过去"，历史书写重新成为他们的重要选择。当然，由于受后现代主义影响，历史小说的撰写"既具有强烈的自我指涉性，又自相矛盾地宣称与历史事件和人物有关"②；"不仅是彻底的自我关照的艺术，而且还根植于历史的、社会的和政治的现实之中"③。

---

① Linhard，Tebea Alexa. "Una historia que nunca será la suya：feminismo，poscolonialismo y subalternidad en la literatura femenina mexicana." *Escritor*，*Revista del Centro de Ciencias del Lenguaje*，No. 25，2002，p. 155.

② Hutcheon，Linda. *The poetics of postmodernism: History*，*Theory*，*Fiction*. London：Routledge，1988，p. 5.

③ 琳达·哈切恩：《加拿大后现代主义—加拿大现代英语小说研究》，赵伐、郭昌瑜译，重庆：重庆出版社，1994 年，第 29 页。

从墨西哥的社会现实来看,其现代化的进程还处于未完成的状态,女性仍然面临着"三重边缘化"的处境,但是在理论层面,90年代墨西哥女性小说的创作与西方后现代诸多理论不仅有着紧密的联系而且深受影响。所以,后现代主义相关理论也成为分析90年代墨西哥女性小说的另一个重要视域。

第一,新历史主义的影响。在我们所选择的三部作品中,女作家为妇女尤其是"属下"妇女发声,并为恢复她们在历史中的位置做出有益尝试。同时,这些作品在叙述过程中大量运用元叙事、互文、戏仿、夸张等艺术手法,从而表现出明显的新历史小说的基本特征。第二,空间理论的影响。《沉睡》通过重写历史,表现了欧洲殖民主义的空间扩张和对墨西哥地方空间的占有;《爱之恶》通过重写历史试图使空间重新民族化,并展示了民族化空间中乡村与城市的矛盾;《没有人看见我哭泣》通过重写墨西哥现代化历史,揭示科学和理性准则对城市空间的规划,以及这种规划对女性个体的权力规训所造成的现代性灾难。第三,后殖民理论的影响。尽管博略萨强调她的《沉睡》并不是专门写给妇女阅读的"纯女性主题",里维拉·加尔萨也反复强调不要给女性小说贴上女性主义的标签。但是,不可否认,她们的作品都具有较强的政治意义,都是从女性视角或站在女性主义立场,为边缘属下女性发声,反抗女性"三重边缘化"的处境。在《沉睡》对墨西哥殖民化时期的历史记忆重塑中,克莱尔的性别和身份一直是模糊和混杂的:女扮男装的法国海盗(女/男)、土著女人("雌雄同体"者)、国家和民族的背叛者、殖民者追捕的逃犯。造成殖民时期女性性别和身份模糊、混杂的原因,正如后殖民女性主义所认为的那样,"种族、性别和阶级并不是相互分离的领域,并不是彼此隔离的,它们的存在以相互间的关系为前提,即便这种关系是相互抵抗或冲突的"①。所以，父权制和性别歧视并不是妇女压迫的唯一根源，在殖民背景之下，殖民压迫、种族歧视等族群政治才是问题的关键。这种状况不仅表现在殖民时期，而且延续到后殖民时期，质疑种族压迫、殖民结构，种族和性别交织的权力机制，成为女作家重写墨西哥历史的重要动力。第四，话语理论的影响。文学叙事离不开语言，这些作品以女性视角重写历史，发出妇女自己的声音，既需要摆脱殖民话语、父权话语霸权，又需要寻找和建构自己的话语方式。正如埃莱娜·西苏所言："飞翔是妇女的姿势——用语言飞翔也让语言飞翔。我们都已学会了飞翔的艺术及其众多的技巧。几百年来我们只有靠飞翔才能获得任何东西。"②

---

① McClintlock, Anne. *Imperial Leather: Race, Gender and Sexuality in the Colonial Context*. London and New York: Routledge, 1995, p. 5.
② 埃莱娜·西苏：《美杜莎的笑声》，黄晓红译，张京媛主编：《当代女性主义文学批评》，北京：北京大学出版社，1992 年，第 203 页。

第一章　拉美"去殖民性"与女性小说兴起

　　面对全球化背景下的种族、性别和身份冲突，美国文化理论家塞缪尔·亨廷顿提出了所谓的文化冲突理论，认为世界秩序将在不久的将来因文化的碰撞和交融而重建。对此拉美"现代性/殖民性研究小组"①提出

---

① 现代性/殖民性研究小组(Grupo Modernidad/Colonialidad)，形成于 20 世纪末和 21 世纪初以建构新的认识论体系并形成欧洲中心主义现代性的替代方案为目标的一系列会议和文集。该小组是 21 世纪初拉丁美洲最为活跃的批判性思维集体之一，同时又具备政治运动的特征，由来自不同国家、拥有不同思想路线的拉丁美洲知识分子组成，其思想涉及多学科(社会学、政治经济学、哲学、教育学、文化研究、符号学、历史学、宗教学)以及跨学科的理论和方法(解放神学、依附理论、解放哲学、后殖民研究、文化研究、属下研究、马克思主义、拉丁美洲关于现代性和后现代性的辩论等)，但都围绕着一个中心主题——"去殖民性"展开。

　　围绕"去殖民性"这一主题，研究小组展开了一系列概念的重置，认为只有通过重置才能真正实现拉丁美洲与以欧洲为中心的认识论体系的脱钩。这些讨论包括对"殖民性"概念的重新定位以及其与殖民主义/后殖民主义的区别；"世界体系"的构建与对"现代性神话"的批判；"权力的殖民性"与种族概念的内在逻辑以及对边缘主体性的构建；世界体系与民族国家的关系；现代科学的"认识霸权"与知识的地缘政治之间的关系等。

　　该小组主要著作/论文集包括：戈麦斯和格罗斯福格尔主编的《去殖民性转向：超越全球资本主义的认知多样性反思》(*El Giro decolonial: reflexiones para una diversidad epistémica más allá del capitalismo global*，2011)，戈麦斯的《零点的傲慢》(*La hybris del punto cero*，2005)和《拉丁美洲理性批判》(*Crítica de la razón latinoamericana*，2015)，杜塞尔的《解放哲学导论》(*Introducción a la filosofía de la liberación*，1977)以及由埃德加多·兰德(Edgardo Lander)主编的《知识的殖民性：欧洲中心主义与社会科学——拉丁美洲视角》(*La colonialidad del saber: eurocentrismo y ciencias sociales. Perspectivas latinoamericanas*，2000)等。

了完全不同的观点，他们从拉丁美洲的殖民历史与身份的混杂性出发，认为亨廷顿的"文明冲突论"实际上仍然试图以种族主义和西方中心主义来建构新的"世界秩序"，在这种"世界秩序"中拉丁美洲始终被置于边缘和底层的位置。在"研究小组"看来，拉丁美洲要维护自己的文化权力并实现文化重建，必须首先摆脱西方中心主义认识论体系的束缚，质疑和挑战西方文论中的"文化"和"现代性"等关键词背后所隐含的资本主义殖民逻辑，建构自己的认识论框架。他们创造性地提出了"跨文化性""去殖民性"（giro decolonial）等核心概念，并生发出"边缘后现代性"理论。这些概念和理论为当代拉美女性小说创作提供了一个新的批判性空间，使女作家能够突破传统父权叙事的限制，将女性经验和边缘群体的诉求融入后现代文学，重构女性记忆和身份认同，同时推动女性在社会和文化中地位的变革。

一、"文明冲突"与身份危机

在讨论当代文化问题时，我们有必要提及文明冲突理论的创始人塞缪尔·P. 亨廷顿，因为他的著作《文明的冲突与世界秩序的重建》（1996）从文化冲突的角度出发，建立了冷战后国际政治关系的新理论体系。在亨廷顿看来，冷战之后，西方国家内部利益格局重新调整，导致其在国际政治中霸权地位被削弱，新兴民族国家和经济体不断崛起，形成了从边缘走向中心或对中心发出挑战的局面，并改变着文明之间的力量平衡。他进而认为，今后挑起国际冲突的主要因素将不再出于政治或经济原因，而是出于文化原因，国际政治关系的核心将是西方文明与非西方文明之间的相互作用，以及非西方文明内部的冲突。

从"文明冲突"的基本判断出发,亨廷顿批评了流行的多元文化主义,认为多元文化主义注重"边缘""异见"和"共识",并致力于理解、尊重文化差异,不同文化之间的和平共处,必然会引发多元与共识、多元与规范之间的矛盾与冲突,这种矛盾和冲突可能会颠覆美国的核心价值,使美国丧失道德凝聚力,从而导致国家身份危机。为了解决这种危机,亨廷顿提出了自己的解决方案:"国内的多元文化主义威胁着美国和西方;国外的普世主义则威胁着西方和世界[⋯]美国和西方的生存要求西方身份的更新,世界的安全则要求全球的多元文化状态。"[1]这一方案包含三个基本立场:一是在美国国内反对多元文化主义,建立一个单一文化内核的民族国家,以维护纯粹的西方(美国)国家身份;二是反对将西方文化普世化,而应该将"西方化"与"现代化"区分开来;三是在国际上,美国应该以承认多元文化的国际政治现实为前提扮演重要角色。

亨廷顿质疑"普世文明"的存在以及将现代西方文化普世化的趋势。他认为,西方被视为第一个现代化文明,并在现代性方面处于领先地位,所以成为被其他社会争相模仿,以获得类似于教育、工作、财富和阶级结构模式的典型,但其所突显的单一性与文明冲突的世界发展趋势是不相符的。为了说明这一点,亨廷顿将"西方化"与"现代化"作了区分,以验证西方文化及其现代性的独特性。他首先提出疑问:现代社会有很多共同性,但它们必然融为同质性吗? 并以此推断出,对于这一问题的肯定回答是基于以下的假设:

---

① Huntington, Samuel P. *The Clash of Ciuilizatilns and the Remaking of World Order*, New York: Simon & Schuster, 1996, p. 318.

> 现代社会一定接近于某种单一的类型，即西方类型，现代
> 文明即西方文明，西方文明即现代文明。然而，这是完全虚假
> 的同一。西方文明出现于 8 世纪和 9 世纪，其独特的特征在以
> 后的世纪中得到了发展，它直到 17 和 18 世纪才开始实现现代
> 化。西方远在现代化之前就是西方，使西方区别于其他文明的
> 主要特征产生于西方现代化之前。①

在这里，亨廷顿强调"西方化"与"现代化"的区别，认为现代化并不
完全意味着西方化，西方的现代化并不是非西方国家的唯一选择。尤其
面对不同文明冲突有可能成为今后世界和平的最大威胁的状况，不同文
化之间的相互尊重和相互承认才是问题的关键，所以不能将现代化等同
于西方化。② 为了解释文明的多极化状况以及它们之间的文化冲突，亨
廷顿列出了目前作为核心运作的八种文明：中华文明、日本文明、印度
文明、伊斯兰文明、西方文明、东正教文明、拉丁美洲文明和非洲文明。
值得一提的是，他尽管没有对拉丁美洲文明作进一步分析，但也明确指
出，拉丁美洲文明是一种不同于西方的文明，原因是多方面的，但最重要
的是土著文化是其中不可或缺的一部分。亨廷顿还特别指出，拉丁美洲
文化中所存在的认同分歧，凸显了由殖民问题所产生的拉美文化内部的
差异性和复杂性。

---

① 塞缪尔·亨廷顿：《文明的冲突与世界秩序的重建》，周琪等译，北京：新华出版社，1998
年，第 60 页。
② 应该澄清的是，亨廷顿的这些文化分类不应该从政治意义上来理解，因为根据他的说
法，文明不是政治实体，而是文化实体。因此，它们没有政治职能，例如维持社会秩序、
建立正义、收税、战争或做政府所做的任何其他事情。

总体而言,亨廷顿用"文明冲突"来概括世界格局,表露出来的仍然是西方中心论以及西方文化与非西方"他者"文化之间二元对立的思维模式,他所提出的解决方案也是为了维护西方和美国的国家身份和世界霸权地位。但是,从这种文化世界观出发,亨廷顿为我们提供了一种理解国际政治关系的可能性,以及文化因素在新国际关系建构中的重要性。正如亨廷顿所强调的,在新的世界秩序中,最普遍、最重要和最危险的冲突将不是在社会阶层之间、富人与穷人之间,或其他经济上定义的群体之间,而是在不同的文化群体之间。部落战争和种族冲突将发生在文明内部,来自不同文明国家和群体之间的暴力存在着升级的可能性。[①]

在全球化进程中,非西方文明国家之间确实面临着截然不同的冲突和解决冲突的路径选择。西方的普遍主义、全球殖民主义和多元文化主义等思想的影响在其中发挥着不同的作用。对于大多数非西方国家尤其是前殖民地国家来说,存在一个两难境地:是选择被殖民国家独立意识形态作为支柱的民族主义,还是倾向于西方文明,幻想着取得巨大的经济进步?为此,亨廷顿进一步提出非西方国家受西方影响所产生的三种反应模式,即拒绝主义、基马尔主义和改良主义,在一定意义上反映了非西方国家的现代化现实:

> 拒绝主义、基马尔主义和改良主义对什么是可能的、什么是可取的问题的解答,建立在不同的假设基础之上。对于拒绝

---

① 参见塞缪尔·亨廷顿:《文明的冲突与世界秩序的重建》,周琪等译,北京:新华出版社,1998年,第7页。

主义来说，现代化和西方化是不可取的，有可能同时拒绝两者。对于基马尔主义来说，现代化和西方化都是可取的，由于后者对于获得前者是必不可少的，所以两者都是可能的。对于改良主义来说，现代化在没有实质上的西方化的情况下是可取的也是可能的，而西方化则不是可取的。因此，拒绝主义和基马尔主义在现代化和西方化的可取性方面存在着冲突，基马尔主义和改良主义在是否可以在没有西方化的前提下实现现代化的问题上存在着冲突。①

早在《文明的冲突》一文中，亨廷顿就分析了西方现代文明与其他非西方文明之间冲突的原因。他认为，伴随着民族独立和现代化生产的发展，非西方国家的文化价值得以恢复，引发了一系列本土化和去西方化的过程。亨廷顿提到一个有趣的现象：过去，非西方社会的精英通常是与西方关系最密切的人，他们在西方的高等学府接受教育，并吸收了西方的习惯和价值观，尤其对西方社会的经济繁荣、技术成熟度、军事力量和政治凝聚力感到兴奋，并试图在西方资本主义价值观和制度中寻求成功的秘诀。② 他在《文明的冲突与世界秩序的重建》中又强调，"随着本土的、根植于历史的习俗、语言、信仰及体制的自我伸张，西方文化也受到侵蚀。现代化所带来的非西方社会权力的日益增长，正导致非西方文

---

① 塞缪尔·亨廷顿：《文明的冲突与世界秩序的重建》，周琪等译，北京：新华出版社，1998年，第 66—67 页。

② 参见 Huntington, Samuel P. "¿Choque de civilizaciones?" *Foreign Affairs*, Vol. 72, No. 3, 1993, pp. 26 – 27.

化在全世界的复兴"①,民族意识的觉醒和本土文化的兴起,成为文化冲突的根源。

对于亨廷顿从西方尤其是美国的身份危机角度提出的"文明冲突"理论,阿根廷裔符号学家、美国杜克大学教授沃尔特·米格诺罗提出,对于后殖民国家的独立和现代化运动成功的恐惧是亨廷顿《文明的冲突与世界秩序的重建》和《我们是谁》(2004)出版的真正原因。这两本著作都反映了白人和新教右翼精英对于可能失去的 240 年来积累的经济和知识特权的恐慌,这种政治、经济、知识上的强烈的存在感的失落,是美国产生恐惧和推行新的种族主义的主要原因。他认为,对亨廷顿而言,拉丁裔将是一个长期存在的隐性"炸弹"。虽然拉丁裔并不是恐怖主义者,但亨廷顿担心如果"拉丁裔"作为天主教徒和非白人不被同化,那么盎格鲁-撒克逊白人和新教徒的身份将会受到微妙的侵蚀。②

米格诺罗进一步从本土文化兴起的角度,分析了拉丁美洲本土文化兴起对美国身份产生的认识论威胁。他认为,相对于身份认同危机,亨廷顿更担心的是一种认识论威胁:真正的"拉丁裔威胁"不仅是一个皮肤黝黑的群体,更主要的原因是这个群体"危及作者(亨廷顿)的认识论,并且代表了与他用来阐述论点的社会科学规范所不同的认知范畴"③。米格诺罗从文学文本中找到了这种威胁的典型案例,并将其称之为"安

---

① 塞缪尔·亨廷顿:《文明的冲突与世界秩序的重建》,周琪等译,北京:新华出版社,1998年,第 88 页。

② Mignolo, Walter. *La idea de América Latina: la herida colonial y la opción decolonial*. Barcelona: Gedisa, 2007, p. 174.

③ 同上,第 155 页。

扎尔杜亚威胁"。

墨西哥裔美国人格洛丽亚·安扎尔杜亚(Gloria Evangelina Anzaldúa)是奇卡纳女性主义先驱和著名小说家，她在《边土：新混血儿》(*Borderlands/La Frontera: The New Mestiza*，1987)中建构了一个新混血儿身份，以恢复前哥伦布时期神话中圣母瓜达卢佩，玛琳切和"哭泣的女人"等土著历史和妇女文化的人物形象。这种"新混血儿身份"既是对亨廷顿所鼓吹的盎格鲁-撒克逊欧洲中心主义父权文化及其认识论的挑战和反抗，也是对身处美国主流文化霸权背景下的土著女性身份危机的回应，所以对于希望保留单一美国国家身份的亨廷顿来说更具有挑战性。

不论亨廷顿的"文明冲突"还是米格诺罗的认识论角度，或者说，亨廷顿从维护美国身份、安扎尔杜亚从维护土著女性身份的角度，随着现代化、全球化步伐的加快，由文化差异或危机导致的身份危机及其重建，已经成为当代文化研究面临的重要问题，并对拉丁美洲女性小说产生了重要影响。

二、拉丁美洲的"去殖民性"转向

考虑到拉丁美洲的现实及其历史特征，特别是在殖民历史中，欧洲文化在拉丁美洲人的日常生活中留下了非常深刻的影响，以及针对这些影响在当下引发的不同程度、规模以及形式的反应，拉丁美洲"现代性/殖民性研究小组"的出现是具有代表性的，其产生动机是对现代性宏大叙事的深刻反思，这种反思迅速在拉丁美洲大陆传播，其核心成员包括沃尔特·米格诺罗、阿尼巴尔·奎杰罗(Aníbal Quijano)和恩里克·杜塞尔(Enrique Dussel)，以及代表性的思想家圣地亚哥·卡斯特罗-戈麦斯(Santiago Castro-Gómez)、纳尔逊·马尔多纳多-托雷斯(Maldonado-Torees)等，他们质疑以欧洲为中心的、资本主义的、西方的殖民主义话语,并通过权力的殖民性、知识的殖民性和存在的殖民性等概念的阐释提出了一种替代性的去殖民性理论。

现代性/殖民性研究小组将质疑的对象直接指向亨廷顿,认为亨廷顿以"文明冲突"为理论基础所要建构的"世界秩序",实际上是其种族主义和欧洲中心主义立场的反映。米格诺罗在《拉丁美洲的概念:殖民创伤和去殖民性选择》(2007)中对亨廷顿的文明划分提出了自己不同的看法:

> 对亨廷顿来说,西方基本上是指使用大英帝国语言的区域:英语是最好的身份政治。最近的政治事件可能证明他是对的,法国和德国虽然是西欧的一部分,但二者反对由布什政府强加的美国式的和英国式的政治。确实,英语是属于西方的必要条件,但不是充分条件。毕竟,如果考虑到语言方面的话,拉丁语是西方的起源。此外,南非和印度都没有被纳入亨廷顿的计划中,尽管南非和印度都说英语,而且这两个国家都曾是英国殖民地。很明显,其中还有其他问题。①

米格诺罗认为亨廷顿将英语作为标准对文明类型所作的划分,在英语世界似乎是合理的,但是在以非英语作为母语的拉丁美洲世界并不适用,并且这种划分实际上已经使"拉丁美洲人"在以语言和大陆划分的种族结构中降级,被归入第三世界、新兴或不发达国家。换言之,除了将土著文化排除在西方文明之外,西班牙语的拉丁美洲也被排除在西方文明

---

① Mignolo, Walter. *La idea de América Latina: la herida colonial y la opción decolonial*. Barcelona: Gedisa, 2007, p. 153.

之外，成为与西方文明对立的他者文明或与中心对应的属下文明。

现代性/殖民性研究小组的研究表明，在整个拉丁美洲被征服和殖民化的历史过程中，"文化"一词一直受到欧洲霸权和父权制的操纵和塑造，成为"命名和建立民族国家同质性的工具"，"民族语言、民族文学、国旗和国歌都是'民族文化'的表现"。① 这样一来，所谓的"拉丁性"和"拉丁美洲"概念都是西方认识论的产物，它们在认识论层面也将拉丁美洲人民置于二等或属下地位。正如卡斯特罗-戈麦斯在《去殖民性转向：超越全球资本主义的认知多样性反思》(2011)的序言中所强调的："通过20 世纪实现的从殖民主义到后殖民主义的过渡，其特征表现为从政治、军事转向经济、文化领域，文化已被视为西方'资本积累过程的工具'。"②

文化问题在 20 世纪 80 年代前后成为一个热点问题并不是拉丁美洲西班牙语世界的特殊现象，而是具有世界意义的普遍现象。文化在当代社会的重要性引起了不同文化群体和现代社会科学各个领域的共同关注，并进行了广泛而热烈的讨论。但是，由于背景、立场、角度和历史语境不同，不同文化群体和学科领域之间存在着巨大的分歧，甚至出现了不可逾越的边界。面对这种现象，现代性/殖民性小组提出了"去殖民性"的概念，强调"知识的"和"存在的"地理以及地缘政治的转变，并试图通过对非西方文明的重估以及"去殖民性"和"去西方化"来跨越这种界限。他们认为，"去殖民性"和"去西方化"并不是从当代开始的，"作为对

---

① Mignolo，Walter. *La idea de América Latina：la herida colonial y la opción decolonial*. Barcelona：Gedisa，2007，p. 22.

② Castro-Gómez，Santiago；Grosfoguel，Ramón（coords.）. *El Giro decolonial：reflexiones para una diversidad epistémica más allá del capitalismo global*，Bogotá：Siglo del Hombre，2007，p. 13.

投射和应用在非欧洲社会的现代欧洲思想压迫和帝国主义倾向的回应，思考和实施去殖民化的方式在16世纪开始出现"①。以此为前提，他们在殖民主义、现代性与殖民性、去殖民化与去殖民性等问题上展开一系列讨论。

对于现代性与殖民性的关系，19世纪和20世纪的许多包含进步思想的社会理论普遍将殖民主义视为现代性的过去，即假设一个社会要进入现代性，必须结束殖民性。但是，卡斯特罗-戈麦斯认为殖民世界观服从于西方现代性所采用的线性认识模型，把殖民性与现代性看成一种在时间上连续的两个现象，但事实并非如此，它们是在时间和空间上同时发生的。米格诺罗在《殖民性：现代性的隐藏面孔》中提出了他的关键论断，即殖民性是现代性的"阴暗面"："殖民性是现代性的要素，没有殖民性就没有现代性。后现代性和替代性现代性并没有从殖民主义中解放出来，而只是构成了一个新的面具，无论有意还是无意，现代性继续隐藏着殖民性。"②换言之，现代性成为殖民性可以持久发展的不可或缺的工具。国内学者也提出过相似的观点，如顾明栋就提到可以用米歇尔·福柯观念中的权力与知识的关系来解释现代性与殖民性之间相互影响、构成的加持关系："殖民主义的扩张为现代性的出现提供了动力，创造了必要条件，而现代性由于其工业化的基础，加快了殖民的速度，其标榜的现代理性给殖民主义提供了思想文化上的合法性。"③从这样

---

① Mignolo, Walter. "La colonialidad: la otra cara oculta de la modernidad." *Modernologías: artistas contemporáneos investigan la modernidad y el modernismo*, Sabine Breitwieser (coord.), Barcelona: Museo de Arte Contemporáneo de Barcelona, 2009, p. 39.

② 同上，第43页。

③ 顾明栋、彭秀银：《论文化研究的"去殖民性"转向》，《学术研究》2021年第2期，第164页。

的视角来看，现代性使西方开始走向霸权之路，殖民性是"它的阴暗面"；资本主义是现代性/殖民性方案的本质，二战后美国挪用西班牙和英国的帝国领导权时，现代性/殖民性方案经历了第二个历史性的转变时刻，由此造成了现代性的复杂性，从而使它成为一把双刃剑：殖民性是最悲惨的"现代性后果"之一，但同时也是导致全球走向"去殖民性"的原因。[1]

因此，现代性/殖民性研究小组的参与者并没有继续使用"殖民主义"（colonialismo）概念，而是倾向于使用新的术语——"殖民性"（colonialidad）。根据卡斯特罗-戈麦斯的观点，采用这一新术语主要有两个原因：第一，它强调了殖民时代与所谓的"后殖民"时代之间的历史连续性；第二，它揭示出权力的殖民关系不仅限于中心区域对边缘区域的经济政治和司法行政统治，还存在于认识论层面，或者说是文化层面的控制。[2]马尔多纳多-托雷斯也对殖民性与殖民主义的不同作了进一步解释：

> 殖民主义是指一种政治和经济关系，在这种关系中，一个民族的主权掌握在另一个民族的权力之下，以使其构成一个帝国。与这一概念不同的是，殖民性是指在现代殖民主义的结果下所产生的一种权力模式，它不仅仅限于两个民族或国

---

① Mignolo, Walter. "La colonialidad: la otra cara oculta de la modernidad." *Modernologías: artistas contemporáneos investigan la modernidad y el modernismo*, Sabine Breitwieser (coord.), Barcelona: Museo de Arte Contemporáneo de Barcelona, 2009, p. 44.

② 参见 Castro-Gómez, Santiago; Grosfoguel, Ramón (coords.). *El Giro decolonial: reflexiones para una diversidad epistémica más allá del capitalismo global*, Bogotá: Siglo del Hombre, 2007, p. 19。

家之间的权力关系,而是包括了通过世界资本主义市场和种族观念在工作、知识、权威和主体间关系中体现的相互关联的方式。①

如果说殖民主义主要描述了一个与外国帝国势力对殖民地人民的军事占领和领土、经济、法律及政治控制有关的进程,那么殖民性则强调殖民统治的文化逻辑和今天仍在运作的殖民遗留手段。尽管在19世纪至20世纪之间,拉丁美洲和加勒比以及非洲和亚洲的殖民主义几乎完全不存在了,但殖民性仍然存在。②殖民主义政治和军事机制所展现的一个大国对另外一个国家至高无上的权力已经不复存在,但殖民性在我们现代经验的许多其他方面中,仍然保持着活力,表现在现代生活的方方面面,呈现在文化、常识、自我形象以及主体的愿望中。换言之,虽然殖民主义先于殖民性,但殖民性却在现代性中幸存下来,"殖民主义是殖民化的结果,而殖民性是由殖民化的结果所形成的物质的、智性的、情感的和精神的状态"③。

埃塞基耶尔·皮纳基奥和圣地亚哥·桑切斯·圣埃斯特万进一步分析了"殖民性"概念对于揭示殖民作为一种权力结构的认识论价值。

① Maldonado-Torres, Nelson. "Sobre la colonialidad del ser: contribuciones al desarrollo de un concepto." *El Giro decolonial: reflexiones para una diversidad epistémica más allá del capitalismo global*, Castro-Gómez, Santiago; Grosfoguel, Ramón (coords.), Bogotá: Siglo del Hombre, 2007, p.131.

② 参见 Mújica García, Juan Antonio; Fabelo Corz, José Ramón. "La colonialidad del ser: la infravaloración de la vida humana en el sur-global." *Estudios de Filosofía Práctica e Historia de las ideas*, Vol.21, No.1, 2019, p.2。

③ 顾明栋:《什么是"去殖民性"? 一种后殖民批评》,《海峡人文学刊》2021年第1期,第27页。

在《20 世纪 60 至 70 年代拉丁美洲反帝国主义思想与去殖民主义思想之间的连续性和断裂》一文中，两位作者强调道："殖民性的定义在概念上超越了殖民主义，因为它不仅试图抓住欧洲列强直接在政治上控制和统治殖民地的现象，而且试图捕捉一种（权力）结构，一旦殖民关系消失，这种结构就会使统治的局面永久化。"①因此，马尔多纳多-托雷斯为了反驳欧洲中心主义神话及试图通过"殖民"拉丁美洲实现全球化的资本主义，提出有必要深入了解影响"世界秩序"结构、社会分类、工作和资源分配的基本要素，以及是什么在巩固唯一有效的西方认识论的不可动摇的地位："殖民美洲的计划不仅仅具有地方意义。相反，它提供了权力的模式，或者说是建立现代身份的基础，然后不可避免地与世界资本主义和围绕种族观念构建的统治体系联系在一起，而这种权力模式是现代性的核心。"②

在《去殖民性转向：超越全球资本主义的认知多样性反思》一书中，阿尼巴尔·奎杰罗贡献了一篇重要的文章——《权力的殖民性和社会分类》，进一步明确了权力的殖民性理论，认为权力殖民与社会分类密切相关，其中，物种的某些属性在最初的分类中发挥了主导作用，尤其突出了性别、年龄和劳动力。然而，作者强调，自征服美洲以来，剥削/统治的关

---

① Pinacchio, Ezequiel; Sánchez San Esteban, Santiago I. "Continuidades y rupturas entre el pensamiento anti-imperialista latinoamericano de los '60 y '70 y el pensamiento descolonial." *IX Jornadas Nacionales - VI latinoamericanas - hacer la historia. El pensar y el hacer en nuestra américa, a doscientos años de las guerras de independencia*, Argentina: Universidad Nacional del Sur, 2010, pp. 10 - 11.

② Maldonado-Torres, Nelson. "Sobre la colonialidad del ser: contribuciones al desarrollo de un concepto." *El Giro decolonial: reflexiones para una diversidad epistémica más allá del capitalismo global*, Castro-Gómez, Santiago; Grosfoguel, Ramón (coords.), Bogotá: Siglo del Hombre, 2007, p. 132.

系中增加了一个新的元素,它被作为产生"种族"类别的理由,即表现型(fenotipo):

> 皮肤的颜色、头发的形态和颜色、眼睛和鼻子的形状及大小等,它们对人的生物结构不会产生影响,当然,对其历史能力更没有影响[……]换句话说,这些元素中的每一个在社会分类中所起的作用,即在权力分配中的作用,与生物学无关,也与"自然属性"无关,而是关于社会领域控制权展开争论的结果。①

实际上就是强调,"阶级"并不是"自然"的,而是异质的、不连续的、相互冲突的社会类别,其自然化和权力关系的合理化是殖民主义的社会历史产物。从这个角度来看,奎杰罗的理论不仅有助于确定殖民性的新社会定位和殖民主义的新地缘文化特征,而且揭示了权力的殖民性中心所隐藏的殖民权力模式,该模式构成了全球种族等级制度中资本主义积累过程的复杂性及其对上层/下等、发展/不发达、文明/野蛮民族的衍生分类。

达米安·帕琼·索托在《拉丁美洲的新哲学视角:现代性/殖民性小组》中也注意到了种族概念在殖民权力矩阵中的重要角色,并将权力的殖民性与知识的殖民性相联系,认为"权力的殖民性意味着知识的殖民性":

---

① Quijano, Aníbal. "Colonialidad del poder y clasificación social." *El Giro decolonial: reflexiones para una diversidad epistémica más allá del capitalismo global*, Castro-Gómez, Santiago; Grosfoguel, Ramón (coords.), Bogotá: Siglo del Hombre, 2007, pp. 118-119.

种族概念产生了另一个已经提到的后果，这也是权力的殖民性概念的基础。这不仅是欧洲人的种族优越性问题，也是认识优越性的问题。土著和黑人以及后来的其他文化所创造的所有形式的知识都被认为是无用的。它们只是神话、前理性知识、魔法等。①

事实上，早在 20 世纪 80 年代后殖民理论学家佳亚特里·查克拉沃蒂·斯皮瓦克就提出了"认识论暴力"的概念，在其属下理论/庶民研究中，她发现作为被殖民者的属下阶层，以"他者"的身份等待被解释，因而长期受到欧洲文化霸权在知识和知识生产上的控制。② 而上述情形在后殖民社会中又以西方现代性的价值观和信仰的形式得到再现。委内瑞拉社会学家埃德加多·兰德在 2005 年首次将这些现象概括为"知识的殖民性"概念③，这一概念构成了现代性/殖民性研究小组对现代性认识论霸权及其认识论种族主义反思的重要组成部分，也成为该小组提出"另一种"知识形式并制定拉丁美洲社会科学重组计划的原因。

马尔多纳多-托雷斯试图在奎杰罗和法农的思想之间建立一种有趣的对话关系，并将遗传、存在和历史层面的问题引入其中。他认为，如果说奎杰罗澄清了权力殖民性的历史维度，那么法农则阐明了殖民性的存在经验与种族经验、性别差异经验之间的关系：

---

① Soto，Damián Pachón. "Nueva perspectiva filosófica en América Latina: el grupo Modernidad/Colonialidad." *Ciencia política*，2008，Vol. 3，No. 5，p. 23.

② 参见 Spirak, Gayatri. "¿Puede el subalterno hablar?" *Revista Colombiana de Antropologia*，2003，Vol. 39，pp. 257 – 364。

③ 参见 Lander，Edgardo（ed.）. *La colonialidad del saber: eurocentrismo y ciencias sociales. Perspectivas Latinoamericanas*. Buenos Aires：Clacso，2005，pp. 11 – 40。

这个想法是,如果除了权力的殖民性之外,还有知识的殖民性,那么很可能存在一种特定的殖民性。而且,如果权力的殖民性是指现代形式的剥削和统治之间的相互关系,而知识的殖民性与认识论的作用及知识生产在复制殖民思想制度方面的总体任务有关,因此,存在的殖民性是指殖民化的生活经历及其对语言的影响。①

通过这种尝试,马尔多纳多-托雷斯实际上揭示了殖民性建构的内在逻辑:殖民性的发展经历了从权力殖民性到知识殖民性,再到存在的殖民性(生活经历和语言)这三个阶段或三种类型。

马尔多纳多-托雷斯的观点得到卡斯特罗-戈麦斯的支持,后者在《零点的傲慢》(2005)中对三者的三角结构作了进一步分析。他认为,殖民世界观服从于西方现代性所采用的认识论模型,"零点的傲慢"象征着欧洲科学和哲学精英们的知识意图,即将自己的认识论作为知识产生的唯一有效途径。② 所有这一切都是基于合理化欧洲人和西方人的专属能力和权力,而殖民地知识则被沉默、排除、省略和忽视。同时,权力的殖民性使拉丁美洲人口趋于同质化,其目的在于建立殖民话语,以更好地控制殖民地人民,并合理化殖民行为,但往往忽略了同化过程对殖民

---

① Maldonado-Torres, Nelson. "Sobre la colonialidad del ser: contribuciones al desarrollo de un concepto." Castro-Gómez, Santiago; Grosfoguel, Ramón (coords.), *El Giro decolonial: reflexiones para una diversidad epistémica más allá del capitalismo global*, Bogotá: Siglo del Hombre, 2007, pp. 129 - 130.

② 参见 Castro-Gómez, Santiago. *La hybris del punto cero: ciencia, raza e ilustración en la Nueva Granada (1750 - 1816)*. Bogotá: Pontificia Universidad Javeriana, 2005, pp. 47 - 64。

地人民造成的心理创伤，因为同化往往伴随着排斥，有时甚至消灭了人口中的一个重要部分：土著人、黑人和混血儿，因此，戈麦斯将这一概念纳入"血统净化"①的话语逻辑中。

面对欧洲中心主义和权力的殖民性，卡斯特罗-戈麦斯提出了另一种当代知识生产的思维范式："我们每个人都作为一个物理-化学-生物-心理-社会-文化整体，融入宇宙的复杂结构中，（这）已被世界各地的许多科学家、学者和知识分子认可。"②这种复杂性范式不仅使知识的跨文化对话成为可能，其中不同文化形式的知识生产可以不受西方科学认识论的独特霸权的影响而共存，并且促进了跨学科性。正如这位学者所强调的，在知识中就像在生活中一样，对立面是无法分离的，它们相辅相成，相互补充，一个不能没有另一个；跨学科性不是分离，而是允许我们将知识的各种元素和形式联系起来，因此，现代性被认为是"具有欺骗性"或者"具有不确定性"的知识。③

宣布西方中心的现代性为"不确定的知识"，并强调当代知识生产的跨学科性，各种不同文化和知识的冲突、对立与相辅相成、相互补充，既是为了对抗欧洲中心主义知识论及其所包含的殖民性，也是为了对抗以新形式出现的欧洲中心主义的文明冲突论。

---

① 血统净化法案首先在15世纪的西班牙发展起来，最初是宗教用途，用来区分天主教血统与基督教皈依者。在殖民统治时期，由于大量混血儿的出现，这种方法被移植至拉丁美洲，成为一种排斥和限制社会进步的方法，用以防止社会发生根本的变化。
② 参见 Castro-Gómez, Santiago. "Decolonizar la universidad. La hybris del punto cero y el diálogo de saberes." Castro-Gómez, Santiago; Grosfoguel, Ramón（coords.）, *El Giro decolonial: reflexiones para una diversidad epistémica más allá del capitalismo global*, Bogotá: Siglo del Hombre, 2007, p. 86。
③ 同上。

关于存在的殖民性,卡斯特罗-戈麦斯认为这是为了回应殖民性对属下主体生活经验的影响。正如在权力的殖民性问题中提到的那样,由于欧洲人对美洲的殖民以及种族差异的概念已经在西方的认识体系中被自然化,按照这种逻辑,欧洲和欧洲人是该物种的线性、单向和连续路径中最先进的形式和水平。同时,欧洲中心主义的殖民性/现代性的另一个主要核心也得到了巩固,即世界人口被划分为劣等和优越、非理性和理性、原始和文明、传统和现代。

从以上的讨论不难看出,拉丁美洲知识界从关注殖民主义转向关注"殖民性"概念的提出和深化,最主要的原因在于试图实现从"去殖民化"向"去殖民性"的转换。马尔多纳多-托雷斯对去殖民化与去殖民性作了区分,认为去殖民性是自殖民化开始以来,在被殖民主体的知识实践和形式中发现的观点和态度的改变,而去殖民化则是对现代性的前提和影响进行系统和全球性转变的计划。[①] 二者的根本性区别在于殖民主义是殖民化后所产生的意识形态,而殖民性是由殖民化结果所形成的物质的、智性的、情感的和精神的状态。因此,去殖民化不等同于去殖民性,去殖民化是消除殖民统治的实践,而去殖民性则是去殖民化的结果。[②]当然,也有不少学者并不赞同将二者作为两个完全分离的概念来看待,认为其间存在必然的联系,抛开去殖民化谈去殖民性,会使后者变为"乌

---

① 参见 Maldonado-Torres, Nelson. "Sobre la colonialidad del ser: contribuciones al desarrollo de un concepto." Castro-Gómez, Santiago; Grosfoguel, Ramón (coord.), *El Giro decolonial: reflexiones para una diversidad epistémica más allá del capitalismo global*, Bogotá: Siglo del Hombre, 2007, p. 160。
② 参见顾明栋:《什么是"去殖民性"? 一种后殖民批评》,《海峡人文学刊》2021年第1期,第27页。

托邦式的美好愿望"①。

米格诺罗的观点也许更为中肯一些,他在《本土历史/全球设计：殖民性、属下知识和边界思维》(2003)中承认,去殖民性在两个互补的意义上与"后殖民"概念存在着一定的联系。一方面,从字面上看,二者都表明殖民性仍在继续,但"后殖民"只是表明新自由主义方案下的全球殖民性不再足以与延续几个世纪的基督教或自由主义殖民性相提并论。另一方面,二者都着力于对殖民性隐藏逻辑的分析,具有乌托邦特点。但是,米格诺罗强调,"去殖民性"与东方主义和后殖民主义的政治和意识形态取向不尽相同,它致力于批判西方现代性宏大叙事的神话,并通过对殖民权力模式的分析,揭示殖民性作为现代性的阴暗面,同时在此基础之上实现第三世界的认识论和知识体系的重构。②

由于拉丁美洲人民,特别是土著群体迫切需要寻求不基于欧洲中心的观点和新的思想形式,但是由于殖民性与现代性之间内在联系,去殖民性始终无法实现,殖民主义思想始终影响着拉丁美洲意识形态的构成。因此,米格诺罗认为实现去殖民性的有效途径在于改变原殖民地的认识论意识形态。他认为,殖民主义思想在拉丁美洲有长达 500 年的统治,不论是殖民者还是被殖民者都深受其影响,并且随着现代性/殖民性关系的明确,其影响的广度和深度已经超越了传统意义上的殖民关系,形成了一种"殖民无意识",并渗透到了文化传统层面,从而使"殖民无意

---

① 彭秀银、顾明栋：《后殖民批评的"去殖民性"——跨文化研究的一个新趋势》,《中国比较文学》2021 年第 1 期,第 163 页。

② 转引自顾明栋、彭秀银：《论文化研究的"去殖民性"转向》,《学术研究》2021 年第 1 期,第 161 页。

识"转化为"文化无意识",并具有普遍性和跨文化性的特点。① 这种现象引起拉美学者的普遍警惕,奥克塔维奥·帕斯在 20 世纪 50 年代《孤独的迷宫》中所提到"墨西哥性",就是对这种文化无意识的最初表达。

为了改变拉丁美洲这种文化无意识现象,米格诺罗提出跨文化性/文化间性概念,这里的跨文化性不仅注意到属下群体的伦理社会运动,而且强调殖民差异的存在(伦理、政治和认识论差异)。作者将这一概念定义为两种不同逻辑共存的范式:西方和本土。本土所强调的是土著人民及其对"认识论权利"的激进要求。通过这种方式,米格诺罗在知识和存在的去殖民性过程中与凯瑟琳·沃尔什对这个术语的解释相吻合:

> 不仅仅是简单的相互关系(或沟通,正如它在加拿大、欧洲和美国通常被理解的那样),跨文化性意味着构建另一种知识的过程,是另一种政治实践,另一种社会(和国家)权力,另一种社会。这种形式的思想与现代性/殖民性有关,也反对现代性/殖民性。②

换言之,跨文化性是殖民差异、主体性政治的思想和运动以及与权力殖民性问题相关的工具性概念,通过这种概念的使用,"承认政治运动

---

① 转引自顾明栋、彭秀银:《论文化研究的"去殖民性"转向》,《学术研究》2021 年第 1 期,第 159—168 页。

② Walsh, Catherine. "Interculturalidad y colonialidad del poder. Un pensamiento y posicionamiento «otro» desde la diferencia colonial." Castro-Gómez, Santiago; Grosfoguel, Ramón (coords.), *El Giro decolonial: reflexiones para una diversidad epistémica más allá del capitalismo global*, Bogotá: Siglo del Hombre, 2007, p. 47.

进入以前被否认的社会、政治和认识空间的能力，并通过回应权力重新殖民化的形式重新定义这些空间，期待创造另一种文明"①。可见，跨文化性概念具有声援"另一种"认识论和提供新的思想逻辑的作用。同时，为了摆脱文化无意识困境，米格诺罗比较了跨文化性与多元文化主义概念的区别，认为多元文化主义主张"只要不危及支撑国家政治、经济和伦理的'认识论原则'，人们就有'自由'推进他们自己'文化'"的权利②，但这样的决策反映出国家只允许在有限的、可控的范围内进行改变。相反，跨文化性是指土著人民及其对"认识权利"的激进主张，这与文化权利不同，因为由此通过强调"对种族，性别和性取向等级制度的激进反对"，其他知识的可见性可以在认识论意义上成为去殖民性转向的一部分，使人文主义的转变成为可能，从而形成具有拉丁美洲特征的文化意识。③

值得注意的是，现代性/殖民性研究小组的研究人员很少关注女性主义话语在属下/边缘群体问题中的重要性，从而在现代性/殖民性方案中留下了悬而未决的问题。然而，这并不意味着这个方案与女性主义理论之间没有任何联系。事实上，朱莉安娜·弗洛雷斯-弗洛雷斯在《拉丁

---

① Walsh, Catherine. "Interculturalidad y colonialidad del poder. Un pensamiento y posicionamiento « otro » desde la diferencia colonial." Castro-Gómez, Santiago; Grosfoguel, Ramón（coords.）, *El Giro decolonial: reflexiones para una diversidad epistémica más allá del capitalismo global*, Bogotá: Siglo del Hombre, 2007, p. 59.

② Mignolo, Walter. *La idea de América Latina: la herida colonial y la opción decolonial*. Barcelona: Gedisa, 2007, p. 139.

③ Maldonado-Torres, Nelson. "Sobre la colonialidad del ser: contribuciones al desarrollo de un concepto." Castro-Gómez, Santiago; Grosfoguel, Ramón（coords.）, *El Giro decolonial: reflexiones para una diversidad epistémica más allá del capitalismo global*, Bogotá: Siglo del Hombre, 2007, p. 161.

美洲社会运动的非欧洲中心阅读》一文中所介绍的相关研究表明,一些研究者已经开始致力于将女性主义认识论整合到该领域的研究之中,包括基于殖民差异的女性主义,特别是"边缘女性主义"。其他研究者则基于米格诺罗边界认识论思想的启发,开始关注女性主义批评的现状和女性本身的碎片化身份问题,其中既包括女性主义理论的文化翻译,也包括地缘政治或跨文化阅读和写作能力的发展。同时,研究者普遍认为,不应该仅仅因为女性主义在现代性/殖民性方案中简单存在就感到满意,因为还有更多的问题需要解决:"这个计划通过什么特殊的方式来翻译、表达和接受女性主义认识论的贡献,同样,这个复杂的过程以何种方式构成了现代性/殖民性计划,同时重新配置了女性主义理论。"①弗洛雷斯-弗洛雷斯不仅提出了问题,实际上也给出了建议,那就是引导我们必须将女性文学纳入思考的范围,因为这些文学具有真实和虚构相结合的"当地故事"的来源,这些来源可以作为女性主义认识论贡献和现代性/殖民性计划的替代话语。因此,讨论去殖民性转向不仅要讨论社会科学的转变,还要注意其他人文学科尤其是文学表现形式的转向。

三、"边缘后现代性"中的女性小说

20 世纪 60 年代,拉丁美洲爆发了以实现技术全球化为目标的科学技术革命,在经济上,阿根廷经济学家劳尔·普雷维什(Raúl Prebisch)

---

① Flórez-Flórez, Juliana. "Lectura no eurocéntrica de los movimientos sociales latinoamericanos. Las claves analíticas del proyecto modernidad/colonialidad." Castro-Gómez, Santiago; Grosfoguel, Ramón (coords.), *El Giro decolonial: reflexiones para una diversidad epistémica más allá del capitalismo global*, Bogotá: Siglo del Hombre, 2007, p. 262.

提出的旨在倡导发展中国家经济自主性和独立性的"发展主义"主张占据主导地位，由此许多拉丁美洲国家的社会和文化也发生了重大变化，进而引发了不同程度的政治和经济危机，在文化领域则突出地表现为：大众媒体成为主流话语的表现形式，文学叙事引入异国情调，最重要的是欧美流行文化大量涌入，具有浓厚土著根源的拉丁美洲文化与最"先进"的欧美文化之间的接触和冲突不可避免。

正如奥克塔维奥·帕斯在《孤独的迷宫》中对墨西哥民族"墨西哥性"所进行的概括：面对强大的欧洲知识中心，墨西哥人表现出自我谴责、自卑的心理以及对拉丁美洲文化原创性的犹豫不决和怀疑态度。这种状况同样适用于大部分拉丁美洲人。[①] 这种由尚未摆脱历史和社会危机而造成怀疑、悲观态度的灾难性后果，阻碍了现代化过程中拉丁美洲人对自我文化身份的寻找。

但在 20 世纪 90 年代，拉丁美洲的文化理论中出现了"边缘现代性/后现代性"的观点，正如多米尼加哲学家巴勃罗·梅拉所言，"边缘"概念是由于不同的社会学派从对经济权力"中心"依赖的角度，来解释"不发达"国家的现实：

> 对我们来说，简单地将"边缘"概念从对拉丁美洲现实的解读中剔除似乎是不公平的。"殖民地"一词来自哥伦布并非偶然。但是，这个概念必须伴随着其他赋予它新的细微差别的概念。这就是我们想要做的，把它放在其他也用于解释当前世界

---

① 参见 Paz，Octavio. *El laberinto de la soledad*，Enrico Mario Santí（ed.），Madrid：Cátedra. Letras hispánicas，2015，pp. 319 - 327。

现实术语的旁边：现代性和后现代性。反过来，当添加形容词"边缘"时，这些术语就会呈现出新的面貌。①

巴勃罗·梅拉进一步强调，"这两个术语都想指出一条可能的道路，即如何创造性地恢复我们的过去，迎接当下的问题，以利于承认受压迫的多数人和少数人的价值的社会共存"②。

早在 1989 年，哥伦比亚文学家卡洛斯·林孔在《边缘后现代性与"后现代"的挑战：拉丁美洲叙事艺术的视角》一文中就阐述了边缘后现代性及其文学表现，通过列举博尔赫斯、科塔萨尔、马尔克斯、巴特、巴特尔姆、库弗、品钦、福尔斯等人的文本，文章以广泛的文学视角描述了后现代主义及其在拉丁美洲的边缘化特征。他强调，"后现代并不具有反现代或超现代的特征，相反，它是现代超越自我限制和严谨主义的过程的结果"，正是这种后现代的特性，使其不允许自己在定义中被驯服。边缘后现代性，特别是以拉丁美洲为例，首先在文化层面上促成了不可逆转的异质性，这些异质性增加了拉美文化在进入 21 世纪时的独特面貌：

> 直到 80 年代初，为了澄清后现代主义的症状——分散的、寓言的、精神分裂的，它被与其他话语相结合，这里指的是女性主义。在这十年中，随着讨论重点的变化，最近的拉丁美洲叙

---

① Mella SJ, Pablo. "Una nueva matriz de lectura para la realidad dominicana: modernidad y posmodernidad periférica." *Revista Estudios Sociales*, 1994, Vol. 27, p. 56.

② 同上，第 55 页。

事——魔幻现实主义以及一些特定作品——已成为后现代主义的一部分。①

毫无疑问，后现代文学观察世界的方式表现为狂欢化、去规范化、自我的丧失、不可代表/不可表征；在语言表述上则突出了多重语义和不确定，以及构成方式上的杂交和碎片化。

卡洛斯·林孔还总结了拉丁美洲叙事在后现代叙述话语逻辑中的三大特征："首先，它将叙事的基本时空轴坐标简化为虚构的维度；第二，告别因果关系、目的论、行动主体的身份和虚构人物；第三，读者不可阻挡地崛起，成为意识降级和自主拒绝作者立场的可能主体。"②他认为，这些叙述特征的突变体现出作家对工具理性或逻辑同一性理性的批判；在语言层面上对意义构成主体的批判，以及将这些非欧洲中心的想象力铭刻的必要性。然而，不得不承认，它们所阐述的历史经验和实践，它们的叙述代理人，它们所拥有的历史性以及它们发挥的作用，将产生一种中立的边缘性。同时，它们作为拉丁美洲边缘现代性文本的特殊性又是不稳定的，但这也意味着重新发现他者（历史）的可能性，这种状况与对官方表征的批判一起，共同构成了后现代世界中"干涉"文化主导的"反实践"策略之一。③

最后卡洛斯·林孔提出了一系列拉丁美洲叙事和小说艺术现阶段

---

① Rincón, Carlos. "Modernidad periférica y el desafío de lo postmoderno: perspectivas del arte narrativo latinoamericano." *Revista de crítica literaria latinoamericana*, 1989, Vol. 15, No. 29, p. 67.
② 同上，第80页。
③ 同上，第81页。

面临的问题,如小说及其功能如何相互配合、文学概念的转变和文学功能的转变、"普世"文学和拉丁美洲文学的发展和重新定义等,并认为这些问题或许可以从女性小说中找到一些解决的可能性。

坎特罗·罗萨莱斯在《80年代的拉美"女性主义文学爆炸"》中讨论了拉丁美洲人模糊的身份和跨文化体验的缘由,并着重介绍了两位乌拉圭文学评论家豪尔赫·鲁菲内利(Jorge Ruffinelli)和安赫尔·拉马(Ángel Rama)的观点。豪尔赫·鲁菲内利认为拉丁美洲人的社会角色难以确定是"杂语理论"和身份构成要素的多样性造成的;安赫尔·拉马则从边缘化的角度提出了"文化遗产幸存"的观点,强调"基于传统本身的简陋材料的艺术创造",即文化遗产自身的价值和影响力。[①] 在该书中,坎特罗·罗萨莱斯还借用了美国评论家马歇尔·伯曼在《一切固有之物都消失在空中:现代性的经验》一书中提到的"浮士德的分裂"这个术语。伯曼主要用这个术语来描述第三世界知识分子面对"更先进"的思想与"落后"社会之间的冲突时所遭遇的挑战和困惑。[②] 伯曼只是揭示了问题,并没有找到解决问题的途径。

文学评论家安赫尔·拉马从边缘视角出发试图找寻解决问题的出路时指出:"从传统文化的拙劣土壤孕育出的杰出艺术创作。"[③]这意味着传统文化并不是杰出艺术创作的障碍,而是文学书写最本能求生欲的突出表现。由这一观点孕育而出的便是拉丁美洲独特的"边缘"后现代

---

① 参见 Cantero Rosales, Maria Ángeles. *El "Boom femenino" hispanoamericano de los años ochenta. Un proyecto narrativo de "ser mujer"*. Granada: Universidad de Granada, 2004, p. 92.

② 参见同上,第93—94页。

③ Rama, Ángel. *Transculturación narrativa en América Latina*. México: SigloVeintiuno, 1982, p. 122.

主义。他们将文学经典拉下神坛、关注主流文化离心方向的内涵并将注意力转向那些被权力中心所遗忘和压迫的社会边缘群体。正如评论家豪尔赫·鲁菲内利所言："文学刚刚被定义为一种游戏，它的承诺和认知功能消失了，排除了社会对它的污染，并且重建了它的娱乐性。"①这种说法尽管略显夸张和浮躁，但反映出一种"去中心化"书写的迫切需求。坎特罗·罗萨莱斯则用这一术语来定义拉丁美洲的情况。她认为，如同浮士德同时经历了不发达的意识和对现代化的渴望，拉丁美洲国家同时面临着两种选择："发展主义者和保守主义者，革命主义者和绝望者——这些分离的立场在拉丁美洲文化中占据了一席之地，并具象化地定义了其文学的选择。"②

　　受这种"浮士德的分裂"的深刻影响，特别是后现代主义思潮的推动，70 年代开始，作家们试图摆脱那些雄心勃勃、风格宏伟的创作路线，对所有"古典"和传统文学叙事都表现出怀疑态度，将视角转向社会中最边缘和最不可见的方面，同时融合了大量的大众文化元素，以寻找新的创作出路，来适应所面临的文化和意识形态冲突。进入 80 年代，拉丁美洲叙事文学开始与所谓的"边缘后现代性"密切关联。这里的"边缘"一词所要表达的是对经典作品去神圣化的追求，以及文化去中心化和对社会边缘群体兴趣的转移，包括对妇女、同性恋者、农民、土著人民等所有被驱逐到主导权力中心之外的受压迫群体的关注。

---

① Ruffinelli, Jorge. "Los 80: ingreso a la posmodernidad?" *Nuevo texto crítico*, Año III, No. 6. California: Stanford University, 1990, p. 33.

② Cantero Rosales, María Ángeles. *El "Boom femenino" hispanoamericano de los años ochenta. Un proyecto narrativo de "ser mujer"*. Granada: Universidad de Granada, 2004, p. 94.

纳尔逊·奥索里奥在《当代墨西哥和拉丁美洲叙事中的口述与边缘文化的虚构》一文中,讨论了边缘文化与中心文化各自不同的叙事和言说特点。他认为,中心文化具有霸权和父权的特性,所以写作由男性命名和主导;边缘的出现包括现实的另一个领域,即对边缘化群体生活领域、生活方式和言说方式的重新评估和辩护。[①] 实际上,这里所要表达的已不仅仅是边缘文学的范畴,而且已经涉及对文学话语与现实关系以及边缘化群体发生的事件用什么方式来叙事的问题。由此,奥索里奥提出了口述小说的设想,并借用德里达的"原型写作"(Arche-writing)概念,论述了口述性叙事对于从文学上捕捉边缘领域价值观的重要性。[②]

在奥索里奥看来,口述叙事的显著特点是叙述者在边缘叙事中呈现,并以自己的价值观作为参考框架,叙述者的主体性得到充分体现。这种写作形式使女性摆脱了他者的角色,开始从自己的世界观、价值观出发,在写作中发现自我,寻找最亲密的感觉,因此成为80年代女性和女性主义写作的重要形式,特别是埃莱娜·波尼亚托夫斯卡(Elena Poniatowska)、安赫莱斯·玛斯特尔塔和伊莎贝尔·阿连德(Isabel Allende)等拉美女作家的叙事案例,突出体现了女性小说在这一新型文学形式中的积极参与。

在这一时期的墨西哥女性小说中,一些具有重大意义的社会事件成为重要的文学叙事背景和题材,作家们大多选择通过回归现实主义来描

---

① 参见 Osorio T. , Nelson. "Ficción de oralidad y cultura de la periferia en la narrativa mexicana e hispanoamericana actual. " *Literatura mexicana hoy: del 68 al ocaso de la revolución*, Karl Kohut (ed.), Frankfurt: Vervuert, 1995, p.250。
② 同上。

述这些事件。同时，作家们讲述历史事件时也面临着新方法的选择：编年史，描述居住在大城市郊区边缘穷人悲惨生活的新自然主义小说，与社会批判相关的、与官方史学截然不同的纪实小说，以及西摩·门顿（Seymour Menton）定义的"新历史小说"，等等。这些叙述方法让历史重新成为墨西哥叙事的主角。

讨论这一时期的拉美女性小说，不能不提及墨西哥著名女作家埃莱娜·波尼亚托夫斯卡的贡献。她是一位编年史作家，但又着力打破小说和编年史之间的界限：通过编年史与小说虚构之间的互动，实现对他者话语的重新阐述和集体记忆的恢复，由此可以看到文学经典去中心化和"边缘后现代性"对她的深刻影响。正如评论家索尼娅·马塔利亚所评论的那样："跟随卡斯特拉诺斯的脚步，波尼亚托夫斯卡明白，作家必须是一位编年史家，即不仅关注官方历史所指出的所谓重大事件，也关注渗透到沉默者和边缘化人群生活中的事件。"①同时，她又是一位口述小说作家，其著名小说《直到再也见不到你，我的耶稣》（*Hasta no verte Jesús mío*，1969）就是对约瑟菲娜·博克斯进行了一系列采访而写成的。该作品既是女性视角下的对墨西哥革命的编年史书写，又是以口述历史为基础，通过边缘群体和属下女性自己的声音讲述的关于女性抵抗的故事。在作品中，赫苏萨（Jesusa）（"耶稣"名字的阴性形式）作为约瑟菲娜·博克斯虚构化的角色，嫁给一名士兵而成为"女战士"参与到墨西哥革命当中。在革命过程中，赫苏萨不仅是战士，还是指挥官、后勤

---

① Mattalía，Sonia．"Historia de la Un «invisible collage»：la narrativa de mujeres en América Latina．" *Historia de la literatura hispanoamericana III：SIGLO XX*，Trinidad Barrena（coord．），Madrid：Cátedra，2008，p. 157．

人员,甚至进行间谍活动。丈夫死后,作为没有男性保护的女性,赫苏萨不被社会认可,受困于墨西哥城,但她的生活并没有停止:她先后做过工厂女工、女仆和洗衣工,并参与到宗教活动中,这也是她名字的内在寓意。作品中赫苏萨社会身份的不断变化体现了女性身份的多样性和不稳定性,同时也投射出这一时期女作家及其文学创作作为一种女性的抵抗,致力于谴责妇女所经历的压迫和所处的边缘化状况,并寻求一种女性身体具有的新语言。她们将疯狂、爱情和死亡作为写作动机,不是为了单纯的情感宣泄和情节描写,而是为了展现女性世界的复杂性。

墨西哥革命在墨西哥当代文学叙事中同样占据着重要地位,其中既包括男性文学叙事,也包括女性文学叙事。需要注意的是,由于立场和观点差异,对同一历史事件不同视角和策略的叙述,表现出完全不同甚至相反的旨趣。古巴文学评论家、翻译家古斯塔沃·佩隆对卡洛斯·富恩特斯的《阿尔特米奥·克鲁兹之死》(*La muerte de Artemio Cruz*,1962)与埃莱娜·波尼亚托夫斯卡的《直到再也见不到你,我的耶稣》进行了比较研究,认为:

> 在某种程度上,《直到再也见不到你,我的耶稣》是《阿尔特米奥·克鲁兹之死》的另一面。如果富恩特斯的作品告诉了我们一个农民背叛并利用革命后拥有了权力和财富的故事,采用了征服者的哲学——"要么侵犯,要么被侵犯",那么波尼亚托夫斯卡则是在为一个女人发声,一个"被侵犯的女人"——在外表上似乎是生活的受害者,但她一直自豪地忠于自己。墨西哥小说中的索尔达德拉或者女战士形象——从《在底层的人们》

(1915)到富恩特斯的《阿尔特米奥·克鲁兹之死》和《异乡老人》，因为波尼亚托夫斯卡笔下的女性角色"耶稣"的加入而永远改变。①

在古斯塔沃看来，富恩特斯与波尼亚托夫斯卡的作品虽然都以墨西哥革命为主题，但是富恩特斯仍然属于传统男性文学二元对立的思维模式，波尼亚托夫斯卡则转向了女性视角和对边缘属下女性的关注，二者的这种区别突出地表现了当代女性小说更多的现实关怀。

纳塔利娅·阿尔瓦雷斯在《1968 年至今女性书写的墨西哥叙事》一文中指出："尽管大男子主义在文学中存在了很长时间——从波菲里奥独裁制度中产生的保守主义以及女性由男性、墨西哥逻各斯中心思想所言说和暗示（的现象），但在这种背景下，墨西哥仍然是一个女性小说在数量上和质量上都脱颖而出的国家。"②她对当代墨西哥女性小说发展的这种概括，无疑揭示了拉美女性小说中的"另一面"：以女性主义为基础，打破父权秩序所巩固的女性典型形象的限制、寻找新女性身份认同、为他者和属下阶层社会状况辩护，已经成为当下墨西哥女性小说的主流，并在数量和质量上都得到了巨大的发展。

坎特罗·罗萨莱斯曾对以男性为中心的社会和文化结构中"女性"的社会身份进行了较为精辟的分析：

---

① Pellón, Gustavo. "La novela hispanoamericana de 1975 a 1990." *Historia de la literatura hispanoamericana II: el siglo XX*, Roberto Gonzáles Echevarría and Enrique Pupo-Walker (eds.), Madrid: Gredos, 2006, p. 301.

② Álvarez, Natalia. "La narrativa mexicana escrita por mujeres desde 1968 a la actualidad." *Tendencias de la narrativa mexicana actual*, p. 89.

> 对于"女性个体",我们指的是一个抽象的概念,视之为"所有女性内在本质的代表(它被视为自然,母亲,神秘,邪恶的化身,欲望和知识的对象,永恒的女性等)";对于"女性群体",我们想指出,真正的女性集体拥有实质的历史的存在,即由性别技术定义并在社会关系中产生的社会主体。①

她的这种分析,深刻揭示了在男性为中心的社会和文化结构中,"女性"只不过是一个本质化了的抽象概念,这个概念是男性对女性欲望的虚构。相反,现实的女性集体应该是物质的、历史的存在,是处于社会关系中的社会主体。这种观点无疑表达了20世纪拉美女性小说的共同目标:通过自己的文学叙事,肯定女性自我努力的意义和价值,并实现自我定义的目的。

伊尔玛·穆尼奥斯·洛佩斯在《生存意志:20世纪60年代末至90年代的墨西哥女性小说家》(2010)一文中,以女性的"生存意志"为主题,对20世纪最后三十年的墨西哥女性小说作了回顾,认为尽管这一时期的女性小说中美学和主题存在多样性,但这些作家有一些共同的关注点,其中最重要的是对女性身份的探索,这种探索经历了为追求自己的身份而进行的斗争、探索和理解两性关系中的身份、围绕民族身份的阐述等三个阶段。②

---

① Cantero Rosales, María Ángeles. El "Boom femenino" hispanoamericano de los años ochenta. Un proyecto narrativo de "ser mujer". Granada: Universidad de Granada, 2004, pp. 30 - 31.

② 参见 López, Irma M. "The Will to Be: Mexican Women Novelists from the late 1960s to the 1990s." The "Boom Femenino" in Mexico: Reading Contemporary Women's Writing, Nuala Finnegan and Jane E. Lavery (eds.), Newcastle upon Tyne: Cambridge Scholars, 2010, pp. 26 - 47。

由于拉丁美洲特殊的历史境遇，就女性而言，种族、阶级和性别的三重压制是永远无法绕开的话题，并且面临着"三重边缘化"的可能性，即"'后现代'的历史时期、第三世界的欠发达的状况、男权世界中女性的弱势地位"①。三重压制与三重边缘化必然使妇女在自我身份认同上面临选择困境，从而也成为女性小说所要着力回应的问题。洛佩斯通过对20 世纪 60 至 90 年代墨西哥女性小说发展的回顾，揭示了女作家对女性身份认同的文学叙事离不开性别和种族这两个核心维度，而性别与种族问题虽有现实的原因，但更为重要的是历史的根源，所以要从根源上解决女性身份认同问题，必须回到自己的历史中去，在历史中加以厘清，从而，新历史小说成为当代拉丁美洲女性叙事文学的必然选择。

20 世纪下半叶开始，随着 1949 年古巴小说家阿莱霍·卡彭铁尔（Alejo Carpentier）的《人间王国》（*El reino de este mundo*）被确定为第一部新历史小说，文学评论界开始发展出一些关于历史小说的理论，其中包括后现代历史小说、元历史小说和新历史小说。

关于后现代小说，美国文学评论家布莱恩·麦克海尔在《后现代主义小说》（1987）一书中明确提出，后现代小说实现了对传统历史小说"三个限制"的突破，即官方史学的限制、不合时宜的限制、违背逻辑和自然规律的限制，并认为后现代主义对历史的态度是修正主义的。② 由于后现代小说的边界是半渗透的，所以很容易实现边界跨越。尤其在拉丁美洲文学中，后现代主义有意识地将历史和奇幻结合起来，以跨越历史与

---

① 郑书九：《当代拉丁美洲小说发展趋势与嬗变——从"文学爆炸"到"爆炸后文学"》，《外国文学》2012 年第 3 期，第 47 页。

② 参见 Mchale, Brian. *Postmodernist Fiction*. New York：Londo，Methuen，1987，p. 86。

现实的界限,并通过明显的矛盾来突破传统历史小说的约束,表现出反叛的欲望和解构传统规范的冲动,从而促进了小说创作实践与美学的融合。

琳达·哈琴在她的著作《后现代主义诗学》(1988)中讨论了元历史小说问题,从强调语言的重要性、历史真相的不可知性、同一叙事可以包含对事件、人物和世界愿景的两种或多种解释,以及关注读者与文学之外世界的关系(读者参与历史重建)等方面的问题,[①]为新历史小说提供了新的理论依据。

新历史小说的理论先驱和主要代表西摩·门顿在《拉丁美洲新历史小说(1979—1992)》(1993)一书中分析了在拉丁美洲文学领域新历史小说兴起的原因,并从两个主要方面进行了概括:一是"发现美洲"五百周年,引发了对历史主题的新一轮兴趣,它不仅限于哥伦布对新大陆的发现,还包括对拉丁美洲的官方历史及其在世界上的定位的质疑;二是冷战的结束以及对殖民文学,特别是编年史的学术兴趣的增加。此外,他还将新历史小说的特征概括为"通过遗漏、夸大和不合时宜有意识地歪曲历史""历史人物的虚构化"、互文性等。[②]

新历史小说质疑官方史学关于重大历史事件、英雄人物的宏大叙事,因此采取的首要策略是恢复被遗忘的边缘化群体的历史。首先,他们认可一种多重"历史类型",其中少数群体、边缘化群体,特别是土著和妇女成为关注的主要对象,并从这些叙述主体的视角出发描述历史,以

---

① 参见 Hutcheon, Linda. *A Poetics of Postmodernism*. London/New York: Routledge, 1988, pp. 105 – 123。

② 参见 Menton, Seymour. *La nueva novela histórica de la América Latina*, *1979 – 1992*. México: Fondo de cultura económica, 1993, pp. 42 – 46。

恢复被官方历史替代的部分。其次，"虚构"或"杜撰"历史。新历史小说使用讽刺、模仿、寓言和虚构、超自然力量叙事及"时代错位"等叙事方式，通过解构既有的信仰和价值观，达到质疑官方史学、恢复社会边缘群体历史的目的。

当然，也有一些批评家，如古斯塔沃·佩隆并不完全赞同以上观点，认为新历史小说并不仅仅是解构，还具有某些重建特征：

> 新历史小说的出现也许是 80 年代拉丁美洲小说发展中最重要的趋势。它与传统的历史小说不同，具有纪实文学的修正主义精神，并且在某些情况下（尽管并非所有情况），暗示或公开提出了对自身历史话语的解构。因此，在历史重建的同时，通常还有对历史建构过程的平行评价。①

从拉美女性小说的发展事实来看，佩隆的观点也许更客观一些。一方面，新历史小说质疑官方历史、关注边缘群体的总体倾向，无疑与女性历史叙事着重质疑和解构官方历史对妇女声音的淹没及对其作用的遮蔽是一致的，所以必然受到女作家的欢迎和采纳。另一方面，女性历史叙事的目的不仅在于质疑和解构官方历史，更重要的还在于为边缘属下妇女发声，重建妇女在历史中的地位和作用，并为妇女问题在现实中的解决提供历史根据。所以，女性新历史小说在重新建构妇女自我意识和

---

① Pellón, Gustavo. "La novela hispanoamericana de 1975 a 1990." *Historia de la literatura hispanoamericana II: el siglo XX*, Roberto Gonzáles Echevarría and Enrique Pupo-Walker (eds.), Madrid: Gredos, 2006, p. 303.

主体性的过程中具有独特的作用和价值。同时,新历史小说对于拉丁美洲女性叙事的重要性还在于,它可以为妇女提供集体记忆和民族认同感,从而帮助妇女建立起对于自己过去和现在的历史联系。

法国社会学家莫里斯·哈布瓦赫曾对集体记忆及其作用作过较为系统的论述。他认为集体记忆作为一种文化和社会建构,源于不同社区通过共享记忆来重申自己身份的需要,但他又强调这些历史记忆也是有预谋的选择。哈布瓦赫进一步解释了个人记忆与集体记忆的区别:虽然集体记忆是个人社会化过程的一部分,共同思想和意识形态影响着个人的思维方式并决定其日常经历,但另一方面,不同社会群体的个人记忆构成并完善着集体记忆,二者有着密切的关联。同时,他也强调,集体记忆绝不可能保存过去事件的全部,也不能包含以前存在的一切的知识,它只是一种在某些历史时刻满足社会需求的选择。[①] 可见,哈布瓦赫已经明确意识到作为集体记忆的官方历史存在着缺陷和不足,需要非官方的集体记忆、日常和碎片化的记忆以及传说和神话记忆来弥补。

评论家乌特·赛德尔将扬·阿斯曼(Jan Assmann)关于集体记忆中的文化记忆和交际记忆的分类思想运用于对墨西哥集体记忆的分析,认为交际记忆可以定义为涵盖近八十年或一百年之间的记忆,其中包括调查某些历史事件的目击者和幸存者的存在、在给定时间的现有社会框架内构建并"在口头话语中表达"。以墨西哥文学为例,它指的是在重大历史事件背景下的个人经历,如墨西哥革命和现代化运动等,这些都是由家庭、农村社区、宗教团体或社会阶层等社会框架内的集体记忆构成的。

---

① 参见 Halbwachs, Maurice. "Memoria colectiva y memoria histórica." *La memoria colectiva*, Zaragoza: Prensas universitaria de Zaragoza, 2004, pp. 319 - 323.

与交际记忆不同，文化记忆则是"一个社区共享的遥远的、神话般的、祖先的过去"，是"被感知"和"使过去在记忆中保持活力"的记忆，比如文化习俗，仪式节日、纪念活动、文化符号、图像等元素，这些元素对于巩固民族认同感具有重要的意义。① 因此，不论是交际记忆还是文化记忆，集体记忆的重要性在于沟通过去与现在，并且具有重要的现实意义："集体记忆将过去与现在联系起来，因为它通过将其他时代的图像融入当今不断变化的视野，塑造了有意义的经验和记忆并使它们得以持续存在。"②

从女性主义的角度来看，文化记忆包含属于官方集体记忆的历史，其中显然可以感受到父权制和霸权秩序操控的痕迹，而交际记忆在"非官方"话语的帮助下，通过口述的方式，例如，日记、美食食谱和书信体小说，试图保持历史的灵活性和替代性，为来自权力中心之外的边缘化声音，包括女性的声音提供可能性。从这种意义上说，墨西哥女性小说重建过去的兴趣不仅在于希望恢复妇女的历史，以便声明她们参与了集体记忆的建设，还在于寻找她们所生活的社会状况的历史和文化原因，以便质疑和批评父权制社会的现行政策，并为未来提供更多的可能性和机会。

基于以上认识，赛德尔不仅特别重视官方历史，也十分关注其他类型历史叙事对墨西哥的重要性。她认为从后殖民主义的角度出发，存在

---

① 参见 Seydel, Ute. "La construcción de la memoria cultural." *Acta Poética*, Vol. 35, No2, Mística en la literatura contemporánea, Universidad Autónoma de México, julio-diciembre, 2014, pp. 199 - 203。

② 参见 Seydel, Ute. *Narrar Historia(s): La ficcionalización de temas históricos por las escritoras mexicanas. Elena Garro, Rosa Beltrán y Carmen Boullosa*, Madrid: Iberoamericana/Vervuert, 2007, p. 56。

着"未解决"的历史时刻,殖民状况在被殖民者中产生了一种精神分裂症,形成创伤,因为它不是繁荣和辉煌的历史,而是有许多伤害和痛苦的时刻。[1] 更进一步地,给今天的墨西哥人留下的,不仅有痛苦的历史记忆,更有对他们过去的刻意忽略,或是通过简单、扁平的陈述,使他们缺乏对历史的正确理解以及在集体记忆的构建和传播中选择的合法性。同时,对历史主题的兴趣也是由于对历史事件的批判性审查是"根据现在的需要"进行的,并且可以赋予"现在"以意义和连贯性。[2]但在相当长的一段时间内,墨西哥叙事受制于官方史学,文学文本在霸权话语面前无法表现出不安和反对思想。直到最近几十年,在理论和社会变革的影响下,墨西哥作家开始关注通过回顾过去恢复非官方的集体记忆,之前沉默或被遗忘的文化和历史才有可能重见天日并开始被记住。所以,自从文学叙事打开墨西哥传统官方史学的缺口之后,墨西哥的历史书写开始超越传统的政治、经济和社会史,走向民族史、私人生活史、日常生活史、家庭史、宗教史、性史、教育史等,[3]历史视野也从宏观走向微观。

对于墨西哥历史叙事中的集体记忆,赛德尔非常强调文学文本的重要性。她认为文学文本提供了比博物馆和纪念场更生动的记忆空间,文

---

[1] 就墨西哥的实际情况而言,作者列出了如下案例:军事和精神征服、独立墨西哥第一帝国的失败、圣安娜时代丧失的将近一半的国家领土、保守派和外国势力强加的第二帝国,以及墨西哥革命和基督战争不成比例的暴力与无处不在的死亡。(参见 Seydel, Ute. *Narrar Historia(s): La ficcionalización de temas históricos por las escritoras mexicanas. Elena Garro, Rosa Beltrán y Carmen Boullosa*, Madrid: Iberoamericana/Vervuert, 2007, p. 100。)

[2] Seydel, Ute. *Narrar Historia(s): La ficcionalización de temas históricos por las escritoras mexicanas. Elena Garro, Rosa Beltrán y Carmen Boullosa*, Madrid: Iberoamericana/Vervuert, 2007, p. 142.

[3] 同上,第32页。

本既代表着一个特殊的空间，由此可以引出不符合国家官方叙事的其他记忆，也代表了一个探索和重新制作某些集体共享图像的空间。[1] 因此，必须纠正由国家主导权力控制的、单一官方史学历史叙事的倾向，充分重视文学文本在弥补官方史学中缺失的非官方记忆和边缘化群体记忆方面所发挥的重要作用。

概言之，面对当下时，人们必须牢记过去的一些事件，因为重复某些错误的代价是高昂的。历史尽管不会重演，但忽视它的教训通常是普遍的，与其舔舐历史的伤口（有时候很难完全治愈），还不如把过去当作历史的教训，避免重蹈覆辙。作家和历史学家对墨西哥的过去进行批判性审查的兴趣，既出于医治历史创伤的愿望和为当前妇女提供新观点的需要，又试图在妇女中激发她们对自己命运的自我反思。或者说，作家从女性主义的角度重写妇女历史，不论这种日常化书写是否与该国的官方历史事件有关，也不论是历史文本还是社会学、政治学和人类学档案，都必须考虑到墨西哥文学叙事与非文学话语之间的互文性。

基于拉丁美洲和墨西哥的"边缘后现代性"文学叙事的以上特征，本书涉及的作家有卡门·博略萨、安赫莱斯·玛斯特尔塔和克里斯蒂娜·里维拉·加尔萨，她们都出生于 50 至 60 年代，并在 90 年代大量发表作品；她们从女性的角度通过重写历史恢复妇女的集体记忆，这些集体记忆与墨西哥妇女的日常经历有着密切的关系，不仅重新确立了妇女在历史中的地位，而且为妇女重新改变命运提供了多种可能性。然而，问题

---

[1] Seydel, Ute. *Narrar Historia (s): La ficcionalización de temas históricos por las escritoras mexicanas. Elena Garro, Rosa Beltrán y Carmen Boullosa*, Madrid: Iberoamericana/Vervuert, 2007, p. 114.

仍然存在：女作家究竟做了什么或已经做了什么来支持拉丁美洲历史修正主义的进程，以证明妇女对历史进程的贡献是正确的？特别是当它们已被官方史学遗忘或压制，这种另类记忆如何才能呈现给公众并被其他人认可？女作家们如何采用不同的方式，从性别角度凸显妇女在历史关键时刻的重要作用？这些问题还需要进一步讨论，所以本研究可以视为对"边缘后现代性"墨西哥女性小说研究的延续，并希望在以下三个问题上有所突破。

首先，这是对官方历史表述的批判性审查，使我们能够宣布妇女对权威和主导权力的批判态度。

其次，关于表征的异质性配置，作家和历史学家都必须处理对单一真相和历史神话的解构，以及对英雄和反英雄的虚构。这些历史上被巩固的神话和英雄的神秘化也有助于缓和墨西哥革命后的民族主义危机。

最后，为了在集体记忆中恢复边缘化群体的记忆，特别是妇女的记忆，文学批评家和作家的首要任务是承认替代记忆的重要性，并将其纳入官方史学的建构之中。

20 世纪墨西哥女性小说的繁荣与风格

　　女性写作并不是最近才出现的现象,早在古希腊时期,著名的女诗人萨福已经写作了大量的抒情诗。在 17 世纪下半叶的墨西哥,也有修女诗人胡安娜・伊内斯・德・拉・克鲁兹①。但是,从整个文学史来看,女作家及其作品一直受到不公正的待遇,在哈罗德・布卢姆的《西方正典》(1994)中,所选择的女作家作品的样本就很少。女性作品在文学正典和语料库中的缺席是一种普遍现象,产生这种现象的原因主要在于长期以来文学书写一直被视为男性的特权,而女性写作是违反男性秩序的行为。"文学经典的标准的创造不仅排除了妇女的成就,而且排除了除占主导地位的种族、阶级或性别选择以外的其他种族、阶级或性别的人的成就:经典是男性的、白人的、资产阶级的、异性恋的和西方的。"②除此

---

① 胡安娜・伊内斯・德・拉・克鲁兹(Juana Inés de la Cruz, 1648—1695),出生于墨西哥的圣米格尔・内班特拉小镇,是西班牙语文学的代表作家之一,以诗歌和散文见长。由于胡安娜修女无法接受婚姻对女性的束缚,志在全身心投入学习,所以她于 1669 年以修女胡安娜・伊内斯・德・拉・克鲁兹的身份在圣赫罗尼莫修道院履行会计和档案管理员的职责,并终身坚持学习。她撰写的女性主义诗歌和散文成为墨西哥女性文学经常被提及和引用的经典,也被认为是墨西哥女性文学传承的重要里程碑。

② Suárez Briones, Beatriz (eds.). "La segunda ola feminista: Teorías y críticas literarias feministas." *Escribir en femenino. Poéticas y políticas*, Barcelona: Icaria, 2001 (Mujeres y Culturas, 5), p. 27.

之外，现实中知名女作家很少，成为畅销书的作家更少，而对于那些仍然没有获得声望的女作家而言，接触到出版商出版她们的作品非常困难，所以女性写作面临着许多实际的困难。在文学评论中，情况也大致如此，女作家而非其作品一直被置于放大镜下研究，大多集中在女作家的采访和传记，对她们作品的研究并不多。

但是，通过对 20 世纪墨西哥女性小说的考察，我们发现，事实上女作家们总是在场的，她们与男作家始终处于同一位置，不论她们的写作成功或失败、好与坏，不论在逆境还是顺境中，她们都始终在场，而且是作为另一个存在发挥着作用。她们始终没有停止写作，并已经"逐渐在文学领域占有一席之地"①。正是她们的存在使文学正典和语料库被修订和改写。

一、从兴起到繁荣

由于特殊的历史文化语境，在拉丁美洲近三个世纪的殖民统治时期里，叙事特别是小说类文体在整个拉丁美洲文学中仅占极小份额，诗歌和戏剧占据着主导地位。随着 19 世纪拉美殖民地国家独立，叙事文学才开始有所发展。评论家奥索里奥·特赫达在《19 世纪拉美文学》(2000)中将拉美叙事作品分为解放文学(1791—1830)、民族国家的形成(1830—1880)和从属现代化(1880—1910)三个历史模块，并试图通过这些模块来建构拉丁美洲叙事文学的传统。② 当然，这种历史性的划分只

---

① Cantero Rosales, María Ángeles. *El "Boom femenino" hispanoamericano de los años ochenta. Un proyecto narrativo de "ser mujer"*. Granada: Universidad de Granada, 2004, p. 77.

② 参见 Osorio Tejeda, Nelson. *Las letras hispanoamericanas en el siglo XIX.* Universidad de Alicante, 2000, p. 10。

是一个建议或是从文学角度形成的一种对于拉丁美洲叙事的总体思路，实际上每一个原殖民地国家都有自己相对独立的历史进程和发展的具体过程。对于墨西哥而言，尽管在 1821 年实现了国家独立，但是由于国内战争和权力冲突、传统的断裂和经验的缺乏等因素的影响，特别是 1830—1870 年间法国的入侵、美国的渗透，实现社会稳定和争取独立的斗争仍然在同时进行。当然，也必须看到，随着国家的独立，国民教育的必要性显得越来越重要，阅读成为国家寻求政治生存的新武器：大量的地方和国家报纸开始出版，向贫穷和偏远地区散发各种小册子和传单的数量大幅增加；书信往来、说教性的出版物开始流传，阅读普及要求进一步提高，由此所导致的另一个重要的后果，就是女性阅读得到认可和重视，女性教育的重要性也同时得到认真讨论和反思。[①]

　　基于国家政治发展的需要，独立后墨西哥文化教育和出版领域的这些变化，尽管还不足以实现妇女教育和社会地位的根本改善及女性写作被束缚、被限制状况的根本改变，但是仍使妇女成为文学作品的主要接受者，同时为女性写作提供了潜在的、数量可观的读者群体。

　　1850 年代之后，随着阅读的进一步普及，出版物的进一步丰富，墨西哥出现了专门面向妇女的报纸和杂志，如《墨西哥年轻女士周报》(*La Semana de las Señoritas Mejicanas*，1850—1852)——"旨在对女性进行

---

① 参见 Roldán Vera，Eugenia. "El sistema de enseñanza mutua y la cultura cívica durante los primeros años de la república independiente de México." *Historia Caribe*，Vol. 2，No. 7，2002，pp. 113 - 136。

科学、道德和文学教育"[1]，并提供了大量的娱乐信息和知识，如时装、音乐、家政、历史和文学文章、社会和艺术活动的编年史，以及许多有助于激励女性参与的字谜、谜语和国际象棋等。[2] 1870 年，尤卡坦州梅里达出版了第一份由女性自主编辑和撰写的杂志——《永远鲜活》(*La Siempreviva*)。此后，墨西哥城也陆续出现了由女性编辑和撰写的报刊，如《阿纳瓦克的女儿》(*Las hijas del Anáhuac*，1873—1874)、《女性画报》(*El Álbum de la Mujer* 1883—1890)、《阿纳瓦克的紫罗兰》(*Violetas del Anáhuac*，1887—1889)、《墨西哥女人》(*La Mujer Mexicana*，1904—1906)等，使女性发表文章变得容易。尽管这些专门的女性报刊具有强烈的保守性和资产阶级色彩，"未能成功地脱离她们那个时代的父权制愿景"[3]，但成为女性表达和反思的重要论坛，使女性拥有了第一批得以流传的女性出版物，其不仅对 19 世纪下半叶墨西哥妇女教育和社会地位的转变起到积极的作用，而且使女性作为职业作家成为可能。

与专门的女性报纸、杂志的出现相对应，在这一时期，现代主义作家、诗人雷富吉奥·巴拉甘·德·托斯卡诺 (Refugio Barragán de Toscano) 在 1887 年出版了历史小说《强盗的女儿或内华多的地下世界》

---

① Reed Torres, Luis; Ruiz Castañeda, María Del Carmen. *El periodismo en México: 500 años de historia*. México: EDAMEX-CLUB PRIMERA PLANA, 1995, p. 161.

② 参见 Vega, Rodrigo. "Difundir la instrucción de una manera agradable: Historia natural y geografía en revistas femeninas de México, 1840 - 1855." *Revista mexicana de investigación educativa*, Vol. 16, No. 48, 2011, pp. 107 - 129。

③ 参见 Domenella, Ana Rosa; Pasternac, Nora. "El periodismo femenino en el siglo xix Violetas del Anáhuac." *Las voces olvidadas: Antología crítica de narradoras mexicanas nacidas en el siglo XIX*, El Colegio de México, 1997, pp. 399 - 418。

(*La hija del bandido o los subterráneos del nevado*)，她也因此被认为是
墨西哥第一位女小说家。[①] 同时，这一时期也产生了墨西哥第一位职业
女作家玛丽亚·恩里克塔·卡马里奥（María Enriqueta Camarillo，
1872），她的短篇小说《弗洛里亚尼》(*El maestro Floriani*)于 1895 年发
表在杂志《蓝色》(*Azul*)上。恩里克塔的作品在当时的欧洲和美国有着
广泛的受众，她的短篇小说《秘密》(*El secreto*，1922)作为拉丁美洲女性
文学的代表，曾入选法国短篇小说集《女性笔记本》(*Les Cahiers
Feminins*，1922)。[②]

　　总体而言，在 19 世纪下半叶，女作家对出版自己的作品虽然有更大
的兴趣，并且也有不少作品出版，但是仍然有很多女作家的名字和作品在
墨西哥文学史上消失或隐形，即使在当时有着巨大影响的作家如玛丽
亚·恩里克塔，在后来也几乎被遗忘。尽管如此，站在 20 世纪墨西哥女性
小说的角度来看，19 世纪下半叶的女作家及其作品依然是墨西哥女性文学
谱系的"祖母"或"母亲"级别的存在[③]，不仅为新一代女作家的成功奠定了
基础，一些作家甚至直接参与了 20 世纪墨西哥女性小说的发展和繁荣。

　　此处用"发展"和"繁荣"两个词来概括 20 世纪墨西哥女性小说的发
展过程，意味着我们试图将 20 世纪墨西哥女性小说视为既有联系又相

---

① 参见 Vivero Marín, Cándida Elizabeth. "El oficio de escribir: la profesionalización de las
escritoras mexicanas (1850 - 1980)." *La ventana. Revista de estudios de género*，Vol.
3，No. 24，2006，pp. 175 - 203。

② García Barragán, María Guadalupe. *Narrativa de autoras mexicanas. Breve reseña y
bibliografía 1900 - 1950*. Guadalajara: Universidad de Guadalajara，2002，p. 17.

③ Vivero Marín, Cándida Elizabeth. "El oficio de escribir: la profesionalización de las
escritoras mexicanas (1850 - 1980)." *La ventana. Revista de estudios de género*，Vol.
3，No. 24，2006，p. 181.

区别的两个重要阶段：20 世纪上半叶（世纪初至 50 年代），墨西哥女性小说的发展阶段；20 世纪下半叶（60 年代至世纪之交），墨西哥女性小说的繁荣阶段。整体而言，20 世纪上半叶墨西哥女性写作仍然处于非常不利的环境之中，她们被隔离在公共领域之外，处于社会的边缘，在写作上也还没有获得足够的声望，很难接触到出版商，畅销书作家更少。在评论方面，情况大致相近，对于女作家的作品，不论成功或失败，除一些传记和访谈能引起一定的关注之外，对作品的认真研究并不充分，女作家是被忽视的群体。但是，与 19 世纪相比较，在 20 世纪上半叶，女性的写作环境发生了重要的改变，这种改变主要基于 1910 年的墨西哥革命所引发的社会、政治和文化领域的巨大变化。

1910 年无疑是墨西哥现代史的轴心，墨西哥革命不仅结束了波菲里奥·迪亚斯长达 30 余年的独裁统治，引发了墨西哥社会、政治和文化的巨大转折，而且就这种转折的间接影响而言，墨西哥革命后，为了推进新的国家认同，政府采取了三项十分重要的文化措施。第一，墨西哥革命的"文化领袖"何塞·瓦斯孔塞洛斯（José Vasconcelos）担任教育部部长时，组织实施扫盲运动，提高了妇女的阅读能力，并着力促进妇女在传播和艺术领域的融合。[①] 第二，政府通过有组织、有计划的活动，传播墨西哥政治制度的革命价值观，以实现民族认同。在这一过程中，墨西哥壁画运动（Muralismo mexicano）和革命文学的推广、新闻技术与对话等新形式的运用，推动了民族话语的现代化。第三，采取有效措施推动民族文学发展，并在 1941 年设立了米格尔·兰兹·杜雷特奖（el premio

---

① 参见 Monsiváis, Carlos. "Notas sobre la cultura mexicana en el siglo XX." *Historia general de México*. México：El Colegio de México，Vol. 2，1994，pp. 1416 - 1420。

Miguel Lanz Duret)以表彰女性创作。① 特别在 30 年代末,受国际国内诸多因素的影响,革命制度党开始领导墨西哥进行第二波现代化,知识领域内的一些具有自由主义倾向的团体开始形成,文学领域的作家逐步拉开与暴力革命的距离,开始为受压迫和地位不平等的边缘土著发声,以恢复社会正义。与此相联系,女性主义开始出现并与土著主义并行,女性写作表现出更多的自由度。除革命、历史、土著等严肃主题仍然占主导地位之外,日常生活小世界、亲密的个人层面等女性特征鲜明的作品开始大量出版。

就直接影响而言,这场革命成为墨西哥文学不断回顾和反思的对象,也成为 20 世纪墨西哥文学作品产生数量最多的历史事件。同时,文学界也形成了以这场革命为对象的文学流派和体裁——其中既包括革命亲身经历者所撰写的"革命小说",也包括后来以革命作为反思对象的"革命新小说"。② 在女性小说方面,革命的亲身经历者内莉·坎波贝洛(Nellie Campobello,1900)出版了两部描写墨西哥革命的小说——《子弹》(*Cartucho*,1931)和《母亲的手》(*Las manos de mamá*,1937),同时,在这一主题延长线上亦有诸多女作家,如埃莱娜·波尼亚托夫斯卡、玛丽亚·路易莎·门多萨(María Luisa Mendoza)、西尔维娅·莫利纳(Silvia Molina)、安赫莱斯·玛斯特尔塔、布里安达·多梅克(Brianda

---

① 参见 García Barragán, María Guadalupe. *Narrativa de autoras mexicanas. Breve reseña y bibliografía 1900 - 1950*. Guadalajara:Universidad de Guadalajara,2002, pp. 26 - 27。

② 参见 Larios Loza, Brenda Berenice. "La Vieja y Nueva Novela de la Revolución Mexicana. Recreación de testimonios e historiografía." *Sincronía*,No. 82,2022, pp. 719 - 740。

Domecq)、卡门·博略萨和劳拉·埃斯基维尔等。

如果我们按照作家出生和发表作品的大概时间，对这一时期墨西哥女作家叙事作品进行梳理，也许会发现这是一个很长的名单。劳拉·门德斯·德·昆卡（Laura Méndez de Cuenca，1853）出版了小说《孤挺花之镜》（*El espejo de Amarilis*，1902）和故事集《天真》（*Simplezas*，1910）；玛丽亚·恩里克塔·卡马里奥作为一位名副其实的跨世纪作家，不仅在 19 世纪末发表作品，而且在 20 世纪初出版了《卡祖笛》（*Mirlitón*，1918）、《世界之角》（*Jirón del Mundo*，1918）和《秘密》（*El secreto*，1922）等多部小说，1951 年获诺贝尔文学奖提名；多洛雷丝·博利奥·坎塔雷尔（Dolores Bolio Cantarell, 1880）出版了《过去的一片叶子》（*Una hoja del pasado*，1920）、《唯一的爱，诗人的悄悄话》（*Un solo amor. Confidencias de poeta*，1937）两部小说以及故事集《玛雅的十字架》（*La cruz del maya*，1941）、《毛茸茸的威尔弗雷德》（*Wilfredo el Velloso*，1943）等；瓜达卢佩·马林（Guadalupe Marín，1893）出版了《独一无二的女人》（*La Única*，1938）和《爱国日》（*Un día patrio*，1941）两部小说；朱莉娅·古兹曼（Julia Guzmán，1906）出版了《离婚的女人们》（*Divorciadas*，1939）和《我们的丈夫》（*Nuestros maridos*，1944）两部小说；洛拉·维德里奥（Lola Vidrio，1907，原名玛丽亚·德·洛斯·多洛雷丝·维德里奥·贝尔特兰·伊·普加［María de los Dolores Vidrio Beltrán y Puga]）出版了短篇故事集《无名之辈和其他故事》（*Don Nadie y otros cuentos*，1929），并凭借此书获哈利斯科州新闻奖（Premio Jalisco de Periodismo，1952）；亚松森·伊斯基耶多·阿尔比尼亚纳（Asunción Izquierdo Albiñana，1910）曾用多个笔名出版了《小安德里亚：第三性》（*Andreida. el Tercer sexo*，1938）、《快乐丛林》（*La selva encantada*，

1945)、《非凡的人们》(*Los extraordinarios*，1961)和《灰烬晚餐》(*Cena de cenizas*，1975)等；马格达莱娜·蒙德拉贡（Magdalena Mondragón，1913)出版了《我，一个穷人》(*Yo，como pobre*，1944)、《不会到来的那一天》(*El día no llega*，1950)、《当革命剪断了自己的翅膀》(*Cuando la revolución se cortó las alas*，1967)等小说；阿德里安娜·加西亚·罗尔（Adriana García Roel，1916)出版了《泥人》(*El hombre de barro*，1943)，并凭借该小说获得1942年米格尔·兰兹·杜雷特奖；萨拉·加西亚·伊格莱西亚斯（Sara García Iglesias，1917)出版了《废墟之池》(*El jagüey de las ruinas*，1944)，并凭借该作品获得1943年米格尔·兰兹·杜雷特奖，此外还有《伊莎贝尔·蒙特祖玛，最后一位阿兹特克公主》(*Isabel Moctezuma，la última princesa Azteca*，1946)和《流亡》(*Exilio*，1957)等多部作品。

除以上作家外，20世纪50年代之前出版小说的女作家还应该包括安东尼塔·里瓦斯·梅尔卡多（Antonieta Rivas Mercado，1900)、玛丽亚·隆巴尔多·德·卡索（María Lombardo de Caso，1905)、朱迪思·马丁内斯·奥尔特加（Judith Martínez Ortega，1908)、帕特里夏·考克斯（Patricia Cox，1911)，等等。这样一份名单无疑从一个重要的面向表明，20世纪上半叶墨西哥女性小说在蓬勃发展。

在20世纪上半叶墨西哥叙事文学的发展中，除墨西哥革命这一重要的历史时刻之外，50年代也是一个十分重要的转折点。评论家特雷霍·富恩特斯认为，50年代"应该被视为与过时事物决裂的确切时刻，以及与现代事物相遇的时刻"[①]。古巴裔散文家阿拉利亚·洛佩斯也指

---

① Trejo Fuentes，Ignacio. "La novela mexicana de los setenta y ochenta." *Revista Fuentes Humanísticas*，Vol. 1，No. 1，1990，p. 7.

出，"1950 年开启了墨西哥叙事变化的十年"，在这十年里，革命小说和现实主义倾向已经衰落，新的"现代主义生存和前卫实验"潮流开始出现①。同时，在这十年里，"妇女投票权开始生效。作为时代的标志，现代女性在国家空间中的存在可见一斑。其中一个空间是文学空间"②。与此相对应，以罗萨里奥·卡斯特拉诺斯（Rosario Castellanos）、安帕罗·达维拉（Amparo Dávila）、伊内斯·阿雷东多（Inés Arredondo）、约瑟芬娜·维森斯（Josefina Vicens）、路易莎·约瑟芬娜·埃尔南德斯（Luisa Josefina Hernández）等人为代表的所谓"世纪半一代"（la Generación del Medio Siglo）女作家组成了新的女性叙事的坚实团体。③ 在创作主题和风格上，她们摆脱了农村和革命的影响，开始探索更为广泛和普遍的主题。比如罗萨里奥·卡斯特拉诺斯对土著问题的关注，安帕罗·达维拉对女性气质、城市复杂人际关系、性别与身体、性与欲望问题的关注，等等。她们不仅是作家，而且是文化机构中的评论家、翻译家、大学教授和文化推广者，所以具有更为重要的影响力，从而推动 20 世纪墨西哥叙事文学实现了从"发展"向"繁荣"的过渡。

我们以 20 世纪 50 年代为界，将 20 世纪墨西哥女性小说划分为两个阶段，并不意味这两个阶段是截然分开的，恰恰相反，它们是紧密联系的，突出表现是 20 和 30 年代出生的女作家在 20 世纪下半叶仍然保持着旺盛的创造力，持续发表作品并发挥着重要的影响。在这里，我们同

---

① López González, Aralia. "Narradoras mexicanas：utopía creativa y acción." *Literatura Mexicana (UNAM)*, Vol. 2, No. 1, 1991，p. 91.

② 同上。

③ 参见 Giardiello, Giannina Reyes；Pérez, Oscar A. "Nuevas aproximaciones a las escritoras de la Generación de Medio Siglo：una introducción." *Humanística. Revista de Estudios Críticos y Literarios*. 2021，pp. 23 – 33。

样可以列出一个名单。埃莱娜·加罗（Elena Garro，1916）是20世纪最具争议、最重要的作家之一，在60岁之后出版了《洛拉，我们快逃》（*Andamos huyendo Lola*，1980）、《关于玛丽安娜的证词》（*Testimonios sobre Mariana*，1981）、《重逢》（*Reencuentro de personajes*，1982）、《河边的房子》（*La casa junto al río*，1983）、《西班牙回忆，1937》（*Memorias de España 1937*，1992）、《伊内斯》（*Inés*，1994）、《寻找我的书信和初恋》（*Busca mi esquela: Primer amor*，1995）（该作品获得1996年修女胡安娜·伊内斯·德·拉·克鲁兹文学奖）、《一颗在垃圾桶里的心》（*Un corazón en un bote de basura*，1996）、《决斗的红裙》（*Un traje rojo para un duelo*，1996）、《我的妹妹玛格达莱娜》（*Mi hermanita Magdalena*，1998）等。罗萨里奥·卡斯特拉诺斯（1925）是50年代后期一位不可或缺的作家，她将女性主义与历史相融合打造了一个以女性和土著为主角的文学世界，主要作品有《巴龙·伽南》（*Balún Canán*，1957）、《雷阿尔城》（*Ciudad Real*，1960）、《哀歌之书》（*Oficio de Tinieblas*，1962）、《八月的客人》（*Los convidados de agosto*，1964）、《成人礼》（*Rito de iniciación*，1996）等。路易莎·约瑟芬娜·埃尔南德斯（1928）是小说家和剧作家，其作品探索了包括城市氛围、人物心理、历史与现实、神秘宗教元素等多种主题，出版有《青草生长的地方》（*El lugar donde crece la hierba*，1959）、《隐秘的怒火》（*La cólera secreta*，1964）、《美妙的夜晚》（*La noche exquisite*，1965）、《我们选择的山谷》（*El valle que elegimos*，1965）、《阿玛迪斯的记忆》（*La memoria de Amadís*，1967）、《怀念特洛伊》（*Nostalgia de Troya*，1970）、《行吟诗人》（*Los trovadores*，1973）、《背叛信仰》（*Apostasía*，1978）、《人物启示录》（*Apocalipsis cum figuris*，1982）等。埃莱娜·波尼亚托夫斯卡（1933）则一直游走于新闻与小说创

作之间，小说创作主要以大量记录在案的事件为对象，并与新闻或报告文学接壤，比较关注现实社会的人物与冲突，作为一位多产作家，其主要作品有童话故事集《利露丝·基库斯》（*Lilus Kikus*，1954）、《直到再也见不到你，我的耶稣》（1969）、《特拉特洛尔科之夜》（*La noche de Tlatelolco*，1971）、《亲爱的迭戈，基埃拉拥抱你》（*Querido Diego，te abraza Quiela*，1978）、《寂静喧嚣》（*Fuerte es el silencio*，1980）、《鸢尾花》（*La Flor de Lis*，1988）、《蒂娜》（*Tinísima*，1992），《天空的皮肤》（*La piel del cielo*，2001）等。以这几位作家为代表，她们在 50 年代前后开始发表作品，并保持了旺盛的创作能力和非常高的写作水平，不仅起到承上启下的作用，而且成为 20 世纪下半叶墨西哥女性小说"繁荣"的重要组成部分。

如果我们将 20 世纪上半叶墨西哥女性小说看作对 19 世纪后半期女性小说和男性小说的"回声"，那么，60 年代之后的墨西哥女性小说则完全变成了女性自己的"声音"，并形成了 80 年代女性小说的"热潮"或"爆炸"。①

进入 60 年代之后，墨西哥社会文化领域发生了一系列重要变化，比如嬉皮士运动、妇女和同性恋者的解放、摇滚和媒体的发展，尤其受美国文化的影响，"浪潮文学"（Literatura de la Onda）兴起，年轻一代将城市俚语与笑话、流行音乐的节奏和新的幽默感相结合，创造出一种所谓的

---

① Madrid Moctezuma，Paola. "Una aproximación a la ficción narrativa de escritoras mexicanas contemporáneas: de los ecos del pasado a las voces del presente." *Anales de Literatura Española*，No. 16，2003，web: chrome-extension://efaidnbmnnnibpca jpcglclefindmkaj/https://rua. ua. es/dspace/bitstream/10045/7273/1/ALE_16_06. pdf 〔2024/04/16〕

流行语言来展示自己的创意、划分自己的领地，并表达对社会、对前辈作家以及对各种固有传统的反抗。特别是60年代末的学生运动和后来的特拉特洛尔科事件，对墨西哥知识界和文学界产生了深远的影响。在上述事件之后，墨西哥知识分子变得更加具有批判性，开始重新修订家庭、历史、城市、政治制度等概念，重新审视历史与现实，并运用新的方法，甚至与官方史学截然不同的观点来叙述和描写历史。一些评论家甚至认为前一事件是对40年代之后出生的一代作家的"一种考验或仪式"，是促使他们成熟和对社会表达个人理解的起点[1]，它"开启了国家方向的新面貌"，从而影响了70至80年代的墨西哥文学叙事[2]。三位女作家埃莱娜·波尼亚托夫斯卡、玛丽亚·路易莎·门多萨、玛丽亚·路易莎·普加（María Luisa Puga）分别用《特拉特洛尔科之夜》（1971）、《与他，与我，与我们三人》（*Con él，conmigo，con nosotros tres*，1971）、《惊惧或危险》（*Pánico o peligro*，1983）三部小说直接表现了她们对于整个事件的立场和态度。可见，从更为广泛的意义来看，60年代墨西哥社会文化的变化对女性小说有着更为深远的影响，比如男性父权家长制和"家中天使"刻板形象的打破、女性主义和流行文化的结合、现实与历史的结合、女性与土著的结合、边缘化群体发声、自我新语言的寻找、元小说与自我指涉，以及女性身体、身份与主体性、现实与奇幻界限的超越等。

---

① López González, Aralia. "Quebrantos, búsquedas y azares de una pasión nacional（dos décadas de narrativa mexicana：1970 - 1980）." *Revista Iberoamericana*（*Pittsburgh*），Vol. LIX，No. 164 - 165，julio-diciembre de 1993，p. 671.

② Trejo Fuentes, Ignacio. "La novela mexicana de los setenta y ochenta." *Revista Fuentes*（*UAM-A，México，D. F.*），No. 1，II Semestre de 1990，p. 9.

在 20 世纪下半叶墨西哥女性小说的繁荣发展中，60 年代出生的女作家登上文学舞台成为一支生力军，无疑成为最重要的文学事件之一。

与 20 世纪上半叶相比较，女性所面对的社会环境已经发生了相当大的改变，不仅在墨西哥而且在世界范围内，妇女获得了更多的受教育权利和就业机会，并继续寻求更为公平的工作条件，这无疑为女性摆脱性别制约，实现写作职业化提供了有利的环境。文学领域也对女性展现出更大的包容度，墨西哥 60 年代出生的许多女作家在不同的知识领域接受教育，或是获得文学、哲学、历史学等专业的高等学历，或是在国外的大学里接受系统的写作训练，这些经历为其写作的职业生涯提供了更加专业化的帮助。在作品出版方面，随着评论界和整个出版行业对女作家的重视程度显著提高，60 年代出生的女作家受到的社会问题的限制减少，并获得了出版商、教育机构和州政府给予的多方面支持，一些女作家甚至开始在国外出版自己的作品。就墨西哥国内而言，北部、西部和南部地区都建立了相应的文化中心，女作家可以在不同的地区出版自己的小说，而不再需要到墨西哥城宣传自己的作品。①

女性的写作体裁和风格也不再受到限制。60 年代出生的作家如克里斯蒂娜·里维拉·加尔萨、安娜·加西亚·贝尔瓜（Ana García Bergua）、伊芙·吉尔（Eve Gil）、苏珊娜·帕加诺（Susana Pagano）和莫妮卡·内波特（Mónica Nepote）等，已经不再遵循或寻求某种统一的写作模式，而是关注轶事、呈现人物的个性，着力探索碎片化的表达，甚至诉

---

① 参见 Vivero Marín, Cándida Elizabeth. "El oficio de escribir: la profesionalización de las escritoras mexicanas (1850 – 1980)." *La ventana. Revista de estudios de género*, Vol. 3, No. 24, 2006, p. 195。

诸其他代码，如科学、历史或媒体，并由此形成一种新的美学形式，以尽可能多地涵盖故事和语言的多种可能性。在这方面，克里斯蒂娜·里维拉·加尔萨的《没有人看见我哭泣》无疑最具代表性。该小说通过主角的完全沉默来寻找绝对意义，通过不具社会意义或边缘群体的微观历史重新评估官方历史，表现出强烈的批判意识和对自由表达的追求。此外，她们普遍关注社会、政治、生态和女权问题，并对腐败和权威主义持公开的批评态度，如伊芙·吉尔（1968）的《愚蠢的男人》（*Hombres necios*，1996）、《亚当的磨难》（*El suplicio de Adán*，1997）和安娜·加西亚·贝尔瓜（1960）的《紫色》（*Púrpura*，1999）等作品都虚构了一些与墨西哥历史相似的故事，并以隐喻的方式实现对权威主义和独裁的批评。在写作手法上，她们都注重对互文性、新奇幻、幽默、戏仿、荒谬或怪诞等方法的运用，如苏珊娜·帕加诺（1968）的《如果我是苏珊娜·圣胡安》（*Y si yo fuera Susana San Juan*，1998）、维扎尼亚·阿梅兹夸·埃斯帕扎（Vizania Amezcua Esparza，1974）的《一种死亡的方式》（*Una manera de morir*，1999）、阿德里安娜·冈萨雷斯·马特奥斯（Adriana González Mateos，1961）的《骑行者和骑手的故事》（*Cuentos para ciclistas y jinetes*，1995）以及塞西莉亚·尤达夫（Cecilia Eudave，1968）的短篇小说集《技术上是人类和其他离奇故事》（*Técnicamente humanos y otras historias extraviadas*，1996），等等。

　　作为20世纪墨西哥文学的一种较为奇特的现象，60年代出生的女作家形成了一支非常密集的叙述者队伍，她们不仅专业地致力于小说的写作，而且广泛涉足散文、诗歌，甚至评论，成为一道亮丽的风景，从而为20世纪80至90年代乃至于21世纪初的墨西哥女性小说增添了夺目的光彩。

经过 70 多年的积累，80 年代之后的墨西哥女性小说进入"爆发"期，不仅新作家和新作品的出现和出版呈爆发式，而且主题也越来越丰富和成熟，女性个人身份、性别关系、国家认同、女性历史边缘化的解构与重建、女性身体和欲望等重要主题都进入了女性写作的视野。更为重要的是，这一时期的女性小说得到了读者的认可和市场的成功，一些评论家由此将这一文学现象称之为墨西哥"女性文学爆炸"。

拉美文学研究学者阿尔瓦罗·萨尔瓦多·乔弗雷在 1995 年发表的《拉丁美洲叙事的"另一个"爆炸：80 年代的女性写作》一文中详细界定了"女性文学爆炸"，认为这种女性文学的"爆炸"始于 1982 年伊莎贝尔·阿连德的小说《幽灵之家》(*La casa de los espíritus*)的发表，并在 1989 年劳拉·埃斯基维尔的小说《恰似水之于巧克力》的出版达到顶峰。① 贝丝·E. 约根森也提出一个有趣的想法，认为 80 至 90 年代的墨西哥女性写作，应该将其中的"Boom"(爆炸)理解为"Bloom"(绽放)。② 约根森之所以强调这一点，主要是为了说明这种爆炸式的女性写作现象并不是凭空出现的，而是有其文学传统，并依赖于许多前辈女作家的创造性工作。

---

① Salvador Jofre, Álvaro. "El otro boom de la narrativa hispanoamericana: Los relatos escritos por mujeres en la década de los ochenta." *Revista de Crítica Literaria Latinoamericana*, No. 41, 1995, p. 165.

② 在这里，贝丝·E. 约根森提到埃莱娜·加罗、罗萨里奥·卡斯特拉诺斯、埃莱娜·波尼亚托夫斯卡和玛丽亚·路易莎·普加，并认为她们为西尔维娅·莫利纳、安赫拉斯·玛斯特尔塔、布莱安达·多梅克、萨拉·塞夫霍维奇、卡门·博略萨和许多其他年轻作家的写作实践和成功奠定基础。(参见 Jórgensen, Beth E. "Rossana Roguillo: deconstructing the culture of fear." *The "Boom Femenino" in Mexico: Reading Contemporary Women's Writing*, Nuala Finnegan and Jane E. Lavery (ed.), Newcastle upon Tyne: Cambridge Scholars, 2010, p. 132。)

　　从两位评论家的观点不难看出,开始于80年代初并延续到90年代的墨西哥女性文学的"爆炸"式发展,得到了评论界的普遍认可。但是,首先必须说明,需要将80年代墨西哥女性文学"爆炸"与60至70年代的"拉美文学爆炸"既区分开来又联系起来看待。一方面,如果没有60至70年代"拉美文学爆炸"的出现,特别是如果拉丁美洲的作家作品在世界范围内没有获得知名度或者没有自我认可这种特定文学和社会文化的条件,墨西哥"女性文学爆炸"也不可能产生。但另一方面,也必须看到,正如简·伊丽莎白·拉维里和努拉·芬尼根在其主编的论文集《墨西哥"女性文学爆炸":阅读当代女性作品》(2010)导论中所强调的:

　　　　60年代拉丁美洲的"文学爆炸"总是与男作家有关,尤其是所谓的"四大家",即备受赞誉的作家加布里埃尔·加西亚·马尔克斯、胡利奥·科塔萨尔、马里奥·巴尔加斯·略萨和卡洛斯·富恩特斯相联系,而女作家很少能够成为这一精英群体的组成部分。然而,从70年代开始,新的空间为其他作家敞开了大门,特别是与更广泛的"女性文学爆炸"联系在一起的女作家。[1]

　　因此,80年代墨西哥"女性文学爆炸"这一概念既不能被认为是60至70年代拉美"文学爆炸"的简单延续,也不包括该时期拉丁美洲所有

---

[1] Finnegan, Nuala; Lavery, Jane Elizabeth (ed.). The "Boom Femenino" in Mexico: Reading Contemporary Women's Writing, Newcastle upon Tyne: Cambridge Scholars, 2010, p. 1.

女作家及其文学作品，而是用于强调 80 年代以来墨西哥女性作品的爆炸式增长。这种增长既有罗萨里奥·卡斯特拉诺斯和埃莱娜·波尼亚托夫斯卡等前辈作家的参与，也有伊莎贝尔·阿连德、劳拉·埃斯基维尔和安赫莱斯·玛斯特尔塔等新一代作家作为中坚的存在，还有更为年轻的安娜·加西亚·贝尔瓜、安娜·克拉维尔（Ana Clavel，1961）、克里斯蒂娜·里维拉·加尔萨（1964）、苏珊娜·帕加诺、塞西莉亚·尤达夫和瓜达卢佩·内特尔（Guadalupe Nettel，1973）等作家的积极支持，所以，在一定意义上可以将这场兴起于 80 年代并延续到 90 年代的女性文学运动看成整个 20 世纪墨西哥女性写作积累的必然结果。

对于用"女性文学爆炸"来定义 80 年代以来墨西哥女性小说的蓬勃发展，不论是评论界还是作家本人都表现出某些顾虑。一方面，这种定义有可能被诟病为过于"女性化"的表述。阿根廷文学评论学者苏珊娜·赖斯认为，80 年代"女性写作"的"爆炸"，是一种基于特定形式的边缘性来表达特定形式经验的写作类型，它通过某些话语策略来实现，这些策略会受到文学机构的父权制特征的约束，甚至可能需要服从或面对男性声音代表人类行使"文本权威的需要"[1]。另一方面，这种定义所表现出来的创意扩散、热情的受众和市场成功的特征，放大了读者和市场对这种文学发展所做出的贡献，容易导致女作家掉进为了获得世界声誉而创作的陷阱。墨西哥拉美文学研究学者伊尔玛·穆尼奥斯·洛佩斯毫不客气地指出：

---

[1] 参见 Reisz, Susana. "¿Una Scherezada hispanoamericana? Sobre Isabel Allende y *Eva Luna*." *Master*, Vol. 20, No. 2, 1991, p. 110。

从事这种代表性事业需要作家使用技术策略，以促进从其流派经验提供的特定角度研究一个变化和不确定的社会。她们作品的社会和艺术价值要求她们尝试适应特殊性主题的文学公式。同时，她们旨在更接近现代消费者，即形式和内容的通俗易懂以及经济上的可及性。①

可见，从第二个方面来看，由于涉及读者和市场，这种定义有可能将80年代的墨西哥女性小说卷入女性写作的文学价值及其地位的无休止的争论之中。

从作家的角度来看，作为这一文学现象主要代表，玛斯特尔塔明确表达了自己的立场：

在墨西哥仍然存在"严肃文学"和"轻松文学"之区分的情况下，我选择了创作"轻松文学"。《普埃布拉情歌》是一本我喜欢的书，这一事实不可避免地使它成为"轻松文学"。要强加这样一种观念，即这本书的背后有一个作家，她付出了很多努力[…]我的意思是，我想为女性写作，也为男性写作，我想作为一个女人写作，但也作为一个作家写作，我想作为一个作家被考虑，而不仅仅是一个女作家。我的工作是为了当他们谈论墨西哥文学时，我是其中的一员，而不仅仅是在墨西哥女性文学中。

----

① López Muñoz, Irma. *El boom de la narrativa femenina de México: su aporte social y sus rasgos literarios*. *Cuadernos de la Corregidora*，No. 4，Western Michigan University，2005，p. 1.

因为这看起来像是少数派联盟。①

玛斯特尔塔的态度表明，首先，"严肃文学"和"轻松文学"的区分是很成问题的，因为任何一部作品都包含着作家付出的努力，不能因为受读者和市场的欢迎而定义为"轻松文学"；尽管她本人在市场上取得了巨大成功，但还有许多作家因为女性身份而在出版社或销售市场被拒绝。其次，她也不赞同对女作家的"女性文学"的定义，一方面她作为女人写作，同时她是作为一个作家在写作，性别问题不应该凌驾于职业之上。不仅玛斯特尔塔持这种观点，玛丽亚·路易莎·普加和卡门·博略萨等女作家也坚持同样的观念，因为在她们看来高质量的创作应该是无性别的。

无论将 20 世纪 80 年代的墨西哥女性小说定义为"爆炸"或是"绽放"，也无论这种定义存在着多少争议，作为一种蓬勃发展的文学现象，我们必须承认它的存在及重要性，这种重要性不仅延续至世纪之交，而且对 21 世纪初的墨西哥女性文学也产生了十分重要的影响。

二、多样化类别的探索

20 世纪最后二十余年墨西哥女性小说全景中，20 和 30 年代出生的女作家尽管已经成为前辈，但仍然在继续发表作品、发挥作用，50 和 60 年代出生的女作家成为中坚力量，70 年代出生的女作家也开始崭露头

---

① De Beer, Gabriella. "Una entrevista con Ángeles Mastretta: Entre la aventura y el litigio." *Nexos*, abril, 1993，<http：//www. nexos. com. mx/? p＝6743>. ［2024/ 04/16］

角。在这种由几代女作家共同创造的文学场景中，女性小说的主题更加广阔、体裁更加丰富，女作家也更加大胆、更加坚定、更加有活力。她们既是小说家，又是散文家、诗人、评论家，她们穿梭于小说、散文、诗歌之间，身处创作与评论之间，冲破传统文学体裁限制，创造了更为广阔的文学空间。特别是在小说创作中，她们冲破题材的束缚，或者在不同的题材之间穿梭，或者从不同的角度处理同一题材。在叙述手法上，她们灵活运用互文性、元叙述等更为复杂的叙述技巧表达主题，尤其是碎片化叙述方法的使用，打破了时间、空间、语言的节奏，从而使一些禁忌话题的神秘面纱被揭开，复杂人际关系背后隐藏的内容被质疑。她们具有敏锐的历史意识和现实批判精神，在地域上将自己的触角从国家的中心区域延伸至北部、南部和东南部地区，在时间上从遥远的古代神话、殖民时期、墨西哥革命和新的政治阶层的现实中提取事实，同时将对日常生活的叙述插入历史，让历史为自己创造一席之地。从以上意义来看，我们确实很难从传统的角度对20世纪墨西哥女性小说进行简单分类。但是，分类毕竟也是一种研究视角，可以帮助我们从另外一个侧面加深对20世纪墨西哥女性小说的理解。

20世纪墨西哥女性小说几乎涉及墨西哥文学的所有领域，在这里我们选择具有代表性的四种类别作简要介绍。

1. 历史小说

由于拉丁美洲殖民历史的特殊性，历史小说在独立后的拉丁美洲开始兴起并蓬勃发展。墨西哥历史小说产生于19世纪30年代，其中胡安·迪亚斯·科瓦卢比亚斯（Juan Díaz Covarrubias）的《叛乱分子吉尔·戈麦斯或医生的女儿》（*Gil Gómez el insurgente o La hija del médico*，1858）是墨西哥最早的历史小说之一。后来出现了胡安·安东尼奥·马特奥斯（Juan Antonio Mateos）的《坎帕纳斯山：游击队员回忆录》（*El cerro de las Campanas : memorias de un guerrillero*，1868）和埃里博托·弗里亚斯（Heriberto Frías）的《托莫奇》（*Tomóchic*，1893）等。历史小说的基本前提在于历史人物和事件的存在，主要讲述创作小说之前发生的事件，所以时间是历史小说的一个关键因素。历史小说一般都是现实主义的，并具有一定的浪漫主义基础。在历史小说的创作过程中，作者一般以一定的历史事实为基础，通过虚构将之转化为文学材料，从而将集体的过去融入个人想象之中以增加现实感。

1910 年的墨西哥革命成为 20 世纪墨西哥社会的标志性事件，这一事件及其影响持续了数十年之久，从而构成 20 世纪墨西哥历史记忆的重要来源，同时也成为墨西哥历史小说叙事的主要对象，诸多的历史小说都表现为对墨西哥革命的一种解释、辩护或批评，甚至形成了所谓的"墨西哥革命小说"流派。[1]

墨西哥革命小说的作者和作品大概可以分为两大类型。一是作者都是革命的积极参与者，他们的大多数作品都是对自己经历的回忆，代表性作家作品主要有马里亚诺·阿苏埃拉（Mariano Azuela）的《在底层的人们》（*Los de abajo*，1915）、马丁·路易斯·古兹曼（Martín Luis Guzmán）的《鹰与蛇》（*El águila y la serpiente*，1928）、拉斐尔·穆尼奥斯（Rafael F. Muñoz）的《和潘乔·维拉一起走吧》（*Vámonos con Pancho Villa*，1931）以及何塞·瓦斯孔塞洛斯的《克里奥尔人尤利西斯：自传笔记》（*Ulises criollo : notas autobiográficas*，1935）等。二是作者以旁观

---

[1] Larios Loza, Brenda Berenice. "La Vieja y Nueva Novela de la Revolución Mexicana. Recreación de testimonios e historiografía." *Sincronía*，2022，No. 82，p. 721.

者视角对墨西哥革命经历的叙述，如何塞·鲁本·罗梅罗（José Rubén Romero）的《皮托·佩雷斯无用的一生》（*La vida inútil de Pito Pérez*，1938）。在第二种类型中，出现了第一位描写墨西哥革命的女作家，她就是被墨西哥文学界给予充分肯定和评价的小说家内莉·坎波贝洛。她的两部小说《子弹》（1931）和《母亲的手》（1937）开辟了完全不同于男作家的新的叙述空间，妇女、儿童和家庭成为描述墨西哥革命的新领域；同时，战争中的妇女也不再是男作家笔下的"一个脆弱的人"或"一个滥交的女士兵"①。

在同一时期，还出现了一些将文学、史学、政治评论混合在一起的有关墨西哥革命的女性小册子。比如，胡安娜·贝伦·古铁雷斯·德·门多萨（Juana Belén Gutiérrez de Mendoza）的《为了土地，为了种族》（*¡Por la tierra y por la raza!*，1924）和恩里克塔·德·帕罗迪（Enriqueta de Parodi）的《母亲》（*¡Madre!*，1937），这两部作品都是介于回忆录和挽歌之间的诗歌散文的混合体；布兰卡·莉迪亚·特雷霍（Blanca Lydia Trejo）的《泥沼中的国家》（*Un país en el fango*，1942）是政治评论与编年史、散文的混合体；弗朗西斯科·德·拉·马萨（Francisco de la Maza）的《当胡安娜·伊内斯·德·拉·克鲁兹修女面对历史》（*Sor Juana Inés de la Cruz ante la historia*，1980）是编年史、自传混合体作品；等等。值得注意的是，这一时期的女作家还包括贝妮塔·加莱娜·拉昆扎（Benita Galeana Lacunza），作为一位激进的共产主义者，她的传记《贝妮塔》

---

① Cano，Lilian. "El rol femenino en las novelas de la revolución mexicana." *HUMANITAS DIGITAL*，No. 37，marzo de 2023，pp. 67 - 86，https：//humanitas. uanl. mx/index. php/ah/article/view/1852.〔2024/04/16〕

(*Benita*，1940)以不同寻常的透明度，阐述了自己对 30 年代墨西哥共产党的看法，同时也代表了最边缘化的声音。

进入 60 年代之后，女性小说成为墨西哥文学全景中不可或缺的力量，特别是受后现代主义和拉丁美洲新历史小说的影响，女作家对墨西哥历史的重写在文献上开始回避官方史学，注重从口头和档案史学中获取数据；在对时间的处理上不再是线性的，而是采取不同时间的叠加；在主角的选择上开始以国家或历史上的著名人物为主；在叙述人称上也开始主要采用第一人单数。这一时期的代表性作家作品有罗萨里奥·卡斯特利亚诺斯的《巴龙·伽南》(1957)、《哀歌之书》(1962)和《八月的客人》(1974)三部曲，她的创作被视为女性主义与历史融合的例证；埃莱娜·加罗的《未来的回忆》(*Los recuerdos del porvenir*，1963)，该作品于 1963 年荣获哈维尔·维亚乌鲁迪亚作家奖(El Premio Xavier Villaurrutia de Escritores para Escritores)；埃莱娜·波尼亚托夫斯卡的小说《直到见不到你，我的耶稣》(1969)成功塑造了革命女战士的形象；西尔维娅·莫利纳的《家人来自北方》(*La familia vino del norte*，1987)则将家族传承与历史主题联系在一起；安赫莱斯·玛斯特尔塔的《普埃布拉情歌》与《爱之恶》在一定程度上从女性视角重新恢复了关于墨西哥革命的叙事；劳拉·埃斯基维尔的《恰似水之于巧克力》(1989)将食谱、烹饪、母亲、家庭主妇与战斗女性相结合；克里斯蒂娜·里维拉·加尔萨的《没有人看见我哭泣》(1999)对革命后的墨西哥现代化进行了反思。

除了对墨西哥革命历史重写之外，60 年代之后，女作家还将目光投向墨西哥历史的不同时期。如，布里安达·多梅克的《卡博拉圣女的神奇故事》(*La insólita historia de la Santa de Cabora*，1990)通过对墨西哥历史上的传奇女性特蕾莎的艺术重构，讲述发生在墨西哥 19 世纪 50

至60年代改革法（Las Reyes de Reforma）实施期间到迪亚斯政权统治时期的土地和土著问题；罗莎·贝尔特兰（Rosa Beltrán）的《幻想之庭》（*La corte de los ilusos*，1995）虚构了墨西哥唯一的皇帝阿古斯丁一世（Agustín I）的一生；西尔维娅·莫利纳的《阿森席翁·顿》（*Ascensión Tun*，1981）讲述了发生在尤卡坦半岛的种族之战；卡门·博略萨的早期历史小说如《他们是牛，我们是猪》（*Son vacas somos puercos*，1991）和《海盗的医生》（*El médico de los piratas*，1992）回到加勒比海盗时代，后来的《哭泣：不可能的小说》（*Llanto: novelas imposibles*，1992）、《沉睡》（1994）和《人间天堂》（*Cielos de la tierra*，1997）三部曲则开始关注殖民时期的墨西哥历史。

这一时期女性历史叙事的另一个特点是对墨西哥新近事件的关注，并表达她们对这些事件的特殊看法。比如关于60年代末学生运动的小说包括埃莱娜·波尼亚托夫斯卡的《特拉特洛尔科之夜》（1971）、玛丽亚·路易莎·门多萨的《与他，与我，与我们三人》（1971）以及伊斯基耶多·阿尔比尼亚纳的《灰烬晚餐》（1975）等；关于1985年墨西哥城地震灾害的小说包括埃莱娜·波尼亚托夫斯卡创作的《空无一人，地震的声音》（*Nada，nadie. Las voces del temblor*，1988）、克里斯蒂娜·帕切科（Cristina Pacheco）的《灾区》（*Zona de desastre*，1986）等作品。

在历史小说创作中，20世纪墨西哥女作家的视野是广阔的，其叙事范围涵盖了墨西哥被殖民之前、殖民时期、独立之后及墨西哥革命等重要历史时期。她们的历史叙事开辟了完全不同于男作家的叙事空间，除了家庭、厨房、生儿育女、日常事务这些活动之外，女性参与的公共空间被开发出来，成为女性表现自己历史地位和声音的重要场所。特别是70年代之后，受后现代主义和新历史主义的影响，女作家从边缘视角出发，着力解构女性刻板印象的同时，注重重构新的女性形象和女性主体性，进而突破"多重边缘"的处境，以实现从女性身份到民族、国家认同的过渡。

2. 科幻小说

墨西哥科幻小说的写作最早可以追溯至 18 世纪，方济各会修道士曼努埃尔·安东尼奥·德·里瓦斯（Manuel Antonio de Rivas）曾经写过一本关于月球探险的哲学短篇小说《朔望和月亮的四分相位》（*Sizigias y cuadraturas lunares*，1775），被认为是墨西哥文学史乃至美洲文学史中的第一篇科幻文本。[①] 19 世纪至 20 世纪初，何塞·华金·费尔南德斯·德·利扎尔迪（José Joaquín Fernández de Lizardi）、佩德罗·卡斯特拉（Pedro Castera）、阿马多·内尔沃（Amado Nervo）、卡洛斯·托罗（Carlos Toro）、胡里奥·托里（Julio Torri）、马丁·路易斯·古兹曼、胡安·何塞·阿雷奥拉（Juan José Arreola）、拉斐尔·伯纳尔（Rafael Bernal）、卡洛斯·富恩特斯，以及更年轻的萨尔瓦多·埃利桑多（Salvador Elizondo）、何塞·奥古斯丁（José Agustín）和何塞·埃米利奥·帕切科（José Emilio Pacheco）等作家都不同程度地涉猎过科幻小说。[②]

在墨西哥，对于评论家和读者而言，科幻小说最初被视为准冒险文学，或是专为对科学有兴趣的儿童和青少年准备的、介于科普和奇幻故事之间的一种读物，所以科幻小说最初都是以奇幻文学的方式被处理。20 世纪上半叶，尽管民族寓言和历史小说在墨西哥文学中仍然占据着

---

① 参见 Dziubinskyj, Aaron. "The birth of science fiction in Spanish America." *Science Fiction Studies*, 2003, pp. 21 – 32。

② 参见 Lámbarry, Alejandro. "La ciencia ficción mexicana: del margen a un centro que es muchos centros." *Humanitas. Revista de Teoría, Crítica y Estudios Literarios*, Vol. 2, No. 4, 2023, p. 237。

主导和经典的位置,但是随着60至70年代拉丁美洲叙事文学逐渐登上世界文学舞台,国际文学交流扩大,墨西哥科幻小说开始受到盎格鲁-撒克逊这一具有重要国际意义的科幻小说流派的影响,并汲取英国科幻小说中所包含的古希腊罗马、文艺复兴、理性主义、浪漫主义和恐怖主义等因素,开始与科学的发展紧密相连。具体而言,在60年代墨西哥科幻小说的发展中,两个居住在墨西哥的外国人——哥斯达黎加人阿尔弗雷多·卡多纳·佩尼亚(Alfredo Cardona Peña)和哥伦比亚人勒内·雷贝特兹(René Rebetez)发挥了重要作用。在《魔法、神秘与恐怖故事集》(*Cuentos de magia, de misterio y de horror*, 1966)中,卡多纳·佩尼亚创造了人工智能女孩"贝茜2号"的形象(出自故事《剑桥女孩》)。勒内·雷贝特兹则出版了《科幻小说:文学的第四维度》(*La ciencia ficción: cuarta dimensión de la literature*, 1966),明确地对科幻(ciencia ficción)与奇幻(fantasía)作了性质上的区分。

在此背景下发展起来的墨西哥科幻小说,女作家的加入无疑是一个重要事件。首先加入科幻小说写作的是20世纪50年代夹缝中的"世纪半一代"女作家。瓜达卢佩·杜埃尼亚斯(Guadalupe Dueñas)著有短篇故事集《老鼠和其他故事》(*Las ratas y otros cuentos*, 1954)、《夜晚有棵树》(*Tiene la noche un árbol*, 1958)、《我不会彻底死去》(*No moriré del todo*, 1976)和《沉默之前》(*Antes del silencio*, 1991)等;伊内斯·阿雷东多著有《信号》(*La señal*, 1965)、《地下河》(*Río subterráneo*, 1979)和《镜子》(*Los espejos*, 1988)等;安帕罗·达维拉著有《破碎的时间》(*Tiempo Destrozado*, 1959)、《特定的音乐》(*Música concreta*, 1964)、《故事集》(*Cuentos reunidos*, 2009)等。除此之外,60年代后出版作品的作家还包括玛丽亚·埃尔维拉·贝穆德斯(María Elvira Bermúdez),她以劳尔·

威尔（Raúl Weil）为笔名发表了《狮子座的半马人》（*Los centauros de Denébola*，1967）、《赫斯珀里得斯》（*Hespéride*，1968）、《夜间飞行》（*Vuelo en la noche*，1968）；艾玛·多卢亚诺夫（Emma Dolujanoff）作为一名精神病医生，作品注重从精神分析角度出发探寻社会矛盾和心理问题，著有《沙漠故事》（*Cuentos del desierto*，1959）和《火街》（*La calle del fuego*，1966），后者讲述了关于青少年犯罪的问题；卡门·罗森茨威格（Carmen Rosenzweig）著有《时钟》（*El reloj*，1956）；马努·多恩比尔（Manú Dornbierer）著有《裂缝和其他故事》（*La grieta y otros cuentos*，1978）、《在其他的维度中》（*En otras dimensiones*，1996）和《一只海豚的回忆录》（*Memorias de un Delfín*，2009）；马塞拉·德里奥·雷耶斯（Marcela del Río Reyes）著有《3000 年的古老故事》（*Cuentos arcaicos para el año 3000*，1972）和《福布里顿的审判》（*Proceso a Faubritten*，1976）；等等。

为了进一步满足科幻小说发展的需要，1964 年智利人亚历杭德罗·乔多罗夫斯基（Alejandro Jodorowsky）和勒内·雷贝特斯主编的墨西哥第一本科幻小说杂志《时间宇航员》（*Crononauta. Revista Mexicana de Ciencia Ficción y Fantasía*）创刊（分别于 1964 和 1967 年出版两期），并以此为平台创建了科幻俱乐部，科幻小说作为一种文学表现形式得到承认，并开始建立系统的大众读者市场。此后不久，由 CONACYT（国家科学技术委员会）资助的杂志《科学与发展》（*Ciencia y Desarrollo*，1977—1995）创刊，该杂志尽管以发表科普文章为主，但为墨西哥科幻小说提供了完全不同的基础。[①] 特别重要的是，1984 年在席琳·阿门塔

---

① 参见 Manickam，Samuel. "La ciencia ficción mexicana（1960 – 2000）." *Historia de la ciencia ficción latinoamericana*，2021，pp. 311 – 346。

(Celine Armenta)的主持下普埃布拉州科学技术委员会设立了普埃布拉科幻短篇小说奖(Premio Puebla de Cuento de Ciencia Ficción),这一主题如此明确的文学奖项的出现,一方面表明政府对科幻小说的重视,另一方面在缺乏大量读者的背景下,通过政府干预来扩大创作和消费,对于墨西哥科幻小说的发展无疑是一个巨大的推动。从此之后,科幻小说"不再被视为一个子类型、一个流行的曲目或一个关于反乌托邦未来或星际旅行的简单叙事主题,而是成为生产者、消费者、机构和市场之间关系的明确网络"①。除此之外,90年代还出版了两部重要的科幻小说合集,即分别由费德里科·舍夫勒(Federico Schaffler)和席琳·阿门塔主编的《超越想象》(*Más allá de lo imaginado I, II, III*, 1991—1994)和《不确定性原则》(*Principios de incertidumbre*, 1992)。

在政府、市场和文化界的大力推动下,更多的女作家参与到科幻小说的创作之中并得到了评论界和读者的普遍关注。80年代之后获奖的女作家作品主要如下:加布里埃拉·拉巴戈·帕拉福克斯(Gabriela Rábago Palafox)是获奖最多的女作家之一,她的《流行病》(*Pandemia*) 1988年获普埃布拉科幻短篇小说奖,《无主城市的故事》(*Relatos de la ciudad sin dueño*, 1980)获首届胡安·德·拉·卡巴达国家儿童故事奖(Premio Nacional de Cuento Infantil Juan de la Cabada),另外还出版了《每个天使都很可怕》(*Todo ángel es Terrible*, 1981)和《死去的女孩租了一个房间》(*La muerte alquila un cuarto*, 1991)。伊莎贝尔·委拉斯

---

① Lámbarry, Alejandro. "La ciencia ficción mexicana: del margen a un centro que es muchos centros." *Humanitas. Revista de Teoría, Crítica y Estudios Literarios*, Vol. 2, No. 4, 2023, p. 246.

凯兹·奥利弗（Isabel Velásquez Oliver）的《弗洛斯河畔的独臂人》（*Manco a orillas de Floss*）和奥尔加·弗雷斯尼洛（Olga Fresnillo）的《降临节快乐》（*Feliz advenimiento*）分别于 1990 年和 1992 年获普埃布拉科幻短篇小说奖。阿德里亚娜·罗哈斯·科尔多瓦（Adriana Rojas Córdoba)的《兰草》（*Orquídeas*，1985）和拉巴戈·帕拉福克斯的《复活》（*Resurrección*，1986）也曾获得过该奖项的"荣誉奖"。可以看到这一时期的女作家获奖作品主要集中在普埃布拉科幻短篇小说奖，而其他奖项如卡尔帕科幻小说、奇幻故事奖（Premio Kalpa de Cuento de Ciencia Ficción y Fantasía）和 VID 国际科幻奇幻奖（Premio internacional VID de ciencia ficción y fantasía)等都没有女性获得者。

除获奖作家和作品外，还有为数不少其他作家的作品，主要包括：阿德拉·费尔南德斯（Adela Fernández）的《狗》（*El perro*，1975）和《打盹儿》（*Duermevelas*，1986）；劳拉·埃斯基维尔的《爱的法则》（*La ley del amor*，1995）；卡门·博略萨的《人间天堂》（1997）和《完美小说》（*La novela perfecta*，2006）；玛丽亚·路易莎·埃雷盖雷纳（María Luisa Erreguerena)的《先行者》（*Precursores*，1995）和《发生在我身上的事》（*Lo que fue de mí*，1996），2008 年其短篇小说《幽灵朱丽叶》（*Julieta de los espíritus*)获国家奇幻与科幻短篇小说奖（Premio Nacional de Cuento Fantástico y de Ciencia Ficción)；马卢·瓦库贾·德·托罗（Malú Huacuja del Toro）的《反对网络空间的异端》（*Herejía contra el ciberespacio*，1999）；布兰卡·马丁内斯（Blanca Martínez）的《胡鲁斯档案的故事》（*Cuentos del Archivo Hurus*，1997）和《克隆时代》（*La era de los clones*，1998）；埃斯特拉·卡纳巴尔·保拉达（Estela Canabal Paullada)的《独眼巨人的凝视》（*La mirada del Cíclope*，2001）；等等。

　　科幻小说作为墨西哥文学的一种新类别和流派产生于19世纪,并在20世纪上半叶获得一定的发展,60年代至80年代地位进一步巩固,90年代达到高峰。它以丰富的想象力和可塑性,为重新想象、思考、表述墨西哥文化和社会的许多方面提供了多种可能性。它的经典主题包括世界末日、时间旅行、太空冒险、机械人、怪物、科学实验或污染对环境的破坏等,并不断探索喜剧、讽刺和悲剧等多种形式。墨西哥科幻小说既有对英国传统科幻小说元素和模式的吸收,又根植于本国的历史和文化习俗,作家通过将情节、人物和主题作为历史过程与墨西哥身份问题相关联,表现出强大的生命力。在整个20世纪现实主义占主导地位的背景下,科幻小说总体上处于边缘位置,但是这种边缘位置有助于作者行使更大的创作自由,不受文学时尚和民族文学主流神话的束缚,允许出现错误而不必担心被嘲笑和排斥。正因为如此,更多的女作家投身于20世纪墨西哥科幻小说的发展,做出了自己独特的贡献。这种贡献不仅推动了墨西哥科幻小说从边缘向多中心的位置转换,而且推动了21世纪墨西哥科幻小说的"量子"化发展。[①]

　　3. 自传小说

　　20世纪下半叶,小说自传化成为墨西哥女性小说一个明显的趋势,并促成一种新小说类别即自传体小说的形成,这种类别的文本数量在20世纪下半叶的女性小说中有不断增加的趋势。

　　西班牙自传体小说研究专家曼努埃尔·阿尔贝卡在《模糊的协议:

---

① 参见 Lámbarry, Alejandro. "La ciencia ficción mexicana: del margen a un centro que es muchos centros." *Humanitas. Revista de Teoría, Crítica y Estudios Literarios*, Vol. 2, No. 4, 2023, p. 250。

从自传小说到自传体小说》(2007)中深入探讨了自传、自传小说和自传体小说三种文学体裁之间的复杂关系。尽管其早期的文章已对作者的名义身份与叙述者和主人公之间的关系是否一致的问题有过反复讨论①，但在该书中阿尔贝卡非常明确地提出自传体小说必须满足两个重要条件：一是作者具有名义身份，这个身份可以明确，也可以默示或匿名；二是作品必须在虚构的故事框架之内，或者说必须明确表示是一部小说。② 阿尔贝卡一再强调：

> 正如我已经说过的，自传体小说始于作者与故事主角的某种名义上的认同，但它们以一种令人困惑和矛盾的方式暗示这个角色是作者或不是作者。这种模棱两可的身份，无论是经过计算的还是自发的，是讽刺的还是自满的，视情况而定，这构成

---

① 在早期文章《论自传的前沿》中，阿尔贝卡引用了雅克·勒卡梅（Jacques Lecarme）的定义，明确了自传体小说是一个故事，其作者、叙述者和主人公具有相同的名义身份，其通用分类表明它是一部小说。但在其后的理论发展中，阿尔贝卡进一步扩大了作者表现的范围，将两种形式的作者身份都包括在了自传体小说中。（参见 Alberca Serrano, Manuel "En las fronteras de la autobiografía." *II Seminario "Escritara autobiografía"*, 1999，pp. 53 - 76。）

② 阿尔贝卡认为自传体小说是自传小说的变体，所以二者之间既存在着一定的联系，又不能混为一谈。两者的区别主要在于：作者与叙述者、主角的关系不同。在自传小说中，作者完全或部分地化身为虚构人物，躲在虚构的伪装后面。也就是说，作者隐藏在自己的性格背后，但或多或少地留下了他自己和他的生活的明显痕迹或印记，散布了足够多的个人特质和巧合，从而在两者之间建立了联系。自传小说家[…]是他自己生活故事的讲述者，一个渴望享受比日常生活更激烈的生活的人需要有能力从自己的生活和幻想中编造一个故事，并利用别人的故事来构建自己的冒险。而在自传小说中，作者不再隐藏，充分展现个性。（参见 Alberca Serrano, Manuel. *El pacto ambiguo: de la novela autobiográfica a la autoficción*. Madrid：Biblioteca Nueva，2007，pp. 112 - 138。）

了该体裁的丰富性来源之一,因为尽管作者和人物是同一个人,但文本几乎从未假设过明确的自传式解释,原因是真实被呈现为小说式的模拟,几乎没有任何伪装或一些虚构的元素。①

为了能够更明确地界定自传体小说的范围,阿尔贝卡从读者如何解读作者、叙述者和角色之间身份关系的问题上,围绕菲利普·勒琼提出的"自传契约"(El pacto autobiográfico)概念②展开讨论,并进一步将契约关系分成三个类别:自传契约,作者、叙述者和主人公具有相同的名义身份;小说契约,作者与叙述者或人物之间没有直接的身份关系;模糊的契约,也是自传体小说的主要特征,作品在真实与虚构之间摇摆,让读者处于一个中间地带,分不清所叙述的是小说还是自传,或二者都有。③

由此可见,自传体小说是作者与读者进行的游戏,而不确定性是自传体小说的另一个要素,作者在小说中是一个虚构的人物,但又通过书写自己的生活来对抗不真实或虚构的人物,这样一来,作者与读者之间建立的是一种模棱两可的契约,作者提示读者可以以自传的方式阅读,但又表明这是一本小说,即虚构。基于这些理解,20世纪下半叶墨西哥女性小说中可以提到以下几位自传体小说女作家。

---

① Alberca Serrano,Manuel. "¿Existe la autoficción hispanoamericana?" *Cuadernos del CILHA*,No. 7/8,2005 - 2006,p. 120.

② 参见 Lejeune,Philippe. *El pacto autobiográfico y otros estudios*. Madrid:Megazul-Endymion. 1994,pp. 49 - 88。

③ 参见 Alberca Serrano,Manuel. "En las fronteras de la autobiografía," *II Seminario "Escritura autobiográfica"*,Manuela Ledesma Pedraz(coord.),1999,pp. 53 - 76。

埃莱娜·波尼亚托夫斯卡的《鸢尾花》(1988)。该小说主要由两部分组成，上半部分以一个儿童的视角，讲述了贵族血统家族以及家族成员之间的关系，这些关系与作家、文本以外的现实呈现出密切的联系，因此可以被视为作者童年的自传；但是，在下半部分，叙述者与作者的个性和表达出现明显的断裂，被刻意加以区分，呈现出明显的虚构特点，这种将自传与虚构相结合的写作方式对应了自传体小说的模糊性和融合的特征。

安吉丽娜·穆尼兹-胡伯曼(Angelina Muñiz-Huberman)的《地球上的城堡：伪记忆》(*Castillos en la Tierra: seudomemorias*，1995)和《无风的磨坊》(*Molinos sin viento*，2001)。两部小说都从儿童时代的回忆开始，第一部是六岁，第二部是九岁。在两部作品中，作者都以儿童阿尔贝丽娜为主角，采用第三人称叙述，以理想化的方式再现了主角的童年阶段。小说主角阿尔贝丽娜的名字暗示了叙述者与作者在家庭感情上的交叉关系，从而将作者与叙述者联系起来。另一方面，《地球上的城堡：伪记忆》讲述因为西班牙内战和第二次世界大战，主角随父母不断迁徙的经历也与作家的经历相呼应。同时小说还反映了居住在墨西哥的西班牙流亡者群体的社会生活，以及他们对自己身份的不断追问。就此而言，小说应属于自传，但正如小说副标题所展示的，"seudomemorias"一词意为"伪记忆"，"胡伯曼玩弄真理和虚构的事物，通过提出一种本不存在的混合式伪记忆，形成了一种与要求作者说真话的自传契约或记忆相反的阅读契约。因此，胡伯曼创造了一个模棱两可的解读"①，就好像作者

---

① Mendoza, María del Carmen Dolores Cuecuecha. "La autonovelación de seis escritoras mexicanas de la segunda mitad del siglo XX." *Signos Literarios*, Vol. 12, No. 23, 2016, p. 21.

在试图告诉读者,事情可能不是所呈现的那样。在接受采访时作者也一再表示,"记忆是脆弱的,不是很可信。我不确定我的记忆的真实性,所以我开始怀疑记忆,并发明了伪记忆,其中包括虚构的元素"①。采访实际上在这里起到了副文本(小说文本之外的附加证明)的作用,作者一方面邀请读者将她的作品当作自传来阅读,但又强调了记忆的不确定性,实际上形成了模棱两可的契约,从而表现出自传体小说的特征。

在墨西哥女作家中,玛丽亚·路易莎·普加是一个特例,她的作品几乎涵盖了日记、回忆录、自传、游记等自我写作的主要形式,且大多数作品无论是创伤性还是快乐的,都讲述了她生命中最重要的事件。在《沉默的方式》(*La forma del silencio*, 1987)中,普加混合了四个不同的主题,包括匿名叙述者的童年记忆、孤儿和成年叙述者与同伴之间的对话、对墨西哥社会政治的批评,以及关于什么是小说的独白。这种叙述者和主角的匿名实际上就是作者对读者的邀请,让读者将叙述者与作者联系起来,并以自传体的方式阅读小说。同时,在相关杂志对普加的采访中,普加所透露出来的关于她的童年的信息,也可以在《沉默的方式》中找到。

西尔维娅·莫利纳的《埃克托之像》(*Imagen de Héctor*, 1990)。小说由"神话"和"重建"两部分构成,叙述者和主角就是作者,即小女儿。序幕由小女儿一岁时对父亲去世时的回忆片段组成。在献词中作者明

---

① 作家在访谈中还透露:"阿尔贝丽娜(Alberina)这个名字源于一些个人的东西,我组合了我所爱的人的名字的音节,阿尔贝托(Alberto)——我的丈夫,以及我名字的最后几个字母。这样我就按照完美统一的想法合并了这个名字。"(参见 Herrera, Jorge Luis; Muñiz-Huberman, Angelina (entrevistada); "Angelina Muñiz Huberman: memoria de la imaginación." *Voces en espiral: entrevistas con escritores mexicanos contemporáneos*, Xalapa: Universidad Veracruzana, 2009, pp. 59 - 65。)

确将该书献给她的父母，并且在相关采访中作者也明确表示了这部小说与自己生活的相关性，让我们可以充分验证她的家庭关系与小说中人物的吻合性。但是，作者也明确表示，家庭成员和相关人员对父亲的描述都是理想化的[①]，同时作者在该作品的后记中以第一人称的方式出现，与读者形成对话，试图提醒读者她的小说在对父亲的调查过程中重新完成了对父亲形象的想象，所以她对父亲形象的建构也是理想化的、不真实和虚构的。

卡门·博略萨的《从前》（*Antes*，1989），获得了当年的哈维尔·维亚乌鲁迪亚作家奖。从小说名字可以表明这是一部传记性的作品，2009 版的封面是一个女孩用幼稚笔触涂鸦而成的图画，封底则写着"这部小说的主人公经历了她个人历史的其中一段：童年"。小说中作者尽管是匿名的，但叙述者的出生地、就读的学校，以及姐妹们的名字、与父母的关系等，都与作者有着直接、真实的关联。当然，作为一部自传体小说，作者是在试图重建她的童年记忆，但是大量超自然元素的引入使得女孩成长过程中的痛苦经历变得不真实，又以叙述者的死亡隐喻作为小说的起点和终点，并且在与父母关系的叙述中也包含了诸多的虚构成分，从而将生活与虚构结合在一起。

通过以上具有代表性的五位女作家和她们的自传体小说的简要分析不难看出，女作家在作品中都特别注意重现自己的童年，并将此作为

---

① 西尔维娅·莫利纳在与埃莱娜·波尼亚托夫斯卡的一次采访中谈到了父亲："他在我一岁时去世了，所以我不认识他，不记得关于他的任何细节。他对我来说一直是个谜，直到多年后我开始寻找他：我读了他所有的书，但最重要的是，我在他的私人和私密物品中寻找他，这让我非常高兴。"（参见 Poniatowska, Elena; Molina, Silvia（entrevistada）. "Hacia una imagen de Silvia Molina." *El Nacional*，24 de marzo，1996，pp. 34 – 38。）

认识自己、肯定自己的一种方式。通过对童年时代的虚构性回忆，她们审视自己所接受的家庭教育，审查她们与教育和照顾她们的家庭成员之间的关系。在这一过程中，仅仅因为作为女性，她们感到被贬低、被忽视或过度保护。同时，从文化上看，女作家"曾经是女儿、姐妹、妻子、母亲，但从来不是她们自己"[①]。所以，通过童年记忆进行自我叙述意味着女作家对自我身份的不断重建和定义，并将其置于文化和历史之中。当然，在这一过程中，她们也从女性视角建构了一种存在和感觉世界的方式，并从这种方式出发讲述故事。

4. 黑色侦探小说

侦探小说是墨西哥叙事文学中发展较晚的一个子类型，原因是一些作品的版本、出版和印刷日期不明确，另一些作者则使用笔名发表作品或者在欧洲或美国出版作品，导致了作者的身份难以确定，所以对其进行概括难免会出现一些疏漏。

墨西哥侦探小说兴起于 20 世纪 40 年代，鲁道夫·乌西格利（Rodolfo Usigli）、拉斐尔·伯纳尔、恩里克·瓜尔（Enrique F. Gual，西班牙内战后来到墨西哥的加泰罗尼亚作家）、安东尼奥·赫卢（Antonio Helú）几位作家先后开始发表侦探小说，标志着墨西哥侦探小说登上文学舞台。其中鲁道夫·乌西格利出版有《犯罪随笔》（*Ensayo de un Crimen*，1944）；拉斐尔·伯纳尔出版有《三部侦探小说》（*Tres novelas policiacas*，1946）；恩里克·瓜尔出版有《黑曜石之罪》（*El crimen de la*

---

① Mendoza, María del Carmen Dolores Cuecuecha. "La autonovelación de seis escritoras mexicanas de la segunda mitad del siglo XX." *Signos Literarios*, Vol. 12, No. 23, 2016, p. 17.

obsidiana，1942）、《广场谋杀案》(*Asesinato en la plaza*，1946)、《死亡知道时尚》(*La Muerte sabe de modas*，1947)等；安东尼奥·赫卢出版有《谋杀的义务》(*La obligación de asesinar*，1957)。需要特别提及的是，在墨西哥侦探小说兴起的过程中，安东尼奥·赫卢创办的《侦探和神秘选集》(*Selecciones Policiacas y de Misterio*，1946—1957)杂志无疑发挥了重要的作用，许多侦探故事最初都是在该杂志上发表的。

　　50 年代末开始，墨西哥侦探小说的出版有了较大幅度的增加，这一时期的主要作家作品包括：佩佩·马丁内斯·德·拉·维加（Pepe Martínez de la Vega）的《彼得·佩雷斯：佩拉尔维洛的侦探和附录》(*Péter Pérez: detective de Peralvillo y anexas*，1952)和《佩特·佩雷斯侦探历险记》(*Aventuras del detective Péter Pérez*，1987)；胡安·米格尔·德·莫拉（Juan Miguel de Mora）的《赤裸与死亡》(*Desnudarse y morir*，1957)、《爱与死亡》(*Amarse y morir*，1960)和《死亡更喜欢她们赤身裸体》(*La muerte las prefiere desnudas*，1960)；维森特·莱涅罗（Vicente Leñero）的《砖瓦匠》(*Los albañiles*，1964)和《涂鸦》(*El garabato*，1967)；卡洛斯·富恩特斯的《九头蛇的头》(*La cabeza de la hidra*，1978)；何塞·萨莫拉（José Zamora）的《杰西卡·洛克森的项链》(*El collar de Jessica Rockson*，1980)和《困境中的苔丝狄蒙娜》(*Desdémona en apuros*，1980)；拉斐尔·拉米雷斯·埃雷迪亚（Rafael Ramírez Heredia）的《现场》(*En el lugar de los hechos*，1976)、《金属陷阱》(*Trampa de metal*，1979)、《死在路上》(*Muerte en la carretera*，1985)和《上帝的囚笼》(*La jaula de Dios*，1989)。

　　这一时期，有两位作家及其作品对墨西哥侦探小说发展起到关键作用。第一位是拉斐尔·伯纳尔和他的最后一部小说《蒙古阴谋》(*El complot mongol*，1969）。该作品以宏伟的结构，将侦探、黑色和间谍元素相结合，超越了传统侦探小说的套路：小说以墨西哥城中心的贫民窟为背景，故事发生在充满腐败、暴力和死亡的环境中，营造了一种压抑的氛围，并在语言使用上充满着幽默和苦涩。主人公菲利伯托·加西亚瓦解了一场涉嫌威胁扰乱世界和平的阴谋，从而小说成为墨西哥侦探小说的经典之作。另一位是帕科·伊格纳西奥·泰博二世（Paco Ignacio Taibo II），一位八岁起就居住在墨西哥的西班牙裔墨西哥作家，早期出版了《战斗日》（*Días de Combate*，1976）和《简单的事情》（*Cosa fácil*，1977）两部作品，但是真正为他带来声望的是《不会有幸福的结局》（*No habrá final feliz*，1981）。该小说最显著的特点在于用虚构的方式批评了墨西哥社会存在的弊病，揭示了物质、精神和社会权力对社会的控制，以及虚构世界中的暴力、死亡与黑暗，主角大侦探贝拉斯科兰也是一个为自己的价值观而战的反英雄角色，所以成为墨西哥侦探小说的一个重要里程碑。

　　20 世纪 90 年代是墨西哥侦探小说发展最富有成效的十年。受墨西哥社会、政治、经济和文化条件的影响，侦探小说创作也发生了一些新的变化，首先表现在侦探小说突破了 50 年代以来传统的谜题模式，开始从现实主义出发，突出城市空间存在的社会问题，小说的主角也开始向边缘群体或社会底层人物延伸，最具代表性的作家是胡安·埃尔南德斯·卢纳（Juan Hernández Luna）。埃尔南德斯在 90 年代出版了包括《沉船》（*Naufragio*，1991）、《或许其他的嘴唇》（*Quizás otros labios*，1994）、《美洲狮的烟草》（*Tabaco para el puma*，1996）、《蒂华纳之梦》（*Tijuana dream*，1998）和《碘》（*Yodo*，1999）等一系列侦探小说，产生了十分重要的影响。另一个显著的变化是，随着北方边境毒品和极端暴力事件的增加，反映北部社会问题的侦探小说数量开始大量增加，主要的作家作品有：弗朗西斯科·何塞·安帕兰（Francisco José Amparán）的《一些北方犯罪》（*Algunos crímenes norteños*，1992）；加布里埃尔·特鲁希略·穆尼奥斯（Gabriel Trujillo Muñoz）的《梅兹奎特路》（*Mezquite Road*，1995）和《蒂华纳城市布鲁斯》（*Tijuana City Blues*，2000）；豪尔赫·爱德华多·阿尔瓦雷斯（Jorge Eduardo Álvarez）的《河网》（*Río de redes*，1998）；杰拉尔多·塞古拉（Gerardo Segura）1998 年出版的《我总是在等待死者复活》（*Yo siempre estoy esperando que los muertos se levanten*）和《没有人做梦》（*Nadie sueña*）；等等。这些作品在对边境生活、历史和城市空间进行生动描述的同时，也对边境这一特殊空间中存在的毒品、暴力、谋杀等问题作了较为深刻的反思，表现出明显的地方和区域性特征。

　　在 20 世纪末墨西哥侦探小说中，值得一提的还有三部重要作品。埃尔默·门多萨（Élmer Mendoza）的《孤独的刺客》（*Un asesino solitario*，1999），小说尝试将历史元素与侦探小说元素结合，突出了对墨西哥现实的批判性审视，是一部具有政治讽刺意味的侦探小说。此外，该小说也是最早对贩毒文化的语言进行记录的作品之一。赫苏斯·阿尔瓦拉多（Jesús Alvarado）的《深渊是火》（*Y el abismo es fuego*，2000）结合北部特殊的地理和政治环境，实现了现实主义与奇幻文学元素融合的尝试，另外，作家特别注重对人物心理和情感的氛围渲染，通过对存在和归属等问题的深刻反思丰富了侦探小说叙事。朱利安·安德拉德·贾迪（Julián Andrade Jardí）的《沙漠的远方》（*La lejanía del desierto*，1999）也是一部关于北方毒品贩运的小说，但作家通过一种非线性的叙事结构，打破了传统侦探小说严谨的逻辑思维。三部小说的重要性在于不仅探讨了北部边境政治权力、毒品和地缘政治之间的利益网络关系,而且开始探索侦探小说创作的新方式,对 21 世纪的墨西哥侦探小说产生了重要影响。

　　在文学史上,无论是作者的性别还是所涉及的主题或文学策略,侦探小说总是与男作家联系在一起。正如在作为侦探小说发源地的英国,男作家一直主导着侦探小说经典一样,墨西哥侦探小说也是由男作家所主导,但是女作家并没有完全缺席这一类别小说的创作,一直在不断地发展着。早在 20 世纪 50 年代,作为墨西哥第一位女性侦探小说家,玛丽亚·埃尔维拉·贝穆德斯在 1953 年出版了她的唯一一部长篇侦探小说《死亡的不同原因》(*Diferentes razones tiene la muerte*),并由此奠定了她在墨西哥侦探小说上先驱者的地位。同时,作为一位杰出的侦探小说评论家,她不仅关注侦探类型小说的理论化,而且在 1955 年编辑出版了《最好的墨西哥侦探故事》(*Los mejores cuentos policíacos mexicanos*),在捍卫英国经典侦探小说传统的同时,结合了悬疑和社会批评,隐含了黑色和犯罪小说发展的某些因素。贝穆德斯始终保持着旺盛的创造力,她的创作一直延续到 80 年代,出版的作品还包括:《傲慢的寓言和其他故事》(*Alegoría presuntuosa y otros cuentos*,1971)、《异端故事》(*Cuentos herejes*,1984)和《滞后的死亡》(*Muerte a la zaga*,1985)等。在同一时期,另一位女作家玛格丽塔·莱因贝克·德·维拉纽瓦(Margarita Reinbeck de Villanueva)曾以笔名马尔戈斯·德·维拉纽瓦(Margos de Villanueva)和西尔维斯特·马丁(Silvestre Martín)出版侦探小说,并以小说《22 小时》(*22 horas*,1955)和戏剧《死亡降临》(*La Muerte nos visita*,1956)奠定了其作为墨西哥女性侦探小说开拓者的地位。

　　考察 20 世纪墨西哥侦探小说的发展历程会发现一个有趣的现象,

如果说 80 年代是墨西哥男性侦探小说创作相对低潮的时期，那么与墨西哥"女性文学爆炸"相关联，80 年代开始女性侦探小说获得了突破性的进展，但是这种进展又表现出一种新的趋势，就是女作家从女性视角出发，将黑色小说的一些元素，比如对社会不公正现象，尤其妇女处境的关怀和社会批判引入侦探小说，实现侦探小说与黑色小说的融合。

　　对于 80 年代墨西哥女性黑色侦探小说兴起的原因，一些评论家作了较为深入的分析。西班牙侦探小说研究专家何塞·科尔梅罗认为：

　　　　黑色侦探小说（novela policiaca negra）源于对社会及其制度的完全不信任。社会的构成被认为本质上是不公正和不道德的，是基于强者对弱者、富人对穷人的统治；并且通过剥削和暴力，这个社会的不道德更加明显，因为它与政客的腐败现象相结合（他们为了权贵的方便而制定和废除法律，并在必要时与罪犯达成协议），以及警察腐败削弱了人们对法律和正义的信心。①

　　墨西哥语言和文化研究学者伊兰·斯塔万斯进一步发展了这一看法，并通过对 20 世纪末墨西哥侦探小说的分析观察到，在一个腐败和混乱盛行的国家，"'硬汉'风格通常能够表达对社会和国家的批评"②。事实上，墨西哥在经历了 20 世纪上半叶的发展之后，70 年代开始陷入新

---

① Colmeiro, José F. *La novela policiaca española: teoría e historia crítica*. Barcelona：Anthropos, 1994, p. 62.

② Stavans, Ilan. *Antiheroes: Mexico and Its Detective Novel*. Madison，NJ：Fairleigh Dickinson UP，1997, pp. 28 - 29.

自由主义所导致的社会危机,北部边境实行自由贸易协定之后经济的快速增长与毒品、极端暴力事件的频发并存。尤其在墨西哥广泛存在男权中心主义的文化背景之下,性别暴力和对女性的伤害成为一个普遍的社会问题,北部地区情况表现得更为严重(比如华雷斯市妇女遇害案),并形成了正在调查的犯罪与普遍暴力的背景相互交织的局面。面对这种状况,传统经典侦探小说借助罪案的调查和侦破、抓住罪犯并将其绳之以法来实现社会救济已经很难满足人们的阅读需求。

美国学者格拉日娜·瓦尔恰克在女性叙事文学,特别是小说中看到了一种希望,即找到替代的、更解放的体验的可能性。小说作为一种虚构的文学体验,虽然并不能提供解决问题的可行方案,但是可以给人们提供希望。① 墨西哥女作家开始将传统侦探小说注重犯罪事实调查,与黑色小说对犯罪的社会环境、社会不平等和权力结构的批判相结合,试图找到一种解决性别暴力和迫害女性的替代性方案,80年代之后墨西哥女性黑色侦探小说的出现正是这种尝试的突出表现。80年代之后出版有大量女性侦探小说,如玛丽亚·埃尔韦拉·贝穆德斯的《停下,影子》(*Detente, sombra*,1984);马卢·瓦库贾的《没有拼写错误的犯罪》([*Crimen sin faltas de ortografía*,1985]入围1986年国际警察小说大赛最佳作品决赛)、《尸体的名字叫萨拉》(*Un cadáver llamado Sara*,1988—1989)和《蔻黛莉的上帝》(*Un Dios para Cordelia*,1995);安娜·玛丽亚·马奎奥(Ana María Maqueo)《深色犯罪》(*Crimen de color*

---

① 参见 Walczak, Grazyna. "La violencia de género en tres novelas policiacas negras de escritoras mexicanas: Patricia Valladares, Laura Esquivel y Fernanda Melchor." *Acta Hispanica II*,2020,pp. 617 – 625。

oscuro，1986）、《阿米莉亚·帕洛米诺》（*Amelia Palomino*，1989）和《玻璃的危害》（*Los peligros del cristal*，1990）；卡门·博略萨的《奇迹》（*La milagrosa*，1993）；阿根廷流亡女作家米莉安·劳里尼（Myriam Laurini）以及她的小说《皮肤黝黑的红衣女郎》（*Morena en rojo*，1994）和《登天》（*Para subir al Cielo*，1999）；智利流亡女作家玛塞拉·塞拉诺（Marcela Serrano）在墨西哥写作并出版的《我们的圣母玛利亚》（*Nuestra Señora de la Soledad*，1999）；等等。这些作品都从不同的视角和侧面探索了当代墨西哥的真相和正义的模糊性质，展示了犯罪的多面性。它们尽管并没有提供问题的可行性解决方案，但深刻地揭示了墨西哥社会所面临的日益严重的性别暴力问题，并为边缘化群体提供了一个文学表现的平台。

　　正如一些评论家所指出的那样，墨西哥女性黑色侦探小说出现在 20 世纪性别暴力和犯罪已经普遍渗透到社会各阶层的历史特定时期，女作家看到这种文学体裁能够"作为有意识的政治策略的一部分来探索女性生活的社会建构"①，于是将文本语言与文本外的政治过程相联系，以恢复妇女的社会角色；同时她们也突破了侦探小说与男性之间的专属关系，将女性纳入其中，并重新定义女性角色。正是由于黑色侦探小说对于女性而言具有以上意义和作用，所以它不仅成为 20 世纪末墨西哥女性侦探小说的主流，而且一直延续到 21 世纪最初的二十年，并产生了更多优秀的作品。比如马卢·瓦库贾的《泪水、水滴和诡计》（*La lágrima，la gota y el artificio*，2006）、《敌人的发明》（*La invención del*

---

① Cranny-Francis，Anne. "Gender and genre：Feminist rewritings of detective fiction." *Women's Studies International Forum*，Vol. 11，No. 1，1988，p. 69.

enemigo，2008）、《拍卖会上的暴行》（*Crueldad en subasta*，2015）和最新的小说《父权制的终结》（*Al final del patriarcado*，2021）；安娜·克拉维尔的《紫罗兰是欲望之花》（*Las violetas son flores del deseo*，2007）；克里斯蒂娜·里维拉·加尔萨的《死亡予我》（*La maerte me da*，2007）、《针叶林之恶》（*El mal de la taiga*，2012）和《莉莉安娜无敌的夏天》（*El invincible verano de Liliana*，2021）；阿根廷裔墨西哥女作家桑德拉·洛伦扎诺（Sandra Lorenzano）的《E小调赋格曲》（*Fuga en mí menor*，2012）；帕特里夏·瓦拉达雷斯（Patricia Valladares）的《如地狱般寒冷》（*Tan frío como el infierno*，2014）；劳拉·埃斯基维尔的《露皮塔喜欢熨烫》（*A Lupita le gustaba planchar*，2014）；阿德里安娜·冈萨雷斯·马特奥斯的《希望的另一个面具》（*Otra máscara de esperanza*，2015）；费尔南达·梅尔乔（Fernanda Melchor）的《飓风季节》（*Temporada de huracanes*，2017）；等等。

　　当女性写作进入传统被归类为男性的领域时，"很多时候，她们被排除在外，因为另一些人不允许一种声音可信地表达另一种声音"①。20世纪墨西哥女作家勇敢地闯入了男性文学领地这一充满神秘和悬念的空间，成功地凸显了在一个充满性别暴力、有罪不罚与日常生活交织的社会中，作为一名女性的复杂性，同时也将写作视为批评墨西哥女性面临的结构性不平等和性别暴力的重要平台。

---

① Golubov，Nattie. "La muerte del autor y la institucionalización de la autora：reflexiones sobre la figura autoral femenina." *Erotismo，cuerpo y prototipos en los textos culturales*. México：Universidad Michoacana de San Nicolás de Hidalgo，Universidad de Guadalajara，Silla VacíaEditorial，Universidad Autónoma de Nuevo León，2015，p. 86.

三、丰富的主题与独特的风格

女性文学评论家马里克鲁斯·卡斯特罗·里卡德（Maricruz Castro Ricalde）和玛丽-阿涅斯·帕莱西-罗伯特（Marie-Agnès Palaisi-Robert）主编的《20—21 世纪墨西哥和阿根廷女性叙述者批评选集》（2011）一书将 20 世纪女作家分为两大类：先锋作家（20 世纪初至 60 年代）和新作家（70 年代之后）。先锋作家冒险进入了一个女性禁止入内的、由男性主导的领域，她们的叙事中出现的主题大多与过去有关（无论是国家还是个人/家庭），将主角置于整个父权制体系之中并以多种方式表现出来。新作家则生活在全新的历史语境（全球化、新技术的出现、多元文化主义）中，并用一种对世界的不同看法展示她们作品中女性的存在，这些角色总是表现出对她们所处时代以及她们作为自己历史主角的清醒意识。[1] 尽管作者并没有清楚地解释这种分类的原因或根据，但仍有助于我们观察女作家与其文学贡献之间存在的关系，其中历史、写作、语言、女性、人际关系、社会、小说、身体、权力、身份等系列主题的重复出现，使墨西哥几代作家表现出一些共同特征。

还有一些评论家从 20 世纪墨西哥女性文学史的视角，提出了自己的看法。墨西哥文学评论研究员劳拉·卡萨雷斯·埃尔南德斯提出基于历史、写作和日常生活三个中心主题的研究模式，并倾向于分析那些

---

[1] 这本文集涉及瓜达卢佩·杜埃尼亚斯、安帕罗·达维拉、西尔瓦娜·奥坎波、安杰利卡·戈罗迪舍尔、维多利亚·奥坎波、加布里埃拉·米斯特拉尔、埃莱娜·加罗、路易莎·巴伦苏埃拉、纳塔利娅·托莱多、克劳迪娅·皮涅罗、维罗妮卡·穆尔吉亚、米里亚姆·劳里尼和西尔维娅·莫利纳等人的作品。（参见 Castro Ricalde, Maricruz; Palaisi-Robert, Marie-Agnés（coords.）. *Narradoras mexicanas y argentinas（Siglos XX – XXI）. Antología crítica*, Francia：Mare&Martin, Colección Llama, 2011, pp. 15 - 28。）

"撰写和重写墨西哥历史，但不是强制采用历史小说的形式让自己可见，而是使同样在历史上发挥过作用的女性角色可见"的作家①。女作家萨拉·塞夫乔维奇将 20 世纪上半叶的女性小说定义为："复杂性较低，正式问题较少，结构扁平甚至线性，对女性使用了不太丰富的语言，更少的隐喻，简而言之，更少的实验和创新。"②保拉·马德里·蒙特祖玛则着重对 80 年代后墨西哥女作家的写作策略、趋势和反复出现的主题作了分析，认为"在过去三十年里，随着主题的成倍增加，文学现实已经变得像万花筒一般，各种各样的叙事子类型和审美程序共存，构成了墨西哥女性叙述者的多元全景"③。

　　从以上评论不难看出，如果说 20 世纪上半叶墨西哥女性小说还处于起步阶段，无论主题还是语言和风格都比较单一，那么，20 世纪下半叶尤其 80 年代之后，墨西哥女性小说不仅闯入墨西哥文学的全景，而且叙事主题和风格也更加复杂多变。造成这种状况的原因是复杂多样的，但根本原因仍在于"后现代性"作为一种文化现象的深刻影响。西班牙文学评论家艾丽西亚·拉雷纳·冈萨雷斯以安赫莱斯·玛斯特尔塔的短篇小说集《大眼睛的女人》(*Mujeres de ojos grandes*，1991)为例，列举了在 80 年代后的许多墨西哥女性小说中都可以看到的一些突出写作

① Cázares Hernández，Laura. "La otra presencia：narradoras mexicanas del siglo XX." *La Palabra y el Hombre*，No. 113，enero-marzo 2000，p. 111.

② Sefchovich，Sara. *Mujeres en espejo. Narradoras latinoamericanas，siglo XX*，México：Folios Ediciones. 1985，p. 17.

③ Madrid Moctezuma，Paola. "Una aproximación a la ficción narrativa de escritoras mexicanas contemporáneas：de los ecos del pasado a las voces del presente." *Anales de Literatura Española*，No. 16，2003，web：chrome-extension：//efaidnbmnnnibpcaj pcglclefindmkaj/https：//rua. ua. es/dspace/bitstream/10045/7273/1/ALE_16_06. pdf ［2024/04/16］

特征：

> ［…］折中主义、与之前的"总体叙事"相比更自由和轻盈的
> 结构、碎片化、地方主义、缺乏恭敬、中心和等级制度的粉碎、对
> 边缘群体的研究、对边缘区域的关注、少数群体的出现、批评和
> 幽默、对日常生活的修正、口语化倾向和污染的小册子、反文化
> 和自发性是这种存在方式得以维持的一些特征，此外，还有总
> 体上叙事作品的（大量）产出。①

在面对后现代性文化的影响时，女性小说开始注重日常细节和情感
表达，以多重和解构性的方式展现现代主义意识流或后现代巴赫金式的
复调叙述。同时，为了表征女性的主观性和敏感性，魔幻现实主义也成
为女作家们的一种重要叙述方式。其中埃莱娜・加罗因小说《未来的回
忆》(1963)、故事集《彩色的一周》(*La semana de colores*, 1964)等被认为
是魔幻现实主义的开创者之一。除此之外，劳拉・埃斯基维尔的《恰似
水之于巧克力》(1989)、玛丽亚・安帕罗・埃斯坎东(María Amparo
Escandón)的处女作《圣像盒子》(*Santitos*, 1999)、卡门・博略萨的《沉
睡》(1994)和玛莎・塞尔达(Martha Cerda)的《罗德里格斯女士和其他
世界》(*La señora Rodríguez y otros mundos*, 1990)等作品都体现了这
种趋势。

---

① Llarena, Alicia. "Multiplicidad y hallazgo de un ojo posmoderno." *La modernidad
literaria en España e Hispanoamérica*, Carmen Ruiz Barrionuevo and César Real
Ramos(eds.), Salamanca: Universidad de Salamanca, 1995, pp. 186 - 187.

　　20 世纪下半叶墨西哥女性小说这些特征,无疑与后现代文化氛围有着密切的联系,甚至在一定意义上可以看成后现代性的表征。在此之下,女性主义在 20 世纪下半叶墨西哥的女性小说中也发生了一些重要的变化。一方面,后殖民女性主义吸收了后现代思想中将解构主义的方法作为一种颠覆性策略的纲领,以对抗中心主义和男性话语霸权;她们颠覆了以本体论或本质主义为前提的永恒女性的定义,以隐喻和象征的方式重新思考女性。但是,另一方面,后现代主义主张拆除人类主体的单一和理性的人文主义原则,提出了一个非理性的、处于冲突中的主体,这种立场与女性主义希望确立一个有效的女性主体之间存在着的明显的矛盾和冲突,这种现象被一些评论家称为"女性主义插入'边缘群体'和'边缘区域'"的文化表现①,或者是墨西哥女作家面临的"后现代性、第三世界以及作为女性"的"三重边缘性"②。

　　除后现代性文化的深刻影响之外,20 世纪下半叶,对写作行为的反思成为一些女作家的自觉意识,并且这种反思与女性身体紧密相关。玛戈·格兰茨将语言与情感的关系视为一种奇特的身体书写,认为写作是身体上的"铭文",是"一点一点、一小块一小块锻造出来的文字"③;这种

---

① Madrid Moctezuma, Paola. "Una aproximación a la ficción narrativa de escritoras mexicanas contemporáneas: de los ecos del pasado a las voces del presente." *Anales de Literatura Española*, No. 16, 2003, web: chrome-extension: //efaidnbmnnnibpcaj pcglclefindmkaj/https: //rua. ua. es/dspace/bitstream/10045/7273/1/ALE_16_06. pdf 〔2024/04/16〕

② 参见 Domenella, Ana Rosa. "Escritura, historia y género en veinte años de novela escrita por mujeres." *Revista de Literatura Mexicana Contemporánea*, Vol. 1, No. 2, 1996, pp. 7 – 23。

③ Glantz, Margo. "Mi escritura tiene..." *Revista Iberoamericana*, Pittsburgh, No. 132 – 133, 1985, p. 475.

观点同时表达了一些作家对于碎片化叙述的需要。古巴裔墨西哥作家胡列塔·坎波斯（Julieta Campos）将文学创作与母性联系起来，表示她的写作行为受到"海洋""海浪"节奏的启发。[①] 在这些关于写作行为本身的反思中，更多的女作家讨论了性别与写作的关系问题。安吉丽娜·穆尼兹-胡伯曼认为写作是自己的基本需求，"我想要的和需要的是写作。其余的都是次要的"。同时，她还强调不相信有一个确定的文本，尽管她怀疑区分性别的写作的存在，但认为女性创作的世界比男性具有更多的可能性[②]。玛丽亚·路易莎·门多萨也提出了类似的看法，她指出，文学是她与生俱来的一种与生理性别或文化毗邻性相媲美的内在品质，对她来说，"女性"文学的存在仅仅意味着"写作和写好的作品，无关性别"[③]。卡门·博略萨将写作视为一种"破坏"，认为写作过程是作家与文字及现实进行的某种决斗，写作"必须激发火花和气体、肉体的光芒，以及将自己交给记忆的活力"。同样，她也不承认存在所谓的女性写作，因为在她看来，女性写作已经包含在"雌雄同体的诗学"之中[④]。西尔维娅·莫利纳对待这一问题的态度似乎有些矛盾：一方面，她强调自己不是女性主义者，但又承认自己作品中可能存在女性观点；另一方面，她认为"女性"这个术语是存在问题的，所以不愿意谈论女性或女性主义

---

① Pfeiffer，Erna；Campos，Julieta(entrevistada). *Entrevistas: Diez escritoras mexicanas desde bastidores*，Frankfurt：Ververet，1992，p. 53.

② Muñiz-Hüberman，Angelina. *El juego de escribir*，México：UNAM/Corunda，1991，p. 41.

③ Minardi，Giovanna. "Encuentro con ocho escritoras mexicanas." *Hispamérica. Revista de Literatura*，XXIII，No. 64，1994，p. 64.

④ Boullosa，Carmen. "La destrucción de la escritura." *Inti. Revista de literatura hispánica*，No. 42，1995，p. 220.

文学,但同时又承认存在着女性创作的文学。^① 当然,也有作家承认自己是女性主义者,比如埃塞尔·克劳兹(Ethel Krauze)不仅明确承认自己是女性主义者,而且认为只要人们还谈男性文学,就必须接受女性文学的存在。但是,在她看来最重要的是,"文学是一种艺术,而不是一种宣传"^②。

对写作行为与身体关系的进一步思考,必然会涉及对于自我身份的追溯,当然这一主题与女性小说自传化趋势具有一定的重叠性,并表现为对自我起源和亲子关系的探索。在这一主题下,除了我们在自传体小说讨论中所提到的五位具有代表性的作家作品之外,还有更多的作家作品可以列入其中。比如埃莱娜·加罗的《彩色的一周》(1964)、埃丝特·塞利格森(Esther Seligson)的《时间里的居所》(*La morada en el tiempo*,1981)、玛戈·格兰茨的《家谱》(*Las genealogías*,1981)、玛丽亚·路易莎·普加的《惊惧或危险》(1983)、芭芭拉·雅各布斯(Bárbara Jacobs)的《枯叶》(*Las hojas muertas*,1987)、西尔维娅·莫利纳的《家人来自北方》(1987)、埃塞尔·克劳兹的《无限》(*Infinita*,1992)和《纽约的女人》(*Mujeres en Nueva York*,1992);等等。这些作品都从儿童的目光出发,通过回归童年时光或者是田园诗般的世界、无助和孤独的时刻,实现了对身份起源的探索和亲子关系的表达。

需要注意的是,在许多情况下,身份主题总是与欲望、情感和性保持着紧密联系,尤其从写作—身体—快乐的角度来看,写作与欲望、语言与身体之间建立的关系是普遍的,但不是从形而上学的立场出发,而是关

---

① 参见 De Beer, Gabriella. *Escritoras mexicanas contemporáneas: cinco voces*, México: FCE, 1996, p. 99。

② Minardi, Giovanna. "Encuentro con ocho escritoras mexicanas." *Hispamérica. Revista de Literatura*, XXIII, No. 64, 1994, p. 71.

注女性对自由和解放的特定渴望。

在 20 世纪下半叶的墨西哥女性小说发展中，从中心地区向多个边缘扩散成为一种重要的趋势和特征，除墨西哥城外，北部、南部和东南部地区都有女性小说的兴起并形成地方中心。在这里，我们主要强调两个较为特殊的社区。其一，犹太社区。这个社区中产生了许多墨西哥一流作家和作品，比如玛戈·格兰茨的《家谱》(1981)、芭芭拉·雅各布斯的《枯叶》(1987)、萨宾娜·伯曼·戈德堡(Sabina Berman Goldberg)的《祖母》(*La bobe*，1990)、罗莎·尼桑(Rosa Nissán)的《谁人的新娘》(*Novia que te vea*，1992)和《做个母亲》(*Hisho que te nazca*，1996)、埃丝特·塞利格森的《时间里的居所》(1981)和《渴望大海》(*Sed de mar*，1987)；等等。通过写作，她们一方面试图精心恢复自己的文化传统；另一方面又以非常个人化的倾向和文化混合的方式展现犹太社区的印记。其二，城市社区。随着工业化步伐的加快，60 年代开始墨西哥城市化进程加快，女性作为城市中一个十分特殊的群体，对城市问题体验更加深刻。与此相适应，城市也成为女作家文学书写的一个十分重要的对象，其中，克里斯蒂娜·帕切科的《为了住在这里》(*Para vivir aquí*，1983)、《面条汤》(*Sopita de fideo*，1984)和《老虎的最后一夜》(*La última noche del tigre*，1987)，以及萨拉·塞夫乔维奇的《太多的爱》(*Demasiado amor*，1990)、安吉丽娜·穆尼兹-胡伯曼的《迷人的女孩杜尔西尼亚》(*Dulcinea encantada*，1992)、加布里埃拉·拉巴戈·帕拉福克斯的《死去的女孩租了一个房间》(1991)等都具有很强的代表性。

20 世纪下半叶，一些对女性而言的"禁忌"主题，比如同性恋、犯罪、侦探、科幻等也成为女作家涉猎的对象。其中，关于女同性恋主题的作家作品主要有罗莎·玛丽亚·罗菲(Rosa María Roffiel)的《阿莫拉》

（*Amora*，1989）——不少评论家认为这是墨西哥第一部具有女性主义倾向的女同性恋小说；萨拉·莱维·卡尔德隆（Sara Levi Calderón）的《两个女人》（*Dos mujeres*，1990）；埃塞尔·克劳兹的《无限》（1992）和伊芙·吉尔的《破娃娃安魂曲》（*Réquiem por una muñeca rota*，2000）；等等。这些小说都涉及主人公的叛逆和对异性恋关系的不满、被压抑的同性恋欲望以及由此带来的性欲的不满足，并在一定意义上表达了对当今社会父权制价值观越界的隐喻。女作家们同时涉及了男同性恋领域，主要作品有埃丝特·塞利格森的《时间里的居所》（1981）和艾琳·佩特森的《几乎沉默》（*Casi en silencio*，1980）等。

在这里需要特别提到两位作家及其作品，一位是约瑟芬娜·维森斯，她的小说《无字书》（*El libro vacío*，1958）和《虚假的岁月》（*Los años falsos*，1983），开创了墨西哥元小说和文学自我参照的先河。凭借两部作品，她与内莉·坎波贝洛和胡安·鲁尔福一样成为墨西哥文学的重要支柱。后来萨尔瓦多·埃利松多、胡安·何塞·阿雷奥拉和塞尔吉奥·皮托尔（Sergio Pitol）等男作家和胡列塔·坎波斯、玛戈·格兰茨、芭芭拉·雅各布斯等女作家都加入并发展了这种趋势。另一位是埃斯基维尔，其小说《爱的法则》（1995）融合了文学、科幻小说、肥皂剧甚至音乐元素，具有很强的实验性，被认为是"墨西哥第一部多媒体小说"[①]。

从以上两个特殊的创作案例不难看出，20 世纪下半叶的墨西哥女性小说不仅在主题上复杂多变，而且在叙述方法上同样表现出诸多的原创性，比如元小说、互文性、诗意散文、文本的碎片化，广告、音乐、图像与

---

① Enciclopedia de la literatura en México：La ley del amor，2015，Web：http：//www. elem. mx/obra/datos/83370.［2024/03/17］

叙事情节的混合，文学与其他科学或媒体以及其他艺术类别展开了跨学科的互动，这种现象被评论家苏珊娜·赖斯称为"晚期西班牙语女性爆炸"（tardío boom hispánico femenino）①，其特点表现为多种多样的叙事取向和亚流派，且影响范围不断从墨西哥向西班牙和西班牙语国家扩散。

　　面对 20 世纪下半叶墨西哥女性小说如此复杂的多样性及变化，要对其全景做出较为准确的描述显然十分困难，甚至会出现挂一漏万的状况。同时，同一作者和同一作品同时尝试了多种主题和风格的现象也具有普遍性，所以描述过程难免会出现一些重复或重叠。本书关注的重点仍然在于 1990 年代墨西哥女性小说，在这一意义上，它意味着旧的世纪即将过去，新的世纪即将到来，对于墨西哥而言，也是国家独立两百周年的历史节点。所以，在 20 世纪墨西哥女性小说的众多主题之中，历史主题仍然是最重要和最显著的。

　　对于历史主题的重要性，作家安吉丽娜·穆尼兹-胡伯曼在接受采访时表示：

　　　　没有历史，就没有革命，就没有知识。我认为记住背景基于的是对当下的理解。对于理解人类是什么，历史是最重要的

---

① 赖斯进一步描述了这一现象：它的主角是来自大西洋两岸的一些作家，她们有一组相当奇怪的共同特征——她们中的大多数人开始写作较晚，在新闻业首次亮相，并凭借她们的第一部小说取得了巨大的成功。还必须补充的是，它在销售排名和公众认可中的地位并不总是意味着对拉丁美洲和西班牙的学术界和批评的相应影响。（参见 Reisz, Susana. "Hipótesis sobre el tema «escritura femenina e hispanidad»." *Tropelías. Revista de teoría de la literatura y literatura comparada*, No.1, Zaragoza, 1990, p. 200。）

东西。你必须回到原点。这就是为什么我对历史感兴趣。它是生活,是人。与其说我像相信科学一样相信历史,不如说我更相信历史般的小说。我确实喜欢使用历史元素,因为我们生活在历史元素中。为了理解这一刻,我回顾了很多事情。①

　　穆尼兹-胡伯曼的观点无疑集中反映了女作家对历史小说创作动机的看法:不仅仅对于女性,对于所有的作家而言,历史事件对于现在和未来都有着重要的意义,历史小说不限于批判性的评论或谨慎地寻找过去的根源,它必须包含我们日常生活中其他更有效的含义,即当代现实只能从过去找到解释。今天感受到的历史痕迹和遗产越多,我们就越能理解当今社会及其文化状况。

　　评论家保拉·马德里·莫克特祖玛在《20世纪墨西哥女作家对历史的重读》一文中回顾了20世纪墨西哥女作家的历史小说,认为对于20世纪下半叶之后出生的作家而言,历史主题不再局限于最新的历史事件,而延伸向最遥远的时代。重新思考"从征服和殖民地到独立和革命等重要历史阶段的新视野,或者制定结果令人失望的边缘未来主义的奇怪反乌托邦"②,都表现出新一代墨西哥女作家具有更为广阔的历史视野,比如安赫莱斯·玛斯特尔塔、卡门·博略萨、布莱安达·多梅克、罗莎·贝尔特兰和克里斯蒂娜·里维拉·加尔萨等。她们从女性视角回

---

① Emily, Hind. *Entrevistas con quince autoras mexicanas*, Madrid: Iberoamericana/Vervuert, 2003, p. 119.

② Madrid Moctezuma, Paola. "(Re)lecturas de la historia en las escritoras mexicanas del siglo XX." *Líneas actuales de investigación literaria: estudios de literatura hispánica*, 2004, p. 623.

顾历史，进而将故事引向墨西哥历史的不同方面，不仅恢复和捍卫了被官方史学压制或否认的边缘群体的声音，而且在发现自己身份的过程中化身为反对男权中心和霸权秩序的形象，所以具有十分重要的文学和社会政治价值。

在墨西哥历史中，殖民、革命和现代化三个阶段既相区别又相联系，并且仍然对当代墨西哥社会产生着深刻影响。本书对墨西哥女性小说的考察立足于世纪之交的 1990 年代这一历史节点，以卡门·博略萨的《沉睡》(1994)、安赫莱斯·玛斯特尔塔的《爱之恶》(1996)和克里斯蒂娜·里维拉·加尔萨的《没有人看见我哭泣》(1999)为样本。以文学叙事的方式对殖民、革命和现代化三个不同时期墨西哥历史的重写，既可以在宏观层面体会到当代墨西哥女作家对自己民族国家历史的重视及持续不断地思考和书写，又可以在微观层面观察到墨西哥历史上妇女生活的画面，以及 90 年代墨西哥女作家的创作风格、语言特色、艺术手法、现实关照和当代价值。

第三章　后现代理论视域

　　20世纪文学批评理论流派众多、思潮更迭，各种流派与思潮之间既互相冲突、尖锐对立，又互相交叉、重叠影响，表现出纷繁复杂、繁荣发展的景象。特别是20世纪60年代之后，随着后现代主义的兴起以及对于"宏大叙事"的质疑和在话语领域引起的边缘文化的喧哗与骚动，文学批评理论表现得更加芜杂多样。我们这里主要从90年代墨西哥女性小说发展的视角，对几种相关理论进行一些简单的讨论。首先，空间理论。在20世纪下半叶的墨西哥女性小说中，空间一直是她们关注的重要问题，家庭不仅是她们叙事的重要场域，如何实现从"家庭空间"向"社会空间"的跨越也是她们叙事的重要主题。20世纪70年代"空间转向"的代表性人物米歇尔·福柯及其"空间、知识、权力"理论，亨利·列斐伏尔的"空间生产"和"三元辩证"理论，以及爱德华·W. 索杰的"第三空间"理论，无疑对她们的文学叙事产生了深刻影响。其次，话语理论。话语或语言问题一直是女性写作面临的重要困惑之一，尤其对处于男性中心话语背景下的墨西哥女性写作而言，冲破男性中心话语束缚获得创作的自由，成为她们写作过程中需要解决的首要问题。福柯的"话语与权力关系"理论，让·鲍德里亚的后现代大众媒体和消费社会时代的"文化超现实"理论，露西·伊利格瑞和埃莱娜·西苏的"双性同体"和"身体写作"

理论等,都为墨西哥女性小说提供了重要的借鉴和参考。第三,后殖民理论。墨西哥女性小说面对妇女"三重边缘化"的后殖民处境,不论是爱德华·萨义德的"东方主义"和"文化帝国主义"理论,还是佳亚特里·斯皮瓦克的"属下"理论、女性主义后殖民批评理论,以及霍米·巴巴的文化差异与认同、矛盾状态、模拟与混杂性等理论和策略,都对她们的文学叙事产生了更为直接的影响。第四,新历史主义理论。20 世纪下半叶,墨西哥女作家开始以边缘性和互文性的视角进入对新历史小说和史学元小说写作的探索,其中不难看出新历史主义的重要影响。所以,我们对斯蒂芬·格林布拉特的自我造型与文化诗学,海登·怀特的元史学与话语转义理论也进行了一些讨论。

一、空间"旅程"

时间和空间一直是整个 19 世纪社会科学实践的理论轴心,但其中时间占据主导地位,空间却是静态和有限的,也就是说,"空间总是被认为是僵死的、刻板的、非辩证的和静止的。相反,时间却是丰富的、多产的、有生命力的和辩证的"①。然而,在 20 世纪的最后二十余年里,人们开始广泛谈论社会和人文科学的空间转折,指的是对空间问题的深刻反思,包括理论和实践。时至今日,这种现象一直是跨学科研究中重要的理论潮流之一。这一潮流的兴起,与 1970 年代亨利·列斐伏尔《空间的生产》(1974)和米歇尔·福柯《规训与惩罚：监狱的诞生》(1975)两部作

---

① Foucault, Michel. "Preguntas a Michel Foucault sobre la geografía". *Microfísica del poder*. Julia Varela and Fernando Alvarez-Uría(transl.), Madrid：La Piqueta Seseña, 1980，p. 117.

品的出版直接相关。尽管两位作者都对传统空间思想表现出批判态度，并质疑时间的优先性和稳定性，强调空间在社会现代化过程中的主导作用，但在侧重点上却表现出较大的差异。列斐伏尔将空间视为一个社会建构过程，强调现代空间资本主义生产关系的再生产性质，而福柯则更关注空间、知识与权力之间的内在关联。正如阿玛莉亚·博耶所言：

> 尽管围绕空间概念化、空间实践和话语的"空间性"进行了大量辩论，当代思想中关于这种"转折"的观点成倍增加，诸如多丽丝·巴赫曼-梅迪克(Doris Bachmann-Medick)和卡尔·施洛格尔(Karl Schlögel)谈到"空间转向"，西格丽德·韦格尔(Sigrid Weigel)则称之为"地形转向"，以及斯蒂芬·金泽尔(Dünne Günzel)的"拓扑空间"，但我们更倾向于用"空间转向"来指代这一现象，因为空间和空间性是哲学家们多年来对涉及本体论、认识论和形而上学解释的广阔领域进行了大量反思的主题。①

福柯理论的起点是历史研究，但是与以往的历史研究不同，福柯将历史研究的注意力引向社会和政治问题，其中权力体系和话语实践一直是他研究的中心。首先福柯不同意传统话语理论，认为话语研究不应将重点放在研究语言结构和规则，而应从社会学的角度揭示话语、知识和权力之间的复杂关系。福柯的核心观点是权力产生知识，认为通过对权

---

① Boyer, Amalia. "Hacia una crítica de la razón geográfica." *Universitas Philosophica*, Vol. 24, No. 49, Bogotá, 2007, pp. 160 – 161.

力系统的分析,可以对某种形式统一的、规范的知识存在作出理论解释。根据福柯的假设,知识受权力的支配,因此所有类型的知识或纪律系统都被权力配置并发挥作用,维持和加强权力系统。这样一来,当我们承认知识为真理时,实际上我们已经承认真理背后权力的合法性,在这一意义上,知识和权力之间建立了一种同谋关系,知识成为权力的象征。

在福柯看来,真理不仅仅是话语外延的秩序,而且与制度有关,与科学陈述的政治性有关,与权力体系以及其他政治学科或社会因素有关。因此,真理和知识都依赖于权力陈述系统,并决定什么是真实的,什么是不真实的,什么是允许的,什么是不允许的。此外,福柯强调,知识、真理和权力之间的关系不是单边的,而是相互的。虽然权力需要知识和真理来帮助它维持自身,在社会中发挥作用,但知识和真理也会产生权力机制。在这种相互关系中话语成为意识形态和言语之间的桥梁,福柯将其定义为"话语实践"。① 这种话语实践不仅是一种说话和写作的方式,而且指向一套特定社会所有成员具有的思维模式和意识形态。具体而言,一方面,话语允许权力合法化,并使知识制度化;另一方面,在权力延伸的地方行使话语权,权力机构凭借话语中的"真理意志"实现其所维护的意识形态在整个社会体制内运行和流转。

福柯的理论以批判和解构著称,所以他对知识、真理与权力关系的研究,目的仍然在于揭示话语的社会性和政治性,以及权力对于真相的话语排斥、隐瞒和禁止。在《话语的秩序》中,福柯以作者原则、评论原则和学科原则在具体的社会历史条件下使用排斥和限制的方式来约束话

---

① 参见彼得·巴里:《理论入门：文学与文化理论导论》,杨建国译,南京：南京大学出版社,2014 年,第 173 页。

语的现象为例,分析了话语的社会性和政治性。福柯认为,话语总是要受到许多程序的制约,"这些程序的作用在于消除话语的力量和危险,控制其偶发事件,避开其沉重而可怕的物质性"[①]。由此福柯质疑"真实"话语以及话语所属的意识形态,并认为所谓的"真理意志"实际上只不过是一种"依赖于制度的支持和分配"的意志,这种意志势必会产生出一种排斥机制。这就是他在《话语的秩序》中所研究的主要内容。[②]

从《疯癫与文明:理性时代的疯癫史》(1961)到《词与物:人文知识的考古学》(1966)、《知识考古学》(1969)、《规训与惩罚:监狱的诞生》和《权力的眼睛》(1980),作者一直在反思空间及其在哲学和社会研究中的理论功能。对福柯而言,空间是权力建构的重要组成部分,这一点我们可以从权力如何操纵国家机构行使监督和惩罚功能的政治机制中观察到,这种机制不仅包括武力和恐吓的监视,而且包括意识形态和话语实践的监视。为了揭示空间与话语、权力之间这种亲密关系,福柯通过对监狱、综合医院和精神病院、学校、工厂、社会街区等有限社会空间中权力的特征及其不同处理方式的分析,将权力—知识的历史在空间的轮廓中刻写出来,并从空间的角度重新审视西方现代性历史,他的这一思路对新历史主义产生了十分重要的影响。

福柯空间研究中最著名的模型是《规训与惩罚:监狱的诞生》中的全景监狱。根据福柯的说法,在杰里米·边沁的这种全景监狱中,守卫和被拘留者之间的状态是解释空间中权力运作的完美例子,因为,在福

---

① 米歇尔·福柯:《话语的秩序》,许宝强、袁伟选编:《语言与翻译的政治》,肖涛译、袁伟校,北京:中央编译出版社,2001年,第3页。

② 参见 Foucault, Michel. *El orden del discurso*. Alberto González Troyano (transl.), Buenos Aires: Tusquets, 2005, pp. 22 - 24。

柯看来，全景监狱最大的特点在于让被拘留者处于有意识和永久的可见状态，以保证权力的自动运作，从而使监视的效果永久化。[①] 正如福柯研究者所指出的那样，在福柯的思想中，监狱与刑法构成了一种共谋关系：

> 刑法利用基于保护社会的原则规定犯罪和惩罚；在犯罪和惩罚之间建立思想联系；并且收集指向灵魂或精神的征兆。相反，监狱是一种作用于身体的方式，它不是刑罚系统的内在要素，不是一套陈述，而是一种使犯罪和罪犯都现形的可见性。但是，这两种形式之间又存在某些联系，或者说是互为影射。[②]

如果说监狱是从空间维度对身体的监视，那么刑法就是以话语的方式建立思想规训，二者相互作用共同成为保护社会稳定坚不可摧的武器。同时刑法与监狱的这种关系也表明，现代社会是一个在权力控制下受监督的空间，过去属于私人生活的空间越来越多地受到现代化专家统治的攻击和命令，权力以"安全"和"效率"为借口渗透到我们的日常生活中。通过这样一番论述，空间以其可见性和可阐释性成为福柯权力理论一个重要的维度，空间、知识、权力相结合构成了一个三位一体的结构。

---

① 参见米歇尔·福柯：《规训与惩罚：监狱的诞生》，刘北成、杨远婴译，北京：生活·读书·新知三联书店，2007 年，第 226、259 页。

② Tirado Serrano, Francisco Javier; Mora Martínez, Martín, "El espacio y el poder: Michel Foucault y la crítica de la historia." *Espiral: Estudios sobre Estado y Sociedad*, Guadalajara, Universidad de Guadalajara, Vol. 9, No. 25, 2002, p. 18.

　　疯人院是福柯空间研究的另一个重要模型。在福柯看来,疯人院与全景监狱相似,二者都是现代权力出场的标志,不同的是,疯人被关进疯人院在欧洲经历了一个漫长的过程。在中世纪,疯癫是一种平常现象,疯人也没有遭到空间隔离;文艺复兴时期,疯癫的威胁开始引起注意,疯人被送上了移动的愚人船这一相对封闭的空间。进入古典时期,随着疯人的不断增多,他们不再被送上愚人船,而是被关入禁闭所。最初的禁闭所与监狱具有相近的作用,都是治安部门为实现现代国家理性化管理方案而建立的,是为了满足控制和纪律机制的需要,所以二者之间具有一定的相似之处。同样,最初疯人被关进禁闭所也不是因为疯癫,而是因为没有劳动力并且对社会管理和稳定产生一定的威胁,疯人和流浪汉、失业者、罪犯被置于一处。后来,随着资本主义现代化发展对于劳动力的需要,尤其是福柯所谓"空间—权力技术"的产生①,流浪者、失业者被释放,罪犯被转移到监狱,禁闭所成为禁闭疯人的专门场所。在《临床医学的诞生》中,福柯通过对 19 世纪临床医学兴起原因和特点的分析,揭示了临床医学出现及其所引发的病人治疗过程中的权力、空间关系的转变,即"第三次空间化"。"第三次空间化"表明,在一个特定社会的特定时期,会圈定一种疾病将其封闭起来,划分出特殊的、封闭的区域,对其进行医学干预,或者按照最有利的方式将其毫无遗漏地分配到这种治疗中心,社会由此引入一种选择系统,制定群体为了保护自身而实施特

---

① "空间—权力技术"是指在一个有纪律的封闭空间之内,通过对时间的标准化以及对空间的细致安排和设计,纪律在空间之内将个体组织起来,透过对身体的操练和训练,实现身体的空间化。(参见 Foucault, Michel. "Las relaciones de poder penetran en los cuerpos." *Microfísica del poder*, Julia Varela and Fernando Alvarez-Uría(transl.), Madrid: La Piqueta Seseña, 1980, pp. 154 – 156.)

定的排斥措施。① 可见，在福柯这里，随着临床医学的诞生，疯人院成为资本主义现代性规训的一个重要场所。

无论在《规训与惩罚：监狱的诞生》中对于全景式监狱的研究，还是在《疯癫与文明：理性时代的疯癫史》和《临床医学的诞生》中对于疯人院的研究，对空间与知识、权力之间亲密关系的揭示无疑是福柯思想的主脉络。当然，福柯从空间维度对权力、知识关系的分析并不仅仅局限于对历史决定论和现代性的反思，而是试图探索一条关于空间理论的另类路径，那就是将历史上一直被忽视和边缘化的社会空间插入当前的学术类别之中，从而不仅使他的空间和权力理论在当代空间转向中独树一帜，而且对新历史主义、后殖民主义和女性主义产生了十分重要的影响，并在当代文学批评中占有一席之地。

在当代人文社会科学领域的空间转向中，亨利·列斐伏尔无疑是最重要的思想家之一。作为深受马克思主义和现代地理学影响的思想家，批判性思考是列斐伏尔空间理论的主要特征。列斐伏尔在对已有历史和社会理论的批判性反思中意识到，历史性与社会性的二元结构是现存历史和社会理论最基本的分析模式，而空间则成为背景性存在，但是随着现代性的发展，空间的重要性日益凸显，传统的历史性与社会性二元结构已经越来越无法解释现实的空间问题。于是，在《空间的生产》中，列斐伏尔明确地引入第三个维度——空间性，使长期以来被忽视的空间问题"再次获得了战略性地位"②。

---

① 参见米歇尔·福柯：《临床医学的诞生》，刘北成译，南京：译林出版社，2001 年，第 16—17 页。

② 转引自索杰：《第三空间：去往洛杉矶和其他真实和想象地方的旅程》，包亚明主编，陆扬等译，上海：上海教育出版社，2005 年，第 92 页。

需要注意的是,列斐伏尔尽管将空间视为一个重要的分析维度,但并不意味着对历史性和社会性以及空间与社会历史话语联系的否定,恰恰相反,"空间概念将精神与文化、社会与历史联系起来。它重构了一个复杂的过程:发现(新的、未知的空间、大陆、宇宙)——生产(每个社会的空间组织)——创造"①。同时,在列斐伏尔看来,人类生活的空间性就如同社会性与历史性一样渗透在每一个学科和话语之中,空间性与历史性、社会性三个维度可以在辩证的相互作用中实现新的平衡,从而建构一个超学科的分析模式。实际上,在后来对空间的社会关系再生产的阐释,对国家与空间、知识、权力的分析,以及有关现代性、后现代性的讨论中,列斐伏尔都贯穿着这一超学科的分析模式。

如果说对历史性、社会性和空间性三者关系的强调是列斐伏尔在空间问题上使用的第一组三元辩证法,那么对于物理空间、精神空间和社会空间三者关系的讨论则构成列斐伏尔的第二组三元辩证法。列斐伏尔认为,传统空间理论或者强调客观物理空间,或者强调主观精神空间,它们都是空间思维的简化论,是关于空间的"双重幻象",也是主客体二元论的表现。为了打破传统空间二分法的"双重幻象",列斐伏尔提出了空间实践(感知的空间)、空间表象(构想的空间)、表征性的空间(实际生活的空间)的三元辩证。② 列斐伏尔指出:"我们所关注的领域如下:第一,物理的,自然,宇宙;第二,精神的,包括逻辑抽象与形式抽象;第三,社会的。"③在这三种空间中,列斐伏尔最为关注的是第三个,即社会空

---

① Lefebvre, Henri. *La producción del espacio*,Madrid:Capitán Swing,2013,p. 57.
② 参见 Lefebvre, Henri. *The Production of Space*. Oxford, UK and Cambridge, MA:Blackwell,1991,pp. 27 - 30。
③ 同上,第 11—12 页。

间。在他看来，"再现性空间是有生命的：它会说话。它拥有一个富有感情的核心或者说中心"①。它既是客观的又是主观的，是实在的又是隐喻的，是经验的又是理论化的，是工具性的、策略性的又是本质性的；它既不同于物理和精神空间，但又包容两者、超越两者，并能够将二者平等地结合起来形成一个三元辩证的结构。

列斐伏尔运用这种三元辩证法对资本主义现代性生产过程进行了深入的分析，认为空间已经成为现代资本主义语境下社会关系的重要组成部分："社会关系是一种社会存在，以至于是一种空间存在；它们将自身投射到空间里，在其中留下烙印，与此同时又生产着空间。"②一方面，社会关系作为一种空间存在，空间中弥漫着社会关系，并在人类社会活动过程中得到不断重塑；另一方面，空间的本质是社会关系，社会关系又不断地生产着空间，并作为一种能动的力量反过来影响、引导、限制人类的活动和存在方式。由此，列斐伏尔成功地实现了从"空间里的生产"到"空间的生产"的转变③，这种转变导致了人们对"生产"的理解方式的根本性转变："生产"不仅是事物、货物、商品或是思想、知识、意识形态、机构和艺术作品的生产，而且包括空间和社会关系的生产。

从对空间新的理解出发，列斐伏尔与众多强调宏大政治的声音不同，将视野转向日常生活等微观政治层面对社会历史发展的意义。在漫长的学术生涯中，日常生活批判一直是列斐伏尔关注的主要领域，他的

---

① 参见 Lefebvre, Henri. *The Production of Space*. Oxford, UK and Cambridge, MA：Blackwell, 1991, p. 42。

② 同上，第 129 页。

③ 参见 Lefebvre, Henri. "Space: Social Product and Use Value." *Critical Sociology: European Perspective*, Freiberg, J. W. (ed.), New York: Irvington, 1979, pp. 285 – 295。

日常生活批判"三部曲"①系统性地批评了理论研究中对个人生存与"平凡的"生活事务的遗忘或蔑视,而一味地沉溺于关心"国家与革命"这些非常态事物的误区。他倡导人们应该"屈尊下凡",将目光落在日常生活上。日常生活成为列斐伏尔独立于政治和经济两个空间之外的新空间。同时,随着现代化、城市化、全球化的进一步发展,城市空间也成为列斐伏尔日常生活批判又一个最为显著的切入点。

列斐伏尔在其自传性著作《错位的时代》(1976)中曾说过:"我喜欢生活在中心和边缘之间","我既是边缘的同时又是中心的。"②中心与边缘之间的复杂关系导致了列斐伏尔在理论上"含混"和"游牧"的风格③,而这种风格对后现代主义、空间女性主义、后马克思主义以及其他文化批判理论,尤其关于身份和差异的新文化政治学产生了十分重要的影响。

在当代空间理论发展中,美国著名后现代地理学家爱德华·索杰是一个不可或缺的重要人物,他在列斐伏尔三元辩证法的基础上,提出了著名的"第三空间"理论。对于什么是第三空间,正如索杰在其重要著作——《第三空间:去往洛杉矶和其他真实和想象地方的旅程》(*Third Space: Journeys to Los Angeles and Other Real-and-Imagined Places*,

---

① 《日常生活批判·第1卷·导论》(*Critique de la vie quotidienne I*),1947年;《日常生活批判·第2卷·日常性的社会学基础》(*Critique de la vie quotidienne II, Fondements d'une sociologie de la quotidienneté*),1961年;《日常生活批判·第3卷·从现代性到现代主义(走向一种日常生活的元哲学)》(*Critique de la vie quotidienne, III. De la modernité au modernisme. Pour une métaphilosophie du quotidien*),1981年。

② Lefebvre, Henri. *Tiempos equívocos*, Barcelona: Kairós, 1976, p.126.

③ 转引自索杰:《第三空间:去往洛杉矶和其他真实和想象地方的旅程》,包亚明主编,陆扬等译,上海:上海教育出版社,2005年,第46页。

1996)的书名中所表征的那样，第三空间既是一个真实的生活空间，又是一个想象的地方，同时又是一个超越真实和想象的"旅程"，这种"旅程"充分体现了第三空间的动态性。

在索杰对"第三空间"的诸多表述中，"他者化"—"第三化"是最集中和最重要的规定。在回顾"第三空间"提出的原因时，索杰表示，1960年代后半叶的都市危机引发了其对他者形式的思考，并将他者视为空间想象的"第三化"产品，这应该看成索杰第三空间理论的起点。①

作为列斐伏尔空间思想的继承者，索杰在阐发列斐伏尔思想的过程中不断完善自己的第三空间理论，并始终将"他者化"—"第三化"作为一条主线贯穿其中。首先，索杰明确表示，他在阐发列斐伏尔空间性、历史性和社会性的三元辩证关系时，采用了一种批判性的"他者化"—"第三化"方法。② 其次，索杰强调，在列斐伏尔对传统空间理论的批评中，始终认为物理与精神二元对举的方法难以解决当代所面临的空间问题，而列斐伏尔对他者或第三项的认识隐含在他的空间理论之中，构成了索杰第三空间观念的理论基石。③ 再次，索杰认为，列斐伏尔引入他者或第三项，成功突破了黑格尔或马克思以时间序列为基础的正题、反题、合题的辩证综合，形成了一种新的空间化的辩证法，这种辩证法"不再固守于历史性及历史时间，不再固守时间性结构"。索杰强调，"他者化"—"第三化"在表现形式上是一种"不断扩展的破坏链"，这种破坏链强化了对"完整封闭"和一切"一成不变的结构"的反抗，因此每一次"第三化"、每

---

① 索杰：《第三空间：去往洛杉矶和其他真实和想象地方的旅程》，包亚明主编，陆扬等译，上海：上海教育出版社，2005年，第13页。
② 同上，第12页。
③ 同上，第37—38页。

一个三元辩证都是一次对第三空间的"趋近"。①

以对列斐伏尔空间思想的阐发为前提,索杰认为,第一空间主要是空间形式具象的物质性,是可由经验描述的事物,其认识论偏重"客观性和物质性",并力求建立关于空间的形式科学"②;第二空间是在空间观念中构思而成,缘起于对精神或认知形式中空间性思考的再表征,其认识论尽管试图对第一空间的封闭性和强制的客观性进行反驳,但是"它们用艺术家对抗科学家或工程师,唯心主义对抗唯物主义,主观解释对抗客观解释"③,走向另一极端。与第一、第二空间认识论不同,第三空间认识论既是对第一和第二空间认识论的解构,又是重构,是"他者化"或"第三化";第三空间认识论"不仅批判了第一空间和第二空间的思维方式,而且通过注入新的可能性来使它们掌握空间知识的手段恢复活力",甚至在本体论上,第三空间"能够围绕空间性重新确立知识形成的中心"④。索杰通过以上论证,不仅突破了列斐伏尔的三元辩证法,而且实现了对第三空间的认识论辩护和本体论建构。

在索杰的空间理论中,如果说"他者化"——"第三化"是第三空间的根本属性,那么"开放性"则是最显著的特征。索杰明确指出:

> "第三空间"本身,就植根于这样一种重新组合的极为开放
> 的视野。在我称之为"作为他者化的第三化"的批判策略中,我

---

① 索杰:《第三空间:去往洛杉矶和其他真实和想象地方的旅程》,包亚明主编,陆扬等译,上海:上海教育出版社,2005 年,第 77—78 页。
② 同上,第 95 页。
③ 同上,第 99 页。
④ 同上,第 102—103 页。

试图在思想方法和行为之关注政治方面，打开我们的空间想象，通过注入一种选择的他者系列，来应对一切二元主义、一切将思想和政治行为限定在仅仅两种选择上面的企图。①

从以上论述不难看出，一方面，在问题面向上与列斐伏尔相近，索杰的第三空间理论作为一种批判的策略，他者化或第三化即空间化，主要针对的仍然是历史性和社会性的二元论；但是，另一方面，与列斐伏尔相比较，索杰似乎更强调第三空间作为"一种更开放、更多元统一的视野"的重要性②。

从"他者化"和"开放性"这两个重要前提出发，索杰试图将诸多的后现代理论纳入第三空间的理论阵营。首先，他从差异、边缘、他者的角度，将非裔美国文化批评家贝尔·胡克斯看成自己重要的同盟者。索杰认为，胡克斯在《渴望：种族、性别，和文化政治》(*Yearning: Race, Gender, and Cultural Politics*, 1990)一书和相关论文中，将选择的边缘性作为一种激进的开放空间，"将我们表征的生活空间重构为养育抵抗的场所，真实和想象、物质和隐喻交汇以抵抗一切压迫形式的场地"，并移植到"充满批判精神的后现代文化政治之中"，从而成为缓解那些咄咄逼人的中心主义和本质主义的"一剂解毒药"③。其次，从"增强第三空间的开放性"角度，将空间女性主义、后殖民女性主义、后殖民主义纳入自己的阵营。在空间女性主义中，索杰主要关注了包括建筑和都市史

---

① 索杰：《第三空间：去往洛杉矶和其他真实和想象地方的旅程》，包亚明主编，陆扬等译，上海：上海教育出版社，2005 年，第 6 页。
② 同上，第 6 页。
③ 同上，第 15—16 页。

学家多萝里丝·海顿（Dolores Hayden）的城市空间性别划分所表现出来的对父权力量的空间化批判；后现代空间女性主义如纪丽安·罗丝（Gillian Rose）、苏·格尔丁（Sue Golding）、巴巴拉·胡珀（Barbara Hooper）、安妮·弗蕾德堡（Anne Friedberg）等对超越性别差异以突破男/女二元对立的强调，对身体与都市空间、城市"同性恋空间"等都市日常生活的空间批判，在索杰看来都表现为彻底的开放性。① 在后殖民女性主义中，索杰主要关注了拉丁美洲裔女作家格洛丽亚·安扎尔杜亚将"边界"视为一个开放的、不断变化并充满机遇的空间观念。在后殖民主义空间批判中，索杰认为爱德华·萨义德的想象地理学表现为"狂野"且激进的开放性，从而跨越那些只"为我们的政治规划所圈定的边界"②；而佳亚特里·斯皮瓦克则从边缘性声音出发提出了差异地域政治的"世界再筹划工程"③。对于霍米·巴巴的第三空间理论，索杰给予了较高评价，认为霍米·巴巴发展了自己的第三空间版本，这个版本同样是一个激进开放性和"混杂性"的空间，这个空间开放在新文化政策的边缘之上，并为相同身份的重新解释和谈判提供了可能性。④

　　比较而言，在第三空间阵营中，索杰对福柯的"异托邦"给予了更多的关注。在索杰看来，福柯在1986年发表的《关于其他空间》（*Of Other Spaces*）一文中提出的"其他空间"和"其他地点"的异托邦，实际上是批判性"他者化"——"第三化"的一个例子，一个开放的空间。索杰详细地考

---

① 索杰：《第三空间：去往洛杉矶和其他真实和想象地方的旅程》，包亚明主编，陆扬等译，上海：上海教育出版社，2005年，第141页。
② 同上，第179页。
③ 同上，第175页。
④ 同上，第18页。

察了福柯的乌托邦与异托邦、异托邦的异形地志学原理之后得出结论，认为福柯对于异托邦的定义是含混的、不确定的，但正是这种含混性使得他的"第三空间呈现出开放和包容的态势，而不至于受到清规戒律的约束与禁锢"①。

正如西班牙学者努里亚·贝纳赫(Nuria Benach)和阿贝尔·阿尔伯特(Abel Albet)所指出的，索杰的第三空间是"生动的，具有多面性，又是矛盾的，压迫性和解放性同存；是激情的但同时又具有常规性；是可知而又不可知的"②。实际上，索杰第三空间的复杂性还在于，首先，它是一种改变人类生命空间的特殊观念，一种解释和行动方式；其次，它对他者性的重视打破了传统二元论对人们的思想束缚，并为针对一切人类形式的压迫采取集体政治行动的行为提供场所；最后，第三空间是一个无限开放的空间，是新的和不同的探索的起点，是一个允许并可以被超越的存在。

索杰从他者性和开放性出发将诸多后现代主义流派纳入第三空间，以扩展或"增强"第三空间的理论阵营，这种做法是否恰当是值得商榷的。但是，正如索杰指出的：

> 这些空间充满了政治和意识形态，充满了相互纠结的真实
> 与想象的内容，充满了资本主义、种族主义、父权制，充满了其
> 他具体的空间实践活动。它们是生产、再生产、剥削、统治及服

---

① 索杰：《第三空间：去往洛杉矶和其他真实和想象地方的旅程》，包亚明主编，陆扬等译，上海：上海教育出版社，2005 年，第 210 页。

② Benach, Núria; Albet, Abel. *Edward W. Soja: la perspectiva postmoderna de un geógrafo radical*. Barcelona: Icaria, 2010, p. 206.

从的社会关系的具体体现。再现的空间是"被统治的空间",是外围的、边缘的和边缘化了的空间,是在一切领域都能够找到的"第三世界"。它们在精神和身体的物质存在中,在性和主体性中,在从最为地方性的到最为全球性的个人和集体的身份之中。它们是为了斗争、自由与解放而选择的空间。①

　　索杰对第三空间重要的社会、政治、文化意义的肯定,使当代空间转向与当代文学批评发生了不可分割的关联。实际上,当索杰利用拉美魔幻现实主义作家豪尔赫·路易斯·博尔赫斯的《阿莱夫》(*El Aleph*,1949)说明自己的第三空间,并在论述过程中多次提到另一个法国作家马塞尔·普鲁斯特时,空间理论和空间转向对于当代文学批判尤其是90年代墨西哥女性小说研究的意义和作用是不言而喻的。

二、话语"转向"

　　在既有的文学传统中,父权文化无疑占据着中心和统治地位,文学语言是父权文化一手打造的,女性语言和话语权的缺失是一个普遍现象。没有自己的语言和话语权必然意味着承载自身文化的信息载体的缺失,所以在历史上女性只能处于被界定、被阐释、被淹没的客体地位,因此,语言成为女性写作中最深重的焦虑。为了克服和消解这种焦虑,从女性写作的角度产生了一系列相关问题和理论,比如话语与权力之间存在着怎样的关系? 女性刻板印象是如何通过语言构建的? 语言对于

---

① 索杰:《第三空间:去往洛杉矶和其他真实和想象地方的旅程》,包亚明主编、陆扬等译,上海:上海教育出版社,2005年,第87页。

巩固女性尤其是属下女性的社会角色有何作用？此外，如果作家试图通过语言来解构和打破女性固有形象，那么她们应该用什么形式或策略来维护自己的价值观，尤其是底层价值观？换言之，她们应该讲述什么故事？她们如何讲述这个故事？这些作家在使用某些类型的语言时有什么意图？身体的运用在女性文学中的意义何在？显然，女作家在文学创作中使用的语言类型对于此类涉及女性文学和女性主义文学批评的研究至关重要。

在当代文学批评中"语言转向"成为一种趋势和共识，而这一趋势的发生与瑞士语言学家和结构学家费迪南德·德·索绪尔关于语言的论述密切相关，他所建立的现代语言分析系统，成为后来语言和话语研究的基础。索绪尔首先区分了语言和言语，认为语言是言语活动中确定的部分，是社会集团约定俗成的规则，而言语是个人说出来的话。索绪尔进而将语言视为一个"任意的、关系的和构成的"系统，这无疑意味着我们所使用的话语都是纯粹的语言结构。在语言的功能上，索绪尔认为世界的意义都在语言或是通过语言来建构的，他的著名论断是："语言构成了我们的世界"，语言之外没有真理。[1] 也就是说，语言结构表现着一个人对某个对象或问题的处理方式，通过语言结构我们可以识别人们的政治立场、生活态度等。索绪尔的这种语言理论一般被称为符号学的建构主义。

与索绪尔符号学方法不同，福柯创建了另一种意义上的建构方法，即话语方法，目的在于确认任何陈述都是一种话语构成体，话语定义世

---

[1] 参见彼得·巴里：《理论入门：文学与文化理论导论》，杨建国译，南京：南京大学出版社，2014 年，第 40—43 页。

界、形塑现实,知识和意义都是在话语中被生产、建构出来。福柯强调,
"话语虽由符号组成,但话语所做的要比这些符号去指物来得更多。正
是这个更多使得我们不能把话语归结为语言和言语,而我们正是要揭示
和描述这个更多"①。在这里,福柯一方面承认索绪尔语言的符号学意
义,但又强调话语不是一个单纯的语言学概念,也不仅仅是对外在事物
的指涉,更重要的在于话语对事件构筑的参与,所以它是一个涉及意义
的生产和再生产的实践概念。

就话语在整个理论中的重要性而言,福柯指出:"考古学是分析局部
话语的适当方法,谱系学则是在描述这些局部话语的基础上使被解放的
知识能够活跃起来的策略。"②可见,作为一个核心概念、方法和策略,话
语问题贯穿于福柯考古学和谱系学这两个支柱性理论的始终。具体而
言,从考古学来说,福柯通过"局部话语"分析,对启蒙时代以来的连续
性、总体性、主体性和目的论提出疑问,并进而关注话语生产的社会历史
语境,表现了对宏大历史叙事所忽略的精神病史、监狱史、刑罚史、性经
验史等断裂性、零散性、非主体性的微小事件和边缘话语的关注,展现出
历史现象和过程的复杂性和具体性。对谱系学而言,福柯将话语作为
"被解放的知识能够活跃起来的策略",也就是说,这种策略通过对话语
与权力关系的分析,能解构和颠覆传统的权力观,将话语从宏大叙事中
解放出来,产生强大创造力。

福柯对于传统权力观的解构和颠覆主要从以下几个方面展开。首

---

① 米歇尔·福柯:《知识考古学》,谢强、马月译,北京:生活·读书·新知三联书店,2003
年,第 49 页。
② 刘北成:《福柯思想肖像》,上海:上海人民出版社,2001 年,第 201 页。

先,福柯扩展了权力的范围。传统权力概念仅仅将权力视为一种司法机制,并单纯视为一种否定的力量。福柯不同意这种权力观,而是将权力看成一种"力量关系":

> 我们必须首先把权力理解成多种多样的力量关系,它们内在于它们运作的领域之中,构成了它们的组织。它们之间永不停止的相互斗争和冲撞改变了它们、增强了它们、颠覆了它们。这些力量关系相互扶持,形成了锁链或系统,或者相反,形成了相互隔离的差距和矛盾。①

作为一种"力量关系",第一,权力与政治紧密地联系起来,权力无处不在,政治也无处不在;第二,权力广泛地存在于人文、自然科学等更为广阔的知识领域;第三,权力在功能上不仅表现为一种否定的力量,而且处于"永不停止"的矛盾、冲突和斗争之中。这样一来,从话语与权力的关系来看,话语不仅表现为对权力的发现和表达,而且具有建构权力和抵抗权力的功能,从而将话语从权力之中解放出来,成为可以与权力进行交互作用的存在。其次,这一关系还将话语从传统的真理观中解放出来。福柯将传统的真理观视为一种乌托邦冲动,认为"真理"并不是存在于话语之上所谓的终极性知识;真理也是一种话语,只不过是一种规范性的话语而已;同时,真理并没有超越于权力之外,而是与权力即"真理制度"密切相关,表现为一枚硬币的两面,既发挥着权力的功能,也在被"制度化"。正是这种制度化,使真理与一定时代关于"各类话语的总政

---

① 米歇尔·福柯:《性经验史》,佘碧平译,上海:上海人民出版社,2005 年,第 60 页。

策""区分真假话语的机制和机构""区分真假话语的方式""起作用的话语人的地位"等相联系,成为一种时代性、断裂性的存在①。

尤为重要的是,自19世纪下半叶以来,尼采斩断身体与意识对立的哲学叙事、提出一切从身体出发的口号之后,一直被压抑的身体浮出历史和理论的地表。福柯继承了尼采的身体概念,并将其运用于话语与权力关系的研究。福柯首先将身体视为一种话语,一种同样被卷入到权力关系和政治领域之中的话语,"权力关系总是直接控制它,干预它,给它打上标记,训练它,折磨它,强迫它完成某些任务、表现某些仪式和发出某些信号"②。福柯认为,随着身体成为话语并进入权力关系和政治领域,成为可以利用和驯服的对象,"生命进入了历史(我是说人类的生命现象进入了知识和权力的秩序之中),进入了政治技术的领域"③,由此,福柯的微观政治学得以确立。

福柯的微观政治学主要讨论的是权力对于身体的规训和塑造,主要包括"人体解剖政治"和"人口生命"两大话语体系。与传统政治学的宏大历史叙事和宏观政治叙事不同,福柯将身体引入权力关系和政治领域,将生物性、个体性和日常性的事件作为主要的叙事对象,开创了一个新的话语和文化政治取向,这种话语和文化政治取向与当代种族、性别、阶级、地域等文化身体问题密切相关,对后殖民批评、族裔文化批评、女性主义批评、新历史主义等诸多"后学"思潮产生了十分重要的影响,正

① 米歇尔·福柯:《米歇尔·福柯访谈录》,杜小真编选:《福柯集》,上海:上海远东出版社,1998年,第445—447页。
② 米歇尔·福柯:《规训与惩罚:监狱的诞生》,刘北成、杨远婴译,北京:生活·读书·新知三联书店,1999年,第27页。
③ 米歇尔·福柯:《性经验史》,佘碧平译,上海:上海人民出版社,2005年,第92页。

如有研究学者指出，"福柯的话语理论力图为话语问题提供一种制度化的背景，一种权力关系的基础，在话语问题上打开一条通往历史、社会、政治、文化的路径"①。

在当代话语理论中，让·鲍德里亚从后现代大众传媒的视角，讨论了现代媒介背景下语言的符号化及其意义。鲍德里亚认为，在当代社会，文化已经高度商品化，而商品又进一步符号化。换言之，文化只有成为商品进入市场，成为文化符码，才能得到认可和关注。在这一过程中，语言不过是由一种特殊的和人为的符号所组成，并由统治者意志和经济权力所操纵：

> 这是一个用真实的符号代替真实的问题，也就是说，这是一个通过双重操作来阻止每一个真实过程的操作，这是一个程序化的、相对稳定的、完美描述的机器，它提供了真实的所有符号，并缩短了它的所有变迁。真实的东西再也不会有机会产生自己［…］从此以后，一种超真实的东西就远离了想象，远离了真实与想象之间的任何区别，只给模型的轨道循环和模拟差异的产生留下了空间。②

鲍德里亚质疑符号的本质，认为它不是用来表示现实的，而是模拟系统的一部分：

---

① 姚文放：《文学理论的话语转向与福柯的话语理论》，《社会科学辑刊》2014 年第 3 期，第 147 页。

② Baudrillard, Jean. *Simulacra and Simulation*, Ann Arbor：University of Michigan Press，1994，p. 2.

这就是拟像,因为它与表象相对立。表象源于符号和真实等价的原则(即使这种等价是乌托邦式的,它也是一个基本公理)。相反,拟像源于等价原则的乌托邦,源于符号作为价值的激进否定,源于符号作为每个参照的回归和死刑。①

显然,在鲍德里亚看来,现代媒体表征是虚假的形象和乌托邦的基础,所有西方信仰和善意都参与了这种关于表征的赌注。在现代生活方式中,媒体的影响是持续和普遍的,真实与想象之间、现实与幻觉之间、表面与深度之间的区别已经丧失,这是由所有文化的划分、重组、干涉和无条件审美化造成的,其结果是"文化超现实"。②

如果我们将鲍德里亚的"文化超现实"理论与福柯的话语理论进行简单比较,不难看出,对于福柯而言,权力不是获得的,而是行使的;它不是局部的,而是在所有社会关系中都存在的;它也不能被定义,因为它在不断变化,权力不仅以消极的方式限制言语,还以积极的方式产生话语。而鲍德里亚的"文化超现实"则将权力看成控制人民的意识形态策略之一,权力不仅控制了本国人民,而且试图控制世界其他地区的意识形态,这一观点无疑补充和丰富了福柯关于话语转化为权力的观点,并进一步揭示了语言的潜力。

从女性写作的角度考虑话语问题,法国女性主义批评也是一个不可忽略的环节,她们通过挪用"语言转向",在将整个西方文明看成男性用

---

① Baudrillard, Jean. *Simulacra and Simulation*, Ann Arbor: University of Michigan Press, 1994, p. 6.
② Baudrillard, Jean. *Cultura y simulacro*, Barcelona: Kairós, 1978, p. 89.

自己掌握的话语霸权所书写的一个巨型父权制广告的同时，将性别不平等的社会现实转换成一个身体语言问题，并试图以身体作为突破口进行女性主义诗学建构。

　　法国女性主义批评家露西·伊利格瑞和埃莱娜·西苏关注的重心在于女性写作所面对的普遍的父权制话语霸权问题，并且以双性同体为依据，试图从女性特有的话语方式出发对抗和解构这种话语霸权。作为差异女性主义的代表，在《性别差异的伦理学》(1984)一书中，伊利格瑞将性别差异看成我们时代所面临的中心问题，并强调"无论我转向哲学、科学还是宗教，这个问题都是隐藏的"①，因此，她在书中通过讨论西方文化和哲学话语中性别之间的关系问题，对形而上的历史进行了女性主义的反解读，试图揭示性别差异被"隐藏"的可能性条件。在《此性非一》(*Ce sexe qui n'en est pas un*, 1977)中，伊利格瑞又将女性主义话语的颠覆力量设置在一种游戏式的模仿里，这种模仿是一种超越了菲勒斯中心话语逻辑的"菲勒斯中心"的话语，也是在试图模仿菲勒斯中心系统中的女性立场。同时，伊利格瑞明确主张"女性写作"，在《他者女人的窥镜》(*Speculum: De l'autre femme*, 1974)一书中，她采用柏拉图的洞穴寓言，比较了母性子宫和神圣父权菲勒斯之间的关系，并以此为出发点，证明传统哲学范畴已经发展到把女人们驱逐到从属或服从的地位，并将女人的"他者性"降低为一种"镜子"关系，即女人要么被忽视，要么被视作男人的对立面。她同意雅克·德里达的摆脱父权制象征系统没有捷径可走的观点，但又强调妇女在有意识地重读和复述父权制核心文本时，

---

① Irigaray, Luce. *Ética de la diferencia sexual*. Agnès González Dalmau and Àngela Lorena Fuster Peiró(transl.), Castellón: Ellago Ediciones, 2010, p. 35.

可以变被动为主动,这就是所谓的"游戏文本",并认为通过这种游戏式的模仿,女性可以保持区别于男性范畴的某种独立性。伊利格瑞从她的性别和游戏文本理论出发,主张女性应该从身体出发进行写作,并通过对身体的多元解放建立自己的话语世界和话语中心,即"双性同体"式语言:

> 在我们的唇间,你的和我的,许多种声音,无数种制造不尽的回声的方法在前后摇荡。一个人永远不能从另一个人中分开来。我/你:我们总是复合在一起。这怎么会出现一个统治另一个、压迫另一个声音、语调、意义的情况呢? 一个人不能从另一个人中分开,但这也不意味着它们没有区别。①

在伊利格瑞看来,由于这种你中有我、我中有你的双性同体式语言具有包容性别对立双方的功能,所以可以实现颠覆父权制话语对女性的统治与压制并消解性别二元对立的目的。

比起伊利格瑞的含蓄,西苏则更为直接地主张女性用"身体写作"。她在《美杜莎的笑声》(*Le Rire de la Méduse*,1975)一文中充满激情地号召女性:"写吧! 写作是属于你的,你是属于你的,你的身体是属于你的,接受它吧。"②在西苏看来,几千年来妇女的身体已经被父权制话语"收缴"了,"而且更糟的是这身体曾经被变成供陈列的神秘怪异的病态

---

① Irigaray, Luce. *This Sex Which Is Not One*. Catherine Porter and Carolyn Burke (transl.) Ithaca: Cornell University Press, 1985, p. 209.
② 埃莱娜·西苏:《美杜莎的笑声》,黄晓红译,张京媛主编:《当代女性主义文学批评》,北京:北京大学出版社,1992年,第190页。

或死亡的陌生形象，这身体常常成了她的讨厌的同伴，成了她被压制的原因和场所。身体被压制的同时，呼吸和言论也就被抑制了"①，所以妇女只有通过写作，通过写自己，才能返回自己的身体。

西苏倡导妇女通过写作返回自己的身体并不是最终目的，返回身体就是要以身体作为女性特有的文本和话语，摧毁逻各斯中心的性别二元对立和本质主义，以及男性文学的话语霸权："妇女必须通过她们的身体来写作，她们必须创造无法攻破的语言，这语言将摧毁隔阂、等级、花言巧语和清规戒律。"②女性身体作为一种特殊的语言之所以具有这种功能，是因为与伊利格瑞相似，西苏也将女性身体视为一种具有无尽包容性又不排斥差异的新的双性同体，这种双性同体模糊了男女界限，通过包容男女于一体来解构性别二元对立，所以这种语言可以进入男性话语秩序，"炸毁它、扭转它、抓住它，变它为己有，包容它、吃掉它，用她自己的牙齿去咬那条舌头，从而为她自己创出一种嵌进去的语言"③。

女性身体作为语言和文本出场是为了反抗男性话语暴力，身体内在于文本，文本性身体的目的在于打碎已有的语言系统，就此而言，女性通过文本性身体所发起的革命并不是性解放意义上的身体政治，而是通过理论想象和语言符号来预设的一种诗性的文本和语言革命。所以西苏所倡导的女性"身体写作"并不是对女性身体、性和欲望的细致描写，而是身体的诗性写作。正因为如此，西苏强调："妇女的身体带着一千零一个通向激情的门槛，一旦她通过粉碎枷锁、摆脱监视而让它明确表达出

① 埃莱娜·西苏：《美杜莎的笑声》，黄晓红译，张京媛主编：《当代女性主义文学批评》，北京：北京大学出版社，1992 年，第 193—194 页。
② 同上，第 201 页。
③ 同上，第 202 页。

四通八达贯穿全身的丰富含义时,就将让陈旧的、一成不变的母语以多种语言发出回响。"①

为了进一步说明女性身体语言的特殊性,西苏使用了一个意涵丰富的词汇——"飞翔",她说:"飞翔是妇女的姿势——用语言飞翔也让语言飞翔。我们都已学会了飞翔的艺术及其众多的技巧。几百年来我们只有靠飞翔才能获得任何东西。"②西苏将女性用自己的血肉之躯所形成的、异于男性"逻辑"的身体写作形容为"飞翔的姿态",不仅通过身体将个人的体验和想象物质化,而且由"飞翔"所引起的语言"滑动"(voler),甚至具有了德里达的"延异"和"播撒"的意味,从而成为克服性别二元对立和本质主义话语的有力武器。需要注意的是,在法语中,"voler"一词同时具有"飞翔"和"偷窃"两种意思,西苏使用"voler"一词表述女性身体写作,一方面完成了对男性话语霸权的挑战,另一方面隐含着借用或窃取男性语言,形成一套不同于男性写作的叙事话语和叙述技巧。

客观地看,尽管伊利格瑞和西苏的女性主义理论都存在逃避政治实践的倾向以及将妇女问题心理化、生理化和语言化的局限,但是她们对女性写作过程中语言问题的关注,以及在双性同体基础上对女性身体写作的讨论仍然具有重要的现实意义,甚至在一定程度上可以看成引发20世纪90年代世界范围内女性身体写作潮流的重要根源。正如美国女性主义批评家伊莱恩·肖瓦尔特所指出的,"法国女性主义者的'描写胴体'的纲领是一个十分强大和革命的尝试,使妇女写作具有基于与男

---

① 埃莱娜·西苏:《美杜莎的笑声》,黄晓红译,张京媛主编:《当代女性主义文学批评》,北京:北京大学出版社,1992年,第201页。
② 同上,第203页。

人不同的女子性器官和女性利比多的权威""她们全都在共同探索同中心的女性话语的可能性"，她们"大胆地冲破父权制的禁忌"，她们的理论都是"对菲勒斯话语进行的令人振奋的挑战"①。

三、文化批判与"文化翻译"

后殖民理论是一个跨学科的研究领域，涉及哲学、历史、文学、心理学、人类学、考古学、语言学、艺术史等众多学科，并与当代西方许多理论话语有着错综复杂的关系。在问题面向上，后殖民理论涉及东方主义、文化与帝国主义、民族、种族、阶级、性别、权力、差异、身份认同等一系列当代社会面临的复杂问题。同时，作为当代学术界最具影响力的理论话语之一，后殖民理论源远流长，甚至可以追溯到 20 世纪初的一些非西方思想家，如非裔美国学者 W. E. B. 杜·波伊斯（W. E. B. Du Bois）、南非学者索尔·普拉杰（Sol Plaatje），以及二战期间民族独立运动中涌现出来的法国黑人学者弗朗兹·法农（Frantz Fanon）、非洲学者钦努阿·阿契贝（Chinua Achebe）、印度学者拉纳吉特·古哈（Ranajit Guha）等人。② 70 年代之后，随着爱德华·萨义德《东方学》（*Orientalism*，1978）的出版，后殖民理论取得自觉和成熟的形态。在萨义德之后，佳亚特里·斯皮瓦克与霍米·巴巴从各自不同角度进一步发展了这一理论。近年来，一些新马克思主义如英国的特里·伊格尔顿和美国的弗里德里

---

① 伊莱恩·肖瓦尔特：《我们自己的批评：美国黑人和女性主义文学理论中的自主与同化现象》，张京媛译，张京媛主编：《当代女性主义文学批评》，北京：北京大学出版社，1992年，第 257—258 页。

② 参见巴特·穆尔-吉尔伯特：《后殖民理论：语境、实践、政治》，陈仲丹译，南京：南京大学出版社，2001 年，第 1—2 页。

克·詹姆逊等人也加入了这一思潮；后殖民女性主义批评家贝尔·胡克斯、钱德拉·塔尔帕德·莫汉蒂，以及英国的后殖民批评家罗伯特·扬（Robert J. C. Young）等都对后殖民理论进行了独到的阐释。当然，在当代影响巨大而又复杂的思想潮流中，最有代表性的仍然是由萨义德、斯皮瓦克和霍米·巴巴构成的所谓的"神圣三位一体"。

　　在现代后殖民理论中，萨义德无疑具有十分重要的地位，他从一个流亡知识分子的边缘处境和视野看待西方殖民主义和帝国主义文化，并突破学院派的限制，通过对社会文本和文学文本的社会、历史、政治、阶级和种族等视角的分析，开辟了一个新的文化政治批判领域。

　　萨义德对西方殖民主义和帝国主义的文化批判主要从两个方面展开。首先是在《东方学》中对东方主义的批判，并由此构成整个后殖民理论的起点。在《东方学》一书中，萨义德首先对西方关于东方话语的形成作了溯源，他认为西方关于东方的想象叙事最早出现在雅典埃斯库罗斯的戏剧《波斯人》中，由于波斯军队被希腊人摧毁，从而使东方从西方中分离出来，成为一个负面的形象，这是东方学的原初形态。[①] 进入 18 世纪之后，随着欧洲前所未有的殖民扩张，尤其作为当时两个最大的帝国——英国和法国的对外扩张，促成了现代东方学的产生。萨义德通过探讨东方主义所具有的"字典编撰式"和"制度化"的知识运作机制，以及这种机制对于个人经验的作用，提出三种类型的东方主义：一种以爱德华·威廉·雷恩的《现代埃及风情录》为代表，他们注意以科学的方式观察东方，但仅仅是为了验证东方主义的观念而去搜集材料，因此毫无个

---

① 参见爱德华·W. 萨义德：《东方学》，王宇根译，北京：生活·读书·新知三联书店，1999 年，第 27—28 页。

性可言；另一种以夏多布里昂为代表，他们并不注意观察东方，而只是主观性地以自己的东方主义的诗兴任意地想象东方。在后来西方关于东方的知识中，这两种方式不断得到复制，从而使东方主义变得与现实东方相脱离。第三种以理查德·弗朗西斯·伯顿为代表，他一方面站在西方话语立场，另一方面又不满足于西方的种族意识，不屈服于东方主义话语限制，自居于东方的代言人。但在萨义德看来，伯顿这种观察概括和代言的姿态本身，就是一种超越于东方的支配意识，这种位置很容易使伯顿不自觉地融入帝国话语之中。① 萨义德认为，在 19 世纪后期，东方学已经发展成为一种"令人畏惧"的事业，随着殖民主义政治军事活动从"异域空间"向"殖民空间"的转化，这一时期的东方学家已经脱离学术专业团体的定位，直接成为西方的代言人，并通过对西方政治文化优势的论述，将关于东方的知识直接转化为对东方新的控制的实际行动，从而确立了西方对于东方的新关系。② 二战之后，随着民族国家的独立，由英法传统支撑的东方学虽然已经解体，庞大的东方学传统被社会科学严格的专业分工所代替，但是以美国为代表的"区域研究"并没有脱离东方学的传统，并且表现出四个明显的特征：第一，"理性、发展、人道、高级的西方"与"反常、不发达、低级的东方"之间"绝对"和"系统"的差别；第二，"立足于古代东方文明总比立足于现代东方现实要更好"；第三，"东方是永恒划一的，无法确定自己"，只能由西方"科学'客观的'的概念来概括"；第四，东方实际上是"令人惧怕的"或者是"受人控制的"。③ 可

① 参见赵稀方：《后殖民理论》，北京：北京大学出版社，2009 年，第 47—48 页。
② 爱德华·W. 萨义德：《东方学》，王宇根译，北京：生活·读书·新知三联书店，1999 年，第 268 页。
③ 参见同上，第 385—386 页。

见,在东方学的东方主义历史发展中,无论其形态如何变化,西方与东方的二元对立和本质主义规定是贯彻始终的。

萨义德在对西方的东方话语历史的剖析中,还发现了其中所包含的"隐伏的东方学"和"显在的东方学"两种模式。前者是一种无意识的思维方式,与东方话语保持着内在的一致性;后者则直接存在于各个学科之中,并以更为明确的方式表述着。二者之间虽然存在差异,但"大多是形式和个人风格方面的差异,极少基本内容方面的差异",因为"他们几乎原封不动地沿袭前人赋予东方的异质性、怪异性、落后性、柔弱性、惰性"①。萨义德之所以要进行这种区分,目的在于提醒人们不要被"隐伏的东方学"蒙蔽,"隐伏的东方学"尽管在表现形式上不同于"显在的东方学",但整个东方学实际上就是在二者互动的动态平衡中,不断将非西方建构成野蛮、堕落、低级和沉默的"他者"。

在《东方学》的绪论中,萨义德开宗明义地指出:

> 我们可以将东方学描述为通过做出与东方有关的陈述,对有关东方的观点进行权威裁断,对东方进行描述、教授、殖民、统治等方式来处理东方的一种机制:简言之,将东方学视为西方用以控制、重建和君临东方的一种方式。②

在这里,萨义德明确将自己对东方学的研究定位于"陈述"或"描述"

---

① 爱德华·W. 萨义德:《东方学》,王宇根译,北京:生活·读书·新知三联书店,1999年,第262页。
② 同上,第4页。

即"话语"机制，而不是当作真实的东方来看待。之所以如此，首先，他认为，"如果不将东方学作为一种话语来考察的话，我们就不可能很好地理解这一具有庞大体系的学科，而在后启蒙时期，欧洲文化正是通过这一学科以政治的、社会学的、军事的、意识形态的、科学的以及想象的方式来处理——甚至创造——东方的"①。换言之，东方学实际上就是西方学者所创造或虚构的一个关于东方的话语体系。其次，将东方主义视为一种话语体系，与真正的东方并无直接联系，于是真正的、现实的、具体的东方在东方学中是"缺场"的。通过这种方式，萨义德一方面揭露了东方学在东方与西方之间制造了一个二元对立和本质主义的规定，同时也试图避免使自己陷入同样的困境。再次，他意在探讨"差异与表现"之间的关系及其可能性。萨义德在《东方学》一书的结尾曾表示：

> 我试图提出与探讨人类经验相关的一系列问题：人们是如何表现其他文化的？什么是另一种文化？文化（或种族、宗教、文明）差异这一概念是否行之有效，或者，它是否总是与沾沾自喜（当谈到自己的文化时）或敌意和侵略（当谈到"其他文化"时）难解难分？②

萨义德悲观地发现，结论是否定的。因为在他看来，任何"表现"都植根于语言、文化、制度的政治环境之中，受到支配和压迫，所以客观公

---

① 爱德华·W. 萨义德：《东方学》，王宇根译，北京：生活·读书·新知三联书店，1999年，第4—5页。
② 同上，第 418 页。

平地再现差异是十分困难的。① 由此，萨义德甚至得出一个武断的结论："有理由认为，每一个欧洲人，不管他会对东方发表什么看法，最终都几乎是一个种族主义者，一个帝国主义者，一个彻头彻尾的种族中心主义者。"②

为表现对于东方主义的抵抗，萨义德在《东方学》中还讨论了"想象"与"叙事"的关系。萨义德首先对东方学作为"基本准则"的"想象视野"加以批判。在他看来，叙事应该呈现出对象多种多样的面貌，但是在东方学中这种多样性受想象抽象化的限制而成为一种"基本的终极形式"。他认为，"一方面，现代东方生活着各种各样的人；另一方面，这些人——作为供研究的对象——又被概括为'埃及人'，'穆斯林'，或'东方人'这样的抽象类型"③。因此，引入叙事就是为"单一的想象视野网络引入一种对立的视点、角度和意识；它打破了想象视野所具有的阿波罗式的和谐与宁静"④，所以叙事具有抵抗和消解东方主义想象的重要作用。

在《东方学》发表 15 年之后，萨义德出版了《文化与帝国主义》(*Culture and Imperialism*, 1993)。正如萨义德在该书的前言中所指出的，不能仅仅将该书看成《东方学》的"续篇"，因为如果前者中表达的是对东方主义的批判，那么后者中不仅有对帝国主义文化的批判，而且包括对帝国主义文化的抵抗。同时，出于作为一位文学教授以及对叙事的敏感与重视，萨义德看到虽然评论界"最近出现的大量批评都集中在叙

---

① 爱德华·W. 萨义德：《东方学》，王宇根译，北京：生活·读书·新知三联书店，1999年，第451—452页。
② 同上，第260页。
③ 同上，第298页。
④ 同上，第305—306页。

事体虚构作品上。然而，这些批评并没有注意到叙事体虚构作品在历史和帝国世界中的作用"，而且"大部分专业人文学者都不能把长期的、残酷的奴隶制度、殖民主义、种族压迫和帝国主义统治与为这些活动服务的诗歌、小说和哲学联系起来"。鉴于这种看法，萨义德明确表示，在《文化与帝国主义》中，他将主要通过"小说"这一"文化形态"来讨论"19 世纪和 20 世纪的现代西方帝国主义问题"①，这也是《文化与帝国主义》与《东方学》不同之处，因为在《东方学》中萨义德更多地分析了学术作品和政论文本。

对于小说与帝国主义的关系，萨义德认为，小说是一切主要的文学形式中最晚出现的，其出现的时间、"社会规范模式的结构"都与西方帝国主义紧密联系："作为资产阶级社会的文化作品，小说和帝国主义如果缺少一方就是不可想象的"；"帝国主义与小说相互扶持。阅读其一时不能不以某种方式涉及另一个"②。所以，在《文化与帝国主义》中，萨义德分析了 19 世纪和 20 世纪大量的文学文本，以揭示这一时期小说与帝国主义之间的复杂关系。在萨义德所选择的小说文本中，英国小说无疑是比较集中也比较重要的，因为在他看来，在第一次世界大战时，大英帝国已经在世界上毋庸置疑地占有统治地位，与此相联系，英国小说也达到"没有其他欧洲国家可以与之匹敌"的地位，所以"到了 19 世纪 40 年代，英国小说可以说是英国社会中唯一的美学形式，并获得了主要表现者的

---

① 爱德华·W. 萨义德：《文化与帝国主义》，李琨译，北京：生活·读书·新知三联书店，2016 年，第 2—4 页。
② 同上，第 96 页。

显著地位"①。在对英国小说的分析中,丹尼尔·笛福的《鲁滨孙漂流记》(1719)被萨义德放在第一位,因为该小说被视为最早反映英国海外殖民事务,甚至成为与英国海外殖民"融合"的开端:"小说的主角是新世界的创建者,他为基督教和英国而统治和拥有这片土地";并且"是一种很明显的海外扩张的意识形态使鲁宾逊做到了他所做的事",不仅如此,萨义德认为该小说的"意识形态在风格上与形式上"与为殖民帝国奠定基础的16世纪和17世纪探险航海叙述相联系,而且为后来"激动人心"的海外扩张提供了预见。② 当然,相比较而言,简·奥斯汀的《曼斯菲尔德庄园》(1814)则被萨义德视为小说与英国帝国主义互动的典范或样本,所以这部小说成为该书研究的重点。

萨义德认为,"社会空间"的基础是领地、土地、地域,这些也是帝国与文化竞争的实际地理基础,帝国之所以关注帝国之外更遥远的地方并将它们殖民化,是由土地引起的,"归根结底,帝国的问题就是实际拥有土地的问题"③。基于这种看法,萨义德突破了文学批评往往只从时间和情节的连续性方面分析小说的方法,而从空间出发对《曼斯菲尔德庄园》进行了解读。他认为,该作品本身就是"关于一系列空间中大大小小的迁徙与定居的小说",作者将曼斯菲尔德庄园放置在"两个半球、两个大海和四块大陆之间的一个利害与关注的圆弧的中心点"④,就是为了将其与遥远的殖民地空间连接起来,形成一种直接的经济、财产联系:

---

① 爱德华·W. 萨义德:《文化与帝国主义》,李琨译,北京:生活·读书·新知三联书店,2016年,第97—98页。
② 同上,第95页。
③ 同上,第107页。
④ 同上,第116页。

"简·奥斯汀把托玛斯·伯特兰姆爵士的海外财产看作曼斯菲尔德庄园的静谧、秩序与美丽自然的延伸。曼斯菲尔德庄园作为一个中心，确立了一个处于边缘地带的地产的经济上的辅助作用。"[①]在萨义德的视野中，小说里空间无处不在，帝国与殖民地之间首先表现为一种空间关系。

萨义德通过分析发现，奥斯汀在小说中反复强调"等级、法律和财产这样一些更高层次的东西必须坚实地建立在对于领地的实际统治与占有"上，同时，"能保证其中之一的内部安宁和令人向往的和谐，就是使另一个具有活力和规范的保证"，即保有并统治曼斯菲尔德庄园，实际上意味着保有并统治与它紧密地、甚至不可避免地相联系的一个帝国。[②] 这无疑成为小说与帝国"共谋"关系的一个有力的证明。萨义德在分析过程中还反复提到，小说的主角范妮·普莱斯并不能依靠直接继承、法定身份、结亲、接触或邻近来得到曼斯菲尔德庄园，因此，作者将范妮与托玛斯爵士之间财产委托关系视为与"较大的、更公开的殖民主义活动相对应的、国内的、小规模的空间运动。托玛斯爵士是她的良师益友，她从他那里继承庄园。这两种活动互相依存"[③]。在这里，萨义德实际上将托玛斯爵士与范妮之间的关系看成帝国与殖民地关系的一个隐喻。

关于小说与帝国的关系，萨义德明确地认为二者之间是互动的，奥斯汀并不是机械地为意识形态、阶级或经济历史所驱使，但是"作者的确生活在他们自己的社会中，在不同程度上塑造着他们的历史和社会经

---

① 爱德华·W. 萨义德：《文化与帝国主义》，李琨译，北京：生活·读书·新知三联书店，2016 年，第 108 页。
② 同上，第 120 页。
③ 同上，第 122—123 页。

验,也为他们的历史和经验所塑造"[①]。19世纪随着英国边远领地的不断增加和巩固,文学也参与到这种社会历史经验的积累过程,"美学(因而也是文化的)对海外土地的掌握也作为小说的一部分而保持下来",并通过"互相交叉"形成了近乎一致的观念[②]。可以说,在奥斯汀的《曼斯菲尔德庄园》中,帝国的意识形态和参照体系影响了作者的创作,同时作者也参与了帝国意识形态和参照体系的塑造,小说与政治之间的缝隙得到一定程度的弥合。

在《文化与帝国主义》中,康拉德的《黑暗的心》(1899)也成为萨义德关注的另一个重点。在他看来,《黑暗的心》从政治和美学的角度仍然属于"帝国主义式的",但是与前两部小说相比,它在与帝国的关系上却表现出不同的倾向,萨义德称其为"两个视角"。具体而言,从叙述的角度来看,一方面,康拉德的波兰移民身份,使他作为"帝国主义制度的一个雇员",很难通过小说的主角来展现帝国主义世界观之外的任何东西;另一方面,作为未能被完全同化的移民,"流亡边缘人身份的特别持久的残余意识"使康拉德的作品"具有讽刺意味地与英国人保留了一段距离",并为帝国之外的声音和观念留下"空白"[③]。与此相对应,小说也以特殊的叙事形式预见了帝国的两种不同前景:一方面,旧帝国一如既往、随心所欲地以传统的方式得到发展,并不断巩固自己的殖民地位;另一方

[①] 爱德华·W. 萨义德:《文化与帝国主义》,李琨译,北京:生活·读书·新知三联书店,2016年,第17页。
[②] 同上,第103页。
[③] 同上,第29—31页。

面，"深深的黑暗重新笼罩英国""存在着一个未加界定的、模糊不清的世界"①。尽管萨义德试图通过引入《黑暗的心》来部分地调整他对小说与帝国主义关系的理解，但是，最终他还是得出了比较武断的结论："没有帝国，就没有我们所知道的欧洲小说。"②

概言之，《东方学》和《文化与帝国主义》两部重要著作既奠定了萨义德的学术地位，也引起了学术界的批评和争议，比如其中所包含的"东方"观念的自相矛盾、福柯话语理论与安东尼奥·葛兰西文化霸权理论的矛盾、对东方主义批评的西方主义困境、东方主义话语内部的复杂性、文学作品与意识形态关系的复杂性，等等。这些问题确实是萨义德理论所存在的一些重要缺陷，但是，萨义德通过自己的两部著作开辟了当代两个重要的批评领域，尤其《文化与帝国主义》对于文学批评与社会、历史、政治、文化批评之间界限的突破，以及通过分析数量众多的小说而对小说与帝国主义关系的深刻揭示，尽管并不一定完全恰当，但也提供了当代小说研究的一个重要范例，并为后殖民小说研究提供了诸多启示。

后殖民理论另一个重要思想家斯皮瓦克曾经被誉为"女性主义、马克思主义的解构主义者"③。斯皮瓦克的研究领域十分广泛，包括对女性主义的解构主义考察、对资本和国际劳动分工问题的马克思主义批评、对与种族相关的民族性、种族性和移民身份的批评，等等。在这些批评中，斯皮瓦克往往采取相互冲突、矛盾的多重立场，使各种理论之间互

---

① 爱德华·W. 萨义德：《文化与帝国主义》，李琨译，北京：生活·读书·新知三联书店，2016 年，第 36 页。
② 同上，第 95 页。
③ 赵稀方：《后殖民理论》，北京：北京大学出版社，2009 年，第 69 页。

相诘难,以打破学科话语的边界,表现出较为鲜明的跨学科特色。

斯皮瓦克于 1976 年对德里达的《论文字学》(1967)进行译介,并写下长篇《译者序言》。在后来的研究中,斯皮瓦克分别出版了《他者的世界》(1987)、《属下研究》(1985)、《后殖民批评家——访谈、策略、对话》(1990)、《后殖民理性批判:走向消失的现在的历史》(1999)、《谁歌唱民族国家:语言、政治、归属感》(2007)以及《民族主义与想象力》(2010)等专著或合著书籍,发表了《一种国际框架里的法国女性主义》(1981)、《三个女性文本与一种帝国主义批判》(1985)、《属下能说话吗?》(1988)等多篇重要论文,从而确立了她在后殖民文化批评中的地位。

尽管斯皮瓦克的研究领域广泛,思想来源复杂,并且在问题的分析过程中比较喜欢让各种矛盾、冲突得到展现,但是她所关心的核心仍然是后殖民时代的文化身份和女性话语问题。所以,结合本书研究的需要,在这里主要从拉美女性小说的视角,对她"属下"理论作一些讨论。

斯皮瓦克以其对历史中属下女性发声的维护而著称,一方面,她拒绝统一的主体,捍卫属下群体的异质性;另一方面,她宣称在西方主流话语之外排斥少数群体和属下群体"不仅是殖民主义本身造成的,而且是当代的理解方式造成的"①。对她来说,性别和种族歧视问题是一种持续的意识形态暴力,西方一直对东方思想实行这种暴力,这种现象在整个殖民化历史中一直存在,并持续到了今天,特别从伦理和性别角度看待属下妇女时,将她们置于整个历史和社会的边缘之中。正因为如此,这一问题成为斯皮瓦克关注的核心问题。也正如乌特·赛德尔在分析

---

① Young, Robert JC. "¿Qué es la crítica poscolonial?" *Pensamiento jurídico*, no. 27, 2010, p. 292.

拉丁美洲叙事中的历史主题时所指出的："在后殖民主义的框架内，在权力和知识的关系中，也开放了探讨他者和差异概念的可能性。这使得分析殖民主体的建构以及纳入对种族和性别政治的反思成为可能。"①

首先，需要明确的是，斯皮瓦克的"属下性"研究是在后殖民主义理论框架之下进行的。众所周知，"属下"或者"贱民"一词最早由安东尼奥·葛兰西提出，其目的在于解释资本主义社会如何通过"文化霸权"将统治阶级的思想合理化和合法化来实现并维持其统治。这一术语经过以拉纳吉特·古哈和斯皮瓦克为代表的属下研究小组的再定义，成为表达反对霸权的一个重要概念。起初该术语仅限于评论南亚人民的处境，有助于分析属于不同社会阶层、种族、性别和宗教的受压迫边缘群体。20 世纪 60 年代，研究小组才开始扩大其研究领域，并试图在更为广大的其他领域使用。"属下"概念主要被运用于反映由于种族、阶级、宗教信仰等因素被主流社会刻意隐藏的边缘群体，斯皮瓦克将这一概念运用于对"第三世界"妇女处境的研究，这种研究既体现了反对帝国主义的明确主张，又从女性视角出发，强调父权制社会对女性的压迫，因此，成为女性文学批评的重要理论。

其次，应该强调属下群体的异质性和多样性。尽管我们可以在很多语境下对其进行概括，但事实上很难找到一个能够涵盖所有属下群体的定义，因为它是一个"不稳定的、混杂的、模棱两可的参照物"②，我们需

---

① Seydel，Ute. *Narrar Historia（s）: La ficcionalización de temas históricos por las escritoras mexicanas. Elena Garro，Rosa Beltrán y Carmen Boullosa*. Madrid：Iberoamericana/Vervuert，2007，pp. 135.

② Asensi Pérez，Manuel. "La subalternidad borrosa: un poco más de debate en torno a los subalternos." *¿Pueden hablar los subalternos?*，Barcelona：Museu d'Art Contemporani de Barcelona，2009，p. 33.

要用大量的文字去描述它的范围。葛兰西在《狱中札记》(1975)中也强调属下群体的历史必然是"次要的和被解体的,尽管在历史层面上,在这些群体的历史活动中,有统一的趋势,但这一趋势不断被占主导地位的群体所打破"①。属下群体始终处于被定义、被利用而作为参照物的境地,所以对它的描述只能是支离破碎的,根据主流话语的需求随时发生变化。正是因为如此,才会有斯皮瓦克"属下能说话吗?"这一问题的提出。

斯皮瓦克针对这一问题从两方面展开了讨论:一方面,以福柯和德勒兹之间的对话为讨论对象,批评那些试图使主体问题化的西方学者,因为斯皮瓦克认为他们都是该区域经济利益的共谋者;另一方面,为西方话语与谈论属下女性或者为她们发声的可能性之间的关系提供另一种分析方案。这实际上也对应了斯皮瓦克理论框架的两个方向:用马克思主义理论(主要以德里达的解构主义)对抗福柯-德勒兹的主体性,而法国女性主义则是她关注的另一个重要问题。斯皮瓦克驳斥了福柯和德勒兹提出的单一主体的模式,质疑两位学者在解构主体之初将其描述为一种"离散的"主体,但同时又在促成新的紧密统一主体的形成。她以工人斗争为例,指出这种观点撇开被压迫主体的异质性不谈,无视劳动的国际分工和特殊性,把所有被压迫和被剥夺财产的主体放在同一尺度上。②

---

① Gramsci, Antonio. *Quaderni del carcere (Cuadernos de la Cárcel) vol. 3.* Turín: Giulio Einaudi, 1975, p. 283.

② 参见 Asensi Pérez, Manuel. "La subalternidad borrosa: un poco más de debate en torno a los subalternos." *¿Pueden hablar los subalternos?*, Barcelona: Museu d'Art Contemporani de Barcelona, 2009, p. 11 - 13.

委内瑞拉历史学家和人类学家费尔南多·科罗尼尔也讨论了相似的问题，并赋予"属下"以相对性和关联性的特点。他认为，随着时代和区域的变化，人们可能作为属下群体出现在一些社会舞台中，就像他们也可能在另一些时空扮演主导者的角色一样。此外，在任何给定的时间或地点，每一个个体都可能相对于另一个个体处于从属地位，但相对于第三者而言却是支配性的。支配地位和从属地位不是固有的，而是具有相对性的，"属下"定义的不是一个主体的存在，而是一种从属的存在状态。这种相对性和情景视角可以帮助反殖民主义的学者避免斯皮瓦克分析理论潜在的"我们/他们"的两极分化，并有助于我们倾听不同边缘化区域底层的声音。①

从这个意义上，斯皮瓦克质疑德勒兹关于"代表性不复存在"的观点似乎是合乎逻辑的，因为从第三世界属下主体的角度来看，把被压迫者视为一个统一的主体，而没有意识到身份的异质性及其在社会和政治上的可变条件，并寄希望于通过为被压迫者（囚犯、病人、工人等）提供支持或建立平台让他们为自己发声的设想都是反常的。换句话说，斯皮瓦克质疑的是"说话的可能性被认为是理所当然的"这一预设。因此，斯皮瓦克所谓的属下不能说话的根本原因在于"属下"之所指的不确定性。比如这个群体从何而来？如果说某工厂的工人能够说话，或许是因为他们的工会可以代表他们，那么农民、土著、城市无产阶级或者妇女能够说话吗？②

---

① 参见 Coronil, Fernando. "Listening to the Subaltern: the poetic of Neocolonial States." *Poetics Today*, Vol. 15, No. 4, Duke University Press, 1994, pp. 648 – 649。

② 参见 Spivak, Gayatri. *A Critique of Postcolonial Reason. Toward a History of the Vanishing Present*. Boston: Harvard University Press, 1999, p. 308。

斯皮瓦克并不认为属下群体的"异质性"是一种缺陷,恰恰相反,无法定义"属下身份"的原因恰恰在于属下群体的异质性以及这种身份总是处于变化中的属性。斯皮瓦克重点分析了两个事例,印度寡妇自焚殉葬和16岁的女子布巴内斯瓦里上吊自杀。这两件事显示了两种不同的立场:不知道自己会说话的人和说话但不被理解的人。在两种情况下,妇女都未能代表自己,要么是缺乏对自己能力的认识,要么是对她使用的语言(身体)有误解。①

因此,为了让这些"属下"妇女能够正确地为自己说话,并能够被他人听到和理解,必须有一个代表她们的声音,前提是这种声音具有短暂的特征,因为一旦妇女获得自己的声音,它就必须让位。然而,要正确传达属下群体的想法,根据一些评论家的说法,仍然要面对两个问题:第一,属下群体不能发声是因为缺乏一个允许她们发声的场所;第二,要解决女性不能发声的决定因素,即女性在性别和种族上受到的双重压迫。② 但这里只考虑到了帝国主义殖民话语和男权中心话语对女性的压制,而忽略了女性群体间的差异。斯皮瓦克也注意到这个问题,所以她强调道:"属下群体是真实的也是有差异的,从这个角度来讲,阶级意识相较于种族意识的类比似乎更具历史性和学科性,因为它同时被左右两派禁止。这不仅仅是双重边缘化的问题,就像不是仅找到一个心理分析类比,就能使第三世界女性迎合或者迁就所谓的白人世界

---

① Spivak, Gayatri. "¿Pueden hablar los subalternos?" *Revista Colombiana de Antropología*, vol. 39, Bogotá, Jan./Dec., 2003, web, http://www.scielo.org.co/scielo.php?script=sci_arttext&pid=S0486-65252003000100010♯spie28. [02/06/2024]

② 参见 Carbonell, Neus. "Spivak o la voz del subalterno." *Zehar: revista de Arteleku-ko aldizkaria*, No.68, Guipúzcoa, 2010, p.154.

女性"。①

  对于"属下"女性群体中存在的诸如印度殉葬妇女和布巴内斯瓦里之间的显著差异，评论家曼努埃尔·阿森西·佩雷斯以西班牙文学经典《小癞子》(1554)中的"小癞子"这一典型或极端的属下个体——一个因饥饿而在死亡边缘不断挣扎的人物形象为例，说明如果属下性表现在那些为生存而斗争的人身上，那么如何让他思考为自己发声和表达的意愿，或者如何有说话的意识和欲望？换言之，当属下群体为了被听到而发声，他们就脱离了其属下性而变成知识分子吗？因此，要解决场所的问题，就必须重新思考属下性的职能、说话的能力和权力话语之间的关系。② 评论家塔贝亚·亚历克莎·林哈德则提出另一个问题，即"属下性"的根本问题在于这种能够说话的意识在主导话语之外并不独立和自主地存在，因为"为了能够发声，属下群体需要接触占主导地位的讨论机制，而与权力话语接触意味着他们已经把属下性抛在脑后"③。

  阿森西·佩雷斯进一步明确指出，斯皮瓦克质疑了知识分子和哲学家在提出代表属下女性现实时的真正目的：

---

① Spivak，Gayatri. "¿Pueden hablar los subalternos?" *Revista Colombiana de Antropología*，vol. 39，Bogotá，Jan. /Dec.，2003，web，http：//www. scielo. org. co/scielo. php?script＝sci_arttext&-pid＝S0486-65252003000100010♯spie28. 〔02/06/2024〕

② 参见 Asensi Pérez，Manuel. "La subalternidad borrosa：un poco más de debate en torno a los subalternos." *¿ Pueden hablar los subalternos?*，Barcelona：Museu d'Art Contemporani de Barcelona，2009，pp. 34－35。

③ Linhard，Tebea Alexa. "Una historia que nunca será la suya：feminismo，poscolonialismo y subalternidad en la literatura femenina mexicana." *Escritor: Revista del Centro de Ciencias del Lenguaje*，Numero 25，enero-junio de 2002，p. 142.

将底层女性的现实投射到这些知识分子的反思上会产生什么结果? 答案也非常明确:我们发现它们并不像它们所暗示的那样解放,它们隐藏着一个陷阱,而实际上,它们构成了西方思想最坚实的防御之一。因此,《属下能说话吗?》开头的那句话是这样的:"80 年代,西方产生的一些最激进的批评是出于维护西方主体或西方作为主体的兴趣的结果。"①

对于斯皮瓦克而言,自己也不可避免掉进这个陷阱,虽然她的理论以从后殖民的视角为属下女性辩护而闻名,但她自己作为知识分子的经验使她处于一种尴尬境地,她对原籍国印度缺乏兴趣也受到不少批评和诟病。由此表明,不论是批评家还是作家,无论他们多么希望与属下群体融合,都绝不放弃他们的知识分子地位,那么表达的词不达意将成为无法避免的结果。因此,德勒兹宣称"代表性不复存在"的主要原因在于被压迫者不仅能为自己说话,而且完全了解他们想要的是什么以及如何得以实现。对于这个观点,斯皮瓦克是非常抵触和排斥的,因为她认为这是一种非常不负责任和不留余地的说法:"如果在殖民生产的背景下,下层没有历史,也不能说话,那么作为女性的下层会发现自己身处更深的阴影之中"。② 斯皮瓦克承认,知识分子解决问题的办法并不在于放弃他们的代表身份,因为面临"不能说话"问题的不仅仅是属下群体,"非

---

① Asensi Pérez, Manuel. "La subalternidad borrosa: un poco más de debate en torno a los subalternos." ¿*Pueden hablar los subalternos*?, Barcelona: Museu d'Art Contemporani de Barcelona, 2009, p. 12.

② Spivak, Gayatri. "¿Pueden hablar los subalternos?", *Revista Colombiana de Antropología*, vol. 39, Bogotá, Jan./Dec., 2003, web, http://www.scielo.org.co/scielo.php?script =sci_arttext&pid=S0486-65252003000100010♯spie28. 〔02/06/2024〕

属下也不能说话，即那些属于富裕社会阶层的人，无论他们的政治倾向如何"①。因此，对于是否需要一个代表属下群体的声音的争论，我们应该坚持的立场和态度是："如果属下群体不能说话，知识分子不代表他们，那么他们注定要变成最绝对的沉默者。"②显然有必要让所有妇女都有发言权，无论她们身处什么样的社会地位。同时，应当记住，这不是要代替女性发声，正如试图为妇女说话的西方知识分子所做的那样，而是让妇女有可能成为自己的代表。这就是我们当下面临的挑战，而文学作为一种抒发情感和表达思想的方式，可能会成为属下女性发声的最有效途径。

不考虑后殖民理论就不可能谈论女性主义，这不仅是因为女性性别的属下性在第三世界是一个普遍现象，而且还因为有像斯皮瓦克这样的知识分子，这些人思考妇女的困境，提出一个关于后殖民背景下妇女属下性的全球理论。评论家彼得·巴里曾多次提到后殖民主义批评与女性主义批评之间的对话关系，在二者所涉及的广阔主题中，不难找到一些共性：寻找一种以代表性和多样性为特征的新身份；拒绝按照西方的分类归属；边缘化社会和历史价值的再证明；重视以前被压制的意识形态，如父权制、殖民主义和帝国主义；等等。③

这种例证同样可以在法国女性主义批评家伊莱恩·肖瓦尔特提出

---

① Shohat，Ella；Stam，Robert. *Unthinking Eurocentrism: Multiculturalism and the Media*. Nueva York：Routledge，1994，p. 343.

② Asensi Pérez，Manuel. "La subalternidad borrosa：un poco más de debate en torno a los subalternos." *¿Pueden hablar los subalternos?*，Barcelona：Museu d'Art Contemporani de Barcelona，2009，p. 22.

③ 参见彼得·巴里：《理论入门：文学与文化理论导论》，杨建国译，南京：南京大学出版社，2014 年，第 117—199 页。

的女性写作历史的划分中找到。肖瓦尔特将女性写作史分为三个阶段，即以模仿男性文学为主的"女子气时期"（feminine phase），打破男性写作传统和争取权利的"女性主义时期"（feminist phase），以及女性针对自我身份发现和建构的"女性时期"（female phase）。① 特别是在第二和第三阶段，女性文学都凸显出多样性和混杂性，不论是女性文学还是女性主义批评，都开始更加注重自我修正，重视对自己社会身份和生活经历的探索。因此，不论女性主义批评还是后殖民主义批评都试图打破西方理论传统施加的限制，以消除他者性，寻求建立女性自己的意识形态体系。

墨西哥文学批评家安娜·罗莎·多梅内拉以 70 年代以来的性别研究和女性主义文学批评为例，提出了墨西哥女性文学批评发展的三个阶段：第一阶段，女性文学批评的推动者以各种方式谴责西方经典作品中的厌女症；第二阶段，寻找被主流文化占主导地位的阶级主义和男权中心主义抹去或回避的女性形象，特别是对母亲和祖母形象的维护和再现，并以重建女性"族谱"的方式，构建女性自己的话语体系和历史；第三阶段，也是最具挑战性的阶段，即重新思考那些以男性中心主义为主导的文学和文化研究及其概念基础和理论前提。② 可以看出，与西方女性主义批评相比较，拉美女性主义批评除了关注性别和阶级问题之外，对所谓的"西方经典"和"白人世界女性"话语呈现出十分谨慎的态度，并试

---

① 伊莱恩·肖瓦尔特：《她们自己的文学：从勃朗特到莱辛》，韩敏中译，杭州：浙江大学出版社，2012 年，第 10 页。

② 参见 Domenella, Ana Rosa（coord.）. *Territorio de leonas: cartografía de narradoras mexicanas en los noventa*. México：Universidad Autónoma Metropolitana，2004，pp. 22 - 23。

图通过传统（土著）文化与母亲形象相融合的方式来抵抗性别内部歧视，展现出明显的后殖民主义特征。

从拉美女性文学批评立场出发，斯皮瓦克关于属下性研究的特殊性在于指出属下土著妇女处于"双重殖民化"的状态：首先是家庭空间实行父权制，然后是公共领域实行帝国主义政策，也就是说，妇女因其性别和种族属下地位而在社会中受到双重压迫。因此，塔贝亚·亚历克莎·林哈德认为斯皮瓦克的属下研究"对恢复女性被隐藏的历史并维护其连续性没有展现出过多的兴趣，而是更关注文本中所隐藏的、支离破碎的话语痕迹，这些蛛丝马迹恰恰揭示了西方文明是通过排除属下性的和土著的'他者'而建立'主体'的证明"[1]。所以，相较于法国女性主义更加关注女性历史和传统的构建，斯皮瓦克受到后结构主义的影响，认为女性真正的解放和自由，应该建立在拥有话语权和主体性之上。

毫无疑问，斯皮瓦克成功将属下理论与女性主义和后殖民批评相结合。她在《属下能说话吗？》中阐明了后殖民理论的基本概念，以及后殖民理论与女性主义理论之间的对话关系，并将其运用于对属下女性的研究，这有助于我们看清楚殖民主义、新殖民主义的现状，并进一步突出其中所包含的歧视、排斥、沉默机制等对女性的影响。

尽管斯皮瓦克的"属下性"研究主要是在南亚社会背景下进行的，其所提出的理论主要针对的也是南亚"属下"边缘群体，但是对于整个第三

---

[1] Linhard, Tebea Alexa. "Una historia que nunca será la suya: feminismo, poscolonialismo y subalternidad en la literatura femenina mexicana." *Escritor: Revista del Centro de Ciencias del Lenguaje*, No. 25, enero-junio de 2002, pp. 142.

世界,尤其是具有类似经历的拉丁美洲后殖民背景下的"属下"边缘群体同样具有一定的适配性。实际上,拉丁美洲妇女的情况与斯皮瓦克作品中提到的印度妇女的情况有一定类似性,因为来自这两个地区的妇女除了受到父权制和帝国主义的双重压力外,还生活在殖民化和去殖民化不断发生碰撞的处境之中,而这些在其日常生活中留下的文化和历史痕迹,无疑意味着印度妇女和拉美妇女在面对西方和传统意识形态观念时面临着同样的挑战。

在文学领域,尽管拉丁美洲女作家们对女性文学表现出不同的兴趣和策略,但在90年代,她们之间出现了一些共同的兴趣点,其中后殖民视角受到广泛的关注。首先,拉丁美洲女性文学最为关注的问题是妇女在后殖民背景下的属下性的特殊性及普遍性,无论主角属于哪个社会阶层,无论作者从什么角度讲述故事,无论在历史还是当今的日常生活中,总是存在属下群体,她们代表着社会中千千万万的边缘化个体。其次,女性身份的多样性和差异性,这也是后殖民主义最显著的特点之一。这种对双重身份、混合身份或不稳定性的强调是后殖民方法的重要特征。最后,拉丁美洲女性文学尽管比较重视历史视角的书写,但同时又为面对当下提供了思考空间,这足以体现当代女作家们的野心。正如后殖民理论家弗朗茨·法农所言,"被殖民者找到声音和身份的唯一途径是恢复自己的过去"[①],沉默的真理隐藏在官方史学的阴影中,从这个意义上说,女性写作中"当事人"的存在表明,女性文学充满了支离破碎和边缘的故事,讲述的是那些仍然处于主导话语边缘的主题,这与后殖民理论的主题是一致的,同时也表明斯皮瓦克的"属下"理论对于拉美尤其是墨

---

① Fanon, Frantz. *The Wretched of the Earth*. Nueva York: Grove Press, 1963, p. 169.

西哥女性文学批评同样具有借鉴意义和重要价值。

在后殖民理论的"神圣三位一体"中，霍米·巴巴最年轻、也在学术界越来越具有影响力。霍米·巴巴的知识和学术视野宽阔，既深受德里达结构主义、法农、拉康精神分析、葛兰西文化霸权等理论的深刻影响，又受到巴赫金、韦恩·布斯、保罗·德曼、弗里德里克·詹姆逊、利奥塔等人的文学和文化思想影响。虽然霍米·巴巴出版的学术著作不多——代表性的主要有由他主编的《民族与叙事》(1990)和个人论文集《文化的定位》(1994)，但这并不影响他广泛且重要的学术影响力以及作为当今世界后殖民理论最主要的阐发者的地位。

《民族与叙事》尽管只是霍米·巴巴主编的一本论文集，但是却比较集中地表现了他对于民族、民族主义等重要问题的基本观点。20 世纪末，随着全球化趋势加剧，移民、流散者和难民人数的不断增加，民族身份、民族认同变得充满矛盾和令人焦虑，民族和民族主义也面临许多现实挑战，因此，霍米·巴巴将该论文集以"民族与叙事"来命名意味深长，这里不仅反映了他从文化批评的视角研究后殖民问题、民族国家问题的路径，其中涉及民族的建构性、归属感、权力与书写及霸权等后殖民理论立场，而且包含了他对叙事在民族、国家文化建构和认同中的意义和作用的充分肯定。在霍米·巴巴看来，在当代语境下，"叙事就是指民族的文学或文化生产，或者民族的写作与表述"[1]。

相对于《民族与叙事》，《文化的定位》对于霍米·巴巴而言具有更为重要的价值，因为该文集包括了霍米·巴巴 20 世纪 80 年中期至 1993 年十余年间发表的所有重要论文，代表了他关于后殖民文化批评的基本

---

[1] 生安锋：《霍米·巴巴的后殖民理论研究》，北京：北京大学出版社，2011 年，第 49 页。

思想；另一方面，文集出版之后除因"晦涩拗口、复杂难解"①而受到一些批评之外，大多数评论都认为这是一部严肃的高水平学术著作。更为重要的是，他提出的一些理论，如"文化差异""文化翻译""文化身份认同"等，以及一些重要策略，如"矛盾状态""模拟""混杂性"等，进一步扩大并细化了后殖民批评的方向，对后殖民文学批评产生了十分重要的影响。

　　在霍米·巴巴的后殖民文化批评中，对于殖民话语的关注是一个重要特点。在《文化的定位》中，他质疑将"批判理论"归类为"西方"的真正意图，认为这是为了验证"西方"的特权，因为批判理论通常涉及与殖民地人类学相关的文本，其目的在于"或是在自己的文化和学术话语内普遍化其意义，或者是强化其对西方以逻各斯中心主义的符号、唯心主义主体或公民社会的幻觉和妄想的内部批判"②。基于此，霍米·巴巴认为，仅仅在殖民话语中谈论"殖民者"是不完整和单方面的，还必须将被殖民者的异质性和文化差异也包括在内：

> 　　这是一个众所周知的理论知识策略：一旦文化差异的深渊被打开，就可以在其中找到包含差异影响的中间人或他者隐喻。文化差异知识要作为一门学科在制度上有效，就必须将其纳入他者；差异和他者性因此成为某种文化空间的幻想，或者事实上，成为一种解构了西方认识论的"边缘"的理论和知识形式。③

---

① Howe，Stephen．"Colony Club．" *Netw Statesman&Society*，1994 ，p. 40.

② Bhabha，Homi K．"El compromiso de la teoría．" *El lugar de la cultura*，Buenos Aires：Manantial，1994，p. 51.

③ 同上，第 52 页。

　　换言之，应该抛弃已经失去合法性的"多元文化主义"的认识论框架，只有从"文化差异"和"他者性"的认识论框架出发，才能解构欧洲中心主义及其二元对立的知识结构。所以，他建议后殖民作家不要从特定和坚定的文化中写作，而是在文化的边缘和被疏远的状态中，因为正是这些私人空间和日常生活的细节，才能体现非欧洲文化的抵抗和坚持。

　　对于文化差异与文化多样性之间的矛盾，霍米·巴巴解释说，文化多样性是一种认识论对象，文化差异则将文化阐明为可认知的、权威性的、适合文化鉴定体系建设的过程。如果说文化多样性是比较伦理学、美学或民族学一类，那么，文化差异则是一个"文化的阐述过程"，或者更确切地说是"一个意义生成的过程，通过这个过程，人们对文化和关于文化的主张进行区分、鉴别，并使其权力、参考性、适用性和能力得到认可"[1]。霍米·巴巴进一步认为，文化多样性是一种激进的关于文化完全分离的言辞，是"对已经给出的内容和用途——包含相对主义的时间框架——的认可，产生了多元文化主义、文化交流或人类文化的自由主义思想"[2]，也就是说，文化多样性公开承认文化差异性和意识形态分歧共存，实际上假设了一种不同文化在其各自的历史空间内"相安无事"的状态。但是，在霍米·巴巴看来，当我们回顾批判性理论的历史或"社会现实的混乱构建"的关键时刻时，"只有将这种理论工作的参考和制度要

---

[1] Bhabha, Homi K. "El compromiso de la teoría." *El lugar de la cultura*, Buenos Aires: Manantial, 1994, p. 54.
[2] 同上，第 54—55 页。

求重新定位在文化差异领域,而不是文化多样性领域,这种需求才能实现"①。因此,不同文明之间的冲突是不可避免的,因为每个文明都有自己的价值体系。不过,对霍米·巴巴来说,虽然冲突是不可避免的,但他更愿意在分歧问题上保持一种可疑和疏远的立场,也就是用"文化差异"来回应这一问题。

　　由于大多数后殖民论者身份的特殊性,在讨论去殖民性时,不可避免地要涉及文化身份及其认同问题,尤其是非西方国家文化认同的建构。霍米·巴巴在这一问题上富于创造性地提出"文化翻译"理论。他认为,文化作为一种"生存策略",既是跨国的,也是翻译的。说它是跨国的,是因为当代后殖民话语植根于文化流离失所的特定历史语境;而之所以是翻译的,是因为那些流离失所的空间的历史移位以及"全球"媒体技术的领土野心,使得文化及其表意方式变得更加错综复杂。②

　　受弗朗茨·法农的影响,霍米·巴巴认为在殖民关系中存在着一种"心理不确定性"。这意味着个人身份不是一个简单的认同过程,而是一种结盟,原因是殖民者和被殖民者的关系所反映的并不是"自我"与"他者"间的绝对二元对立,而是"自我"中的"他者"。因此,他者性是殖民关系中必不可少的元素,他者的存在是自我认同的先决条件:

---

① Bhabha，Homi K.　"El compromiso de la teoría." *El lugar de la cultura*，Buenos Aires：Manantial，1994，p. 53.
② Bhabha，Homi K.　"Lo poscolonial y lo posmoderno：la cuestión de la agencia." *El lugar de la cultura*，Buenos Aires：Manantial，1994，pp. 212 - 213.

　　文化本身从来都不是单一的，在自我和他者的关系中也不仅仅是二元的。这并不是因为有一种人文主义的灵丹妙药使我们都属于超越个人文化的人类文化，也不是因为伦理相对主义表明的，在我们的文化能力中谈论他人必然会评判他们：我们"将自己置于他们的位置"，处于伯纳德·威廉姆斯详细写过的一种距离相对主义中。①

　　从这个角度来看，不管是殖民主义还是民族主义都是建立在二元论基础上的，西方和非西方国家的文化和道德价值观被置于文化评价的两个极端，西方文化身份通过构建一个非西方世界的他者来巩固和配置自身，因此要求我们重新思考对文化身份的看法，但这并不能真正改变文化霸权的核心，而只是为了绘制一个新的霸权话语来取代另一个霸权话语。因此，霍米·巴巴质疑民族文化和种族认同的存在，对他来说，这种概念保持着本质主义的严重倾向，无助于建立自己的文化认同，而是引导他们走向西方集权制。②

　　基于以上认识，霍米·巴巴提出了关于文化认同的一种新视角。在他看来，身份不具有固定的属性，是被建构起来的，并且是依赖于某种

---

① Bhabha, Homi K. "El compromiso de la teoría." *El lugar de la cultura*, Buenos Aires: Manantial, 1994, p. 56.

② 参见 Bhabha, Homi K. "Diseminación." *El lugar de la cultura*, Buenos Aires: Manantial, 1994, p. 178。在这一部分中，霍米·巴巴引用了属下研究小组帕尔塔·查特吉(Partha Chatterjee)的话，从后殖民的角度解释民族主义："民族主义 […] 试图用启蒙运动的形象来表现自己，但未能如愿。因为启蒙运动本身，为了维护其作为普遍理想的主权，需要他者的存在；如果它总是可以在现实世界中实现为真正的普遍性，那么它实际上会自我毁灭。"(参见 Chatterjee, P. *Nationalist Thought and the Colonial World: A DerivatiueDiscourse*. Londres: Zed, 1986, p. 17。)

"他者"建构起来的。种族主义者、殖民主义者、帝国主义者的身份并不具有天然的优越性,边缘和受压制的群体可以通过挑战、"差异协商",去争取自己的生存权和叙述权,并形成新的身份。从这种观念出发,在他看来,西方的"进步"和线性文明不再是唯一的选择,也不是全人类的唯一命运。同时,霍米·巴巴摧毁一切"原初"的东西,并提供了一个"非决定论"空间,"在这个空间中,文化意义符号的任意性出现在社会话语的规范范围内" [1],从而进一步凸显了文化差异的重要性。因为从文化差异的角度来看,文化是"一种阐述"和"意义生成"的过程,过去与现在、传统与现代、自我与他者之间的二元划分是值得怀疑的。不仅如此,在霍米·巴巴看来,作为被"漠视""忽略""排斥"在主流和中心之外的边缘群体,只有超越中心与边缘、都市与边缘、东方与西方的对立,才能"存活"下去。

由此出发,霍米·巴巴针对萨义德将西方文化和主体单一化而忽视殖民话语复杂性的缺陷,紧紧围绕殖民关系将视角扩展到一个更加边缘化和模糊的领域,并在法农之后提出一系列衍生性的概念,如"矛盾状态""模拟""混杂""居间性"或"间隙性"的第三空间等,这些新的概念和术语不仅有助于解构欧洲中心主义及其二元对立,发现殖民者与被殖民者之间的隐性关系,而且说明了他在非常认真地开始考虑非欧洲话语在西方殖民话语中的重要性。

"矛盾状态"一词作为一个精神分析的概念,主要指一种持续的摇摆状态或态度,霍米·巴巴将其运用在殖民关系中,描述殖民者与被殖

---

[1] Bhabha, Homi K. "Lo poscolonial y lo posmoderno: la cuestión de la agencia." *El lugar de la cultura*, Buenos Aires: Manantial, 1994, p. 212.

民之间既吸引又排拒的暧昧、模糊的复杂状态。首先，殖民者对被殖民者的矛盾状态。殖民者在将被殖民者及其文化归类为东方化的"他者"的同时，也非常清楚地意识到自己所具有的这种权力，并且只能通过不断强调两者之间的差异，来区分"自我"与"他者"，但差异是通过比较产生的，从而不可避免地将两者联系在一起，使得两种文化相互排斥的同时相互吸引。也就是说，殖民者既不能放弃对权威的控制，同时又不得不通过他者来确立自我，在某种程度上与他者保持了紧密的联系，处于一种矛盾的状态。其次，文化霸权的矛盾状态。殖民者试图以文化霸权的名义进行统治，但是这种文化霸权在殖民地的推行过程中，会受到文化差异的消解和干扰并发生扭曲，宗主国文化不可能完整、充分地在场，只能是部分在场，从而导致文化霸权的不确定性。换言之，在殖民关系中，文化差异造成矛盾状态是不可避免的，这种矛盾状态既是殖民文化霸权得以在殖民地推行的基础，又是消解和动摇文化霸权力量的源头。因此，殖民权力并不是绝对的，其在表述形式上为霸权，实际上本身带有内在缺陷，并与殖民地文化处于一种暧昧、模糊的矛盾状态。

霍米·巴巴从现代认识论角度，对殖民文化霸权的矛盾状态做了进一步分析：

> 在现代认识论中，文化的权威性既需要模仿，也需要认同。文化是"熟悉和亲密"的，它具有学科的概括、模仿的叙述、相似的空白、连续性、进步性、习惯性和相关性。但是，文化的权威性也是"陌生的"，因为要具有独特性、重要性、影响力和可识别

性,它必须被翻译、传播、差异化、跨学科、互文、国际化、跨
种族。①

在霍米·巴巴看来,西方文化霸权建立在一整套科学概念、连续性、
进步性的基础之上,并且具有独特性、重要性和可识别性。但是,在进入
殖民地之后,它必须经过翻译、差异化、互文和跨种族,所以需要不断商
讨和交流,由此会在一定程度上削弱霸权,并且产生对抗和抵制的可
能性。

如果说在霍米·巴巴关于文化霸权的讨论中"矛盾状态"所涉及的
主要是殖民关系中的文化认同问题,那么"模拟"则表现为再现差异的过
程,并且被霍米·巴巴视为"殖民权力与知识的最无从捉摸、最有效的策
略之一"②。模拟之所以成为"最无从捉摸、最有效"的策略,是因为殖民
者从文化霸权的角度,将西方制度和文化视为人类中"最优越"的,并试
图以解放者的姿态在"落后"的殖民地推行,在推行方式上"模仿"无疑是
"最有效"的策略。但是殖民者在推行宗主国制度和文化的过程中面临

---

① Bhabha, Homi K. "Articular lo arcaico." *El lugar de la cultura*, Buenos Aires:
Manantial, 1994, p. 169.
受到弗洛伊德对"heimliche/Unheimliche"(熟悉/陌生)这对反义词概念讨论的启发,巴
巴将其运用到了文化的定义上。事实上,弗洛伊德首先想从对德语形容词"heimlich"及
其反义词"unheimlich"的语义研究中证明,其反义词相较于"heimlich"具有一种负面意
义,这种负面意义与 heimlich 的语义"熟悉"有关,同时也意味着"秘密","隐藏","黑
暗","不同"。因此,在"heimlich"这个词本身中,熟悉和亲密的东西在它们的对立面上
颠倒过来,达到了"unheimlich"中所包含的相反的"令人不安的陌生感"。(参见
Kristeva, julia. "Freud: 'heimlich/unheimlich', la inquietante extrañeza." *Desde el
diván*, D. Yalom, Irvin(coord.), Buenos Aires: Booket, 2008, p. 359。)
② Bhabha, Homi K. "El mimetismo y el hombre: la ambivalencia del discurso colonial."
El lugar de la cultura, Buenos Aires: Manantial, 1994, p. 111.

着一个二难处境：首先，在制度层面，殖民者在殖民地所"模拟"的宗主国的制度只不过是一种戏仿，一种低级的、喜剧式的"演现"；其次，在文化层面，在殖民地宣扬自由、平等、进步、文明的理想与保持殖民地被统治、被奴役的附属地位是自相矛盾的。正如霍米·巴巴所说：

> 自由主义在西方公然声称其平等主义的计划，可是当面对阶级和性属差异时却又显得极为暧昧模糊，那么，在殖民世界里，当"容忍"这一自由主义的著名美德被种族上和文化上有差异的土著主体发出时，就不易延伸到对自由和独立的要求。提供给他们的不是独立，而是"文明使命"；不是权力，而是家长制。①

同时，在这种模拟过程中，殖民者一方面鼓励被殖民主体自我改进，成为一个逐步接近殖民者的优雅文明人；另一方面又用种族差异和劣等性等规定对这种接近进行否定。而最具有反讽意味的就是制造出了一个"几乎相同但又不太一样"的"模拟人"②，这种"模拟人"的存在一方面保证了殖民权力的有效运行，同时又提供了颠覆殖民权力的可能性。

"混杂性"是霍米·巴巴为了抵抗和瓦解帝国主义和殖民主义霸权话语的又一个重要理论主张和抵抗模式/策略。在他看来，文化在接受过程中被本土化是不可避免的，所以混杂性成为殖民关系与生俱来的因

---

① Bhabha, Homi K. "Unsatisfied: Notes on Vernacular Cosmopolitanism." *Postcolonial Discourses: An Anthology*, Gregory Castle (ed.), Oxford: Blackwell Publishers, 2001, p. 49.

② 参见 Bhabha, Homi K. "El mimetismo y el hombre: la ambivalencia del discurso colonia. l" *El lugar de la cultura*, Buenos Aires: Manantial, 1994, pp. 112 – 115。

素,同时这种由于殖民接触所产生的特性开辟出了一个协商的空间,这一空间里的声音尽管暧昧而充满歧义,但是又可以产生出一种表述"间隙"的能动性。[①] 霍米·巴巴曾经对此有一个比较完整的界定:

> 混杂性是殖民权力生产以及不断变动的力量与稳定性的符号;是通过否认(即那种确保了权威的"纯粹"、原初身份的歧视性身份)策略性倒转统治过程的名称。混杂性是通过重复身份的歧视性影响来重新评估殖民身份的假设。它展示了所有歧视和支配场所的必要变形和位移。它扰乱了殖民权力的模仿或自恋要求,但又暗示了它在颠覆策略中的认同,这种颠覆策略将被歧视者的凝视投回了权力之眼。[②]

霍米·巴巴将"混杂性"定位于殖民权力行使过程中的一种"策略性倒转",但正是这种策略性"倒转"导致了对殖民身份的重新评估,并进而导致模拟状态的打破:在殖民关系中,没有纯粹的殖民者和被殖民者,他们都处于混杂的状态;被殖民者以混杂的差异发声,导致殖民者无所适从,进而使自己文化权威的自恋被打断和被干预,同时被殖民者通过回敬权威者以"凝视"实现了自己的抵抗。可见,其所谓的"混杂性"实际上是在殖民者主导性意识形态内部找到一种"裂痕"。

在霍米·巴巴看来,"混杂性"不仅扰乱了殖民者的身份和自恋需

---

① Bhabha, Homi K. "Culture's In Between." *Art forum*, No. 32, 1993, p. 212.

② Bhabha, Homi K. "Signos tomados por prodigios." *El lugar de la cultura*, Buenos Aires: Manantial, 1994, p. 141.

求，而且被殖民者的矛盾状态以二元形式表现出来，使他们能够将自己的文化身份与殖民者的文化身份结合起来。这种被殖民者的"混杂性"也可以理解为双重认同，这种认同在一定意义可以看成对既定权威默许的双重意识，或者说对西方霸权的让步和服从，但区别在于必须以自己的条件和方式服从权威。因此，霍米·巴巴所称的双重认同并不意味着有两个真实的身份，而是通过不断重复和回顾协商来确保其文化身份。

由于"混杂性"涉及殖民者、被殖民者文化身份的组合和杂糅，所以对于殖民话语和后殖民话语中殖民者与被殖民者、自我与他者、中心与边缘的严格区分都具有挑战性，从而使得霍米·巴巴的思想成为反殖民主义概念的核心来源之一。

从"矛盾状态""模拟"到"混杂性"，霍米·巴巴打破了一切原始和既定的文化规范，集中表达了这样一种观念：殖民权力不是绝对强大的，被殖民者也没有完全处于文化霸权受害者的被动地位，殖民关系是一个模糊、矛盾、混杂的领域，存在着裂缝、间隙和不确定性，是可以通过不断地商讨、谈判和交流来对抗和消解的。所以，对于当代世界所面临的复杂文化问题，霍米·巴巴的态度似乎是承认差异、超越对立和冲突。

在对以上三个后殖民理论家思想的讨论中，我们发现了一个十分有趣和特殊的现象，那就是他们都与文学有着不解之缘。萨义德本人是一位文学教授，文学研究是他的专业，所以他不仅明确提出在研究中既要"考察学术著作，也考察文学作品、新闻报道、政论、游记、宗教和语言学著作"[①]，而且在具体研究过程中，他也对大量文学作品进行了后殖民角

---

① 爱德华·W.萨义德：《东方学》，王宇根译，北京：生活·读书·新知三联书店，1999年，第 30 页。

度的解读,如丹尼尔·笛福的《鲁滨孙漂流记》、简·奥斯汀的《曼斯菲尔德庄园》、康拉德的《黑暗的心》、叶芝的《渔夫》(1914)等。斯皮瓦克的博士学位论文是关于诗人叶芝及其诗歌的研究;在《他者的世界》一书中她对印度女作家玛哈丝维塔·黛维的小说《乳房给予者》(1987)作了深入的解读;在《三个女性文本和一种对帝国主义的批评》中对夏洛特·勃朗特的《简·爱》(1847)、琼·里斯(Jean Rhys)的《藻海无边》(1966)和玛丽·雪莱的《弗兰肯斯坦》(或译作《科学怪人》,1818)作了分析。霍米·巴巴自小就受到母亲的文学熏陶,后来在孟买大学求学期间表现出对诗歌的迷恋,在牛津大学学习期间曾研究过奈保尔的《毕司沃斯先生的房子》及其早期作品;在后来学术研究和著作中,莫里森、萨尔曼·拉什迪、康拉德、戈迪默、瑞池、沃尔克特、库切等作家作品也成为他分析的样本或直接引用的对象。正如研究者曾指出的,"文学是一种表述的模糊地带,以其虚构性作为世界的替换之物,文学又是话语和价值冲突的协调者"①。文学的这种特点一方面为后殖民理论的建构提供分析的样本,反过来,后殖民理论又为后殖民阅读和写作提供了理论支持。对于拉丁美洲和墨西哥女性写作而言,由于特殊的历史文化语境和"三重边缘化"的处境,"混杂的身份","文化差异"和"文化翻译"在女性通过写作建构文化身份认同中具有更为重要的意义。同时,"混血"导致的"混杂"也许会成为文化身份认同建构的消极因素,但是,"混血儿的存在,摧毁了种族之间的最后边界"②,所以,"混杂性"对于墨西哥女性通过写作打破种

---

① 生安锋:《霍米·巴巴的后殖民理论研究》,北京:北京大学出版社,2011年,第120页。
② 翟晶:《边缘世界:霍米·巴巴后殖民理论研究》,北京:文化艺术出版社,2013年,第58页。

族、性别、阶级的三重边缘化，以及对于我们恰当地理解当代墨西哥女性写作无疑都具有十分重要的启发意义。

四、"文化诗学"与"历史诗学"

新历史主义在 20 世纪 70 年代英美学术界初露头角，美国的文化符号学、英国的文化唯物主义、德国的法兰克福学派对于"历史意识""历史批判"的重视以及"文化诗学"的提出，为新历史主义正式走到台前提供了理论前提。1982 年，随着斯蒂芬·格林布拉特在《类型》学刊上为该学派正式命名，标志着新历史主义的正式诞生。新历史主义并不是一个统一的流派，也没有共同的纲领或宗旨，其内部也存在着理论和观点的分歧，但他们在对历史主义、形式主义和新批评的批评过程中达成一致。

新历史主义在历史观上面对的是传统历史主义，具体表现在不赞同传统历史主义下的总体性、连续性、宏大叙事和单一性的"大历史"，主张回到复数、边缘的"小历史"，以历史上的轶文趣事和文化碎片作为出发点；在文学批评上对应的是形式主义提倡的单一文学文本的封闭性循环，主张向多元的、非文学的社会文本开放，实现文学文本与非文学文本的互文性阐释；在文学与历史的关系上，强调文学的历史性和历史的叙事性，主张突破文学与历史的界限，实现二者的双向互动；在理论特点上，汲取了西方马克思主义、福柯哲学和女性主义等当代西方理论观点，具有鲜明的跨学科特征；同时作为一种边缘批评，新历史主义试图在权力、社会压迫、种族、性别、阶级等方面的对立和冲突中把握文化精神，表现出较强的文化批判倾向。

新历史主义的主要代表人物有斯蒂芬·格林布拉特、路易斯·蒙特罗斯（Louis Montrose）、乔纳森·多利莫尔（Jonathan Dollimore）、海登·

怀特等,其中格林布拉特是领军人物,怀特则是最重要的理论家。在本书中,根据研究需要,我们仅对格林布拉特的"文化诗学"和怀特的"历史诗学"作一些简要讨论。

格林布拉特主要著作有《文艺复兴人物瓦尔特·罗利爵士及其作用》(1972)、《文艺复兴时期的自我塑造:从莫尔到莎士比亚》(1980)、《再现英国的文艺复兴》(1987)、《莎士比亚的谈判》(1988)、《不可思议的领地》(1991)等。

"文化诗学"概念由格林布拉特 1980 年在《文艺复兴时期的自我塑造:从莫尔到莎士比亚》中首次提出。他强调,文化诗学的"中心考虑是防止自己永远在封闭的话语之间往来,或者防止自己断然阻绝艺术作品、作家与读者生活之间的联系。毫无疑问,我仍然关心着作为一种人类特殊活动的艺术再现问题的复杂性"①。在这里,格林布拉特实际上提出了新历史主义的三个重要原则,在此基础上,他将新历史主义文学批评的任务规定为:"对文学文本世界中的社会存在以及社会存在之于文学的影响实行双向调查。"②

格林布拉特的主要研究领域和研究兴趣是文艺复兴时期的英国文学,他的"文化诗学"理论以博士论文《沃尔特·罗利爵士:文艺复兴时期的男子和角色》作为起点,在论文中,格林布拉特通过对罗利爵士与伊丽莎白女王以及宫廷复杂关系的分析和阐释,揭示了社会权力结构与个人"自我戏剧化"之间的深层结构。在此基础上,格林布拉特将"自我戏

---

① 斯蒂芬·格林布拉特:《文艺复兴时期的自我塑造:从莫尔到莎士比亚》导论,赵一凡译,见中国社会科学院外国文学研究所《世界文论》编辑委员会编:《文艺学和新历史主义》,北京:社会科学文献出版社,1993 年,第 79 页。

② 同上,第 80 页。

剧化"发展成一种阅读和阐释文艺复兴时期作家作品的主要策略，实现了从"自我戏剧化"向"自我塑造"的转变。在《文艺复兴时期的自我塑造：从莫尔到莎士比亚》一书中，格林布拉特对"自我塑造"理论进行了较为全面的阐发并实现了在批评实践中的广泛运用。比如在第一章《大人物的餐桌前：莫尔的自我塑造与自我取消》中，他通过对托马斯·莫尔从担任大法官到被砍头的过程的分析，揭示了制度、权力和意识形态等文化力量在莫尔的"自我塑造"和"自我取消"过程中的作用，进而揭示了"自我塑造"实际上是一种对权力和权威的反抗与顺从的不断反复的过程。[①]

　　格林布拉特"自我塑造"理论的提出，与其对文艺复兴时期文学文本的关注紧密相关。文艺复兴是人性脱离神性获得自由的时代，也是个体精神确立与觉醒的时代，与此同时，由于人性是复杂的，包含着世俗的欲望，所以文艺复兴时期也是人性不断裂变和不断重构的时代。这种人性的裂变和不断重构与后现代性所面临的问题具有某种类似性。格林布拉特作为后现代理论家，站在后现代回望文艺复兴时期的历史，试图通过"自我戏剧化"和"自我塑造"来回应当代人类所面临的问题，不仅具有重要的现实意义，而且对于突破形式主义批评将文学文本与非文学文本截然二分的观念也具有重要的理论意义。由此不难看出，格林布拉特的"自我塑造"理论不仅是"文化诗学"的起点，而且成为其重要的组成部分。以"自我塑造"为起点，格林布拉特的"文化诗学"从"文学的历史性"

[①] 参见傅洁琳：《"自我造型"的人类文化行为——格林布拉特"文化诗学"核心理论分析》，《华南师范大学学报（社会科学版）》2010 年第 6 期，第 64 页。

与"历史的文本性"的"互文性"双向展开①。

首先,格林布拉特尽管承认文学与历史都具有"文本性",但并不赞同将"文学文本"与"非文学文本"截然分开的观点,认为这种区分是主观的、想象的和武断的;同时也不赞同仅仅将历史看成文学的背景的观点,而是认为二者之间是一种在"文本性"基础上相互作用的"力场",是"不同意见和兴趣的交锋场所",是"传统与反传统势力发生碰撞的地方"②。所以,格林布拉特强调文学批评必须"深入文学世界的社会存在和文学中反映的社会存在"③,必须将文学作品的生产与资本主义生产联系起来进行考察:

> 艺术作品本身并不是位于我们所猜想的源头的纯清火焰。相反,艺术作品本身是一系列人为操纵的产物。[…]艺术作品是一番谈判(negotiation)以后的产物,谈判的一方是一个或一群创作者,他们掌握了一套复杂的、人所公认的创作成规,另一方则是社会机制和实践。为使谈判达成协议,艺术家需要创造出一种在有意义的、互利的交易中得到承认的通货。④

---

① 陶水平:《"文学的历史性"与"历史的文本性"的双向阐释——试论格林布拉特文化诗学研究的理论与实践》,《江汉论坛》2007 年第 8 期,第 133 页。
② 盛宁:《历史·文本·意识形态——新历史主义的文化批评和文学批评刍议》,《北京大学学报(哲学社会科学版)》1993 年第 5 期,第 23 页。
③ Frye, Northrop. *Anatomy of Criticism: Four Essays*, Princeton: Princeton University Press, 1957, p. 12.
④ 格林布拉特:《通向一种文化诗学》,盛宁译,张京媛主编:《新历史主义与文学批评》,北京:北京大学出版社,1993 年,第 14 页。

可以看出，一些政治经济学术语，诸如"谈判""商讨""周转""流通"等，在格林布拉特的具体研究中得到大量、普遍的使用。这些术语的使用一方面说明文学艺术作品与社会政治、经济、文化的紧密联系，另一方面则打破不同文本和话语之间的边界，实现了文学艺术文本与其他社会文本之间的交流互动。正如国内格林布拉特思想的主要译者和研究者盛宁所概括的，格林布拉特在新历史主义文本的解读中，"一向都是采用这样一种在史实与文学之间穿行的办法"：

> 从一首不为人所知的诗，一幅文艺复兴时代的油画，某名人记载的一件奇闻轶事，甚至一座纪念碑或塑像，总之从一件与所评析的作品似乎相隔遥远，但实际上包含着深刻文化意义的东西入手，整个分析过程，开始也许让人觉得不知这葫芦里卖的是什么药，但它会出人意料地找到一个联结点，让读者看到摆在面前的这部作品在成文之时，与当时的意识形态有着怎样复杂的联系。①

其次，在"历史的文本性"上，格林布拉特主张必须打通文学文本与非文学文本之间的壁垒，尤其是文学文本与历史文本的界限，让文学文本回到历史中去。但是，格林布拉特并不是要真正地回到客观历史本身，而是要对历史提出新的阐释，也就是重设文学文本产生时的历史语境，使当代研究者与研究对象在各自的"历史语境"与"历史表述"中展开

---

① 盛宁：《历史·文本·意识形态——新历史主义的文化批评和文学批评刍议》，《北京大学学报（哲学社会科学版）》1993 年第 5 期，第 25 页。

对话,所以他的"文化诗学"实际上是一种"互文性"研究①。同时,在对历史文本的选择上,格林布拉特所选择的文本也不是传统正史文本,而是被正史所掩盖或遮蔽的轶文趣事、零散插曲等历史"碎片"或边缘题材。正如在《文艺复兴时期的自我塑造:从莫尔到莎士比亚》中格林布拉特对托马斯·莫尔形象的阐释,只是通过不同文本的互文构成一个新文本,并没对真实的历史有所弥补,恰恰相反,还有可能导致历史客观性的进一步丧失,变成一种复杂多变的相对性存在。对此,格林布拉特做出的解释如下:

> 我并没有回避这些杂质——它们是代价,也可能是这个方法的优点之一——但我有尝试通过不断地回到特定个人生活和特定处境,回到男男女女每天面对的物质必需品和社会压力,回到少量能引起共鸣的文本,以弥补它们产生的不确定和不完整。②

与他对"历史"的理解相一致,回到历史中既不是回到客观历史本身,也不是回到传统历史主义的宏大历史叙事中,而是要回到当时的个人经验和特殊情境中,这是新历史主义不同于传统历史主义之处,也是新历史主义在方法论上的创新之处。由此出发,格林布拉特所主张的、能够与文学文本进行互文和产生"共鸣"的,只能是逸闻、趣事、绘画、风

① 陶水平:《"文学的历史性"与"历史的文本性"的双向阐释——试论格林布拉特文化诗学研究理论与实践》,《江汉论坛》2007年第8期,第135页。
② 斯蒂芬·格林布拉特:《文艺复兴时期的自我塑造:从莫尔到莎士比亚》,吴明波、李三达译,上海:上海文艺出版社,2022年,第8—9页。

俗、文书、风景、墓碑等边缘文化文本。

为了实现文学文本与非文学文本之间的双向互动和不断"穿行阐释"，格林布拉特提出了将文学文本与非文学文本并置并进行"深描"（thick description）的方法和策略。"深描"作为一种叙述方法或策略，首先由英国哲学家吉尔伯特·赖尔（Gilbert Ryle）在《对思想之思考：思想家在做什么》一文中提出，主要指对文本或文化细节进行细致考察，挖掘其背后的深层动因和文化语境，从而建构其未被注意到的意义。[1] 但是，在赖尔那里，深描的对象只是一种哲学的假设，所以只具有对抽象意义进行建构的作用。美国人类学家克利福德·格尔茨从文化人类学的角度出发，对文化作了符号学上的定义，认为"对文化的分析不是一种寻求规律的实验科学，而是一种探求意义的解释性科学"[2]。所以在文化研究中，格尔茨更重视将田野调查日志中记录的轶闻作为"深描"的对象，并进行不断的理解和解释。格林布拉特吸收了格尔茨从文化人类学视角对"深描"的解释，并将之作为主要方法和策略运用于自己的具体研究过程之中。

在"深描"的过程中，格林布拉特特别重视诸如轶闻趣事、宗教教义、旅行日记、笔记甚至犯罪档案等"碎片化"文本的运用。因为在他看来，这些"碎片化的文本"游离于主流叙事话语之外，没有经过生产者"精心打磨或精确衡量，因而它们往往能够揭露某个社会中无意识的思想和偏见"[3]，所以具有更重要的价值。在格林布拉特的具体研究中，《炼狱中

---

[1] Ryle, Gilbert; Tanney, Julia. *Collected Essays 1929-1968: Collected Papers Volume 2*. London and New York: Routledge, 2009, p. 495.

[2] 克利福德·格尔茨：《文化的阐释》，韩莉译，南京：译林出版社，1999年，第5页。

[3] Haydon, Liam. *An Analysis of Stephen Greenblatt's Renaissance Self-Fashioning from More to Shakespeare*. London: Macat Library, 2017, p. 11.

的哈姆雷特》《不可思议的占领》《墙上的伤口》等文章,就是作者将文学文本或艺术文本与"碎片化文本"并置并"深描"的典型案例。[①] 当然,不论是对"碎片化文本"的重视,还是"深描"方法的运用,对于格林布拉特而言,都不是为了回到"大历史"或客观历史本身,而是为了强调文本的开放性,以及对特定时期的历史进行新的阐释或重构。

新历史主义强调政治上的独立和中立,对历史的兴趣可以脱离政治而独立发展。但是,如果回到格林布拉特对文艺复兴时期"自我塑造"问题的讨论,不难看到,文学批评与现实政治及权力意识形态之间的互动成为"自我塑造"的基本前提和必要条件。格林布拉特强调:

> 我们依赖这些作者生涯与较大社会场景的透视点,便可阐释它们之间象征结构的交互作用,并把它们看成是构成了一个完整而又复杂的自我造型过程。通过这种阐释,我们才会抵达有关文学与社会特征在文化中形成的那种理解。这就是说,我们是能获得有关人类表达结果的具体理解的。因为对于某个特定的"我"来说——这个"我"是种特殊的权力形式,它的权力既集中在某些专门机构之中——如法庭,教会,殖民当局与宗法家庭——同时也分散于意义的意识形态结构和特有表达方式与反复循环的叙事模式之中。[②]

[①] 参见陈怀凯:《格林布拉特新历史主义的"触摸真实"》,《国外文学》2020 年第 2 期,第2—6 页。

[②] 斯蒂芬·格林布拉特:《文艺复兴时期的自我塑造:从莫尔到莎士比亚》导论,赵一凡译,见中国社会科学院外国文学研究所《世界文论》编辑委员会编:《文艺学和新历史主义》,北京:社会科学文献出版社,1993 年,第 81 页。

在这里，格林布拉特至少表达这样两层意思：首先，作家、作品与他们所处的社会历史场景处于"交互作用"之中，这种交互作用表现为一种自我造型的过程；其次，"自我"作为一种特殊的"权力形式"，既要接受社会习俗与各种政治、法律制度的限制，同时又以一定的意识形态结构和表达方式给予社会、他人以某种影响，而文学叙事在其中发挥着重要作用。在格林布拉特看来，文艺复兴时期的"自我塑造"也是"权威"与"异己"、"顺从"与"破坏"的相互作用与转化：

> 一个人的权威，正是另一个人的异己确立的，每当一个权威或异己被摧毁之后，另一个新的将会取而代之。在特定的时期，总会存在一个以上的权威或一个以上的异己，假如权威或异己都存在于自我之外，它们就会同时被当作内在的需要加以体验。因此，顺从和破坏的双重动机经常内在化。①

在《看不见的子弹》一文中，格林布拉特用"颠覆"与"抵制"这两个政治性很强的术语，在更为广泛的领域中讨论了文学文本与社会主流意识形态、文学话语与历史话语之间的"颠覆"与"抵制"关系。② 正是通过以

---

① 斯蒂芬·格林布拉特：《文艺复兴时期的自我塑造：从莫尔到莎士比亚》导论，赵一凡译，见中国社会科学院外国文学研究所《世界文论》编辑委员会编：《文艺学和新历史主义》，北京：社会科学文献出版社，1993 年，第 86 页。
② 参见陶水平：《"文学的历史性"与"历史的文本性"的双向阐释——试论格林布拉特文化诗学研究理论与实践》，《江汉论坛》2007 年第 8 期，第 137 页。

上讨论,格林布拉特实现了自己的承诺,将新历史主义发展成为"一种具有政治批评倾向和话语权力解析功能的'文化诗学'或'文化政治学'"①。

　　海登·怀特,美国著名史学理论家、批评理论家、圣克鲁兹加州大学思想史教授,一位不承认自己是新历史主义者的新历史主义理论家。怀特虽然不愿承认,但是如果将他的理论与新历史主义的领军人物斯蒂芬·格林布拉特的思想做简单比较,我们无疑可以看到,格林布拉特从文学出发,借助于特定时期历史和非文学文本对文学文本的阐释,实现了文学文本与非文学文本的互文式理解,从而突破文学与历史的界限;怀特则从历史出发,通过历史文本的建构性、叙事性、话语性和诗性理解,同样冲破了历史与文学的界限,两人相向而行,殊途同归,从不同的角度实现了文学与史学的视界融合。同时,怀特对新历史主义的"文化诗学"保持着理解与支持的态度。他从"历史诗学"的立场出发,认为"文学的历史叙述"是当代文艺理论的重要命题,它"以其具有文化意义的形式现实化为一类特定的写作,正是这一事实允许我们去思考文学理论和历史编纂的理论及实践两方面的关系"②。可见,不论从理论还是实践上,怀特无疑是一位新历史主义者。

　　怀特的主要著作有《元史学:19世纪欧洲的历史想象》(1973)、《话语的转义》(1978)、《形式的内容》(1987)、《形象的现实主义:拟态效应研究》(1999)等。通过以上著作,怀特建构了自己的"元史学"理论体系。

---

① 王岳川:《后殖民主义与新历史主义文论》,济南:山东教育出版社,1999年,第168—169页。

② 海登·怀特:《"描绘逝去时代的性质":文学理论与历史写作》,伍厚恺译,拉尔夫·科恩主编:《文学理论的未来》,北京:中国社会科学出版社,1993年,第43—44页。

从这些著作在其理论体系中的作用来看，《元史学》是纲领性著作，表达了"历史诗学"的基本原则，而其他三本著作则是《元史学》出版之后发表的系列论文的汇编，三本论文集进一步扩展和深化了"历史诗学"的原则，并拉近了史学与文学的距离。

正如学术界所公认的那样，怀特的"元史学"或"历史诗学"的核心是对历史的叙事化理解，以及在语言学和结构主义基础上对历史叙事的"诗性"阐释。早在 20 世纪 60 年代中期，在《历史的负担》（1965）一文中，怀特已经明确地表达了这种立场：

> 我们就不该再幼稚地期待有关过去某个特定时期或复杂事件的陈述"符合"某些先在的"原始事实"。我们应该认识到，构成事实本身的东西就是历史学家已经试图，像艺术家那样，通过选择他借以组织世界、过去、现在和未来的隐喻来加以解决的问题。[1]

这是海登·怀特对其"元史学"观念的最初表达。在这种表达中，怀特强调了一个极为重要观点，就是历史学家要"像艺术家"那样去表述历史，并且通过"诗性""隐喻"的方法对历史进行"编序"。在《元史学》中，怀特进一步明确了以上立场：

> 为了实现这些目的，我将把历史作品看成是它最为明显的

---

[1] 海登·怀特：《历史的负担》，董立河译，《话语的转义：文化批评文集》，郑州：大象出版社，北京：北京出版社，2011 年，第 51 页。

要表现的东西,即以叙事性散文话语为形式的一种言辞结构。它声称是过去的结构和过程的一种模型或具象,意图通过描绘来说明它们。①

这段话可以视为怀特《元史学》一书和他的"元史学"理论的总纲,其中包含着这样一些基本原则:第一,该书所要考察的对象是"最明显"的"历史著作",包括米什莱、兰克、托克维尔、布克哈特、黑格尔、马克思、尼采和克罗齐,在这八位所要考察的对象中,前四位是史学家,后四位是哲学家,他们都是18和19世纪最杰出的、最具有创造性的思想家;第二,在研究视角上,将历史著作视为用文学话语呈现的"言辞结构"形式;第三,在研究方法和目的上,将这些著作的结构和过程转变为一种"模型",并通过详细地分析这种模型,再现结构和过程的本来面目。

在《话语的转义》中,怀特对其史学研究方法作了进一步解释:

> 正是在这里,话语本身必须确保用以分析这一领域的语言能够充分地描述那些似乎占据该领域的各个对象。然而,话语会通过一种预示的(prefigurative)策略影响这种描述的充分性,而这种预示与其说是逻辑的,不如说是转义的。②

---

① 海登·怀特:《导论:历史的诗学》,陈新译,《元史学:19世纪欧洲的历史想象》,南京:译林出版社,2013年,第7—8页。

② 海登·怀特:《导言:转义、话语和人的意识模式》,董立河译,《话语的转义:文化批评文集》,郑州:大象出版社,北京:北京出版社,2011年,第1页。

在这里怀特强调，在具体研究过程中，人们要弄清研究领域各因素之间的关系，首先必须建构起足以描写该领域诸客体的话语，并且通过一种预设结构让话语得到充分的实现，但这种预设结构并不是逻辑的，而是转义的。可见，"话语转义"是他的元史学基本方法或史学的"元理论"所在。这一点实际上在他的《元史学》导言中已经有所强调："它仍旧是我的史学思想的核心，是我对于史学与文学和科学话语的联系，以及史学与神话、意识形态和科学的联系这种思想的核心。"[1]换言之，突破科学史学将历史与文学截然二分的历史观，以及通过"话语转义"建立史学与文学、神话、意识形态的联系，成为怀特元史学理论的核心。

在怀特看来，历史与文学、诗与史之间并不存在不可跨越的鸿沟，无论是历史书写还是历史言说，都是一种人工语言制品，"它们包含了一种深层的结构性内容，它一般而言是诗学的，具体而言在本质上是语言学的，并且充当了一种未经批判便被接受的范式。每一种特殊的'历史'解释都存在这样一种范式"[2]。因此，"所有的诗歌中都含有历史的因素，每一个世界历史叙事中也都含有诗歌的因素。我们在叙述历史时依靠比喻的语言来界定我们叙事表达的对象，并把过去事件转变为我们叙事的策略"[3]，而这种转变就是通过"话语转义"实现的。

---

[1] 海登·怀特：《中译本前言》，陈新译，《元史学：19 世纪欧洲的历史想象》，南京：译林出版社，2013 年，第 2 页。

[2] 海登·怀特：《序言》，陈新译，《元史学：19 世纪欧洲的历史想象》，南京：译林出版社，2013 年，第 1 页。

[3] 海登·怀特：《作为文学虚构的历史文本》，张京媛译，张京媛主编：《新历史主义与文学批评》，北京：北京大学出版社，1993 年，第 177 页。

"转义"最初为"转动"之义，后来演变为"隐喻"或"比喻"①，怀特将"转义"的两种含义结合起来，用以说明观念之间的联结、生成、转化关系，强调"转义(troping)既是一种有关事物关联方式观念向另外一种观念的运动，也是事物之间的一种关联，这种关联使得事物能够用一种语言来加以表达，同时又考虑到用其他方式来表达的可能性"②。基于对"转义"的这种理解，怀特吸纳了意大利哲学家、美学家詹巴蒂斯塔·维柯将"比喻"视为一切原初诗性民族都具有的认识世界的基本方式的思想③，并把隐喻、换喻、提喻、反讽这四种"转义"类型从人类文化发展的普遍方式引入历史话语论域，在"诗性"层面上考察了历史话语的"深层结构"。

怀特没有回避形式主义对自己的影响，"我的方法是形式主义的。我不会努力去确定某一个史学家的著作是不是更好，它记述历史过程中一组特殊事件或片段是不是比其他史学家做得更正确。相反，我会设法确认这些记述的结构构成"④。怀特这种对"记述结构"的确认，主要是通过对上述四种"转义"类型的具体分析实现的。

第一，从本体与喻体的关系来看，隐喻所处理的是本体与喻体之间的相似和关联关系，换喻和提喻所处理的是整体与部分的关系，反讽所

① 赵志义：《历史话语的转义与文学性的衍生——评海登·怀特的话语转义学》，《青海师范大学学报》2012年第4期，第86页。
② 海登·怀特：《导言：转义、话语和人的意识模式》，董立河译，《话语的转义：文化批评文集》，郑州：大象出版社，北京：北京出版社，2011年，第3页。
③ 参见加姆巴蒂斯塔·维柯：《新科学》，朱光潜译，北京：商务印书馆，1997年，第200—204页。
④ 海登·怀特：《导论：历史的诗学》，陈新译，《元史学：19世纪欧洲的历史想象》，南京：译林出版社，2013年，第9页。

处理的是对立关系。第二，从比喻与意识的关系来看，隐喻的基本特点是异中见同，是对同一意义的确定，而换喻和提喻分别对隐喻中"异中见同"的现象做了进一步的辨认。其中，换喻是对整体与部分的外部关系的处理，提喻则是对整体与部分的内部关系的处理。反讽与前三种比喻不同，主要反映的是本体与喻体之间的差别性、非对应性和模糊性。第三，从功能上看，隐喻具有再现功能，表明两个客体之间既具有明显差异但又具有同一性；换喻具有还原功能，通过比较两个不同客体并通过互相还原表现差异性；提喻具有综合的功能，通过整体内部两个不同部分之间的比较，将外在关联转化为内在关联；反讽则用明显具有矛盾性的类比来表达对现实对象的取舍。

在怀特的"转义"理论中，前三种类型被视为语言自身提供的运作模式，它们通过语言作用于意识，意识则根据这些范式，预设主体与客体、整体与部分、部分与部分之间的经验领域并做出解释。通过这些解释，我们可以获得各种分析模式，并根据这些模式将意义赋予未知的经验领域。在怀特看来，隐喻、换喻、提喻和反讽作为诗歌和语言理论的基础，同时也是所有历史叙事不可或缺的方式，是洞察某一特定时期历史想象深层结构的有效工具。[①] 但是，比较而言，怀特更为重视反讽。怀特认为，前三种转义类型都是语言通过比喻的方式把握事物，反讽则是主体出于自我否定的目的而对语言自觉运用，表现了语言内在的"辩证性"和"自我批判性"。因此，反讽几乎是一种超越意识形态的成熟的世界观，"在反讽的理解中，人类的状况根本上是愚蠢的或荒谬的，它往

---

① 参见吕洋、孙晓喜：《历史与文学的视界融通：海登 · 怀特"历史转义话语"解读》，《华南师范大学学报（社会科学版）》2015 年第 2 期，第 18 页。

往造成一种文明自身处在'疯狂'之中的信念,并且针对那些寻求以科学抑或艺术的方式把握社会实在之本质的人,产生了一种保守而清高的蔑视"①。

在怀特的话语转义理论中,尽管四种话语转义的特点和功能各不相同,但它们之间并不是相互隔绝、各自独立的,相反,作为一种观念之间的联结、生成和转化以及"一种观念向另一种观念的运动",从隐喻的同一性关联到换喻的自我还原,再到提喻的综合,认识和思维经历了一个从感性到理性不断转化和辩证发展的过程。正如怀特所强调的:"每一种模式都可视为一个话语传统之内的某个阶段或环节,该话语传统的发展是从人们对历史世界的隐喻式理解,经由转喻式或提喻式理解,最后转入一种对一切知识不可还原的相对主义的反讽式理解。"②所以反讽是怀特最为重视的阶段,在这个阶段思维主体已经获得了自我审视、自我反省和自我批判能力,所以"讽喻的出现标志着思想的升华"③。

在怀特的元史学理论体系中,比喻作为历史话语的"深层结构",居于基础性地位。他强调,"如果我们把占主导地位的转义视为四种[…]那么很明显,在语言自身中,在语言的生成或前诗歌方面,我们很可能就发现了某些类型的解释赖以产生的基础"④,并且"占主导地位的比喻方

---

① 海登·怀特:《导论:历史的诗学》,陈新译,《元史学:19世纪欧洲的历史想象》,南京:译林出版社,2013年,第50页。

② 同上,第51页。

③ 杨梓露,《文学与历史:海登·怀特的转义理论及其效应》,《文艺理论研究》2016年第1期,第212页。

④ 海登·怀特:《历史中的阐释》,董立河译,《话语的转义:文化批评文集》,郑州:大象出版社,北京:北京出版社,2011年,第83页。

式以及与之相伴的语言规则，构成了任何一部史学作品那种不可还原的'元史学'基础"①。

比喻作为诗性的"深层结构"，尽管是怀特元史学的基础，但也只是为历史叙事提供一种"先验性"的结构，而不能具体地阐释历史叙事的经验结构，所以，怀特进一步讨论了话语转义的"表层结构"。他将元史学历史叙事的生成过程概括为编年史、故事、情节编织、论证模式、意识形态蕴涵五个要素。② 基于语言和诗性前提，历史叙事的五个要素又可概括为三个"环节"或"步骤"。

首先是"情节编织"。怀特认为，事件通过所有我们一般在小说或戏剧中的情节编织的技巧才变成了故事。因此，历史叙事的第一步是将"历史事件"转化为"故事"，在这一过程中小说或戏剧所采用的"情节编织"技巧起着重要作用：

> 我认为经典的历史叙事总是充分地对历史系列施加了情节并同其他可能的情节编织达成妥协。正是这种在两种或多种情节编织之间的辩证张力表明了经典历史学家的自我批判的意识之存在。那么，历史就不仅是关于事件，也是关于这些事件所体现的关系网。③

---

① 海登·怀特：《序言》，陈新译，《元史学：19 世纪欧洲的历史想象》，南京：译林出版社，2013 年，第 3 页。

② 参见海登·怀特：《导论：历史的诗学》，陈新译，《元史学：19 世纪欧洲的历史想象》，南京：译林出版社，2013 年，第 13 页。

③ 海登·怀特：《作为文学虚构的历史文本》，张京媛译，张京媛主编：《新历史主义与文学批评》，北京：北京大学出版社，1993 年，第 173—174 页。

由于在"情节编织"过程中有多种方式可供选择,且这些方式之间具有一定的张力并形成关于"事件"的"关系网",所以"情节编织"可以使历史叙述在文本层面上的意义得到增值。① 怀特认为,每一部历史,甚至最共时的或结构的历史,都必将以浪漫剧、喜剧、悲剧、讽刺剧②中的某一种方式进行编排。③

其次是论证模式。怀特认为历史的解释方式主要包括形式论、机械论、有机论、情境论④。史学家在将事件转化为故事的过程中,必须采取以上四种形式,对故事的含义做出解释或论证。尽管对于事件的解释可以有不同的观点,但是,"一旦一系列历史事件被解释以后,它们所呈现的模式是有限的"⑤。

再次是意识形态蕴涵模式。任何一种历史叙事总会与社会变迁、社会未来发展趋势及其设想相联系,所以总会表现为一种不可化约的意识形态立场。怀特对卡尔·曼海姆的《意识形态与乌托邦》中"五种理想类型"⑥的

---

① 参见李圣传:《实践"新历史主义":格林布拉特及其同伴们》,《学术研究》2020 年第 2 期,第 174 页。

② 怀特借用了诺思洛普·弗莱《批判的解剖》一书将情节效果分为浪漫剧、喜剧、悲剧、讽刺剧四种类型的观点。(参见 Frye, Northrop. *Anatomy of Criticism*, Princeton: Princeton University Press, 1957, pp. 64 - 66。)

③ 海登·怀特:《导论:历史的诗学》,陈新译,《元史学:19 世纪欧洲的历史想象》,南京:译林出版社,2013 年,第 10—17 页。

④ 怀特借鉴了斯蒂芬·佩珀《世界的假设》中关于"世界类型"形式论、机械论、有机论、情境论四种假设的观点。(参见 Pepper, S. *World hypotheses: A study in evidence*. Berkeley and Los Angeles: University of California Press, 1966, p. 142。)

⑤ White, Hayden. *Tropics of Discourse: Essays in Cultural Criticism*. Baltimore: Johns Hopkins University Press, 1978, p. 63.

⑥ 卡尔·曼海姆:《意识形态与乌托邦》,黎鸣、李书崇译,北京:商务印书馆,2000 年,第 119 页。

观点进行了概括，提出无政府主义、激进主义、保守主义、自由主义四种意识形态立场，强调这四种立场并不是代表特定政党的政治标识，而只是研究者对当代社会和学术研究的一种态度。

　　从"深层结构"的隐喻、换喻、提喻、讽喻，到"表层结构"的情节编织（浪漫剧、喜剧、悲剧、讽刺剧）、形式论证（形式论、有机论、机械论和情境论）、意识形态（保守主义、自由主义、激进主义和无政府主义），怀特建构了一种"四-四式"话语转义结构模型①。在这个模型中，"深层结构"作为语言和"诗性"的"先验性"存在，对"表层结构"具有"预设"作用。怀特强调，在历史叙事过程中，"事件可能是'既定的'，但它们作为故事要素的功能却由话语技巧外加于它们之上——而话语技巧的性质却是转义性的而非逻辑的"②。在这种意义上，任何历史叙事都很难摆脱"深层结构"四种模式的范围。在"表层结构"中，相对于其他两种模式，怀特无疑将意识形态蕴含置于优先地位。怀特认为，历史学家在选择特定的叙述形式时，已经具有了一定的意识形态取向，所以它能够将作为审美的情节编织和认知的论证结合起来，作为"表层结构"的中心。同时，怀特认为，尽管在话语转义过程中，各种模式之间的搭配会受到"亲和性"的制约，比如隐喻与浪漫剧、形式论、无政府主义之间的搭配可能更具有"亲和性"，但是对于具有创造力的历史学家而言，可以突破这些搭配模式的束缚，实现这些模式之间的自由搭配。这样一来，尽管模式有限，但它们在特定话语中的组合却是无限的。

---

① 参见杨梓露：《文学与历史：海登·怀特的转义理论及其效应》，《文艺理论研究》2016年第 1 期，第 210 页。

② 海登·怀特：《"描绘逝去时代的性质"：文学理论与历史写作》，伍厚恺译，拉尔夫·科恩主编：《文学理论的未来》，北京：中国社会科学出版社，1993 年，第 54 页。

通过以上简要分析不难看出，怀特将语言学和诗学引入历史叙事，在诗性结构与叙述形式的结合中，建构了一个较为完整且系统的话语转义理论体系。这一理论体系的建立，不仅为他的"历史诗学"提供了合法性论证，而且为历史叙事的诗学阐释提供了具体的策略和方法。

当然，必须看到，怀特的"元史学"和"话语转义"理论主要是以 19 世纪的历史意识作为研究对象，通过将语言学和"诗性"想象引入历史领域，打破 19 世纪占统治地位的科学史学和实证主义史学在历史与文学之间设置的界限，实现了历史学"革命性"的变革。但是，随着 20 世纪到来，人类开始面临新的问题，尤其是以"大屠杀"为代表的"现代性事件"的发生，使得怀特对历史的叙事性、诗性的强调受到普遍质疑和批评，认为其史学理论中所包含的相对主义和多元主义倾向，可能会为否定大屠杀等"现代性事件"开辟道路。针对这种质疑和批评，怀特一方面进一步反思了历史研究的价值，另一方面吸纳后现代小说创作和文学批评相关理论，对其思想进行了一些修正、完善，或者说对原有思想的某些方面做了进一步的发展。

2014 年，怀特编辑出版了一本书名为《实践的过去》的论文集，文集的书名来源于其中最重要的一篇同名论文——《实践的过去》，该篇论文是 2008 年怀特为在雅典召开的国际史学讨论会提交的会议论文，在一定意义上也可以视为怀特晚年对自己史学理论进行的系统总结。在文章中，怀特借用政治哲学家迈克尔·奥克肖特（Michael Oakeshott）的"历史的过去"（the historical past）和"实践的过去"（the practical past）两个概念，并作了进一步的阐释。怀特将 19 世纪以来的史学家视为"历史的过去"史学观的代表，认为他们的主要缺陷在于将历史"改造成科学或超科学"，从而"将历史编纂学从它和修辞长达千年的关系中分离出去"。

在此之后，其中又被分离出纯文学，即那种非专业人士和业余爱好者所做的活动"[1]。这种史学观不仅割裂了史学与文学的联系，而且将历史研究看成职业史学家特许的权力。正如怀特在该书序言中所强调的："历史的过去包含那些被研究的过去的指涉物，并以特定的写作文类予以再现。按惯例，这类写作被称为'历史'，是被职业历史学家所确认的历史，只有职业历史学家才能获得特许，有权决定什么'应该'是历史，什么不是历史。"[2]

同时，这种史学将"人类整体历史中某一部分修正过的过去类型"作为研究对象，只注重对于特定时代特定事件的研究，而没有将历史研究与解决实际问题相联系，因此这种史学研究仅仅存在于历史学家的著述中，根本不具有理解或解释现在的价值，更不可能对未来作出预见。怀特从两种"过去"相比较的角度，对"实践的过去"作了这样的描述：

> 前者是历史学家运用档案资料构筑的历史文本，通过对事件进行理性分析与客观叙述，尽可能还原历史实在的本来面目；后者则指代那些我们所有人日常生活中的"过去"观念，无论我们是无可奈何，还是竭尽全力，不论我们是处理私人事务，还是参与宏大的政治活动，都要为解决实际问题而运用这些观念，以寻求信息、想法、范例、准则和策略。[3]

---

[1] White，Hayden. *The Practical Past*. Illinois：Northwestern University Press，2014，p. 8.

[2] 同上，第 13 页。

[3] 同上，第 9 页。

怀特在这里表达了两个重要的观念。一是通过对"所有人日常生活中的'过去'观念"和"解决实际问题"的强调,"实践的过去"克服了"历史的过去"的局限性,将目光投向解决实际问题,投向现实和未来。① 同时,早在《话语的转义》中,怀特就明确指出:"当代历史学家必须确立对过去研究的价值,不是为过去自身的目的,而是为了提供观察现在的视角,以便帮助解决我们自己时代所特有的问题。"② 而"实践的过去"是将这种观念作了进一步的强化。二是怀特将两种"过去"并置,在某种意义上已经表现出对"职业历史学家"客观性追求的某种包容和肯定。甚至可以这样认为,随着"实践的过去"的提出,怀特已经开始逐渐超越自己的话语转义理论,表现出对主体、经验、意识形态、伦理等问题的进一步关注。

怀特曾在访谈中坦承:"一直以来,我对于为何研究过去比之自身去研究过去更有兴趣[…]因此,这就向我提出了问题:研究过去的社会功能是什么? 意识形态和宣传的功能是什么?"③ 前文述及,在话语转义模式的建构过程中,怀特已经将意识形态蕴涵作为其话语转义表层结构的重要组成部分,并在吸收曼海姆相关理论的基础上,将意识形态概括为四种基本类型,同时也将意识形态看成统摄审美、认知的核心要素。只

---

① 作为一位出身于工人家庭的史学理论家,怀特终其一生都自认他是一个马克思主义者,特别是在受教育过程中受他的老师威廉·博森布洛克的深刻影响,怀特在历史研究上一直比较注重经世致用,实现历史研究与社会现实积极互动一直是他的学术追求。(参见王晴佳:《历史等于历史学:海登·怀特治史主旨简述》,《北方论丛》2020 年第 2 期,第 103—114 页。)

② 海登·怀特:《历史的负担》,董立河译,《话语的转义:文化批评文集》,郑州:大象出版社,北京:北京出版社,2011 年,第 44 页。

③ 埃娃·多曼斯卡:《邂逅:后现代主义之后的历史哲学》,彭刚译,北京:北京大学出版社,2007 年,第 17 页。

不过在话语转义理论中，怀特更为强调意识形态的非政治性。但是，在
1982 年发表的《历史解释的政治：学科和非崇高》一文中，怀特对"解释
的政治"与"政治的解释"作了区分，认为"相较于对过去自身的研究，一
个人根据某种目标、兴趣或目的研究过去的方式更能确保防止重复过
去"①，故所谓"解释的政治"是指历史学家的政治观点影响到的历史解
释，所谓"政治的解释"是指从政治观点的角度解释历史。怀特在这里一
方面明确地给意识形态赋予了政治的含义，但同时又强调在历史研究中
研究者应该坚守自己的"目标"（伦理底线），要防止从"解释的政治"转向
"政治的解释"。因为在怀特看来，如果忽略了"解释的政治"，则可能会
导致诸如大屠杀之类事件的再度发生。2008 年，怀特在《实践的过去》
中进一步将历史研究与伦理要求相联系，并表示他所谓的"实践的过去"
类似于康德的实践理性，强调历史研究应该为人们提供一种"应然
之则"②。

2014 年《实践的过去》一书出版，怀特已经 84 岁高龄，所以"实践的
过去"的提出可以视为怀特对自己一生学术经历的总结。正如德国语言
学家赫尔曼·保罗所认为的，"实践的过去"反映了怀特的"道德倾向和
政治信仰"：

上帝之死和形而上学的终结之后，只有过去能够提供意
义、启示和方向。因此，最终，最重要的不是历史的过去，而是

---

① White，Hayden."The politics of historical interpretation：discipline and de-sublimation."
The Politics of Interpretation，Vol. 9，No. 1，1982，p. 137.

② White，Hayden. *The Practical Past*. Illinois：Northwestern University Press，2014，
pp. 8 - 10.

实践的过去——其努力将大家从被动承受的遗留物、错误的传统和压抑的"历史的重负"中解放出来。[①]

　　在怀特的史学研究中,对文学批评理论,特别是对历史小说的关注是一个显著的特点。正如有的研究者所概括的那样,对怀特而言,在历史书写过程中,"反映历史真相其实没有那么重要;一部历史著作叙述的故事,往往让人更注意其描写的风格而不是其描写的内容","许多历史著作的伟大之处,正是因为它们刺激了其他人对历史产生了兴趣,愿意继续从事相关的研究"[②]。怀特一直执着于自己是一个现代主义者,而不是后现代主义者[③],一个最大的原因就在于他对 19 世纪现实主义和 20 世纪现代主义小说的关注和赞赏。在《形象的现实主义:拟态效应研究》中,他曾对 20 世纪上半叶的文学批评史家埃里希·奥尔巴赫(Erich Auerbach)做过专题研究。以上现象表明,在一定意义上甚至可以这样认为,怀特之所以能够冲破科学史学和实证主义史学在史学与文学之间设置的樊篱,走向"历史诗学",一个极为重要的原因在于他对文学的关注。

　　我们仍然回到《实践的过去》一文。该文章的开篇,怀特就将温弗里德·格奥尔格·塞巴尔德(W. G. Sebald)的后现代小说《奥斯特里茨》(Austerlitz,2001)作为研究对象,进行了深入的分析。怀特认为,由于该小说运用了大量历史的、有据可查的事实和证据来展开叙述,所以很

---

①　Paul, Herman. *Hayden White: The Historical Imagination*. Cambridge: Polity Press, 2011, p.149.

②　王晴佳:《历史等于历史学:海登·怀特治史主旨简述》,《北方论丛》2020 年第 2 期,第 112 页。

③　参见埃娃·多曼斯卡:《邂逅:后现代主义之后的历史哲学》,彭刚译,北京:北京大学出版社,2007 年,第 31 页。

难将其定义为小说，但由于其中的情节又完全是虚构的，也很难定义其为历史著作。但是，怀特强调，正是在这种真实与虚构相结合的过程中，作者构建出一种更高层次的"真实"，从而成为后现代背景下表现历史真相的重要方式。① 在该文中，托妮·莫里森（Toni Morrison）的《宠儿》（*Beloved*，1987）也成为怀特用以论证自己观点的一个重要案例。怀特认为，作家创作过程中面临着"历史上的"玛格丽特·加纳（Margaret Garner）和"诗意的"玛格丽特·加纳的矛盾。实际上，莫里森在小说的序言中也明确表达了这种矛盾："历史上的玛格丽特·加纳很吸引人，但对小说家来说，这太令人困惑了。那里的想象空间太少了，无法达到我的目的。"②怀特认为，"历史上的"玛格丽特·加纳为了获得自由、不让自己回到"南方"成为奴隶，宁愿杀死自己的孩子。对于这样的"历史事实"，不可能保留在相关历史文献之中，也"不能以严格的历史学处理方式如实呈现"，所以作家只能通过文学虚构即"发明"（怀特将纯粹历史的方式称为"发现"）的方式重构这一历史事实。对于莫里森以文学方式对历史事实的重构，怀特给予很高的评价，认为这种重构不仅使"发明的玛格丽特·加纳""实体化"，而且作家也承担了自己应该承担的伦理责任："她毫无歉意地承担了发明主人公思想的责任，承担了假设重建一段令人紧张的历史的后果，并在此过程中声称她可以自由地以与她现在的处境相一致的方式处理过去。"③在怀特看来，这种文学重构的意义在于，

---

① 参见 White, Hayden. *The Practical Past*. Illinois：Northwestern University Press，2014，pp. 3 - 5。

② Morrison, Toni. *Beloved*. New York：Vintage International，2004，pp. xvi - xvii.

③ White, Hayden. *The Practical Past*. Illinois：Northwestern University Press，2014，pp. 23 - 24.

作家站在 20 世纪 80 年代的历史维度,不仅揭露了美国奴隶制时期"可怕的和无路可走的"真实状况,而且揭露了官方史学对这种历史的"令人厌恶的""隐藏的"和"故意掩埋"的行为。这种方式尽管对史学家来说是不可想象的,但又是处理诸如"奴隶制"和"大屠杀"等非人性事件的一种重要方式。[①]

　　文章还讨论了康拉德、普鲁斯特、乔伊斯等现代主义作家作品如何通过记忆与知觉将过去与现在联结起来,以及如何通过非理性与精神错乱对事实真相的刻意扭曲,进而表现出心理世界的最高"真实"。怀特认为这种"真实"与现实主义对"客观世界"机械模仿的"真实"有根本上的不同。所以,怀特认为,现代主义"与其说反对作为原因的'历史',不如说是反对历史作为一种解决方案,被用以处理'如何对待受历史遗迹所束缚的现在'这一问题"[②]。文章还对后现代主义小说家品钦、梅勒、卡波特、库切等作家的创作进行了分析,认为后现代小说家大多选择了创作历史小说,并且在对历史的叙事中刻意将事实与想象混为一体,着意突出意识形态、社会政治、语言、形式和写作行为本身,尤其是注意作者的突然介入,以打断叙述行为,并与读者展开讨论。怀特认为,后现代历史小说的这种叙述方式,"挑战了'历史事实'构成的教条以及那些评价真实的过去或现在的话语是不是现实主义的标准"[③]。

　　作为对大屠杀问题的直接回应,1990 年在美国洛杉矶召开的"纳粹主义与'最终解决':探索表现的界限"会议上,怀特提交了题为《历史的

---

① 参见 White, Hayden. *The Practical Past*. Illinois: Northwestern University Press,2014,pp. 21 - 24。

② 同上,第 17 页。

③ 同上,第 17—18 页。

情节化和历史表现中关于真的问题》的论文。在文章中，怀特认为用"大屠杀"或"最终解决"来表现这种特殊的历史事件，都不同程度地使用了比喻或想象，所以在对事件的历史书写上面临着很多困难和问题：比如历史学家如果有权选择历史情节化的方式，这种情节化有无界限？能否将大屠杀事件与历史上的极度创伤事件进行比较？等等。在这些问题上，怀特一方面修正了自己过去激进的观点，表示"就以喜剧的或者田园牧歌的模式来将第三帝国的事件情节化的情形而论，我们会有充分的理由去诉诸事实，以把它从对第三帝国的相互矛盾的叙事的清单上划去"[1]，并且也承认喜剧、悲剧、浪漫剧以及田园牧歌式情节化确实很难表达诸如大屠杀这些"现代性事件"。另一方面，怀特将目光投向文学，认为最有效的历史写作是现代主义文学中的"不及物写作"。"不及物写作"源自罗兰·巴特对现代主义文学形式的定义，这种写作方法的主要特点就是消解了形式与内容、主体与客体、过去与现在之间的区别。怀特对此作了发挥，认为"不及物写作"是对"既非主动又非被动"的"中间语态"的使用，所以这种写作"否认存在于作者、文本、被书写之物、最终还有读者之间的距离"[2]，从而成为适合于诸如大屠杀等现代性事件的历史书写。在文章中，怀特还对阿特·斯皮格曼（Art Spiegelman）的后现代主义图文小说《鼠族》（*Maus*，1980—1991）作了分析，认为这种后现代小说用非人类的形象所进行的叙事，消解了大屠杀这种主题的严肃性，并以反讽的情节化模式再现了历史。[3] 1996 年在《现代主义事件》一

---

[1] 海登·怀特：《历史的情节化与历史表现中关于真的问题》，陈栋译，彭刚主编：《后现代史学理论读本》，北京：北京大学出版社，2016 年，第 64 页。

[2] 同上，第 72 页。

[3] 同上，第 65 页。

文中,怀特进一步将"形式完满模式"这一文学理论引入对历史事件与历史表现关系的讨论,并试图用这一文学理论模式来阐释诸如大屠杀等现代性事件的历史叙事。所谓"形式完满模式"就是认为一切实在、事件和观念都可以被看作一种形象,它本身是完满的,可以被赋予一定的意义。现代性事件作为现在的一部分,最终将会成为要完成的历史分析的对象,会在历史的连接中获得"完满"的阐释和叙述。①

　　在新历史主义的发展中,格林布拉特借助于历史从文学走向历史,建立了"文化诗学";怀特则借助于文学从历史走向文学,建立了"历史诗学";最终的目的都在于冲破文学与历史的樊篱,实现文学与史学的跨界融合。正如解构批评家 J. 希利斯·米勒所言:"过去几年中,文学研究经历了一次突变,几乎整个地摆脱了理论,也就是说不像以往那样关注语言本体,而是相应地转向历史、文化、社会、政治、体制、阶级和性别局限、社会背景以及物质基础。"②米勒的以上概括,无疑揭示了新历史主义的一个共同立场,那就是它并不是要真正地回到传统意义上的历史中去,而是站在当下重构过去,并表现出对现实社会、政治、文化的关注。从文学批评的视角而言,新历史主义对于传统历史主义的冲击是显性的、"革命性的",而对于文学批评和文学创作的影响则是隐性的,但又是深刻的,20 世纪下半叶历史小说成为众多作家的选择就是很好的证明。有趣的是,在本书所选择的两个研究个案中,卡门·博略萨与格林布拉

---

① 参见赖国栋:《创伤、历史叙事与海登·怀特的伦理意识》,《学术研究》2019 年第 4 期,第 124—178 页。

② Miller, J. Hillis. "Presidential Address 1986. The Triumph of Theory, the Resistance to Reading, and the Question of the Material Base." *PMLA*, Vol. 102, No. 3, 1987, p. 283.

特相似，从文学走向历史；克里斯蒂娜·里维拉·加尔萨则与怀特相似，从历史走向文学，这不能不说是一个十分有意思的"巧合"。

　　当代文学批评理论不断涌现，各种"后学"理论层出不穷，它们之间既互相作用、补充，又互相矛盾、冲突；同时，由于所选择的四种理论中，每一个理论家、每一种理论本身又是极其复杂的，要对它们进行系统全面的讨论也是十分困难的。所以本书主要从研究对象、主题需要和相关性出发，择其要进行一些必要的梳理。

《沉睡》：重写殖民历史与"支离破碎"的女性

在 20 世纪 90 年代，受拉丁美洲重写历史思潮的影响，创作历史小说成为许多女作家的普遍选择。卡门·博略萨在 20 世纪 90 年代连续出版了《哭泣：不可能的小说》《沉睡》《人间天堂》三部历史小说，使她成为这一时期历史小说创作最具代表性的女作家。

在 90 年代的历史小说创作中，首先无法回避的是新历史主义的影响，新历史主义或者从文学走向史学，或者从史学走向文学，最终的目的都在于突破文学与史学的界限，实现二者的视界融合。表现在文学创作中，作家或者回到历史中去，在重写历史中获得灵感与突破，或者直接将历史文本作为创作的素材，通过文学的虚构重构历史。在这种意义上，新历史主义不仅揭示了历史叙述中的"想象"和"诗性"特征，而且为历史小说打开了历史"真相"的大门。新历史小说不仅是文学的"虚构"，而且可以包含历史的"事实"。其次是表现手法上体现了后现代主义的影响，比如解构、互文性、狂欢、戏仿和元叙述等。尽管深受以上种种影响，但是卡门·博略萨也表现出自己鲜明的特色。其一，将目光投向墨西哥殖民时期。长达三百余年的西班牙殖民统治既切断了当代墨西哥社会与土著传统的联系，又对当代墨西哥社会产生着深刻的影响，但这一历史阶段遭到官方历史有意或无意地回避和弱化。博略萨站在 90 年代的历史维度，以文学虚构的方式回顾殖民时期历史，并与墨西哥的未来相联系，表现出一种新的文学与历史观念，具有重要的启发意义。其二，边缘女性的视角。在博略萨的历史小说中，身份混杂的女性、土著女性一直是主要的叙述对象，这种叙述视角不仅使她的历史小说与传统历史小说相区别，而且表现出对当代墨西哥社会处于边缘地位的土著和混血女性社会处境的深刻反思。其三，对于小说写作规则和类型的不断突破和创新。博略萨的历史小说创作一方面明显受到新历史小说、史学元小说、后现代主义的影响，另一方面又表现出不断突破这些影响的诸多创新性尝试。

一、卡门·博略萨的文学世界

卡门·博略萨 1954 年出生于墨西哥城，是当代墨西哥最多产的作家之一。20 世纪 70 年代，博略萨开始进行文学创作，至今已出版 20 多部小说，20 多部诗歌集，同时还涉猎了散文、儿童读物、戏剧、电影等领域，作品被翻译成多种语言。

博略萨分别在伊比利亚美洲大学（UIA）和墨西哥国立自治大学（UNAM）完成了西班牙语语言文学专业的学业，是墨西哥作家中心、古根海姆基金会、德意志学术交流中心等机构奖学金的获得者。参与过墨西哥学院出版的《墨西哥西班牙语词典》编辑工作，担任过美国圣地亚哥州立大学（1990）、乔治城大学（1998）、纽约大学（2002—2003）、哥伦比亚大学（2003—2004）、纽约城市大学（2004—2011）和法国巴黎索邦大学（2001）、布莱斯帕斯卡大学（2014）等学校的特聘客座教授。

博略萨与媒体有着良好且广泛的合作关系，是西班牙《国家报》（*El País*），墨西哥《宇宙报》（*El Universal*）、《改革报》（*Reforma*），美国《纽约时报》，以及《连接》(Nexos)、《自由文学》(Letras Libres)、《进程》(Proceso)等杂志的撰稿人，接受过纽约市立电视台"作家与艺术家"的专题采访，并因此获得多个纽约艾美奖；执导或参与创作的多部戏剧作品被搬上舞台。

博略萨也是一位非常积极的文学社会活动家。1980年，她创办了一家名为"三只美人鱼工作坊"的私人印刷社，致力于小规模出版艺术类书籍。1983—2000年，作为合伙人之一，她创办了"乌鸦"酒吧剧院，此处成为作家们举办读书会、讲座、音乐会等各类文化活动的重要场所；同时她与作家协会一起创立了"西特拉特佩特尔之家"，为遭受政治迫害的外国作家提供庇护和援助。90年代移居纽约后，为纪念这座城市的西班牙语文学传统，她与爱德华多·米特雷(Eduardo Mitre)、西尔维娅·莫洛伊(Sylvia Molloy)等拉美作家一起创办了"纽约咖啡馆"。

当然，对于博略萨而言，工作重心始终是文学创作。其早期小说具有明显的自传特征，1987年，第一部小说《最好消失》(Mejor desaparece)出版，两年后又出版了《从前》，并于同年获得墨西哥哈维尔·维亚乌鲁迪亚作家奖。两部小说都以儿童的视角，将家庭日常生活呈现为一幅超现实主义画面，包括对早年失去母亲以及家庭空间如何变成荒芜之地的记忆。在此期间，她还出版了散文集《不负责任的文件》(Papeles irresponsables，1989)。

从90年代开始，博略萨将创作的重心转向历史小说。初期历史小说的创作主要以加勒比地区的海盗作为主要叙述对象，将海盗的无政府状态与殖民时期墨西哥的等级社会进行对比，同时通过对海盗抢劫从墨西哥运往西班牙财宝的叙事，表达了一种反殖民主义理想，主要包括《他们是牛，我们是猪》和《海盗医生》两部作品。与此同时，博略萨开始关注殖民时期的墨西哥历史，并形成《哭泣：不可能的小说》《沉睡》和《人间天堂》历史三部曲。虽然同属于历史小说，但是，从对加勒比地区海盗的叙事转而回归墨西哥本土，是博略萨这一时期写作的一个较大的转变和突破。对于为什么会发生这种转变，作家本人给出了解释：一方面，"我不想重复自己"，"作家必须在每一部小说之前重塑自己，不是重写同一部小说，而是创造不同的小说"；另一方面，"写小说不仅是讲述事件，还是构建一个世界，让文字拥有历史，让现实中被摧毁的话语在虚构的事件中被重建"[1]。

评论家乌特·赛德尔从历史小说的视角出发，认为"三部小说解释了墨西哥至今仍存在的不同历史和文化阶层，即处于墨西哥深处的土著历史、现代史和后现代历史"[2]。具体而言，在《哭泣：不可能的小说》中，作家专注于当时已成为新西班牙总督辖区中心的前阿兹特克帝国，将重要的历史人物蒙特祖玛二世作为叙述的主要对象。按照官方历史的记载，蒙特祖玛二世因为没有下达抵抗的命令，从而成为墨西哥陷落的主要责任者。博略萨试图通过重写历史，使蒙特祖玛二世与特诺奇特兰被征服者占领的相关事件得以重建。但小说同时指明这是一部"不可能的小说"，从而质疑所有的历史及其重写的真实性。《沉睡》中的故事虽然发生在殖民统治巩固时期，但小说在时间上呈现出一种混乱和无序的状态。《人间天堂》则通过对墨西哥殖民时期、现在和未来三个阶段的文学

---

[1] 参见 Ibsen, Kristine. "Entrevistas: Bárbara Jacobs/Carmen Boullosa." *Chasqui*, 1995, Vol. 24, No. 2, pp. 52 – 63。

[2] Seydel, Ute. *Narrar historia (s): la ficcionalización de temas históricos por las escritoras mexicanas Elena Garro, Rosa Beltrán y Carmen Boullosa*. Madrid: Iberoamericana, 2007, p. 386.

虚构,作为"新西班牙"和墨西哥的回声,实现对过去个人和社会记忆的唤醒,其中对未来乌托邦的规划包含了科幻小说的元素。

在历史小说三部曲中,除《哭泣:不可能的小说》中的主角是墨西哥历史上的中心人物蒙特祖玛二世之外,其他小说的主角包括海盗、殖民时期妓女、解放运动党人、路德教徒等,都属于边缘群体,由此表明作者试图表现"历史的反面,失败的乌托邦,失败者、边缘化的人、被噤声的人的非官方的视角"[①]。同时,在文本空间中,作者还唤醒了土著人的记忆,以揭露欧洲殖民者在新大陆植入的乌托邦想象与对当地土著居民施加的暴力之间形成的鲜明对比,突出了小说的讽刺意味。另外,作者还特别关注女性在历史上的存在和价值以及性与性别问题的讨论,并通过神话、传说与身体写作的结合,打破了传统的性别二元对立。

随着《三十年》(*Treinta años*,1999)的出版,博略萨结束了对于历史题材的探索,重新回归对童年生活的重建。作家通过追溯一个家族的历史,建立了虚构文本和历史文本之间的对话,并被看成作者"女性成长小说"三部曲完成的标志。[②]

20世纪90年代是博略萨不断扩大国际知名度的重要时期,她的作品得到了广泛的国际认可,先后获得1996年法兰克福书展"自由文学

---

① Pfeiffer,Erna. "Nadar en los intersticios del discurso: la escritura histórico-utópica de Carmen Boullosa. " *Acercamientos a Carmen Boullosa. Actas del Simposio "Conjugarse en infinitivo - La escritora Carmen Boullosa"*,Barbara Dröscher / Carlos Rincón(eds.),Berlin: Edition Tranvia/Verlag Walter Frey,1999,p. 107.

② 参见 Pernías,Yolanda Melgar. *Los Bildungsromane femeninos de Carmen Boullosa y Sandra Cisneros: mexicanidades*,*fronteras*,*puentes*. Woodbridge: Tamesis Books,2012,p. 2.

奖"(LiBeraturpreis)①和 1997 年柏林艺术学院颁发的安娜·西格斯文学
奖（Anna Seghers-Preis）。同年 11 月，为庆祝她获得安娜·西格斯文学
奖，柏林伊比利亚美洲研究所举行了博略萨作品研讨会，来自美洲和欧洲
的学者参加了这次活动，并出版了关于博略萨作品的第一本研究论文
集——《走近卡门·博略萨》(*Acercamiento a Carmen Boullosa*，1999）。

　　进入 21 世纪之后，博略萨的小说创作进入成熟和总结期。以《女王
跃下马》(*De un salto descabalga la reina*，2002)、《勒班陀的另一只手》
(*La otra mano de Lepanto*，2005)、《巴黎的委拉斯凯兹》(*El Velázquez
de París*，2007)、《墙壁说话》(*Las paredes hablan*，2010)等为代表，作
家对历史小说的创作进行了较为系统的总结，并探索了史学元小说的写
作形式，尤其是如何通过历史文本与文学文本的互文以实现对记忆的建
构。以《完美小说》（2006）和《浪漫主义者的共谋》(*El complot de los
románticos*，2009)为代表，作者实现了对自己写作过程的反思。政治小
说《得克萨斯》(*Texas*，2013)揭露了美国对墨西哥的干预及其面临的困
难和认同的模糊性。《圣女与小提琴》(*La virgen y el violín*，2008)和
《安娜之书》(*El libro de Ana*，2016)批判性地探讨了传记小说写作的心
理过程。《夏娃之书》(*El libro de Eva*，2020)将圣经寓言与女性主义理
论熔为一炉。2018 年，以"卡门·博略萨图书馆"名义，博略萨出版了系
列合集《童年与创作》(*Infancia e invención*)与《世界》(*El mundo*)，两个
主题实际上表现了她小说创作的主要方向。此外，还有《幽灵与诗人》
(*El fantasma y el poeta*，2007)、《当我变回凡人》(*Cuando me volví*

---

① 博略萨 1993 年出版了描写 20 世纪末墨西哥城政治犯罪和暴力现象的小说《奇迹》，并
由苏珊娜·朗格（Susane Lange）翻译成德文版后获得该奖项。

mortal，2010)等短篇小说集出版。这一时期，获得的主要奖项如下。2008 年，《浪漫主义者的共谋》获得西班牙希洪咖啡馆小说奖。评委会对该小说的获奖评语如下："该获奖作品凸显了构思的大胆性、对文学文化的巧妙运用以及通常叙事模式的突破。小说在构建一个关于作者形象的元文学游戏的同时，展示了艺术诗境和我们这个时代社会的批判基础，特别是在墨西哥社会。"①2021 年获第四届豪尔赫·伊巴古恩戈蒂亚文学奖以表彰她的文学贡献："她是一位令人耳目一新、多产的作家，有着悠久的职业生涯。她对小说类型的贡献、在国内和国际上的影响、在整个文学生涯中不断培育的小说类型都在证明自己是一名作家。"②2023 年，获得墨西哥伊内斯·阿雷东多文学艺术奖(El Premio Bellas Artes de Literatura Inés Arredondo)。同年，博略萨还获得了由尤卡坦国际阅读博览会颁发的何塞·埃米利奥·帕切科卓越文学奖，该奖项评委会认为：

> 她的职业生涯始自 1978 年，一直以来她坚持不懈，探索了不同体裁的局限性，解决了文学史上被持续关注的问题。她的作品是形式和神话的汇编，其人物和结构无视父权制秩序建立的规范和界限。她的文学创作建立在严谨的历史研究基础上，提出了史学不敢提出的问题。她的诗歌和叙事，既多样又冒

① Papel en blanco："Carmen Boullosa gana el Premio Café Gijón 2008."19 de septiembre，2008，web，https：//papelenblanco.com/carmen-boullosa-gana-el-premio-caf％C3％A9-gij％C3％B3n-2008-d30c14269ae4.
② Editorial UG："Carmen Boullosa gana el Cuarto Premio Jorge Ibargüengoitia de Literatura"，2021，web，https：//www.ugto.mx/editorial/noticias/85-carmen-boullosa-gana-el-cuarto-premio-jorge-ibargueengoitia-de-literatura.

险，在对经典的不断重塑中涵盖了不同的音域。[1]

这些评语不仅是对博略萨小说创作贡献的充分肯定，同时，从一个侧面对作者文学创作的特点进行了概括。

博略萨是一位善于对自己文学创作进行深入思考，并对小说写作的价值和自己作品进行深刻反思的作家，由此作家也形成了自己独特而强大的文学观。对此，我们可以从她的个人表述和评论界的评论两个方面作以简要回顾。

在 1999 年发表的《写作中的破坏》一文中，博略萨将人类的本质描述为一种无端的"破坏"，这种破坏的本能不仅与暴力和战争有关，而且潜伏在我们的日常生活之中。她将作家强大的文学想象力比喻为破坏本能的三维镜像：第一个维度里，文学是破坏的积极参与者；第二个维度里，小说中的身体成为现实世界身体的映射，通过摧毁这些身体，小说迫使它们重新思考自己、重新塑造自己；第三个维度里，现实的镜像效应在文学中得到充分展现。由于文学的"三维身体是由文字组成的，充满着活力，故形成了一面凶猛吞噬现实的镜子"，通过这面镜子整个现实受到了质疑，这就是小说家最终的使命，即通过小说回归现实问题[2]。博略萨对小说家和诗人的"破坏机制"作了区分，认为诗人通过破坏文字间的意义链条与世界脱离联系，并构建诗中的世界，而小说家则需要在小

---

[1] Mézquita Méndez, María Teresa; Poot Herrera, Sara. "Carmen Boullosa Premio Excelencia en las Letras José Emilio Pacheco（2023）", *FILEY/UC-Mexicanistas*, 2023, p. 7.

[2] Boullosa, Carmen. "La destrucción de la escritura." *Inti. Revista de literatura hispánica*, No. 42, 1995, pp. 215 – 217.

说的真实性与创造性之间形成一种平衡，所以，小说不能屈从于"讲故事"的任务而变得死气沉沉："小说之所以是小说，是因为从文学角度来看它并不是无用的、一个无菌的语料库，相反，小说也与诗意的语言一起工作，以实现其页面的文学真理，并获得自我反思的能力。它的每一句话都经历了毁灭——诗歌的化学反应，即使它们不可避免地回归到它们的功利性。"[①]这篇文章充分体现了博略萨的文学抱负和文学观："小说家既不能是拾荒者，也不能是建设者，而一定是毁灭者。"[②]

博略萨特别强调作者必须打破小说家作为世界建设者的神话，认为这种神话对文学造成了巨大的伤害，因为如果只谈建构的文学世界，文学就会变成无法触及现实的乌托邦或是出版市场获利的工具，失去了对现实的破坏性和威胁性。博略萨以她出版的几部作品证明了这一观点。作家承认，《最好消失》《从前》等作品的写作，消耗了她对童年的想象，以及对一个已经不复存在的50—60年代的墨西哥城的记忆。尽管被唤起的记忆是对历史和现实的反思，是对成年与未成年女性的性别认同的焦虑所建构的故事，但它是通过摧毁小说家的记忆来实现的："这就是为什么我几乎没有留下童年记忆，尽管这个记忆没有被焚烧，也没有从它与当下的我的原始关系中消失。"[③]在《哭泣：不可能的小说》中，作家通过将自己的身体、灵魂、精神和记忆投入其中，窥见了一种令人惊叹的土著文化，这种文化在殖民时代能够侥幸存活下来，却在帝国主义的现代性中逐渐消亡。土著文化失去了所有的力量，以前的辉煌不复存在。因为

---

① Boullosa，Carmen．"La destrucción de la escritura．"*Inti．Revista de literatura hispánica*，No. 42，1995，p. 216.

② 同上，第217页。

③ 同上。

当土著人干涉了主流文化的意志，就会因为不公正的原因被监禁或杀害。失去文化保护的种族，只能面对被迫害或毁灭的命运，这是作家对现实最深切的反思。在《他们是牛，我们是猪》和《海盗医生》中，作者试图以完全不同的方式讲述同一个故事，并从不同的维度发掘历史可能的版本，尽管这不是真相，但试图以破坏的方式去探索真相。

作为一位个人风格突出并具有独创性的作家，博略萨拒绝基于作家身份和作品体裁等形式的归类和排序，并在采访中不止一次地表明这一观点。她接受作为一名女性的身份，并认为这个时代的女性是幸运的，但是她拒绝女性主义作家或女作家的称谓，并认为现实是复杂的，是一个被社会围困的受到轰炸的空间。在日常生活中，女性确实需要采取女性主义立场来捍卫自己，如同男性同样可以采取男性主义的立场来捍卫男性的亲密关系，但不能因此而将其作为唯一的定义属性，特别是那种将畅销书与女作家身份绑定的做法：

> 当我年轻的时候，当我是一个年轻的读者，一个年轻的诗人，伟大的作家是凯瑟琳·曼斯菲尔德、卡森·麦卡勒斯、玛格丽特·尤瑟纳尔、玛格丽特·杜拉斯、弗吉尼亚·伍尔夫，和她们伟大的文学经典。让我难过的是，现在当我们谈论女性小说时，所举的例子不是具有可比性，而是已经受到学术界赞赏，不是文学世界的评判性读者，而是学术界，因为它们在市场上取得了巨大的成功。①

---

① Ibsen, Kristine. "Entrevistas: Bárbara Jacobs/Carmen Boullosa." *Chasqui*, 1995, Vol. 24, No. 2, p. 54.

博略萨认为，将女性文学与市场联系起来，是将文学看作一场"豪赌"，这样不仅丢弃了文学信仰，而且是对女性世界的不尊重。在这个信仰崩塌的时代，女性世界是我们仅存的、可以依靠的信仰，因为"如果让它走在街上，让它成为法律，成为作品，就能改变我们做人的方式"①。博略萨批评了一种流行的奇怪公式，即认为女性总是在写连载小说和爱情小说，她对接近这种类型的文学不感兴趣，她的叙事也致力于其他的主题。因此，她希望读者或者评论界不要将她的作品框定在某种范围内阅读，同时强调自己不写浪漫小说，不写家庭环境为中心的小说，因为更重要的是语言，是文学，是书籍之间的对话，而不是家庭世界。②

尽管博略萨拒绝作为一个女性主义作家或女作家的称谓，但是对于妇女尤其是土著妇女在墨西哥种族、阶级和性别背景下的现状亦十分关注。她在《跨越民族国家》一文中，以女性语言教育为例，揭露了墨西哥现实中存在的种族、阶级和性别的不平等。博略萨剖析了自己作为中产阶级家庭出身女性的处境，表示她曾接受过三种语言的教育：

> 在家里，只有一种语言，作为单一的神和单一的信仰，即西班牙语，但人们认为受过教育的人至少应该学习另外两种语言：英语，以帮助将来的职业生活（这是一种有用的语言）；法

---

① Ibsen, Kristine. "Entrevistas: Bárbara Jacobs/Carmen Boullosa." *Chasqui*, 1995, Vol. 24, No. 2, p. 55.

② 关于女性与家庭的主题，博略萨强调："我不关心家庭世界，尽管我的前两部小说都是关于儿童的，但它们都没有儿童叙述者或成为传统的儿童世界小说。因此，这是一个不同的赌注，与浪漫小说无关，小说的主角是母亲、父亲或某种形式的传统女性，并且专注于女性读者。"（参见 Ibsen, Kristine. "Entrevistas: Bárbara Jacobs/Carmen Boullosa." *Chasqui*, 1995, Vol. 24, No. 2, pp. 53-57。）

语，以展示文化，精致，优雅。我们上午在学校学习英语，下午
在法语联盟学习法语，每周上两次课，相当于弹钢琴，懂得一些
法语赋予了我们"阶级"身份，使我们成为"体面的年轻女士"。
除西班牙语之外所获得的两种语言是阶级的保证。[1]

但是，对于从事家政服务的土著妇女而言，她们只是为了能掌握西
班牙语而奋斗，"破碎的句子、词语间一致性的错误，唱歌般说话的语
调"，而她们的母语是不是西班牙语并没有人在乎。博略萨还揭示了墨
西哥西班牙语教育过程中存在的一种内在矛盾。首先，西班牙语的教科
书是公共教育部门要求使用的免费和唯一的教学材料，它代表了墨西哥
的官方话语与民族认同，所有的教育都应该以此为标准，但博略萨自己
高中之前的学业都是在美国修女学校完成的，西班牙语教科书只有在教
育部检查人员出现时才会使用。其次，在西班牙语的教科书中，"墨西哥
最伟大的集体自豪感就是[…]辉煌的过去"，墨西哥优秀民族的血统来
源于土著文化，它代表了民族力量的源泉。但矛盾的是，在日常生活中，
"操场上最大的侮辱之一就是称某人为'土著人'"[2]。土著文化属于伟
大的过去，现代性的方案未将其包括在内，因此"墨西哥"只能是教科书
中描绘的墨西哥，其余部分，或是只能作为博物馆里展出的墨西哥历史
的一部分，或是被隐去和边缘化。博略萨认为，这种极端矛盾的状态普
遍存在于墨西哥意识形态之中，在墨西哥教科书的封面上，"祖国被描绘

---

[1] Boullosa, Carmen. "Más acá de la nación." *Revista de Estudios Hispánicos*, 2012, Vol. 46, No. 1, p. 55.

[2] 同上，第 56—57 页。

成一位身穿白色希腊长袍的土著妇女,她右手挥舞着一本书,左手挥舞着旗杆"[1]。而现实生活中的土著妇女,"在没有法律保护的情况下,却是在非常恶劣的条件下无休止地工作,几乎处于奴隶状态,没有健康保险,在工作中经常受虐待,在性方面也经常受虐待,这些妇女中的每一个都在自己的个人旅程中再现了征服的痛苦"[2]。即便是当下的土著妇女已不再隐形,以非常艰难的方式融入现代性当中,成为"真正的"墨西哥人,但她们的生存空间并没有得到实质性的改善,仍然处在社会阶梯最底层的位置。

在博略萨看来,现实是复杂的,文学应该还原现实的复杂性,所以文学体裁同样无法被定义和归类,"体裁更像是学术界的发明,也是一些作者的发明,在失误的时刻,他们觉得有必要组织或排序"[3]。博略萨进而认为,作家意志在小说中占据着非常小的位置,作家时常无法以自己想要的方式控制小说,并且文学文本之间虽然存在千丝万缕的联系,但每一部作品都在创造新的文本结构,每个文本都有其独特的逻辑和表现形式,它们打破流派和体裁的限制,是对已知模板进行不断改写的过程:

> 文本有它自己的轨道和顺序——它自己的道德。文学不承认任何形式的口号,它要求作者忠于文学文本,认真地构

---

[1] Boullosa, Carmen. "Más acá de la nación." *Revista de Estudios Hispánicos*, 2012, Vol. 46, No. 1, p. 56.

[2] 同上,第 57—58 页。

[3] Spielmann, Ellen. "Entrevista con Carmen Boullosa." *Acercamientos a Carmen Boullosa. Actas del Simposio "Conjugarse en infinitivo — La escritora Carmen Boullosa"*, Barbara Dröscher and Carlos Rincón (eds.). Berlin: edition tranvía/Verlag Walter Frey, 1999, p. 264.

建文学文本的结构，使它美丽，赋予它强度。文学文本不允许作者以根据生活的妙方或划定的立场来传播的信念接近它。①

博略萨也是一位非常注重对自己的作品和一些文学经典进行不断反思和全新解读的作家。1992 年，博略萨在《女性主义辩论》（*Debate Feminista*）杂志发表了与小说《哭泣：不可能的小说》同名的文章，对写作初衷做了回顾。在文章中，她将历史比作石头，讨论了记忆、遗忘和小说写作之间的关系，认为"记忆是小说的血肉之躯。遗忘是宁静与和谐，记忆是暴力，甚至是那些巨大的、难以辨认的石头在遗忘中也化为乌有，更别说那些被丢弃在路边的鹅卵石了"，因此，作为小说家她应该做的是："用我的文字让它复活，将它从冰冷的毫无意义的恐惧中解救出来。[…]必须毫不犹豫地继续写下我的版本，我眼中的蒙特祖玛的一生。"②博略萨通过对自己创作的不断回顾和反思，不断坚定和丰富着自己对于小说、历史和记忆之间关系的理解。

1998 年，博略萨发表了《以圣父、圣子和幽灵的名义》一文，主要对墨西哥著名作家胡安·鲁尔福经典之作《佩德罗·帕拉莫》作了全新的解读。在文章中，她对鲁尔福小说中的"幽灵"现象作了深入的研究，认为幽灵的出现是压抑身体的结果，也是天主教道德基础潜伏在墨西哥乡

---

① Spielmann，Ellen． "Entrevista con Carmen Boullosa．" *Acercamientos a Carmen Boullosa．Actas del Simposio "Conjugarse en infinitivo — La escritora Carmen Boullosa"*，Barbara Dröscher and Carlos Rincón（eds．）．Berlin：edition tranvía/Verlag Walter Frey，1999，p. 261．

② Boullosa，Carmen． "Llanto．" *Debate Feminista*，1992，Vol. 5，pp. 243 - 247．

村文化中的结果①。实际上，早在 80 年代末，博略萨已经意识到了幽灵形象作为文学写作对象正在发生的重要转向，如在《从前》中，博略萨让幽灵说话，讲述发生的故事，形成生者与死者的对话。在 90 年代出版的多部小说中，博略萨更具实验性地将这一形象进行了具体化和历史化的再创作，如《哭泣：不可能的小说》中，蒙特祖玛二世穿越到当代墨西哥城的陷落公园；《沉睡》中，不死的克莱尔在奇奇梅卡人眼中被妖魔化；《浪漫主义者的共谋》中，但丁·阿利吉耶里出现在 21 世纪的纽约。

从评论界对于"幽灵"等各种不祥形象（怪物、僵尸、鬼魂）的关注而言，直到 21 世纪初，随着西班牙语文学中"非拟态叙事"（Narrativa no mimética）研究热潮的兴起，幽灵形象才开始引起重视并逐渐占据中心位置。卡罗琳·沃尔芬松的《新幽灵穿越墨西哥：21 世纪墨西哥文学中的幽灵》一书通过梳理 21 世纪墨西哥作家作品中不同的幽灵叙述及其特点，探讨了幽灵形象过去二十年在墨西哥新兴且多产的文学表达中所发生的转向。这种现象表明，幽灵作为文学作品中一个普遍的形象，几乎形成一种传统，"虽然在这些传统中，鬼魂出现的目的是在读者中引发恐惧，但在墨西哥文学中，它被设置为一种服务于社会批评的身份表达"②。进入 21 世纪后，墨西哥作家作品中的幽灵形象在很大程度上已经放弃了 20 世纪所特有的虚幻状态，转而表现出一种显著的指涉性。

---

① 参见 Boullosa，Carmen. "En el nombre del Padre，del Hijo y de los Fantasmas." *Revista Canadiense de Estudios Hispánicos*，1998，pp. 295 – 305。

② 参见 Pascua Canelo，Marta. "Reseña：*Nuevos fantasmas recorren México: Lo espectral en la literatura mexicana del siglo XXI*. Carolyn Wolfenzon，Madrid：Iberoamericana Vervuert，2020." *Brumal. Revista de Investigación sobre lo Fantástico*，Vol. 9，No. 1，2021，pp. 129 – 133。

作家在叙述墨西哥历史、政治和社会现实时，将幽灵形象视作各种危机的象征性表现，并且与创伤、失踪、记忆、隐形、暴力和世界末日等主题关联，甚至每部作品中的幽灵都是一种不同含义隐喻的载体。① 沃尔芬松在研究中强调，这些文学作品中的幽灵形象存在一个共同的特点，即幽灵开始作为边缘主体的形象出现，他们是"真实的人，但制度将他们视为幽灵：一个虚空，一个空洞的物质实体，仿佛他们什么都不是"②。特别是在《浪漫主义者的共谋》中，博略萨将女作家的身份引入到幽灵的形象当中，批评了在拉丁美洲的文学讨论中，女作家长期处于缺席状态，成为"幽灵般"的存在，从而忽略了她们对文学史的贡献。

作为一位创作力旺盛，创作时间持久，出版作品数量庞大，并且具有国际影响力的作家，评论界对于博略萨作品的评价也呈现出视角多样、观点复杂的景观，但是，总体而言，主要从两个方面展开：其一，将作家置于当代墨西哥文学背景之中；其二，后现代视野中的卡门·博略萨。

秘鲁作家和文学评论家胡里奥·奥尔特加是一位对墨西哥文学传统进行过深入研究并具有独到见解的学者。他在《墨西哥文学与共同体经验》一文中，将墨西哥文学置于整个拉丁美洲文学背景中，认为墨西哥

---

① 参见 Ribas Casasayas，Alberto. "Reseña：*Nuevos fantasmas recorren México: Lo espectral en la literatura mexicana del siglo XXI*，Carolyn Wolfenzon，Madrid：Iberoamericana Vervuert，2020." *Hispanófila: Literatura — Ensayos*，No.192，2021，pp. 226 - 227。

② 有趣的是，在沃尔芬松选中的八位作家中，包括了三位女作家：瓜达卢佩·内特尔、瓦莱里娅·路易塞利（Valeria Luiselli）和卡门·博略萨，从某种程度上，这也是肯定了女作家在这一主题上的贡献。当然，从这一视角出发可供研究的小说列表还有很长，沃尔芬松无疑为新世纪的墨西哥女性文学研究提供了一个新思路。（参见 Wolfenzon，Carolyn. *Nuevos fantasmas recorren México: lo espectral en la literatura mexicana del siglo XXI*. Madrid：Iberoamericana Vervuert，2020，p. 25。）

文学与共同体经验之间存在着一种"共谋"关系。一方面，他充分肯定墨西哥的民族文学传统在国家现代化进程中的重要作用，认为"如果一个国家的文学传统有意义那一定是在墨西哥：民族文学被构成为其独特的版本"①。另一方面，他认为墨西哥民族文学传统为我们提供了一种想象的共同体体验，使"现代历史经验（殖民主义、帝国主义、新保守主义）通过其在拉丁美洲的重新表述（国籍、革命、社会化）得到了回应"，因为在墨西哥民族文学中，共同体经验获得了选择自由的尊严、重塑现代世界的力量，并成为"现代性最具破坏性和团结性的批判形式之一"②。在这个过程中，不仅墨西哥人的集体主体性通过文学得到表达，促成了"文化公民"身份的诞生，而且这种身份已经脱离了本质主义和历史前缀，从而打造了一个国家话语之外的新的话语空间。

奥尔特加非常重视女作家在当代墨西哥文学中的重要性，"不仅因为她们是写作的女性，还因为她们从女性状态出发写作的品质，这是一种由解放的现代性构建的另一种'你'的范式"③。奥尔特加回顾了墨西哥女性文学传统，认为早在殖民时期的墨西哥，修女胡安娜·伊内斯·德·拉·克鲁兹的文学写作已经超越了女性的身份定位，既不是以女性也不是以男性的身份写作，而是作为一个"大写的人"写作。奥尔特加认为这是殖民遗产对社会的二元划分在文学中的体现，因为在 17 世纪殖民时期墨西哥巴洛克式的艺术表达氛围中，女性存在于差异和他者之中，即在反抗殖民、帝国主义霸权和现代性暴力的斗争中，只能通过他者

---

① Ortega, Julio. "La literatura mexicana y la experiencia comunitaria." *Revista Iberoamericana*, 1989, Vol. 55, No. 148 – 149, p. 605.

② 同上，第 606 页。

③ 同上，第 609 页。

身份来表达自我，成为集体主体性的"无性别"的存在。因此，如果说"女性"概念本身是男性的幻想，是一种社会和意识形态结构，这种说法更多地说明了女性的生存环境而不是女性本身，那么女作家在回避和抵制"女性"标签的意识中，一方面是殖民遗产的社会和历史原因，另一方面，女性的特质不应该被作为一种差异来对待，而是一个可以产生新的创造力和提供颠覆性视野的空间。在这样的文学大环境中，70 年代开始写作的一代女作家，在经历了对政治权力的怀疑和失望之后，90 年代开始更重视对文化权力的表达，城市空间和历史成为她们去神秘化和批判的对象，成为她们摆脱"墨西哥共谋的迷宫"，建立去地域化日常生活的重要途径。①

　　基于以上对当代墨西哥民族文学和女性写作传统中女作家身份的理解，奥尔特加从想象主义诗学和新历史小说两个维度，对博略萨的文学特征进行了分析。首先，奥尔特加认为，博略萨的小说始终试图摆脱自奥克塔维奥·帕斯以来墨西哥文学传统中沉重的民族主义情结，她的写作目的"不再是建立一个民族的声音或者世界性话语，而是对其时代进行富有想象力的反思。与其说是历史性的，不如说是诗意的，戏仿多于字面意义，既是偶然的，又是正式的"②。正是通过这种诗意和戏仿的叙述，博略萨在文学世界中建立了自己的诗意空间，一个想象的王国。在《最好消失》中，博略萨在探索另类语言的诗意过程中，实现了对话与独白、戏剧和诗歌等多种表达形式的杂糅。写作行为成为情节的一部

---

① 参见 Ortega, Julio. "La identidad literaria de Carmen Boullosa." *Texto Crítico*. *Nueva época*, enero-junio, No. 10, 2002, pp. 141 - 142。

② 同上，第 140 页。

分，历史被刻意地隐藏或忽略，表现为一种神秘化的个人记忆。在《从前》中，生与死、真相与谎言的界限被打破，只有死者开始说话，沉默的生者才会被发现，通过哥特式"超自然"场景的描述，作家试图唤起读者的不适——一种对真实性的"焦虑状态"和"意识痛苦"。① 研究者将这种对故事的诗意探索和对主观性焦虑的关注，视为当前墨西哥小说场景中一种另类的和边缘的存在，但因其特殊的审美价值："一种无法解释的悖论的征兆，一种功能性技术，以及一种广泛而充分的文本性"，使得小说具有强烈的感染力、传播力和对待问题的创造性和娱乐性②。因此，在博略萨的小说中，不论是死者的话语，还是历史人物的复生或者通过换血得到永生的"神奇"景象，都不能被理解为"魔幻现实主义"，而是"一种叙事的纯粹诗意的可能性"③。其次，奥尔特加认为，博略萨文学叙事的诗意空间建立在"民族性诠释学"的基础之上，可以说，这种诠释方法吸收了伽达默尔的理论，将理解的基础建立于历史传统之上，强调了历史、文化和时代语境在虚构和想象中的重要作用，以及他者文化经验的理解性表述。④ 在博略萨的历史小说序列中，不管是对加勒比地区海盗兄弟会的描绘，还是对殖民时期新西班牙总督社会的想象，都源于一种阐释的冲动，即试图通过亲在性体验达到对叙述对象的"同情的理解"，进而从他者的文化经验出发，复原他者在原初体验基础上所阐释的意义世界，并在他者对自身文化做出阐释的基础上建构自身的同时也建构他者

---

① 参见 Ortega, Julio. "Fabulaciones de Carmen Boullosa." *CELEHIS: Revista del Centro de Letras Hispanoamericanas*, 1992, No. 2, pp. 145 - 157。

② Ortega, Julio. "La identidad literaria de Carmen Boullosa." *Texto Crítico. Nueva época*, enero-junio, No. 10, 2002, p. 141.

③ 同上，第143页。

④ 同上，第139页。

的"双向实践"。①

　　奥尔特加具体分析了《哭泣：不可能的小说》中表现出来的新历史小说特征。他认为小说以建构一种新的历史假设为前提，提出了一个征服事件的土著版本，这个版本不仅提供了一种对民族历史的反向阅读和修正主义的剧目，而且就现实意义而言，它还代表了"在小说中解决当前身份困境的复杂性，这种困境更多的是关于摆脱而不是归属"②。同时，在写作策略上，博略萨摆脱了宏大叙事传统，转而关注微观故事，这些微观故事总是表现出日常化的、主观的和随意的特征，以至于叙事总是"位于偏离中心的话语和表征之间，处于流动和变化的语境性和指涉性之间"，呈现出更为灵活多变的形式，跳脱了现有的文学模型，从而使阅读也从单一和被动的行为转变为想象构建的重要一环。因此奥尔特加认为，"在这部小说中，作者还设法将所指对象文本化，不溶解它们，而是将有争议的材料戏剧化，作为自我审问归还给读者"③。

　　奥地利文学评论家埃尔娜·菲佛从后现代视角对博略萨的文学叙事进行了专题研究。通过将后现代小说的基本特征与博略萨历史小说进行对标，她发现博略萨的历史小说在充分展现后现代美学技巧的同时，试图将其文本植根于国家话语中，以寻求墨西哥身份认同，在不回避文学的非政治性的同时，以其女性的特殊身份，对现代墨西哥社会进行

---

① 参见吴震东：《民族志诗学与阐释学文论研究》，《西南民族大学学报（人文社科版）》2017 年第 7 期，第 158 页。

② Ortega, Julio. "La identidad literaria de Carmen Boullosa." *Texto Crítico. Nueva época*, enero-junio, No. 10, 2002, pp. 143-144.

③ 同上，第 144 页。

了反思。[1]

菲佛认为，博略萨的历史小说试图探究墨西哥民族形成的起源，并重新发现被遗忘的边缘文化，如土著主义、新西班牙殖民文化，以及海盗多民族或无政府主义文化。尽管这些文化在17—18世纪的加勒比地区产生了巨大影响，但并未成为墨西哥民族想象的一部分。所以，博略萨将自己置于"失败者"或者"被征服者"的世界，以便我们从她的叙述中发现被隐藏在当前墨西哥文化中的西班牙人到来之前的文化：

在她的新历史小说中，博略萨实践了将预先存在的史学材料，如征服者编年史、土著抄本和故事、宗教人士的著作以及另类和异端的来源，转化为虚构文本。这样，如果一个人不是一位对墨西哥土著和殖民历史有深入了解的历史学家，就很难辨别哪些叙述的事件符合真实事件，哪些是一个人幻想甚至想象欲望的产物。[2]

---

[1] 埃尔娜·菲佛对博略萨历史小说的后现代特征展开考察的视角主要有：元历史/元小说、后殖民主义、混合性/融合主义、叙述的不可能性、对被擦除字迹的更正、多样化话语的平等以及从"边缘"重新定义历史、反文化、狂欢化、戏仿、零碎的多元性、通用概念的解构、结构的无政府状态、互文性、跨文化性、异语、去区域化/缺乏民族概念、文学的非政治性等。（参见 Pfeiffer, Erna. "Las novelas históricas de Carmen Boullosa：¿una escritura posmoderna?" *Narrativa Femenina en América Latina: prácticas y perspectivas teóricas*, Sara Castro-Klarén（ed.），Madrid：Iberoamericana，2003，pp. 259 - 275。）

[2] Pfeiffer, Erna. "De Tenochtitlán a la Ciudad de México：escenarios de transición en las novelas de Carmen Boullosa." *Las ciudades en las frases transitorias del mundo hispánico a los Estados nación: América y Europa（Siglo XVI - XX）*. 2004，p. 227.

在菲佛看来，博略萨充分吸收了墨西哥历史中一些真实或基本上可以依赖的元素，同时又进行了文学化的虚构，使她关于历史的表述变得"不可能"，尤其是加入一些神话或奇幻元素之后，甚至接近于"谎言"，从而混淆了真实与虚构的界限。但是，这些"不可靠"和"谎言"却在不断地提醒我们，任何回归土著根源的尝试都必将是徒劳和"不可能的"，因为当代墨西哥人与墨西哥民族过去的所有联系都已经被切断。正是通过这种具有明显元小说特征的叙述，博略萨使读者始终处于对历史文本真实性的怀疑之中。菲佛从拉丁美洲特殊的历史语境出发，分析了博略萨历史小说中的主题，包括对霸权和父权制话语的抵抗、"破译和解构男性社会乌托邦"以及恢复女性主体地位等。菲佛认为，早在《最好消失》中，博略萨就开始创造对抗父权制的话语；在一次访谈中博略萨承认她的小说存在"弑父"冲动，因为虽然小说中存在很多受害者的形象——所有的男孩、女孩和雌雄同体的人，但小说中唯一真正消失的人是父亲。通过一种"非父权、非男性和非传统的结构"，小说中的父亲形象和声音被颠覆。① 博略萨也曾表示，在《他们是牛，我们是猪》中，迫使女性存在嵌入男性中心主义的写作过程是"一次糟糕的旅行"。"[…]这是我一生中最伤感的一年。我觉得我失去了我的身体，失去了我的精神，觉得我在这中间失去了一切，但我也必须写下来，我觉得有必要写下来。"②因为在博略萨看来，女作家只有完全否决女性，只有破坏自己的身体使其变成

① 参见 Ibsen, Kristine. "Entrevistas: Bárbara Jacobs/Carmen Boullosa." *Chasqui*, 1995, Vol. 24, No. 2, pp. 52 – 63。

② Pfeiffer, Erna; Boullosa, Carmen (entrevistada). "Procuro pulir mi 'feminidad' asalvajándola." *Exiliadas, emigrantes, viajeras: encuentros con diez escritoras latinoamericanas*, Erna Pfeiffer (ed.), Madrid: Iberoamericana Vervuert, 1995. p. 41.

雌雄同体，作为受到残害和虐待的被害者形象出现，才能进入父权制的乌托邦世界，这是能够讲述故事的唯一方式，只有说出官方话语中没有说的话，使性别之间的平衡得到重建，才有可能将历史上不存在的女性重新铭刻在官方话语之中。①

从菲佛的分析中不难看出，博略萨历史小说的后现代特征主要表现在：首先，对女性、土著和游牧部族等边缘和属下主体的关注，体现了一种多声部混杂叠加的效果；其次，历史叙事由松散、令人不安和不稳定的故事组成，这种反常规的写作背离了主流的解释范式，从而通过重写历史解构历史；第三，碎片化的叙事结构与讲述完整故事的意愿之间形成了一种辩证关系，使小说始终在试图说明真相和"不可能"之间滑动，体现了对元叙事的探索。

奥尔特加在分析博略萨的文学创作时，也意识到其中所包含的后现代特征。他认为，博略萨的小说作为独特的作品集，不仅为世纪末诗意话语建构了一种可能性，而且通过"全球化国家话语的终结以及片段故事和支离破碎版本的出现"②，形成了自己想象的诗意空间，这个空间实际上具有一定的后现代特点。奥尔特加以《他们是牛，我们是猪》为例说明博略萨小说创作中的后现代性，认为主要表现在小说冲破了传统类型学的限制，将历史主题、神话主题、优雅的纪录片技巧、美洲冒险生活的编年史等主题纳入文本，使文本变成不断开放的体系，这一特点既是"世

---

① 参见 Pfeiffer, Erna. "El desencantamiento de utopías patriarcales en la escritura histórica de autoras latinoamericanas: Camen Boullosa, Antonieta Madrid, Alicia Kozameh." *La novela latinoamericana entre historia y utopía*, Katholische Universität Eichstätt, Sonja M. Steckbauer (ed.), 1999, pp. 106 - 121。

② Ortega, Julio. "La identidad literaria de Carmen Boullosa." *Texto Crítico. Nueva época*, enero-junio, No. 10, 2002, pp. 139 - 140。

纪末艺术的征兆，也是其后现代使命的征兆"①。同时，奥尔特加还从作品中发现了"寓言"元素，认为这是一部将"历史作为小说来阅读的寓言式小说"②。因为尽管文本的基本元素都来源于历史，但是博略萨通过寓言化的写作方式重写了历史，使一个关于起源的故事具有将未来想象为过去的可能性。在这个过程中，首先，历史的真实性被淡化，编年史的列举转化为多样性不断变化的视角；其次，事实被重新定位在口头传说、部落记忆和底层文化中；再次，非洲、混血、加勒比文化快乐地混杂在一起，从而表现出后现代主义的典型特征。③

美国评论家哈罗德·布鲁姆对这种后现代主义的表现形式持比较坚决的批评态度，认为它们不仅不尊重传统美学的审美标准，不具有"经典"作品所具备的普世性和影响力，反而鼓励不敬和越界、差异以及文化经验的多样性，所以不能被包括在传统经典中，只能被看成"外围"和"另类"美学的推动者。④ 法国评论家阿西娅·莫赫辛反驳了布鲁姆对经典文学模式的辩护，并将后现代性理解为一个危机时期，会对社会话语的稳定和规范造成破坏。她认为，"在文学领域，后现代文本抓住了这种超越审美价值的危机，明确主张捍卫一种重视创新、去中心化和多样性的包容性经典，也不排除女作家或文化和性别少数群体"，并指出这是一种

---

① Ortega，Julio．"La identidad literaria de Carmen Boullosa．"*Texto Crítico．Nueva época*，enero-junio，No. 10，2002，p. 140.

② Ortega，Julio．"Fabulaciones de Carmen Boullosa．"*CELEHIS: Revista del Centro de Letras Hispanoamericanas*，1992，No. 2，p. 151.

③ 同上，第 151—152 页。

④ Bloom，Harold．*El canon occidental．La escuela y los libros de todas las épocas*．Barcelona：Editorial Anagrama，1995，p. 40.

重要的创新，代表着未来发展的趋势[①]。以此为依据，莫赫辛认为，博略萨作为墨西哥后现代文学的代表性作家，"凭借对文学文化的娴熟运用和博学的精湛展示，废除了经典化的语言，转而通过无视文学惯例实现跨类别的形式和规则，并质疑规范、经典和文化合法性"，使文学文本变成解放、创新和自我反思的温床，从而实现了对文学经典普世性和中立性的颠覆，以及对这种普遍性中所包含的父权制、种族中心主义和垂直性（阶级划分）的质疑[②]。

在已有评论中，博略萨所代表的女性文学特质也受到重视。意大利作家兼学者乔凡娜·米纳迪（Giovanna Minardi）认为，女性文学不是一种潮流、一种风格、一种意识形态，也不具有主题统一性，但是它们有一个共同点，就是在不排除声音多样性的情况下构建了一个自己的世界。米纳迪认为，不应该将女性作品视为来自边缘的产物，这种概念化的看法在很大程度上意味着性别歧视和压迫，所以，应该将写作视为一种权力行为。[③] 在此基础上，是否明确区分女性作品和男性作品似乎并不重要，重要的是写作的事实，是女性作品所表现出来的力量，例如职业价值观、对人类文学世界看法的广度和深度、语言和文本结构的准确性及人

---

① Mohssine，Assia. "Ratalgando con los clásicos. Parodia y juego literario en El complot de los románticos de Carmen Boullosa." *Pensar en activo. Carmen Boullosa entre memoria e imaginación*，Assia Mohssine（coord.），2019，p. 245.

② 同上，第245—246页。

③ 参见 Minardi，Giovanna. "Duerme：La mascarada，¿ pérdida o conquista de una identidad? *Acercamientos a Carmen Boullosa. Actas del simposio "Conjugarse en infinitivo"-la escritora Carmen Boullosa*"，Barbara Dröscher / Carlos Rincón（eds.），Berlin：edition tranvía/Verlag Walter Frey，1999，pp. 154-161。

物的构建等，从这种意义上来看，"卡门·博略萨笔下的角色要么不是女性，要么是非常不同的女性：她们的行为就像我们只期望男人拥有的行为一样，但她们永远不会失去女性的地位"[1]。

实际上，博略萨在接受埃尔娜·菲佛采访时也曾表达过几乎同样的看法：

> 在我看来，女人味并不是甜美、多愁善感、家常、舒适、可爱；我感兴趣的是女性气质隐藏的一面，野性的、不可驯服的、身体的黑暗法则，是男人或女人的不可驯化的一面，或者文明在言语和道德之外留下的东西。所以我对成为一名女作家很感兴趣。若是以其他方式，我就失去了兴趣，尽管我也没有其他武器。我是一个女人，我用我的身体和记忆写作。但我试图通过使其野蛮化来打磨我的"女性气质"。[2]

墨西哥评论家克里斯托弗·多明格斯·迈克尔曾经将博略萨定义为一个将"狂野"诗人的非常强大的"抒情自我"和"学院派"小说家的掌

---

[1] 参见 Minardi, Giovanna. "Duerme：La mascarada，¿pérdida o conquista de una identidad？" *Acercamientos a Carmen Boullosa. Actas del simposio "Conjugarse en infinitivo"-la escritora Carmen Boullosa"*，Barbara Dröscher / Carlos Rincón（eds.），Berlin：edition tranvía/Verlag Walter Frey，1999，p. 154。

[2] Pfeiffer，Erna；Boullosa，Carmen（entrevistada）. "Procuro pulir mi 'feminidad' asalvajándola." *Exiliadas, emigrantes, viajeras: encuentros con diez escritoras latinoamericanas*，Erna Pfeiffer（ed.），Madird：Iberoamericana Vervuert，1995. pp. 39 - 40.

控力相统一的作家。① 可以说，多明格斯·迈克尔对博略萨的解读非常
具有代表性。因为在博略萨的小说里，确实存在两种相互冲突的特征共
存的狂态：一方面，"抒情自我"以极大的活跃度和戏剧化的表达方式，
塑造一人千面的人物角色和曲折不定的故事情节；另一方面，"学院派"
对叙事小说类型和主题的不断探索，将历史、科幻、冒险、女性成长、元小
说等叙事元素和女性主义性别研究，以及墨西哥性、新世界及其殖民遗
产的诠释学等问题，以实验性的方式进行杂糅，试图打破类型之间的壁
垒并实现主题的多样性。

博略萨出生于 20 世纪 50 年代，在成长过程中经历了墨西哥革命后
的巩固时期；巩固时期导致了极端的社会规范约束和"墨守成规"的墨西
哥人形象的形成，而博略萨的作品在很大程度上是对这一现象的反思。
同时，在这种大环境下，她受到奥克塔维奥·帕斯和卡洛斯·富恩特斯
等人及"全球化国家话语的终结和文学碎片主义兴起"这样一个事实的
影响，开始对墨西哥伟大的民族神话和人物进行批判性研究，批评墨西
哥文化作为"统一的民族身份"的形象。博略萨致力于对微观故事、非社
会化日常生活的分析；最感兴趣的是对那个时代富有想象力的内省，这
种内省更多地强调诗意而不是历史；她的小说既是对文学传统的重读，
也是对墨西哥经验的再现，并将其从传统的刻板印象中解放出来。正如
博略萨自己所强调的："我相信我们所有的作家，一方面致力于打破现
状，打破落后的东西，另一方面致力于向落后的东西致敬，我们就是这样

---

① Domínguez Michael, Christopher. "*El complot de los románticos*, de Carmen Boullosa." *Letras libres*, 2009, web, https://letraslibres.com/libros/el-complot-de-los-romanticos-de-carmen-boullosa/. ［2024/01/02］

滋养自己的。"[1]

二、重写历史、后现代性与乌托邦

智利评论家埃迪·莫拉莱斯·皮纳曾对 20 世纪 80 年代以来的拉丁美洲文学做出过这样的评论："对虚构历史话语的兴趣源于这样一个不争的事实，即近几十年来，拉丁美洲作家特别喜欢想象历史，目的是将官方话语问题化，以便拒绝它，原因是渴望通过另一种话语来弥补它的缺点。它通常是越界和解构的，呈现出不同的模式和不同的基本结构取向。"[2]在拉丁美洲的书面历史中，殖民时期作为一个伤口，一直是一个被有意回避的问题。但是，随着现代化、全球化发展的过程出现了诸多问题，特别是新世纪到来之际，人们发现当下总是与过去紧密相关，回顾和重写殖民历史成为一种趋势，而其目的正如莫拉莱斯·皮纳所言，既表现为对官方话语的"挑战"，又是满足一种"弥补"的愿望。同时，受后现代主义的影响，这种虚构作为一种"替代性"话语与以往的历史小说有所不同，更多地表现出"越界性"和"解构性"等后现代性特征。

在 80 年代之后的墨西哥女性小说中，这种偏好更为明显。她们通过重写历史，一方面重新审视和再现女性被父权制操控或压制的现实，对女性在历史中的作用进行批判性审查，使得被官方话语掩盖的多样化

---

① Spielmann, Ellen. "Entrevista con Carmen Boullosa." *Acercamientos a Carmen Boullosa. Actas del Simposio "Conjugarse en infinitivo- La escritora Carmen Boullosa"*, Barbara Dröscher / Carlos Rincón (eds.), Berlin: edition tranvía/Verlag Walter Frey, 1999, p. 264.

② Morales Piña, Eddie. "Brevísima relación de la nueva novela histórica en Chile." *Revista Notas Históricas y Geográficas*, 2021, pp. 181 – 182.

女性声音得以重现；另一方面，女作家将目光投向殖民时代，试图从中找出塑造当代墨西哥女性主体性的历史文化根源。她们从边缘女性视角出发，挑战官方历史和文学叙事的男性主义话语，并从更为广泛的种族、性别、阶级等元素出发，解构关于女性的类型化规定，为女性身体和身份的重建提供新的文学样本。

重写历史是博略萨文学叙事的一个重要方面。在重写历史三部曲中，如果说《哭泣：不可能的小说》主要是对墨西哥的殖民起点作了文学虚构，《人间天堂》将过去、现在和未来结合起来，虚构了一个"人间"不存在的地方——乌托邦，那么《沉睡》则处于二者之间，具有承前启后的重要意义。评论家奥斯瓦尔多·埃斯特拉达认为，"博略萨用她的后殖民作品完成了对历史的重新评价。她在三部曲中纪念过去的行为，暴露并质疑了墨西哥（以及拉丁美洲）的永久殖民状态"[1]。正如拉美文学评论家梅布尔·莫拉尼亚认为这种状况最好地定义了"殖民统治的跨历史扩张及其在当代影响的永久化"[2]。

在《沉睡》中，博略萨虚构了这样一个故事：小说主角克莱尔是一位法国妓女的女儿，她从小穿着男孩的衣服长大，并从母亲的顾客——一位欧洲士兵那里学会了剑术。克莱儿幼年时曾遭受过暴力侵害，长大后为了逃避与母亲一样的命运，她异装为男子，准备以海盗的身份进入新

---

① Estrada, Oswaldo. "(Re) constructions of memory and identity formation in Carmen Boullosa's postcolonial writings." *South Atlantic Review*, 2009, Vol. 74, No. 4, p. 146.

② 参见 Moraña, Mabel; Dussel, Enrique; Jáuregui, Carlos A. "Colonialism and its Replicants." *Coloniali ty at Large. Latin America and the Postcolonial Debate*. Mabel Moraña, Enrique Dussel, and Carlos A. Jáuregui (eds.), Durham and London: Duke UP, 2008, pp. 1 - 20。

大陆开始新的生活。1571 年克莱尔以男装横渡大西洋来到新大陆，但在旅途中被俘，被迫与恩里克·德·乌尔基萨伯爵交换身份并替代伯爵被处以绞刑。在这个过程中，一位拥有"温暖双手"的土著妇女运用神奇的巫术，以墨西哥的圣水替换了她的血，使她获得永生，并在绞刑和后来的战斗中幸存下来，但付出的代价是她不能离开墨西哥城。在整个故事中，主角克莱尔在九个相互关联的片段中经过了一系列身体变形：法国女人，士兵，土著女人，总督的顾问，睡美人。克莱尔的这一系列变身，不仅将殖民历史描绘成一种有问题的社会建构，而且从边缘女性视角对殖民二元结构所造成的女性在种族、性别、阶级上的三重压制进行了艺术化的表现。

《沉睡》尽管延续了《哭泣：不可能的小说》的历史书写，但是并没有延续其叙事方法，即从历史文献中提取可追溯的历史事件或让历史人物重现来展开叙述，而是以 20 世纪 90 年代的当代视角，对 16 至 17 世纪作为殖民地的墨西哥社会存在的不平等、不公正和充满暴力与霸权的现象进行文学虚构，揭示了墨西哥殖民遗产的特殊性。正如评论家乌特·赛德尔指出的，博略萨写作《沉睡》的初衷就是将没有被官方历史记录的土著人的悲惨生活，特别是土著女性的声音嵌入历史，并以虚构的方式记录其存在。①

在小说一开始，作者就通过克莱尔的视角为读者展现出一个被严格

① 参见 Seydel, Ute. "La destrucción del cuerpo para ser otro. El cuerpo femenino como alegoría del México colonial en Duerme", *Acercamientos a Carmen Boullosa. Actas del Simposio "Conjugarse en infinitivo — la escritora Carmen Boullosa"*, Barbara Dröscher / Carlos Rincón（eds.）. Berlin: edition tranvía/Verlag Walter Frey, 1999, pp. 162 - 170。

等级制度控制的殖民化社会：土著人被描绘成奴隶，在建造大教堂的工地上辛苦劳作，如同一队队蚂蚁行军，"他们把阿兹特克大神庙遗迹上的石头移去建造天主教主教座堂。一块接一块的石头毁坏了，用以建造基督教圣殿"①。这个场景所展现的不仅是被摧毁的土著文化遗迹和文化传统，而且土著人普遍地变成了体力劳动者和苦力。除此之外，小说将这种等级制度具象化到了日常生活的方方面面，比如土著人被剥夺了真实姓名，在乌尔基萨伯爵家里，"为了避免恩里克先生混淆，所有的土著都被统称为科斯梅（Cosme）"②；在着装方面，西班牙人以夸张的优雅著称，穿着带天鹅绒的靴子，衣服上布满繁复的刺绣和宝石，头上、手臂上和脖子上戴着珠宝，斗篷或长外套由精细材料制成，而土著女人只能穿与她们身份相符的无袖衫（huipil）和衬裙（enaguas）。所以克莱尔穿上土著女性的服装后，被乌尔基萨伯爵粗暴地当众强奸。③

在小说里，博略萨同时提供了另一个视角，即作为西班牙殖民者一员，诗人佩德罗·德·奥塞霍对殖民统治等级制度的质疑和批评：当从总督府归来，因为总督提议"应该明令禁止任何四头以上骡子拉的马车使用城市的道路，除非马车属于总督、法官以及在宫廷中担任重要职位或拥有特殊权力的人"，并且"任何用来区分土著人与西班牙人的东西都应该被允许，而另一方面，任何关于土著人戴手套和穿着卡斯蒂利亚服饰的'丑闻'都应该被阻止"④，佩德罗甚至对殖民统治感到"愤慨"：

---

① Boullosa，Carmen. *Duerme*，México：Alfaguara，1995，p. 32.
② 同上，第38页。
③ 同上，第40—61页。
④ 同上，第78页。

　　如果一个在海外的西班牙人看到一个或几个土著人从他家门前经过，如果这些土著人不知道如何说明他们不为任何人服务，也没有任何受雇的关系或不会说卡斯蒂利亚语，他/她很可能会让他们进门，这样他们就可以为他/她打扫院子、整理房子、照顾马和马厩、倒垃圾，而不需要支付一分钱，也没有问其是否愿意或可以。①

作家通过两种不同视角的转换，揭示了墨西哥殖民结构建立在白人与土著、非白人，西班牙人与美洲人严格分级系统之上。正如评论家乌特·赛德尔从后殖民主义视角对《沉睡》进行分析时指出的：

　　新西班牙社会位于所谓的新世界，相对于旧大陆被配置为他者。殖民社会的定义是与伊比利亚社会相对立的。其间划定了一般性、种族性、社会性、阶层性、文化和宗教性的不同分界线，以及普遍存在的二元论：男人与女人，白人与土著，贵族与农民，基督教之神与土著之神。这些差异大多反映在外表上，尤其面部和衣着。二者在食物和栖息地方面的不同习俗得到了加强。②

---

① Boullosa, Carmen. *Duerme*, México：Alfaguara，1995，p. 79.

② Seydel, Utel. "La destrucción del cuerpo para ser otro. El cuerpo femenino como alegoría del México colonial en Duerme." *Acercamientos a Carmen Boullosa. Actas del Simposio "Conjugarse en infinitivo-La escritora Carmen Boullosa"*，Barbara Dröscher / Carlos Rincón（eds.），Berlin：edition tranvía/Verlag Walter Frey，1999，p. 167.

在一个土著人数量比西班牙人多十倍的土地上，保持权力结构完整至关重要，而要保持权力等级结构的完整，确保"差异"是基本的前提，其中外表的差异是最明显、可见的。所以赛德尔强调差异"大多"表现在外表上，但根基却是欧洲中心主义和二元论。二元论将殖民地视为宗主国的"他者"，宗主国与殖民地之间形成了一种普遍的二元对立关系，这是宗主国为实现殖民地统治而采取的重要策略。但是在殖民地的现实中，却存在着位于两者之间的"混血儿"，尤其是欧洲人与土著人之间的种族混杂。克莱尔作为一个法国白人女性，只是因为穿着土著妇女的衣服，便被判定为"混血儿"。"对于西班牙人来说，三等于二，这是毫无疑问的。因为这个错误，我说'我们的街道'，我说'我们'，被困在一个不应该存在的第三个地方。世界分为两个……。"①从殖民主义二元对立的本体论和认识论出发，在世界被一分为二的前提下，混血儿无法被定义，成为一个不应该有的存在，所以克莱尔作为一个混血儿被困在"不应该存在"的"第三个地方"。可见，博略萨对墨西哥殖民结构的质疑和批判并没有仅仅限制在"感官的空间"，而是深入到殖民社会最基础的部分，即从本体论和认识论层面对其进行了解构和颠覆，并从文学的视角反思了当代墨西哥社会最深厚的殖民文化根源。

为了让读者深刻理解殖民二元结构对边缘女性形成的"种族、性别、阶级"的三重压制，克莱尔身体和身份的不断转换成为小说叙事的重要场景。为表现这种转换，作家设置了两个十分重要的意象："异装"和"换血"。

长期以来，女性异装或"异装癖"是女作家为了解构菲勒斯中心主义

---

① Boullosa，Carmen．*Duerme*，México：Alfaguara，1995，p. 58.

性别二元对立所采用的一种重要的叙述方法。在《沉睡》中，博略萨也使用了这种方法。从一个欧洲女性异装为男性海盗，再到土著女性的变装过程中，没有一个身份是小说主角克莱尔的真实身份。克莱尔对于男性和男装的执着表现了她对自己的性别焦虑，这种焦虑的根源在于男权中心的社会、文化和政治对女性的束缚，也源于女性的他者性被普遍地铭刻在女性的身体之中。对于女性而言，作为他者，不论是宗主国还是殖民地、不论是欧洲女性还是土著女性，她们都被排除在社会的运行机制之外，这是一种具有普遍性的性别歧视现象。

朱迪斯·巴特勒曾经将性别视为一种文化表演，认为主体的身体建构并非自然形成，而是通过文化表演塑造而成，性别作为主体的重要性也是在社会规范基础上反复打磨形成的。同时，身体是操纵和重新配置传统性别观念的活跃场所，社会规定的身份并不是固定的，而是通过一系列表演和身体行为来表现的，这些"表演"允许对传统进行颠覆性重复或打破。[1] 由此，巴特勒认为，如果异装具有颠覆性作用，那是因为"它反映在产生霸权性别的模仿结构中，并且挑战了异性恋的自然性和原创性的主张"[2]。根据巴特勒的这种观点，"异装"既表现为一种文化焦虑，也是一种身体和身份的位移、替代或滑动，并由此产生了一种颠覆作用。所以，在小说里，克莱尔的异装实际上是一种文化表演，通过这种文化表演，女性身体和身份实现了在种族、性别、阶级、宗教之间滑动，将女性身

---

[1] 参见 Butler，Judith. "Performative Acts and Gender Constitution: An Essay in Phenomenology and Feminist Theory." *Theatre Journal*，Vol.40，No.4，1988，p.519-531。

[2] Butler，Judith. *Gender trouble: Feminism and the Subversion of Identity*. New York: Routledge，2002，p.185.

体和身份从既定的文化准则和传统性别观念中解放出来，获得了跨越边界和打破规范的可能性。同时，也对 16 至 17 世纪墨西哥殖民时期通用的种族、性别、阶级的二元模式提出疑问，并挑战了当代墨西哥社会面临的种族、性别、阶级分类等紧迫的文化问题，从而引起读者对制度化的种族、性别和阶级的分类，尤其是混血儿存在的社会性关注。

相比较而言，如果说"异装"是一种较为普遍的女性叙述手法，主要通过外在形式的变化突破女性身份的限制，那么"换血"意象则是博略萨富有新意的创造。

作家将奇幻、神话，甚至现代外科手术等方式加以综合运用，用未经污染的前殖民时期遗留下来的圣水，替换了克莱尔身体中欧洲人的血，实现了一种"内在"身体与文化的杂糅。换血之后，时间和空间秩序被扰乱和破坏，克莱尔不能离开墨西哥城这一特定的空间，否则就会被驱逐出历史，陷入永恒的时间之中。同时，从身体的生物性层面来看，克莱尔的身体尽管被识别为女性，但是作为女性的构成要素，如月经、生育的能力和权利被剥夺，因此，在被迫接受"换血仪式"后，克莱尔用"哭"来哀悼自己被剥夺的女性特质，用"笑"来庆祝获得身体的自由："我想哭，尽管如此，我却无法抑制我的笑容。我想要哭。我唯一想拥有的儿子已经死去了，他们在我的身体里杀死了他。他们让我睡着了，这样我就无法保护我的后代，而我变成了我自己的儿子，克莱尔再一次成为了男性。"[①]通过克莱尔在"换血"之后又哭又笑的方式，作者表达了女性对身体的矛盾心理。因此，"换血仪式最终献祭的是一个自主的主体，一个欧洲白人

---

① Boullosa，Carmen. *Duerme*，México：Alfaguara，1995，p. 19.

女性的主体，让她变成一个种族和性别特征无法连贯的和同质的存在"①。换血之后，克莱尔成为一个真正雌雄同体的混杂的多元混合模型，这种模型让克莱尔摆脱了生物决定论的性别规定，成为一个文化表演者，使女性主体性的独立建构成为一种可能。在这种意义上，博略萨通过"换血"建构的雌雄同体的克莱尔，已经不再是社会和文化规训的结果，而是一个文学想象的空间。在这个空间里，在克莱尔的身体和身份上，种族、性别的生物稳定性被打破，男人/女人、白种人/土著的概念被去本质化，混血儿的身份得到承认，同时这个空间也成为不同传统、记忆、种族、性别、阶级交汇的地方。正是在以上意义上，我们可以说，博略萨通过文学叙事实现了对女性身体、身份、记忆和他者化的重构，从而也实现了对墨西哥殖民历史的重写。

正如拉美文学评论家普莉希拉·加克-阿蒂加斯所分析的那样，在博略萨的作品中尽管表现出强烈的女性化特征，但是目的并不在于突出女性的绝对特质，而是通过一种极端化的形式，即女性特征的男性化，来表现外表和身体的模糊性和不稳定性，通过这种不稳定性、模糊性和流动性，作家质疑和批评了新西班牙社会通过语言和外表在身体上制造的种族、阶级和性别的对立。② 美国拉美文学研究学者杰西卡·伯克将这

---

① Seydel，Ute. "La destrucción del cuerpo para ser otro. El cuerpo femenino como alegoría del México colonial en Duerme." *Territorio de leonas. Cartografía de narradoras mexicanas en los noventa*，Ana Rosa Domenella（coord.）. Universidad autónoma Metropolitana，2004，p. 219.

② 参见 Gac-Artigas，Priscilla. "Carmen Boullosa y los caminos de la escritura." *Escritoras mexicanas del siglo XX*. Vol. XII Colección Tema y variaciones de Literatura. Vicente Francisco Torres Medina（ed.），México：Universidad Autónoma Metropolitana，1999，pp. 267 – 280。

种不稳定的身份比作"变色龙"，认为克莱尔改变外表是为了更好地融入环境，并试图通过每次伪装来改变她的个人身份："克莱尔不断地假设新身份，只是为了质疑他们以及维系他们的权力结构。她还超越了种族、阶级和社会地位的界限，试图综合不同的身份，以找到一个合适的。然而，每一种新的伪装都有其自身的复杂性，正是克莱尔对社会角色的质疑使她能够成长为'新世界'的公民。"①

需要注意的是，在博略萨的作品中，女性总是处于边缘或即将被淹没的边缘，总是以混杂、模棱两可、幽灵般的，甚至支离破碎的形式出现在叙事之中，从而不断地刺激读者在字里行间挖掘她们的存在。在《沉睡》中，克莱尔身份转换的关键时刻，是通过一位拥有"温暖双手"的土著女人完成的，这不仅是对父权文化霸权的抵抗，而且让没有被官方记录的土著女性的声音嵌入历史，以文学虚构的方式记录了她们的存在。所以，埃尔娜·菲佛将博略萨的写作称为"女性土著主义"②。

在 20 世纪 80 年代拉丁美洲重写历史的浪潮中，后现代性的影响和新历史小说的兴起无疑是最显著的特征。西班牙/乌拉圭文学评论家费尔南多·艾因萨在评论拉丁美洲历史小说时强调，传统历史小说在欧洲浪漫主义中已有先例，并在一些国家产生了民族小说，创造了一种民族意识，目的在于让读者熟悉过去的事件和人物，但是，80 年代之后的拉

---

① Burke，Jessica. "Renegotiating Colonial Bodies in Historiographic Metafiction：Carmen Boullosa's *Son vacas*，*somos puercos*，*Llanto: Novelas imposibles*，and *Duerme*." *L'Érudit Franco-Espagnol: An Electronic Journal of French & Hispanic Literatures*，Vol. 6，2014，p. 53.

② Pfeiffer，Erna. "Las novelas históricas de Carmen Boullosa：¿una escritura posmoderna?" *Narrativa Femenina en América Latina: prácticas y perspectivas teóricas*，Madrid：Iberoamericana，2003，p. 267.

美历史小说开始讲述官方历史中没有记载的内容，并加入了读者的积极参与和作家的修正主义精神，这种历史小说以一种侦探式的探究完成了元小说的建构，以及对写作的自我意识建构和对官方历史的拒绝。[①] 阿根廷评论家玛丽亚·克里斯蒂娜·庞斯则将新历史小说视为"通过重写历史对过去进行批判性的、去神秘化的重读"，认为通过无所不知的叙述者的缺失、不同类型话语和主体的存在、错位的历史时代等资源的利用，以及讽刺、模仿和滑稽表演等叙事策略的运用，突出了这种重读中所包含的质疑态度[②]。美国拉美文学学者玛格达莱娜·佩尔科夫斯卡在《混杂的历史》（2008）一书中，对历史话语在拉丁美洲文学中所扮演的角色进行了较为细致的分析。她引用安赫尔·拉玛关于历史不再是对过去的重建，而是构成"宏观结构的构建和解释，其中包含对大陆命运的全球愿景"的新历史小说定义，以及富恩特斯关于对话主义、异语、互文性、元小说和戏仿等技术的定义，提出了自己关于拉美新历史小说的理解。她认为，新历史小说只是"虚构的地点"，而不是真正定义这一体裁，拉丁美洲历史小说并没有取消历史，而是重新定义被传统、习俗和权力宣布为"历史"的空间，假设和配置了混合历史，试图想象其他时代、其他可能性、其他历史和话语。[③]

　　加拿大文学评论家琳达·哈琴在《后现代主义诗学》（1988）一书中

---

① 参见 Aínsa, Fernando. "La reescritura de la historia en la nueva narrativa latinoamericana." *Cuadernos americanos*, Vol. 28, No. 4, 1991, pp. 13 - 31。

② Pons, María Cristina. *Memorias del olvido: Del Paso, García Márquez, Saer y la novela histórica de fines del siglo XX*, México: siglo XXI, 1996, p. 95.

③ 参见 Perkowska, Magdalena. *Historias híbridas: la nueva novela histórica latinoamericana, 1985 - 2000, ante las teorías posmodernas de la historia*. Madrid: Iberoamericana Editorial Vervuert, 2008, pp. 21 - 42。

创造了一个关于新历史小说的新术语——"史学元小说"，并将其定义为一种混合了小说和历史元素的叙事类型，在这种叙事类型对过去的质疑中包含了许多后现代主义文学因素，其基本特点主要包括质疑历史的真理性、自我意识和元叙事、历史与虚构的融合、观点的多样性、玩弄时间、自我指涉意识、边缘声音再现、互文性，等等。哈琴强调，史学元小说"总是断言它的世界既是坚决的虚构，又是不可否认的历史，两个领域的共同点是它们在话语中构成和作为话语的构成"①。在《史学元小说：戏仿与历史的互文性》一文中，哈琴进一步从戏仿、互文性两个重要维度，讨论了史学元小说与新历史主义、后现代主义的关系。在哈琴看来，史学元小说与新历史主义理论是"不谋而合"的，主要表现为史学元小说更多地吸收了海登·怀特关于历史写作的性质是对过去的叙事化的观点，历史档案成为历史文本化的遗迹，并通过互文性和叙事性将历史与小说正式联系起来，从而扩大了小说的范围和价值。至于史学元小说与后现代主义，哈琴认为，质疑历史真相的唯一性，强调真实与虚拟界限的模糊性及互文性和戏仿等策略的普遍使用无疑是二者的共同之处。但是，哈琴更为强调史学元小说中的元叙述因素，认为"自我反思"作为元小说最重要的资源，成为史学元小说结构的重要组成部分，由此模糊了艺术与理论、虚构与现实的界限，从而有助于读者更积极地参与。同时，由于叙述者通过中断和暂停写作，不断提醒读者他们的写作行为、小说是人工制品等观点，从而在邀请读者积极参与意义创造的同时，又通过作家的自我反思与读者保持距离，推动着叙事的不断发展。作为结论，哈琴强调，

① Hutcheon, Linda. *A Poetics of Postmodernism*. London/New York: Routledge, 1988, p. 142.

史学元小说质疑历史真相的唯一性，但没有否定历史，"史学元小说在历史与文学之间的本体论界限没有被抹去，而是被强调了"，她进一步解释道："历史和文学都考察了的小说中的互文性，不存在等级问题，无论是隐含的还是其他的。它们都是我们文化符号系统的一部分，都创造并成为我们理解世界的方式"；并且，在"看似内向的互文性"和"戏仿的讽刺倒置"中，"艺术与话语'世界'的关键关系"及"社会与政治的关键关系"都得到不断增加。①

借助于哈琴的观点，无疑可以这样看待包括墨西哥在内 80 年代之后的拉丁美洲历史小说：无论将它们定义为新历史小说还是史学元小说，我们都无法忽略后现代主义对传统历史观的质疑、解构，对历史与现实虚拟化的强调；新历史主义对文本与历史、真实与虚构界限的模糊，对历史的叙事化和自我反思在历史叙事过程中的强调；以及互文性和戏仿等叙述策略的广泛运用。用这种观点分析博略萨的历史小说，她的《沉睡》无疑较为全面地体现了 80 年代之后拉丁美洲历史小说的共同特征。

博略萨也明确承认，对于历史的重视是她们这一代作家的一个共同特征，也"是一个非常当代的忧虑"。她认为之所以如此，与作家的社会处境、读过的作品以及出版界的状况密切相关："现实是如此复杂，如此不可言说，如此非语言化，以至于作家不熟悉这种体裁几乎是不可能的。"②同时，博略萨强调选择写作历史体裁，既与个人经历、时代的特征

① 参见 Hutcheon, Linda. "Historiographic Metafiction Parody and the Intertextuality of History." *Intertextuality and Contemporary American Fiction*. O'Donnell, P., and Robert Con Davis (eds.). Baltimore: Johns Hopkins University Press, 1989, pp. 3 - 32。

② Hind, Emily. "Entrevista con Carmen Boullosa." *Entrevistas con quince autoras mexicanas*, Madrid: Iberoamericana/Vervuert, 2003, p. 27.

相关，也与对墨西哥现实政治的关怀相关：

> 对我来说，当代墨西哥现实的全景完全是魔幻的。它在自
> 己的当下无法得到解释，这种解释只存在于过去。在这个意
> 义上，墨西哥人不完全是西方的。我们都认为时间是一个循
> 环。这给我们的政治、经济和社会现状带来了一种宿命论。
> 如果我觉得有必要回到过去并标记出当下与过去有所不同，
> 那也是出于政治需要，为了试图理解墨西哥政治生活中的紧
> 迫压力。①

从后现代主义和新历史主义对博略萨的影响来看，她的历史小说中
几乎所有的角色都可以被看成"混血儿"，同时每一个角色几乎总是基于
真实与虚构、现在与过去还有未来的结合。在角色选择上，《哭泣：不
可能的小说》从一位众所周知的历史人物开始，以这个官方历史中存在
的人物为中心，通过他与三位社会边缘化女性的相遇，创造出一个全新
的故事；《沉睡》发明了一个新角色，这个新角色是几个历史人物的融
合，这些人物的特征被归纳为这个虚构的人物，从而形成一个处于历史
事件与虚构之间的混杂地带；在《人间天堂》中，三个来自过去、现在和
未来的人物交汇在一起，创造了一个虚构的未来空间。博略萨在访谈
中也强调，不管是过去还是当下，都是可以被质疑和重审的空间，同样
也是文学写作的预设空间。在这个意义上，"不管是研究过去还是当

---

① Hind，Emily. "Entrevista con Carmen Boullosa." *Entrevistas con quince autoras mexicanas*，Madrid：Iberoamericana/Vervuert，2003，pp. 24—25.

下，即使不是完全一致，也是等价的/相当的"①。杰西卡·伯克认为，博略萨的历史小说"都呈现了边缘化人物的证词，他们的故事明显没有出现在当时的历史叙事中。他们与自己身体的关系问题反映了他们在拉丁美洲殖民地为建立自己的个人身份而进行的斗争"，此外，小说"复活了某些历史人物，只是为了质疑他们的存在和在叙事中找到历史真相的可能性"②。

评论家乌特·赛德尔将小说中克莱尔的身体视为一种墨西哥寓言，一个精神分裂和矛盾为特征的实体。在克莱尔的身体里，不同的传统、记忆、语言、种族、性别、阶级汇聚在一起，成为解读墨西哥身份的个案。③ 在小说中，克莱尔的变装将她的真实感觉藏在"面具"之后，与奥克塔维奥·帕斯的"墨西哥面具"相关联；她的形象则与墨西哥的背叛者马琳切（La Malinche）相呼应。这些多重的历史、文学与语言汇聚在克莱尔的身体里，使她的身体成为多元性的、时代错位的、矛盾和戏仿的交汇点，表现出鲜明的后现代特征。此外，小说中拥有"温暖双手"的土著女人既称自己是胡安娜，又称自己是伊内斯，无疑会让读者将其与胡安

---

① Hind，Emily. "Entrevista con Carmen Boullosa." *Entrevistas con quince autoras mexicanas*，Madrid：Iberoamericana/Vervuert，2003，p. 25.

② Burke，Jessica. "Renegotiating Colonial Bodies in Historiographic Metafiction：Carmen Boullosa's *Son vacas，somos puercos，Llanto：Novelas imposibles*，and *Duerme*." *L'Érudit Franco-Espagnol：An Electronic Journal of French & Hispanic Literatures*，Vol. 6，2014，p. 47.

③ 参见 Seydel，Ute. "La destrucción del cuerpo para ser otro．El cuerpo femenino como alegoría del México colonial en Duerme." *Acercamientos a Carmen Boullosa：Actas del Simposio "Conjugarse en infinitivo-la escritora Carmen Boullosa"*，Barbara Dröscher and Carlos Rincón（eds.），Berlin：edition tranvia，Verlag Walter Frey，1999，pp. 162 - 170。

娜·伊内斯·德·拉·克鲁兹修女相关联。[1]

　　哈维尔·维拉泰拉从后现代话语逻辑的视角，对博略萨的历史小说进行了分析，认为博略萨叙事的总体特征在于打破现实与虚构的界限，在历史小说中则表现为虚构文本与历史文本之间的重新组合或互文，并突出了史学文本的叙事作用，从而在严格的学科之外建立了一个"新史学文本的试验场"[2]。维拉泰拉进一步分析了博略萨这种叙事方式必须解决两个问题。一是历史事实在虚构的现实中所处的地位。正如作家自己在小说里所言："历史的一切只不过是一块石头，雕刻或未雕刻，碎片或完整，一切总是不成比例且毫无意义，直到它进入了小说。"[3]因此，所有历史事件的当代证词都充满了不确定性，最多只能成为我们对历史事实的另一种想象，以及对现实和虚构关系的一次调和。在《沉睡》中，作家公开在虚构文本和非历史文本之间进行重新组合，进一步打破历史叙事的唯一性，通过对同一事件的多重视角叙述，为在同一过去的现实之中建立新的现实铺平道路。比如在小说的第三章——"关于她如何从土著女人变成法国女人"，作家就向我们展示了将同一事件表现为三个不同版本的多重视角叙述的著名例证。维拉泰拉将博略萨的这种叙述

---

① Boullosa, Carmen. *Duerme*, México: Alfaguara, 1995, pp. 40 - 55.

② Vilaltella, Javier G. "Lugares de memoria, imaginación y relato." *Acercamientos a Carmen Boullosa: Actas del Simposio "Conjugarse en infinitivo — la escritora Carmen Boullosa"*, Barbara Dröscher and Carlos Rincón (eds.), Berlin: edition tranvia, Verlag Walter Frey, 1999, p. 99.

③ Boullosa, Carmen. *Llanto: novelas imposibles*. México: Ediciones Era, 1992, pp. 60 - 61.

方式称为"一种激进的怀疑主义"①。二是假定历史事实不可靠，那新的文本空间由谁来填补。维拉泰拉在文学与记忆关系中找到了答案，并将这种关系与法国历史学派的"记忆之场"②概念相联系，认为"记忆之场"是历史小说想象力的根源：

> 历史小说想要构成自身，就必须从作家和读者的共谋开始，这种共谋是由历史过去的某些形象所创造的。这些图像可以有效地用作新颖的材料，因为它们继续在当前的构成中保持可见的存在。我们仍然感觉受到那段过去的挑战，这一事实与所发生事件的重要性有关。而且是以一种特殊的方式相关联，因为随着时间的推移，围绕这个事实核心产生了话语、图像和神话。③

在博略萨的历史小说中，加勒比地区、新西班牙殖民地、墨西哥城都成为其文学版图中的"记忆之场"，这些记忆之场与真实的物理空间有关，也是读者熟悉的记忆空间。通过对这些记忆空间的想象和展现，博略萨编织了一个非常复杂的话语矩阵，将历史和文学视为同等有效的现

① Vilaltella, Javier G. "Lugares de memoria, imaginación y relato." *Acercamientos a Carmen Boullosa: Actas del Simposio "Conjugarse en infinitivo — la escritora Carmen Boullosa"*, Barbara Dröscher and Carlos Rincón (eds.), Berlin: edition tranvia, Verlag Walter Frey, 1999, p. 103.
② "记忆之场"(lugares de memoria)的概念在皮埃尔·诺拉的记忆研究中得到了发展。(参见 Nora, Pierre. *Pierre Nora en Les lieux de mémoire*. Uruguay: Trilce, 1997.)
③ Vilaltella, Javier G. "Lugares de memoria, imaginación y relato." *Acercamientos a Carmen Boullosa: Actas del Simposio "Conjugarse en infinitivo — la escritora Carmen Boullosa"*, Barbara Dröscher and Carlos Rincón (eds.), Berlin: edition tranvia, Verlag Walter Frey, 1999, p. 105.

实知识话语，与神话相结合，进行了重建历史记忆的尝试，产生了强烈的社会反应，并为解决墨西哥历史上特别敏感的问题提供了优于纯粹历史叙事的另一种叙事方式。

博略萨的历史书写并不是寻求写一部传统的历史小说或挖掘历史证据，而是寻求一个可以独立思考和具有自我人格的话语个体。同时，她对历史的解读也不是对其进行破坏或者否定，而是将其解构，赋予它新的声音和形式，让历史中逐渐消亡的存在在现实的语境中重新获得生命力。在这种意义上，加克-阿蒂加斯认为，"博略萨将作家视为重构世界的号召"，他们将人类现实分解成的所有碎片交给读者，让读者参与到重构世界的过程中，与作家一起承诺改变世界的形象并赋予其生命和意义。所以，加克-阿蒂加斯强调道：

> 要理解和欣赏博略萨的作品，你必须进入历史，在历史中，你必须采用新的皮肤并让自己被附身，[…]滑过不同的日历，让时间流逝，消失与重生，遗忘与记忆。当你解开图像时，你必须感受到第一次交付的快乐和焦虑，你必须让自己被未说出口的沉默、含沙射影的隐喻爱抚；你必须冒险让你的想象力飞翔，为文本注入生命和气息，你必须让自己被文本的节奏、声音和诗意笼罩。如果我们经历了这个启动过程，我们将找到为诗意的工作提供凝聚力的线索。①

---

① Gac-Artigas, Priscilla. "Carmen Boullosa y los caminos de la escritura". *Escritoras mexicanas del siglo XX*. Vol. XII Colección Tema y variaciones de Literatura. Vicente Francisco Torres Medina (ed.), México: Universidad Autónoma Metropolitana, 1999: 269.

强调读者的参与是新历史小说或史学元小说最重要的特点之一。前面提到的《沉睡》第三章中克莱尔所面对的同一故事三个不同版本的叙述，不仅是多重叙述的例证，也是强调读者参与的例证，因为小说的叙述者坚称："虽然似乎是一个令人难以置信的技巧，但三个不同的事件发生在同一地点和同一时间。但这不是诡计，而是事实。"①叙述者的强调打断了读者的阅读，迫使读者放弃按时间顺序线性阅读的传统思维习惯，去接受多个历史事件占据同一时间和空间的可能性。

互文性是新历史小说另外一个重要特点。《沉睡》中有两个明显的案例。一个是在西班牙文学"黄金时代"的戏剧中，剧作家洛佩 • 德 • 维加（Lope de Vega）在《勇敢的塞斯佩德斯》（*El valiente Céspedes*）中创作的玛丽亚 • 塞斯佩德斯这一女性形象，因异装及行为被称为有"男子气概的女人"，这一形象与《沉睡》中的克莱尔具有一定类似性，形成一定的互文关系。当然，"黄金时代"戏剧中所谓有"男子气概的女人"并不是对女性坚强、独立的赞美，而只是预示了一个"颠覆世界"的人物。但在《沉睡》中，克莱尔的异装及其行为则表现为性别的异质性，以及对殖民统治结构和父权制秩序的质疑和批判。另一个是卡门·博略萨的第一部海盗小说《他们是牛，我们是猪》。小说中，一个女人伪装成男人，决定从佛兰德斯前往海龟岛，以改变她作为妓女的命运。而在《沉睡》中，克莱尔离开翁弗勒尔前往加勒比海，伪装成一个男人和一个海盗，"在欺骗和外表的巴洛克式美学结合中复制了'男子气概的女人'这一模式"②。

---

① Boullosa, Carmen. *Duerme*, México: Alfaguara, 1995, p. 51.

② Madrid Moctezuma, Paola. "Las narraciones históricas de Carmen Boullosa: el retorno de Moctezuma, un sueño virreinal y la utopía de futuro." *América sin nombre*, No. 5 - 6, 2004, p. 142.

而这三个故事的原型人物可以追溯到"修女少尉"凯瑟琳·德·埃劳索（Catalina de Erauso），她逃离修道院后，以男性身份离开西班牙前往新大陆冒险。"修女少尉"的传奇故事与《沉睡》中的克莱尔在时间、地点、性别、身份等方面都具有一定的相似性，所不同的是《沉睡》突出反映了修女少尉故事中所没有的对殖民结构和父权制的批判以及女性悲惨状况的反思。作家自己在谈到小说中的互文时指出：

> 女性通过性别游戏，质疑作为女性的处境。她们玩弄它，设法摆脱它，并试图像洛佩·德·维加那样，证明男人和女人是一样的。不管是奴隶还是君主，如果他们换上彼此的衣服就能混淆他人的眼睛；同样，男人和女人、摩尔人和基督徒亦是如此。这些异装者，这些变化的服装和性别，在一定程度上回应了这一点。但正如我澄清过的那样，我唯一没有舍弃的是作为一个女人，或者至少我认为我没有。[①]

正如琳达·哈琴所言，从后现代主义的角度，"鉴于过去的教训，后现代几乎没有乌托邦。这就是许多人对后现代主义感到沮丧的地方"[②]，即乌托邦在新历史小说中是缺席的。但她在否定后现代乌托邦存在的可能性之后，又给审美的乌托邦留了一个后门："后现代艺术的理论和实践已经展示了如何将不同的、偏离中心的东西变成审美甚至是政

---

① Hind，Emily."Entrevista con Carmen Boullosa." *Entrevistas con quince autoras mexicanas*，Madrid：Iberoamericana/Vervuert，2003，p. 29.

② Hutcheon，Linda. *A Poetics of Postmodernism*，London/New York：Routledge，1988，p. 215.

治意识提高的载体——也许这是任何彻底改变的第一步，也是必要的一步。"①也就是说，哈琴认为可以通过艺术、话语超越后现代对于中心的偏离，建构一个审美乌托邦。在后现代语境中，最为激烈的否定观点以费尔南多·艾因萨为代表，他认为乌托邦意味着一个不存在的地方，无法在任何地方落脚："在当今世界，可能的社会模型已经被废止，因为已经证明它们没有实现的可能性，在这种背景下，所有的乌托邦方案都被打上了极权主义的烙印。'白日梦'作为 20 世纪思想史的显著特征，已经变成了'噩梦'的清单。所有乌托邦的意图都指向了已经实现的乌托邦的悲惨现实。"②换言之，在费尔南多·艾因萨看来，伴随着个人和集体想象的历史的乌托邦功能被取消，乌托邦从理论角度可能是一个积极的方案，但已经成为过时的、具有贬义和不可能前景的代名词。而另一个拉美文学评论家圣地亚哥·胡安-纳瓦罗认为，乌托邦叙事"在将美洲视为实验室的愿景中，容纳后现代作家在其中试验新项目，作为变革的力量"③。胡安-纳瓦罗这一观点无疑反映了拉丁美洲后现代作家历史叙事的特殊性——将小说恢复到一种乌托邦的状态。这种特殊性在博略萨的历史小说中有着较为突出的表现。

　　评论界对博略萨历史小说中的乌托邦叙事的讨论，比较多的集中于她的第三部小说《人间天堂》。卡里略·华雷斯将《人间天堂》定义为一

---

① Hutcheon，Linda. *A Poetics of Postmodernism*，London/New York：Routledge，1988，p. 73.

② Aínsa，Fernando. *La reconstrucción de la utopía*，México：Correo de la UNESCO，1999，p. 15.

③ Juan-Navarro，Santiago. *Archival Reflections: Postmodern Fiction of the Americas*. Cranbury，N. J.：Associated University Presses，2000，pp. 272 – 273.

种乌托邦元小说，认为作家将元小说作为一种叙事策略，以主题化的方式强化了语言在现实创造中的重要性，指出"语言创造的理想空间"为叙事打开了重新配置时间的可能性；同时，他还认为，元小说互文性策略的运用，"虚构作家、叙述者、人物及文学和历史文本片段中的人物与声音的叠加，使复杂的叙事空间成为理想的聚合空间"。两个"理想空间"的存在，一方面使"文学创造现实成为可能"；另一方面通过将语言和记忆投射到未来，实现了对乌托邦的承诺。① 伊利亚娜·阿尔坎塔尔则从元小说的自我反思和史学叙事的视角，分析了《人间天堂》中博略萨如何通过过去、现在和未来的三段式结构重建墨西哥历史，以及对应三段历史的三个主角如何作为颠覆性存在通过写作完成了恢复记忆、拯救历史和创建新的乌托邦。阿尔坎塔尔强调，作家在小说中扮演的角色在于时刻提醒读者，当人们失去记忆和语言时可能带来的悲剧：如果没有记忆和语言，"乌托邦就不再可能，未来也不再可见"，因此，"作为一位典型的当代作家，博略萨并没有把她的乌托邦放在一个孤岛或想象的位置，而是放在未来，放在超越语言和记忆的时代中生存"。②

对于《人间天堂》，除了上述学者所做的乌托邦叙事研究之外，还有亚当·斯皮尔斯的研究，他将《人间天堂》定义为一部在叙事类型上将后殖民主义和科幻小说融为一体的小说，主题上则是一部从道德主义和环保主义相结合的视角出发，对墨西哥长达数百年殖民历史的不公平性提

---

① 参见 Carrillo Juárez, Carmen Dolores. "De la utopía franciscana a la utopía dialógica en Cielos de la Tierra." *En-claves del pensamiento*. 2015, Vol. 9, No. 17, pp. 51–68。

② 参见 Alcántar, Iliana. "Una lectura posmoderna de Cielos de la Tierra de Carmen Boullosa: Recuperación de la memoria, la historia y la utopía a través de la escritura." *Connotas. Revista de crítica y teoría literarias*, No. 4–5, 2005, pp. 35–49。

出疑问的"反乌托邦"小说。斯皮尔斯认为，该小说的三个不同故事，如果用一个"中心推理线"联系起来，就是一个人类在寻找乌托邦的途中破坏自然、导致人类与自然之间的原始联系被切断的过程。在这个过程中，最主要的根源仍然是"在殖民时代被西方宗教诽谤，然后在新殖民主义时期被经济权力滥用，最后在反乌托邦的未来被科学技术抹去"的墨西哥。① 这种观点也得到了作家本人的回应。博略萨在接受采访时表示：

> 墨西哥的生态意识很薄弱，因为我们仍然相信这是一个很年轻的国家，未来将属于我们，这里的现代性还没有到来。这全都是一些愚蠢言行。现代性已经来了，出现在塑料包装上，出现在污染行业中，出现在堆积如山的一次性用品中，出现在汞水和其他有毒的水中。我们国家不是一个新国家，而是一个非常古老的国家，一个进入高度工业化世界的国家，一个对自己的资源采取更谨慎态度的第一世界的邻国。这不是我们唯一的问题，但也是一个相当大的问题。我提出它是因为我无法避免它。
>
> 我们每天都生活在世界末日中，我们正在终结生命，终结我们的自然资源，这也是为什么在我的文本中反复呈现出一种对自然和生态的痴迷。②

---

① 参见 Spires, Adam. "Nature-deficit disorder in the Mexican dystopia: Carlos fuentes, carmen boullosa, and homero aridjis." *Revista Canadiense de Estudios Hispánicos*, 2016, pp. 627 - 651。

② Hind, Emily. "Entrevista con Carmen Boullosa." *Entrevistas con quince autoras mexicanas*, Madrid: Iberoamericana/Vervuert, 2003, pp. 25 - 26。

　　《沉睡》作为博略萨的第二部历史小说，在一定意义上可以看成《人间天堂》的前奏或序曲，其中也包含了一些明显的乌托邦元素。在小说的结尾，作家借助于诗人佩德罗的叙述，设计了一个未来的乌托邦：

> 　　在房子里，夜幕降临，土著人来来往往。她给他们钱购买武器，并组织起他们。现在她向我解释了一切："我有这么多人手准备发动政变，我们将在西班牙人没有察觉的时候制服他们。首先是墨西哥，然后是韦拉克鲁斯、普埃布拉、克雷塔罗、萨卡特卡斯、波托西。我们不会向国王进贡一分钱，也不会向教会缴纳什一税。所有西班牙人都将从这片土地上消失，就好像他们被地球吞噬了一样［…］。我将成为世界上最富有的人，我的版图上的人们将知道我已经把他们的东西还给了他们，我已经赶走了篡位者，我已经赶走了新土地上的无耻之徒。我们将成为最好的国家，成为所有人中的典范……"①

　　在这个乌托邦的设计中，克莱尔对土著人作出的承诺，就是唤醒民众，组织反征服的革命起义，赶走殖民者，建立一个"最美好的国家"。尽管作家也表现出某种犹豫，并通过殖民者、诗人佩德罗提出疑问：如果新大陆属于旧大陆，独立后的新大陆能否继续维持？虽然克莱尔的队伍比西班牙强大，可以获得胜利，但胜利之后还可以回到从前的那个墨西哥吗？同时，克莱尔仍然处于"沉睡"之中，她还能苏醒吗？尽管面临如此多的困惑和问题，克莱尔的身体里毕竟蕴藏着一份希望，读者还是可以通过

---

① Boullosa，Carmen. *Duerme*，México：Alfaguara，1995，p. 145.

阅读"唤醒"她，她的"故事"和"承诺"会被重新激活并继续下去。

三、数字"三"与博略萨的文学叙事

墨西哥文学评论学者保拉·马德里·蒙特祖玛认为，《沉睡》中的数字三最能代表博略萨的文学叙事特征，具体表现在克莱尔的混血儿身份和由之带来的文化混杂特征上。马德里·蒙特祖玛在墨西哥历史学家莱昂·波蒂利亚的"文化认同"①概念基础上，提出了克莱尔作为混血儿所处的文化"间性"状态（nepantla）："就克莱尔而言，虽然她代表了混血儿，但由于几种支离破碎的文化身份，她开始痛苦地体验到'中间'主义。"②也正如小说中土著人对克莱尔的定义："你既不是男人也不是女人，既不是纳瓦人也不是西班牙人、混血儿，既不是伯爵也不是他的仆从"，而是"一个支离破碎的存在"。③ 这种"中间性"使克莱尔呈现出一种混杂的身份特征，这种混杂身份导致克莱尔无法在任何地方找到归属感，造成了她在时间（历史）和空间（新旧世界）上的缺席。在时间上，她

---

① 根据莱昂·波蒂利亚的定义，"文化认同"（identidad cultural）是"一个社会成员所共有的意识，他们认为自己拥有的具体特征或元素，将自己与其他那些与自身拥有同样外貌特征的群体区分开来"。在征服和殖民时期，这种意识产生于与殖民文化和土著文化的接触中。"文化混杂"涉及人类学的方方面面，包括种族、文化、日常生活、艺术、语言、宗教等。（参见 León Portila, Miguel. *Culturas en peligro*, México：Alianza, 1976, p. 109。）

② "Nepantla"在纳瓦特尔语中可以理解为"介于两者之间"，这一术语在拉丁裔人类学、社会评论、批评界、文学和艺术等领域得到广泛运用，其意义已经扩展到表示处于"两种文化之间"的状态，特别是指一个人处于原始文化和主流文化之间，其目的在于表达一种文化认同的困惑和焦虑状态。（参见 Madrid Moctezuma, Paola. "Las narraciones históricas de Carmen Boullosa：el retorno de Moctezuma, un sueño virreinal y la utopía de futuro." *América sin nombre*, No. 5 - 6, 2004, p. 144。）

③ Boullosa, Carmen. *Duerme*, México：Alfaguara, 1995, pp. 28 - 29.

没有被记录进任何一段历史或无人书写(诗人佩德罗不愿为属下群体书写);在空间上,她一方面作为女性被束缚在家庭空间,另一方面通过换血仪式拥有了不死之身,但同时又被困在墨西哥城。但正是因为拥有混杂的文化身份,克莱尔才有可能带领土著人反抗殖民统治。

　　在克莱尔的混杂身份中,一些评论家看到了"三种文化的交汇",即"宗主国文化、以总督为首的克里奥尔文化和被征服的土著文化基于语言、种族和宗教因素交织在一起"①;另一些评论家看到小说"在现实、历史和文学之间建立的三维关系,是关于身份讨论的决定因素"②;还有学者从《沉睡》的整体叙事逻辑出发,认为来自历史的新声音交织在一起,向我们呈现三个故事:"克莱尔的故事,新西班牙的故事,由佩德罗·德·奥塞霍讲述的悲剧——以另类故事的形式呈现。"③作者本人也在文章《写作中的破坏》里强调了文学的"破坏"属性,她将文学描述为一面复杂的"三维镜子",语言、叙事和现实掺杂其中,目的是通过"它的破坏力"使"整个现实受到质疑"④。这种三维关系对于从文学、社会文化和历史三个角度分析人物内心叙事的"破坏力"而言非常重要。

① Prado Garduño, Gloria María. "El cuerpo, la violencia y el género en la escritura de Aline Pettersson y Carmen Boullosa." *Iztapalapa: Revista de Ciencias Sociales y Humanidades*, No. 52, 2002, p. 208.

② Sánchez-Couto, Esther. "El desafío de la narración interior en *Duerme* de Carmen Boullosa. *Letras femeninas*, Vol. 40, No. 2, 2014, p. 165.

③ Gac-Artigas, Priscilla. "Carmen Boullosa y los caminos de la escritura". *Escritoras mexicanas del siglo XX*. Vol. XII Colección Tema y variaciones de Literatura. Vicente Francisco Torres Medina (ed.), México: Universidad Autónoma Metropolitana, 1999, p. 277.

④ Boullosa, Carmen. "La destrucción de la escritura." *Inti*. *Revista de literatura hispánica*, No. 42, 1995, p. 215.

博略萨关于"三"的数字游戏贯穿于"历史三部曲"的整个创作过程。杰西卡·伯克认为，"博略萨对历史的痴迷与对身体的痴迷是平行的，她认为两者都必然是支离破碎的"[①]。而加克-阿蒂加斯则强调这是博略萨在历史主题相关小说写作中的固定模式：

> 博略萨通过建立一种三维的声音来体现历史声音的非单一性和复调结构，以及历史上被强制沉默的话语。数字"三"的概念，从叙事学的角度可以理解为作者、叙述者和读者之间的关系；从时间的角度，是过去、现在和未来；而在后现代的差异视角下，可以解释为种族、阶级和性别的三重压迫。[②]

在博略萨的文学叙事中，多元文化的声音汇聚在一起。《哭泣：不可能的小说》重写了征服特诺奇蒂特兰的故事，试图以文学的方式呈现蒙特祖玛二世多种可能的历史，以"恢复这个经常被历史诋毁的角色的尊严"[③]。同时，该小说在叙事上形成了不同叙述声音的叠加，包括对 16 世纪和 17 世纪的文学家、神学家及征服者的互文，还有土著编年史抄本的片段及三位属下女性的叙述。如果说《哭泣：不可能的小说》中制造

① Burke, Jessica. "Renegotiating Colonial Bodies in Historiographic Metafiction: Carmen Boullosa's *Son vacas, somos puercos, Llanto: Novelas imposibles*, and *Duerme.*" *L'Érudit Franco-Espagnol: An Electronic Journal of French & Hispanic Literatures*, Vol. 6, 2014, p. 49.

② Gac-Artigas, Priscilla. "Carmen Boullosa y los caminos de la escritura". *Escritoras mexicanas del siglo XX*. Vol. XII, Colección Tema y variaciones de Literatura. Vicente Francisco Torres Medina (ed.), México: Universidad Autónoma Metropolitana, 1999, p. 276.

③ 同上，第 271 页。

了一种"多维"共存的、不和谐的复调叙事①，以质疑历史叙事的权威性和真实性，那么在《沉睡》中，这种"多维"则被具象化为"三维"的平行叙事。

正如前文提及的，当克莱尔被从伯爵的葬礼上解救出来后，她经历了在相同地点和时间发生的三个事件。作家利用三个不同的叙述视角展现了历史的复杂性，同时质疑了历史的唯一性。在第一个版本中，作家只讲述了伯爵的使者带给土著女人一些东西，而没有留下只字片语。这可以被认为是官方历史的版本，只简要描述了事件经过，没有更多的细节展示。第二个版本以克莱尔的视角展开，她看到使者向土著女人扔了一袋钱币，然后使者注意到克莱尔是一个法国女人但穿着土著妇女的衣服，所以侵犯了她。这个版本一方面强调了克莱尔在换血之后无法离开墨西哥城的事实，另一方面也表现了克莱尔对于自己身穿土著妇女服装的厌恶和对伯爵身份的向往，体现了其混乱和模糊的自我身份认同。第三个版本则突出了墨西哥土著文化的神秘性，描述了土著人如何召唤湖水使逐渐干涸的湖床再次水波盈盈。如果将这三个版本完全剥离并分开讲述，每一个故事也都是完整的，因为它们都从不同侧面描述了一个完整事件，但是当三个版本被并列并在一起强调其同时性时，读者就会意识到任何一个叙述都是不完整的，并且具有排他性，这就是为什么

---

① 不同的叙述者并不总是可以明确地识别到：男性，女性，单数，复数；明确注明作者姓名的互文（Fray Luis de León、François Rabelais、Hernán Cortés、Antonio de Solís）；土著编年史的段落（拉米雷斯抄本、佛罗伦萨抄本、奥宾抄本）；三位演员（劳拉、路易莎、玛格丽塔）的声音（口头）。（参见 Pfeiffer, Erna. "Las novelas históricas de Carmen Boullosa: ¿una escritura posmoderna?" *Narrativa Femenina en América Latina: prácticas y perspectivas teóricas*, Madrid: Iberoamericana, 2003, p. 270。）

叙述者一再强调三个事件都是真实并且同时发生的。那么读者对三个版本的不同选择会导致不同的平行世界或结果吗？埃尔娜·菲佛认为，"它们是时空坐标的瞬间打破，但并不会创造出不同的平行子世界；它们会再次汇聚在同一个故事中，尽管它们让我们对感知的有效性、符号的任意性及整个信息的任意性深感担忧"①。可见，数字"三"不是一个简单的数字，而是指一个由 1、2、3 组成的三维空间，小说可以是其中任何一个数字，但读者需要时刻提醒自己，每个数字中都包含着其他的数字，所以不存在唯一的故事。通过"三"的数字游戏，博略萨试图借由文本时间和空间的想象让读者以批判的态度审视和反思所有的历史文本。

《沉睡》第六章，博略萨在"阿佛洛狄忒和怪物"中提到一个关于怪物的"三维"意象。第一个故事讲述了作为总督顾问的克莱尔的梦境，"我梦见一个奇怪的怪物在恐吓土著人的道路和村庄"。这个怪物的形态是模糊的、不可描述的，克莱尔受命带领她的士兵追捕怪物，以便"将白人和土著人从恐惧中解救出来"。但当怪物出现时，克莱尔却因为远离墨西哥城而陷入沉睡。"子弹没有伤害怪物，但当它碰到我时，它倒下了。它死了。"②克莱尔在梦中杀死了怪兽，成为英雄人物。这是一个乌托邦式的白日梦，怪物是虚幻的、不可描述的存在，是克莱尔希望像男人一样得到认可的臆想。

第二个故事中克莱尔回归现实，尽管她拥有梦中的身体，但是却无法杀死现实中的"怪物"，因为那是殖民统治的恶果：

---

① Pfeiffer, Erna. "Las novelas históricas de Carmen Boullosa：¿una escritura posmoderna?" *Narrativa Femenina en América Latina: prácticas y perspectivas teóricas*, Madrid：Iberoamericana，2003，p. 271.

② Boullosa, Carmen. *Duerme*，México：Alfaguara，1995，pp. 93 - 94.

如果怪物存在，那么它没有龙尾、白盾、红发和豹皮，而是长官、市长、警察局长、中尉、搬运工、牧师、法官、检察官、评估员、预见者、代表，因为没有一个土著人可以免于赋税，也没有一个受雇于国王的上述人员不以贡赋为生。如果有一具身体终结了怪物的生命，它看起来会与我的大相径庭，以至于我怀疑我的眼睛能否看到它……尽管这将是我今天唯一想成为的身体。①

"怪物"意象类似于托马斯·霍布斯在他的政治哲学所提到的"利维坦"，这个"怪物"或"利维坦"在殖民时期是造成死亡的原因，它们总是藏在先进文明的背后，用文明的手段实行残酷的掠夺。克莱尔始终在梦境与现实之间徘徊，她强调，"我已经说过我不相信有怪物。但从做梦的那一天开始，到今天，我不得不说服自己，这个梦的一部分是真实的"，真实的那部分是，"没有怪物，如果有，那就是西班牙人，他们在土著人的这片土地上掠夺"②。实际上，通过两个不同的视角，博略萨将美满梦境与残酷现实相对立，在第一个具有个人主义的梦境中，怪物的形象被模糊化处理，而第二个故事则从后殖民的批判视角将怪物具象化。但不论在哪个版本中，这个"吃人的魔鬼"都不会消失，甚至现实比传说更可怕，更残酷。

第三个故事由西班牙人马里亚诺·巴索讲述，他是克莱尔所率队伍中的一员。根据他的陈述，克拉拉·弗洛尔获得了总督的许可去镇压来自北方的土著武装叛乱。奇奇梅卡人酋长尤盖埋伏了他们，他们

---

① Boullosa, Carmen. *Duerme*, México：Alfaguara，1995，p. 95.
② 同上。

与其展开正面遭遇战。但克莱尔陷入沉睡无法战斗。有人向她挥剑并扒开了她的衣服，当看到她的乳房和受伤却没有流血的躯干时，土著人恐惧地仓皇而逃。克莱尔带领的队伍取得了胜利，但她身体的秘密被发现，这引起了土著人的恐慌和总督的猜忌，克莱尔陷入绝境，不得不在诗人佩德罗的帮助下离开墨西哥城。尽管小说中没有明确的提示，但这个版本中的克莱尔变成了土著人眼中的"怪物"，因为在土著人看来，拥有不死之身的克莱尔如同神明，但她却站在了殖民者的一边来镇压反抗者。

在每一个版本中，"怪物"的形象都根据叙述者或者叙述视角的不同而改变，这一方面是对历史真理性的质疑，揭示了叙述者总是按照自己的意愿安排故事的发展；另一方面，三个版本中也有唯一一致的内容，即克莱尔受伤的身体和无法在清醒的状态下离开墨西哥城的限制。实际上，从后殖民视角来看，殖民时代的女性身体与被殖民的土地之间相互观照，女性身体如同被统治和侵略的土地，遭到了外来的入侵和破坏。正如英国作家托比亚斯·琼斯在《乌托邦之梦》（2007）中所强调的："第一批探险家来到美洲时将新大陆比作女性的身体，但很快这种对自然的诗意赞美被转化为军事、政治和文化统治的术语"①，同时也反映出原殖民地人民和土地如何被殖民话语破坏，变得支离破碎。

埃尔娜·菲佛也强调博略萨的"一大痴迷是观察墨西哥城作为'母亲的土地'的发展"，认为博略萨 90 年代创作的新历史小说三部曲，通过呈现古代阿兹特克帝国的特诺奇蒂特兰（1325—1521）和殖民时代的墨西哥城（1521—1810）之间的过渡图像和场景，使在废墟和碎片中建立起

---

① Jones, Tobias. *Utopian Dreams*, London: Faber & Faber, 2012, p. 11.

来的墨西哥文化和混血儿身份得到重新审视。在此基础上，菲佛进一步强调，以重建为目的的摧毁似乎不仅是这座城市而且是整个墨西哥国家的建立原则。按照这种逻辑，从身体的视角出发，博略萨小说中的身体也经历了这样的过程。[①]

法国尼姆大学研究员萨宾·库达索-拉米雷斯则更注重研究被破坏的身体的象征意义，她强调"博略萨小说中最引人注目的是人物与身体之间的特殊关系"，因为人物的身体总是因为某种外部力量的入侵而呈现出与本体不同的属性或外表。库达索-拉米雷斯进一步分析了这种身体的混杂或矛盾状态是如何通过一种"双重剥夺"的过程而产生的。首先是身体被剥夺了自己的某些东西，然后这些空白的空间被其他东西入侵并占有，身体成为新的实验场所。[②] 由此导致人类变成了委内瑞拉诗人欧金尼奥·蒙特霍（Eugenio Montejo）在诗句中所描述的"失去身体的奴隶"。博略萨将这首诗作为《他们是牛，我们是猪》的题词，体现了身体在其小说中重要的象征意义。

严格来说，在卡门·博略萨的小说中，人物没有完整的身体，身体失去其生物本质而变成一种文化象征，可以被任何比自身强大的力量渗透

---

① Pfeiffer, Erna. "De Tenochtitlán a la Ciudad de México: escenarios de transición en las novelas de Carmen Boullosa." *Las ciudades en las fases transitorias del mundo hispánico a los Estados nación: América y Europa (siglos XVI - XX)*, José Miguel Delgado Barrado, Ludolf Pelizaeus, María Cristina Torales Pacheco (eds.), Madrid: Iberoamericana; Frankfurt am Main: Vervuert; México, D. F.: Bonilla Artigas Editores, 2014. p. 225.

② 参见 Coudassot-Ramirez, Sabine. "Ser el esclavo que perdió su cuerpo." *Acercamientos a Carmen Boullosa. Actas del Simposio "Conjugarse en infinitivo — la escritora Carmen Boullosa"*, Barbara Dröscher / Carlos Rincón (eds.). Berlin: edition tranvía/Verlag Walter Frey, 1999, pp. 43 - 48。

和改变。同时，博略萨小说中的身体往往在被破坏后得以复生，小说叙述者话语的意义也往往被篡改，这一方面意味着话语权和主体意识被剥夺，另一方面也意味着被剥夺的身体呈现出一种矛盾和混杂的形态，但同时这种形态又能够让我们获得新的世界观。换言之，博略萨小说中的人物无疑是在用身体作为赌注，进行一场完全失去自由或重获新生的豪赌，但同时又是利用身体表征来批评权力结构并探索压迫和抵抗的主题。由此，博略萨小说中的身体不仅是一个物理空间，也是一个形而上的战场。

　　经过前两部小说对数字"三"的叙事实践，在《人间天堂》中，博略萨直接将小说呈现为过去、现在和未来的三段式结构，并分别由三个不同时代的叙述者用三种不同的语言书写。16 世纪来自圣克鲁斯特拉特洛尔科学院的埃尔南多·德·里瓦斯（Hernando de Rivas），作为土著贵族进入学院，学习拉丁文并接受宗教洗礼。所以埃尔南多不是他的真实名字，他的身体和身份被同时撕裂，无法真正融入新文化，也不能回到土著人的世界，只能作为被动的翻译机器和话语的转述者，在纳瓦特尔语、西班牙语和拉丁语的间隙中穿梭。埃尔南多见证了殖民者在新大陆复制西方辉煌文明的乌托邦的破灭，正如作者所言，"这是一个与墨西哥殖民地的结构不相符的方案"，埃尔南多用拉丁语记录了其土著版本。20 世纪的埃斯特拉·迪亚兹（Estela Díaz）是与作家同时代的女性，她想知道圣克鲁斯学院的真实历史是什么，因此将埃尔南多隐藏起来的拉丁文手稿翻译成了西班牙语。未来之城亚特兰蒂斯的李尔（Lear），作为未来乌托邦世界中的一员，讲述了核战争后幸存者社区的生活方式，这是一个没有历史和记忆的"真空"，充满了杀戮和冷漠。因此，她试图从埃斯特拉·迪亚兹翻译的文本中找到历史和身份的真相。正如作家在接受采访时承认的，这是"一幅基于基本的三角形、三张面孔、三个叙述者的画面"①：

> 我会把埃尔南多和埃斯特拉两个人带到我身边，我们三个人将生活在同一个领地，将属于三个不同的时代，我们的记忆也来自三个不同的时代。但我会了解埃尔南多的时代，埃尔南多也会了解我的，我们将获得一个共同的空间，在其中我们可以互相看着对方。我们将形成一个新的社区。②

三个不同的故事却共享了同一片土地，他们翻译文本的初衷都在于意识到他们的历史正在消失，文化身份正在瓦解，所以试图在翻译的同时记录自己的历史。一方面，通过这一场景作家试图再现一种文化杂糅的过程，另一方面，埃尔南多用其混杂身份反思了殖民地伟大乌托邦的建构。埃斯特拉批评她的国家发动暴力战争，政治欺诈，民主制度堕落，她的边缘化来自认同的缺失，即觉得自己就像自己国家的陌生人。同样，李尔是乌托邦的亚特兰蒂斯的"局外人"。正是边缘化和处于缝隙之间的处境，使得三个故事和三个叙述者能够联系在一起，通过这种不属于任何特定群体、性别、种族、阶级的故事和人物，传统的历史话语被去中心化。

墨西哥拉美文学研究学者伊丽莎白·埃尔南德斯·阿尔维德雷斯

---

① Spielmann, Ellen. "Entrevista con Carmen Boullosa." *Acercamientos a Carmen Boullosa. Actas del Simposio "Conjugarse en infinitivo — la escritora Carmen Boullosa"*, Barbara Dröscher / Carlos Rincón (eds.). Berlin: edition tranvia/Verlag Walter Frey, 1999, pp. 161 - 165.

② Boullosa, Carmen. *Cielos de la Tierra*. México: Alfaguara, 1997, p. 369.

从文学诠释学的视角出发，认为"作为读者，我们可以将这部小说解释为另一个关于失去身份的寓言。我们的推断是，文化身份的丧失导致了历史记忆的抹去，更糟糕的是语言和所有人类痕迹的丧失。唯一的希望是不要忘记编年史家所写的证词，并以此为基础，就像埃斯特拉所做的那样。这在当下才有意义"[①]。博略萨将乌托邦描述为"三角形"，其目的就是回到小说的中心主题，即对墨西哥现实社会状况的反思。概言之，在一定意义上，数字"三"可以视为博略萨历史叙事的"密码"所在，标志着她对墨西哥历史、现实和未来的深刻思考，同时也是我们理解其历史小说的一把钥匙。

[①] Hernández，Elizabeth. "Identidad e interculturalidad en la narrativa de Enrique Serna y Carmen Boullosa." *Lenguas y Literaturas Indoamericanas*，No. 16，2014，p. 61.

《爱之恶》：重写墨西哥革命与"新女性"

　　随着妇女投票权和被选举权的获得，女性在公共领域政治权利形式上的胜利，与私人生活中深陷"家庭"泥沼的现实之间的激烈冲突，成为墨西哥女性在自我身份构建过程中面临的关键问题。关于这一问题的焦虑和反思有诸多的表现和反映形式，其中在墨西哥女性文学中的体现最为显著。20世纪中后期的墨西哥女性文学写作，实际上处于肖瓦尔特所描述的女性主义和女性自我身份建构相交叠的时期，其中既有对父权制模式的反抗，又有女性自我意识的强化，一方面着重建构女性话语体系，另一方面注重女性身份的建构和价值重塑。

　　我们选择90年代作为一个重要的时刻，是因为80年代以伊莎贝尔·阿连德的《幽灵之家》(1982)和安赫莱斯·玛斯特尔塔的《普埃布拉情歌》(1985)为代表开始的"女性文学爆炸"现象，在迫使我们感受到女性文学存在的同时，也让我们认识到这种文学在此之前一直被搁置在书架的角落，或者说，在文学史上长期缺席。所以这一重要时刻打开了一条裂缝，通过这条裂缝可以感受到文本中女性意识的痕迹，可以使我们追溯女性和男性文学谱系的沟壑。

　　安赫莱斯·玛斯特尔塔的第二部小说《爱之恶》(1996)，揭示了墨西哥女作家如何通过重写墨西哥革命来维护女性的历史和文化价值，以及如何建构理想中的"新女性"形象，使 1990 年代墨西哥女性文学的杰出贡献浮出水面。

一、安赫莱斯·玛斯特尔塔的文学主旨

安赫莱斯·玛斯特尔塔 1949 年出生于普埃布拉市。该市位于墨西哥中东部高原，周围环绕着群山，是墨西哥革命最重要的中心之一，玛斯特尔塔在这里度过她童年和青春期。她的大部分作品都以这座城市为背景，这座城市的街道、公共场所、传统和文化活动等都成为她书写的重要对象。

玛斯特尔塔毕业于墨西哥自治大学新闻学专业。从大学时代起，她就致力于在报纸和杂志上发表有关社会和政治问题的评论文章，并在报刊《喝彩》(Ovaciones)上开设专栏，撰写与女性主义相关的文章。与此同时，她还参与女性主义杂志《女性》(Fem)的制作，她自己也承认"政治、妇女、儿童、我所看到的、我的感受、文学、文化、战争和每一天"①，都是她关注、感受、体验、书写的对象。

1974 年玛斯特尔塔接受了墨西哥作家中心授予的奖学金，并遇到了很多非常重要的作家，如胡安·鲁尔福和卡洛斯·富恩特斯，受他们的影响，她对墨西哥文学叙事产生了浓厚的兴趣，并开始了自己的小说创作。记者经历为她的作家生涯奠定了思想基础，而女作家的身份又赋予她捍卫女性声音、为女性争取社会权利的责任感。在她的作品中，女性意识不仅存在于家庭生活中，而且存在于一个以大男子主义为特征的墨西哥社会中，以维护她们在历史和文化中的价值。

---

① Mastretta, Ángeles. "Con la precisión del arrebato." *NEXOS*, No. 112, pp. 5 – 8.

　　玛斯特尔塔的第一部小说《普埃布拉情歌》一经出版就引起了评论界和读者的广泛关注，小说也被翻译成十多种语言。她的第二部小说《爱之恶》因人物的复杂性和对墨西哥革命时期动荡岁月中女性内心世界的深刻描述，为她在世界范围内赢得了最广泛的读者和影响力。凭借这部作品，1997 年，玛斯特尔塔获得享有盛誉的罗穆洛·加列戈斯奖（Premio Internacional de Novela Rómulo Gallegos），并成为历史上获得该奖项的第一位女作家。

　　玛斯特尔塔的作品彼此间有着密切的联系。在上述两部小说之间，她于 1990 年出版短篇小说集《大眼睛的女人》（*Mujeres de ojos grandes*），讲述了居住在普埃布拉的七位"阿姨"的故事，塑造出独具特色的妇女群体形象。这些故事以平淡诙谐的语气，描绘了墨西哥妇女的日常生活和面对困境时的态度和表现；通过一种谨慎而又具有讽刺意味的表达方式，突出这些"非传统"妇女特立独行的一面，实现了对性主题的自由表达。因此，不少评论家认为其语言和写作风格具有明显的女性主义特征。在此期间，她还出版了《自由港》（*Puerto libre*，1993）、《光明世界》（*El mundo iluminado*，1998）和《狮子的天堂》（*El cielo de los leones*，2003）等散文作品。

　　玛斯特尔塔小说中始终贯穿着两个基本主题：一是从新历史主义视角重写墨西哥革命，突显妇女在历史中的作用和地位，为女性撰写革命小说开辟了一条新的文学道路。二是从女性主义视角创造出一系列不接受自己命运和生活方式，"反叛"的、"不合时宜"的新女性，从而使她成为 80 至 90 年代"女性文学爆炸"现象中最具代表性的墨西哥女作家之一，她的小说也成为评论家研究和引用最多的作品之一。

　　墨西哥女性文学评论家卡洛斯·科里亚·桑切斯在《玛斯特尔塔和

墨西哥的女性主义》(2010)一书中对玛斯特尔塔《普埃布拉情歌》进行了深入分析，认为该作品再现了 20 世纪 70 至 80 年代墨西哥的女性主义运动，在没有遵循特定女性主义理论的基础上，揭露了父权制社会秩序对于妇女的压制，并引起整个社会对这种压制的普遍关注。他指出，作家在作品中为我们提供了一系列女性角色，这些角色实现了对强加给她们的准则和规范的越界，并不断寻求自我身份。同时，科里亚·桑切斯强调，当我们谈论 80 至 90 年代拉丁美洲的女作家时，必须在后现代语境和为属下群体发声的倾向中思考她们的存在，并肯定这种"外围"或"边缘"的后现代性对她们的影响："玛斯特尔塔作品中的女性远离了她们边缘性的生活，并寻求在被认为只属于男性的世界中重新获得中心位置，这绝不是冒险。她们努力承担自己的责任，整合和克服使她们边缘化的父权制，并颠覆了女性依赖男性的观念。"①

对于这一观点，一些评论家持有不同意见，认为女作家并不是在男性世界中寻找自己的中心，而是试图通过她们的写作来打破空间界限，创造自己的空间，成为独立的存在。墨西哥女性主义者安娜·刘·杰文认为，60 年代诞生的墨西哥"新女性主义"的特征在于消除性别不平等以促进男女平等，并将女性身体作为其行动的中心。②

埃拉·莫利纳·塞维利亚·德·莫雷洛克在《墨西哥革命的女性重读和叙事：坎波贝洛、加罗、埃斯基维尔和玛斯特尔塔》(2013)一书

---

① Coria Sánchez, Carlos M. *Ángeles Mastretta y el feminismo en México*. México D. F: Plaza y Valdés Editores, 2010, p. 13.

② 参见 Jaiven, A. L. "Emergencia y trascendencia del Neofeminismo." *Un fantasma recorre el siglo. Luchas feministas en México 1910 -2010*, G. Espinosa Damián and A. Jaiven (eds.), 2013, pp. 149 - 180。

的第四章，对《爱之恶》中的"新女性"问题做了专题研究，强调在恢复女性对历史的参与这一女性写作的基本目标时，一些女作家选择通过捍卫和重新评估女性空间（如家庭、厨房和缝纫）来做到这一点具有十分重要的意义。玛斯特尔塔在《爱之恶》中试图打破公共与私人空间之间的限制，书写拒绝接受既定命运的叛逆女性角色，是对传统男性空间的颠覆，也是对作家自己的"异托邦"空间的重建和改造。这种由"不同社会阶层、种族归属或不同身份汇聚的异质空间有助于变革的产生"①。

关于"新女性"的定义，莫利纳·塞维利亚首先解构了墨西哥的"传统女性形象"。她强调，家庭作为墨西哥社会的基本单位受到普遍重视，形成了所谓的"墨西哥大家庭"（gran familia mexicana）现象，其中妇女被迫成为家庭无私的奉献者，这已经成为现代墨西哥官方话语的一部分，并且以田园诗史般的"自我牺牲的墨西哥女人"身份构建了关于现代墨西哥社会妇女的刻板印象②。她认为这种形象形成的原因主要归结于两方面：一方面，"为了避免公众的评判，避免家族的耻辱，妇女在放弃持续学习的权利后，在父亲、兄弟或丈夫的监督下，一直被封闭在家庭的围墙内"，这是墨西哥妇女在家庭内受压制的一面；另一方面，家庭作为"防御性的、情感的和道德的核心"，妇女又被置于"家庭荣誉和美名的中心"。这种荣辱一体的观念，实际上将妇女与家庭紧紧地捆绑在一起，限

---

① Molina Sevilla de Morelock，Ela．"Ángeles Mastretta y la Mujer Nueva en *Mal de amores*．" *Relecturas y narraciones femeninas de la Revolución Mexicana: Campobello，Garro，Esquivel y Mastretta*，Woodbridge：Tamesis Books，2013，p. 2.

② 同上，第 132 页。

制了女性作为独立个体发展的可能性[1]。

这种要求妇女为了家庭而否定自我、牺牲自我的观念，一直是墨西哥传统文学和电影中反复出现的主题。而《爱之恶》中塑造的"新女性"，就是要反叛和颠覆这种社会需要和普遍认可的女性形象，并通过"新女性"形象的塑造，质疑当代墨西哥社会虚构出来的妇女家庭身份的"伟大神话"，对男性作为家庭主宰的男权话语做出有力的反击。

莫利纳·塞维利亚认为，玛斯特尔塔的"新女性"形象除了作为"反叛者"之外，还希望构建一个跨越时代、跨越女性认同差异的理想型"新女性"。她们接受多方面教育，独立自由地决定自己的生活方式和事业；她们有一个民主的家庭，这种家庭环境提供了没有性别偏见的成长环境，并享受着其他家庭成员，特别是男性的尊重与爱。与此相对应，玛斯特尔塔在作品中也塑造了一种"新男性"形象或可能的"男性气质模型"，这种类型的"新男性""适合玛斯特尔塔笔下完美女人的男人，被塑造成接受女性的平等地位，并且可以通过公正地谈判满足自己和她的需要"[2]。换言之，"新女性"对应于"新男性"，即玛斯特尔塔已经从两性关系平衡的角度定义"新女性"，这种立场已经摆脱了传统女性主义局限，开始从新女性主义视角来思考性别问题。

值得注意的是，玛斯特尔塔小说中的女性并不是仅仅指向单个的女性个体，而是指向妇女群体。不论在她的长篇小说还是短篇故事中，女性角色总是以群体的方式出现。在《爱之恶》中作者描述了属于不同阶

---

[1] Molina Sevilla de Morelock, Ela. "Ángeles Mastretta y la Mujer Nueva en *Mal de amores.*" *Relecturas y narraciones femeninas de la Revolución Mexicana: Campobello, Garro, Esquivel y Mastretta*, Woodbridge: Tamesis Books, 2013, pp. 143 – 144.

[2] 同上，第 143 页。

层的几组女性角色：中产阶级女性代表爱弥儿·萨利及其姨妈米拉格罗斯·贝依缇，美国的海伦·谢尔等；革命者的妻子多洛雷斯·百火、堂娜芭妮·佩尔普奥·索科洛等；属下洗衣女唐娜西尔维娜和没有留下名字难产死去的女孩；等等。同时，每个阶层、每一个女性个体都不是扁平化的刻板人物形象，而是拥有复杂的人格，这些特性都在爱弥儿·萨利身上得到充分的体现。作家在小说的结尾处，借丹尼尔之口，表达了对女性身份的多重性、复杂性和可塑性的总结性表达：

> 究竟有多少个爱弥儿？萨瓦尔萨的爱弥儿，孩子们的爱弥儿，在枕下放着他的小石块的爱弥儿，在树林中的爱弥儿，火车上的爱弥儿，做医生的爱弥儿，做药剂师的爱弥儿，做旅行者的爱弥儿，丹尼尔的爱弥儿。有多少个？有一千个，又仿佛一个都没有。有一千个，再加上他的那一个。[1]

可见，爱弥儿的形象是不确定的，并且在不断流变中发展。除了爱弥儿，玛斯特尔塔还将这种特性赋予了《爱之恶》中的女性群体，她们不仅通过空间位置的不断变化和迁移体现这种动态变化，如姨妈米拉格罗斯和巫医特奥多拉与爱弥儿一样随着革命进程辗转于不同的城市与乡村，而且女性的自我认知也随着视野的不断拓宽和经历的不断丰富而不停发生变化，这种变化引发了女性身份的不断转化，使其从"他者"转变为独立的个体身份。

---

[1] 安赫莱斯·玛斯特尔塔：《爱之恶》，程弋洋译，海口：南海出版公司，2012 年，第283 页。

　　无论是个人历史还是民族国家历史，一直都是墨西哥女性小说的传统主题，玛斯特尔塔也不例外。受新历史主义影响，在她的小说中，尽管家庭生活、情感纠葛仍然占据相当大的篇幅，但已经不再局限于狭义的私人空间和单纯的个人生活体验，尤其在《爱之恶》中，玛斯特尔塔将个人经历与民族、国家的历史相关联，将个人故事融入墨西哥革命的大历史之中。

　　玛斯特尔塔在接受艾米丽·欣德采访时曾明确表示：

　　　　我对历史感兴趣是为了了解它，然后复述它。在我与历史的关系中，有两件事让我深有感触。一个是我认为我的故事涉及历史是因为我需要知道它在讲什么［…］一个是对于我的小故事而言，为了小说的目的，为了丰富它，我需要知道，历史在哪里。然后就我个人而言，我认为我们的历史研究非常糟糕。①

　　在玛斯特尔塔看来，一方面，官方的历史编纂"非常糟糕"，都是宏大叙事，边缘群体尤其是妇女的声音被淹没无疑是重大缺失，所以玛斯特尔塔以个人和家庭关系、日常生活和女性的角色为出发点重写和丰富墨西哥革命历史，根本目的就在于将妇女的参与和存在嵌入墨西哥官方历史，恢复和维护妇女在墨西哥文化和历史中不可或缺的地位和价值。另一方面，玛斯特尔塔不是历史学家，历史小说也不是史学研究，

----

① Hind，Emily. "Entrevista con Ángeles Mastretta." *Entrevistas con quince autoras mexicanas*，Madrid：Iberoamericana/Vervuert，2003，p. 89.

对于她来说，历史只是作为小说的写作背景，是定位其"小故事"的参照点。

玛斯特尔塔在接受采访时还明确表达了这样一种立场，在《爱之恶》中，她所塑造的女性形象大多是"不合时宜"的，她们与现实中的大多数女性存在着差异，具有虚构的成分。但是，她也明确表示，"我相信，我们这几代人从一所大学到另一所大学，来来往往，决定自己的命运，一生中多次坠入爱河，我们无法脱离我们的时代"[①]。因此，小说中所描写的女性看似与时代格格不入，但作家从自身经历出发，认为经过一代一代妇女的努力，女性可以掌握自己的命运，并将这种"虚构"变成现实，创造属于女性自己的时代。从这个角度来看，玛斯特尔塔的作品在新历史小说中最令人耳目一新的地方，恰恰在于对"不合时宜"女性角色的塑造。尽管这种女性形象被认为是一种特殊现象，但作者宣称她有义务描绘这些不合时宜的形象，因为这些形象是对许多其他女性已经做出的努力的肯定，也是对我们先辈们不曾为人所道的努力致敬。

保拉·马德里·蒙特祖玛在讨论女性主义与后现代主义的关系时，曾将女性主义看成嵌入后现代主义"边缘"的文化表现形式：

> 女性主义与后现代思想一样，其纲领将反抗中心地位的解构主义方法作为一种颠覆性策略，不再以本体论或本质主义前提（例如永恒的女性）考虑女性，而是以隐喻和象征的方式思考

---

① Hind, Emily. "Entrevista con Ángeles Mastretta." *Entrevistas con quince autoras mexicanas*, Madrid: Iberoamericana/Vervuert, 2003, p. 90.

女性，例如，被称为新法国女性主义的批判潮流（将女性理解为异质的、不可估量的、深不可测的）。①

安赫莱斯·玛斯特尔塔的《爱之恶》无疑是马德里·蒙特祖玛这种观点的一个文学案例。她的"不合时宜"的"新女性"表明，一方面，新一代女性已经成为生活的主角，她们在日常生活中决定着自己的命运，因而展现出不可估量的发展前景；另一方面，"新女性"是女性自我反思、自我形塑的结果，也是女性知识分子对传统知识世界压制的抗争，是对各种支配性意象的解构、颠覆和修正。

在散文集《自由港》中，玛斯特尔塔进一步表明了她的写作立场：

今天的女性有自己的战斗，越来越多的人可以自由地行走，远离由短视男性组成的队伍的无情设计[…]本世纪末的妇女不再想将自己的命运和斗争委托给先生们不可预测的心血来潮，她们甚至不再花时间阐明她们是否在忍受一个由大男子主义主导的社会[…]我们不希望再次成为殉道者，我们必须接受，寻找一个与为我们预定的命运不同的道路是多么沉重。如今，我们甚至不再正面抗争，因为女性解放运动已被平息，人们认为她们的诉求已经得到满足。然而，这个社会仍然无法毫无

---

① Madrid Moctezuma，Paola. "Una aproximación a la ficción narrativa de escritoras mexicanas contemporáneas： de los ecos del pasado a las voces del presente." *Anales de Literatura Española*，No. 16，2003，web：chrome-extension：//efaidnbmnnnibpcaj pcglclefindmkaj/https：//rua. ua. es/dspace/bitstream/10045/7273/1/ALE_16_06. pdf [2024/04/16]

敌意和怨恨地接纳那些改变的人。①

在这段富于激情的话语中，玛斯特尔塔从女性主义立场，深刻揭示了墨西哥社会在对待妇女问题上存在的尖锐冲突和矛盾：一方面，越来越多的妇女已经"可以自由地行走"，已经"不再想将自己的命运"寄托给男性；另一方面，整个社会的普遍共识是"妇女的要求已经得到满足"，也就是说，认为妇女问题已经得到彻底解决，事实上，两种认知之间还存在着较大分歧和距离。因此，在"毫无敌意和怨恨"的情景下如何承认妇女已经改变的现实，这一问题在当代墨西哥社会并没有从根本上得到解决。当然，玛斯特尔塔并没有向这种困境屈服，而是试图通过自己的文学叙事，通过她笔下生活在一个存在诸多不平等和不公正社会中的每一位妇女日常生活苦难的叙事，使人们警醒：妇女问题并没有解决，还有很长的路要走。

在一次采访中，玛斯特尔塔明确表示，她写作不是为了成功或者书籍销量，而是为了澄清疑虑并接触到更多的读者：

> 我寻求正义，我揭示使我们爱上一个人的激情或使我们同时感受到自由和窒息的环境。我写作也是为了让我有爱的能力。对我来说，文学是一种被允许的疯狂，它带你穿越其他生活。你读了博尔赫斯的一本书，它让你快乐，它让你的生活变得更好。这就是文学的目的。此外，写作不仅让我快乐，也让

---

① Mastretta, Ángeles. "La mujer es un misterio." *Puerto libre*. Madrid: Aguilar, 1994, pp. 137 - 139.

我自得其乐，尤其是当我与读者接触时。①

她不仅这样声明，也在写作实践中贯彻着她的声明。她小说中的女性角色是复杂的、不确定的，同时又是幽默的、轻浮的和虚荣的，但这恰恰使得这些角色充满力量。《爱之恶》的主人公爱弥儿·萨利，就是当代墨西哥妇女主体性和独立性的一面镜子；同时，我们在阅读《爱之恶》时，也会为爱弥儿的不断成长感到欣慰，感受到阅读的快乐，从而成为玛斯特尔塔的"共谋者"。

考虑到墨西哥"女性文学爆炸"叙事中历史主题的重要地位，乌特·赛德尔在《叙述历史：墨西哥女作家对历史主题的虚构》(2007)一书中指出，在 20 世纪下半叶的墨西哥，包括历史学、社会学和人类学在内的多个领域发生了对小说文本与历史文本认知的根本性转变，一直被认为的既定界限开始变得模糊。② 特别是在后现代主义背景下发展起来的理论对历史和虚构的关系进行不同形式的分析和跨学科研究，如新历史小说、历史元小说、文学文本的历史性，以及集体和非官方记忆之间的关系等都是对这一主题的延伸。而安赫莱斯·玛斯特尔塔的小说在评论界获得的标签就包括新历史小说、革命小说、后现代主义小说等，当然，这与她为女性主体性辩护并质疑和解构女性在社会中的固有形象的文

---

① López, Ángeles. "Entrevista a Ángeles Mastretta: Escribo lo que me brota y mis lectores lo agradecen." web, http://www.literaturas.com/v010/sec0410/entrevistas/entrevistas-01.htm. [2024/6/15]

② Seydel, Ute. *Narrar historia(s). La ficcionalización de temas históricos por las escritoras mexicanas, Elean Garro, Rosa Beltrán y Carmen Boullosa.* Madrid: Iberoamericana, 2007, p. 14.

学主旨是分不开的。

另一方面，乌特·赛德尔还特别强调在拉丁美洲范围内兴起的后现代和后殖民语境下的美洲主义话语（discursos americanistas）逻辑：

> 在 40 年代和 50 年代，美洲主义话语在多个拉丁美洲国家得到表达，其目的在于从文化上使拉丁美洲去殖民化，包括阿莱霍·卡彭铁尔、奥克塔维奥·帕斯和何塞·莱扎玛·利玛在内的一群散文家，也试图建立拉丁美洲相对于欧美模式的差异标准，并在自己的文化上"形成一种同质感"。①

这里值得一提的是墨西哥史学家和散文家奥克塔维奥·帕斯于1950 年出版的《孤独的迷宫》，该书 2015 年由西班牙文坛出版社（Cátedra）再版，拉美文学评论家恩里科·玛里奥·桑蒂（Enrico Mario Santí）担任责任编辑。在为该书撰写的再版序言中，他声称该散文集表达了作者对"墨西哥性"进行的深刻的历史性反思，以及对墨西哥民族认同的深刻认识。② 尽管该散文集仍然是一本有争议的著作，但即使在今天，其中提出的许多概念仍然能引发多种思考，形成了道德散文、心理历史学和自传之间的复杂交叉。

帕斯对"墨西哥性"的反思，无疑对玛斯特尔塔的文学创作产生了重

---

① Seydel，Ute. *Narrar historia（s）. La ficcionalización de temas históricos por las escritoras mexicanas，Elena Garro，Rosa Beltrán y Carmen Boullosa*. Modrid：Iberoamericana，2007，p. 187.

② Paz，Octavio. *El laberinto de la soledad*. Enrico Mario Santí（ed.），Madrid：Cátedra，2015，p. 16.

要影响，特别是在"新女性"形象的塑造上，既突出了"新女性"与欧洲中心主义语境下的"家中天使"之间的差异，又兼顾了墨西哥女性独特的社会历史定位。

在《孤独的迷宫》附录"关于孤独的辩证法"中，关于女性问题，帕斯引入了"他者"范畴，将土著和妇女视为墨西哥人的"他者"，而这个"墨西哥人"则被定义为不外露的、严肃的和坚忍的混血男人。事实上，帕斯试图为我们提供的是一种违反社会规范的策略：

> 妇女以男性社会强加给她们的形象生活；所以，她只能选择和自己分离。"爱改变了她，让她变成了另一个人"，他们经常这样评价热恋中的人。这是真的：爱造就了另一个女人，然而如果她敢于爱，敢于选择，如果她敢于做自己，就必须打破世界用来囚禁她的形象。①

帕斯以引入"他者"范畴为先导，观察到墨西哥社会在性别问题上的二元对立和父权制意识形态对妇女压制的现实，指明妇女争取独立自由的出路在于打破这种对立和压制。玛斯特尔塔在小说中将女性置于墨西哥社会的"他者"位置——某人的女儿、母亲、妻子——并加以思考，意识到这种"他者"形象因男性的需要而得到不断强化，她们只能作为男性的附属、男性的"他者"，除此之外，她们不会感觉到自己的存在，更不可能理解自己。那么，女性如何才能打破这个社会强加给她们的"幽灵"形

---

① Paz，Octavio. *El laberinto de la soledad*. Enrico Mario Santí（ed.），Madrid：Cátedra，2015，p. 353.

象,赋予自己独立自由的权利呢？这是玛斯特尔塔小说所要回答和解决的主要问题。

当我们读到小说《爱之恶》的标题时,或许会以为这是一个关于爱情悲剧的故事,或者与失落或孤独有关。这种猜想不无道理,小说中确实存在一条爱情主线：年轻的爱弥儿·萨利与革命者丹尼尔·昆卡的爱情,但想要在这份爱中找到"罗曼蒂克"情节却不是一件容易的事情。小说讲述的时间跨越了波菲里奥独裁时期和墨西哥革命时期,在这样宏大的历史背景下,"爱"与"恶"都不再是单纯的男女情爱可以表达的,因为丹尼尔不仅将她引向了爱情的"痛苦",还将她引向了革命的"苦难"。

起初,爱弥儿因和丹尼尔离别而感到愤怒和孤独,对与革命纠缠不清的生活感到疲倦："爱弥儿眼睛都没睁地诅咒着,在一片寂静中大声问这令自己快要窒息、无法控制地想要大哭一场的原因。然后,她用含泪的双眼一遍遍地数着屋顶横梁,又将头埋到枕下,痛哭了两日,连房门都没有打开。"[1]情感的不确定性也让她变成了一个悲伤而多愁善感的女人,玛斯特尔塔在这里刻意突出了爱弥儿沉溺于爱情中的情态,与丹尼尔所从事的严肃事业形成鲜明对比,这时的爱弥儿对于"革命"的理解仅停留在报纸杂志或者父辈们的讨论中,并不认为"革命"会与自己产生关联。由此表明,当女性无法确认个人价值和社会现实的密切联系时,总是会将自己的生活依托于男性或主要关注与男性建立明确关系。

作为最早将欧洲和美洲的女性主义运动主张引入墨西哥的女作家

---

[1] 安赫莱斯·玛斯特尔塔：《爱之恶》,程弋洋译,海口：南海出版公司,2012 年,第136 页。

之一，罗萨里奥·卡斯特拉诺斯不仅是作家也是社会活动家。她的作品主要围绕墨西哥社会土著女性的生存境遇展开，并试图通过新的视角和书写方式摆脱"异国情调"和"家长式"的墨西哥土著文学传统。由于深刻体会到阶级和种族差异给墨西哥土著女性带来的不公正待遇及女性在自我认知上的极度欠缺，卡斯特拉诺斯强调男权社会对女性的需求仅限于家庭空间，女性在性别上被视为具有"虚弱、软弱"的特点，是需要受到男性保护的对象，她认为这只不过是父权制的话语陷阱，"舒适感"是阻碍新女性身份建构的最危险的观念。基于此，她在自己的文学书写中非常强调建立女性自我批判意识的重要性，认为女性需要在自我批评的过程中，不断摆脱父权制霸权所制造的"家中天使"或"温顺的女人"这种私人空间假象，才能实现新女性的身份建构。[①]

　　玛斯特尔塔在《爱之恶》中也以爱弥儿对革命看法的转变，突出了女性自我批判意识的重要性，并通过这种转变带来的批判表明，女性主体性的获得必须突破家庭空间、自我情感和个人记忆的局限，必须将自己置于社会公共空间，必须回归到社会生活和文化传统这一深厚的根基之中，必须进入民族国家的历史之中。因此，从根本上看，男女情爱并不是小说所要表达的主要内容，《爱之恶》是一部严肃的、具有很强政治色彩的小说。同时，小说中的"爱"与"恶"所包含的深刻而广泛的内涵，让爱弥儿得到涅槃，成为一个敢于爱、敢于选择的人，成为敢于做自己、成为一个"不合时宜"的"新女性"。

---

① 参见 Mattalia, Sonia. "Historia de la Un «invisible collage»: la narrativa de mujeres en América Latina." *Historia de la literatura hispanoamericana III: SIGLO XX*, Trinidad Barrena（coord.），Madrid：Cátedra，2008，pp. 147 - 166。

二、"另一种"历史: 女性视角重写墨西哥革命

在时间上,《爱之恶》涵盖了从 1847 年爱弥儿父亲迭戈·萨利的出生,到 1963 年小说中确切描述的最后一个时间节点,时间跨度对应于墨西哥独裁统治时期和革命时期。作者为什么要选择这两个重要历史时期作为小说的历史语境呢?

对于波菲里奥独裁时期与墨西哥革命时期的关系,墨西哥学者持有不同的观点。墨西哥历史学家丹尼尔·科西奥·维勒加斯认为,波菲里奥独裁是墨西哥现代史的重要组成部分,而墨西哥革命则是墨西哥当代历史的开始。[1] 科西奥·维勒加斯进一步解释,现代介于古代和当代之间,而后者是我们生活和面对的当下,墨西哥的当代历史就是那个通常被称为墨西哥革命的时代:"它来到了我们的时代,从 1910 年开始——它的出生日期,或者对其他人来说,从 1920 年开始——它的胜利日期。"[2]可见,这两段历史是墨西哥历史的一个关键转折点,其中墨西哥革命成为墨西哥社会从现代过渡到当代的重要标志。波菲里奥独裁时期,国家经历了长时间的动荡,但由此也逐渐走向社会和经济的现代化。革命的爆发推翻了独裁统治,也促成了 1917 年墨西哥宪法的颁布,使得

---

[1] 墨西哥的现代史始于一次堕落——1867 年 7 月玛克西米利安帝国崩溃,结束于另一次——1911 年 5 月波菲里奥·迪亚斯政府倒台。因此,这段历史跨越了近 44 年,通常分为两个阶段:第一阶段,不到 10 年,从 1867 年到 1876 年,被称为复辟共和国;第二阶段,从 1877 年到 1911 年,约 34 年,被命名为波菲里奥专政时期。(参见 Cosío Villegas, Daniel. *Historia mínima de México*, México: El colegio de México, 1973, p. 117。)

[2] Cosio Villegas, Daniel (coords.). *Historia moderna de México I. La vida política*, México-Buenos Aires: Hermes, 1955, p. 11.

墨西哥成为一个共和制国家。

奥克塔维奥·帕斯则强调，两个历史时期的重要性在于它们与政治和社会发展存在密切联系。一方面，波菲里奥·迪亚斯政府采取的是实证主义战略，"国家打破了与过去最后的联系"，是"一个历史不真实的时期"。另一方面，墨西哥革命"被改革忽视，被独裁政权羞辱"。尽管帕斯对墨西哥革命历史和社会价值的态度模棱两可，但他承认墨西哥革命在重建国家历史归属方面的重要性，因为它是"一场旨在重新征服我们的过去，同化它并使其活在当下的运动"①。

这些观点分歧表明，波菲里奥独裁和墨西哥革命时期无疑是墨西哥现代史上最重要也最复杂的时期。这一时期由于社会结构的特殊性及其成员构成的复杂性，社会呈现出诸多令人不安和多变的现象。但正是这种环境，激发了社会变革的可能性，其中最突出和有价值的变化在于墨西哥革命成为妇女参与公共生活的分水岭，并成为影响后来墨西哥妇女运动和女性主义思想发展的决定性因素。如果说 19 世纪的官方史学使女性作为历史主体被隐形，那么在革命期间，墨西哥女性主义委员会成立（CFM, 1919）；50 年代，妇女拥有了完全的投票权；70 年代，她们拥有了进入大学接受高等教育的机会，这些成为女性知识分子迅速发展的基础条件，也成就了墨西哥众多女作家、历史学家和评论家。

正如努拉·芬尼根和简·伊丽莎白·拉弗里在《墨西哥的"女性文学爆炸"：阅读当代女性写作》（2010）一书导论中所认为的那样，在墨西哥革命期间，墨西哥文化产出的特点是妇女在文化领域的声音急剧增

---

① Paz, Octavio. *El laberinto de la soledad*. Enrico Mario Santí (ed.), Madrid: Cátedra, 2015, pp. 284 - 285.

加，其部分原因是在全球化、现代化的文化环境下，妇女生活的所有领域都发生了快速的变化，这些彻底的变化已被广泛记录在案，并对整个社会产生了较为深刻的社会、文化和政治影响。[①] 所以，可以说也是通过这两个时期，墨西哥妇女与世界有了更为广泛的联系，1922 年第一届泛美妇女会议和 1923 年在墨西哥城举行的第一届女性主义理事会上，CFM 与拉丁美洲和北美女性主义者建立关系；联合国第一次世界妇女大会于 1975 年在墨西哥首都召开等，充分说明了这一点。此外，世界范围内兴起的和平主义、存在主义以及美国的民权运动，都深刻地影响着墨西哥女性主义的发展。更重要的是女性主义理论的引入，贝蒂·弗里丹（Betty Friedan）的自由女性主义经典《女性的奥秘》（1963）和法国女性主义作家西蒙·德·波伏瓦的《第二性》（1949），成为滋养墨西哥女性主义思想的重要源泉。

安吉利卡·里瓦斯·埃尔南德斯在其最新文章《墨西哥的女性主义：从墨西哥革命到女性主义4.0》中也指出：

> 因为在 20 世纪 40 年代，北美和欧洲女性主义者中有一种趋势，即要求恢复"历史上分配给女性的空间"。面对战后愿意返回私人空间或更愿意留在公共空间继续参与政治斗争的女性之间的冲突，这个问题将由女性主义思潮来解决。[②]

---

① 参见 Finnegan，Nuala；Lavery，Jane Elizabeth（eds.）. *The "Boom Femenino" in Mexico: Reading Contemporary Women's Writing*. Newcastle upon Tyne：Cambridge Scholars，2010，pp. 1 – 19。

② Rivas Hernández，Angélica. "El feminismo en México：De la Revolución Mexicana hasta el feminismo 4.0." *FILHA*，Vol. 18，No. 28. 2023. p. 8.

　　这种对历史和女性空间的反思，表现在墨西哥女性写作中，女作家一方面试图在重建墨西哥文化价值的过程中维护和重构女性身份，另一方面对女性在墨西哥官方历史中的缺席做出回应。"通过争论、戏仿、反讽、解构、不合时宜、另类历史的共时性等叙事方法"①，她们以女性的方式重写历史。不论是重建女性身份还是重写历史，写作的目的都在于唤醒对女性身份的历史和现状的思考，所以必须选择一个历史转折和文化转型的关节点作为对象，墨西哥革命无疑成为必选项。从女性视角对这一"关节点"的历史进行重新回顾，通过对社会动荡时期边缘女性日常生活和个人体验的文学叙事，实现重写女性历史的目的，成为许多墨西哥女作家的必然选择。

　　玛斯特尔塔在她的散文集《光明世界》中曾以"幻想一本小说"为题谈到了《爱之恶》的创作初衷：

　　　　那是 1993 年 1 月。我决定让爱弥儿·萨利早一百年出生，因为我想思考那个时代的生活，因为那是充满了风险和看似遥不可及的梦想的岁月。我无法想象还有哪个时代与我们现在的时代更加不同[…]现在我已经花了一个半月的时间来审视困扰我们的生活，当我想到我们可能经历与萨利一家所在的国家一样的动荡，我不禁战栗起来。②

---

① Larios, Marco Aurelio. "Espejo de dos rostros. Modernidad y postmodernidad en el tratamiento de la historia." *La invención del pasado: La novela histórica en el marco de la posmodernidad*, Karl Kohut, Frankfurt a. M (ed.), Madrid: Vervuert Verlagsgesellschaft, 1997, p. 133.

② Mastretta, Ángeles. *El mundo iluminado*. Madrid: Grupo Santillana de Ediciones, 1998, p. 36.

　　出生于 1949 年的玛斯特尔塔，目睹了墨西哥人民面临的经济生活的困境与政治选择的挑战，特别是 70 至 80 年代发展起来的女权运动以及随之而来的文化冲突，使其感到有责任通过写作来探究这些变化背景之下妇女的境遇。但是，现实是复杂的，需要时间的沉淀来反思，而这些现状的根源与墨西哥的历史又是分不开的。出于这个原因，她与 80 和 90 年代的许多墨西哥作家一样，选择从历史中寻求答案，选择在一段"充满风险"的"梦想岁月"中寻找答案。她回顾历史的原因还在于借助历史找到方法补救"现在"，让现在的时代不比别人的差，并希望她的孩子像她和她的祖父母一样拥有更好的未来。

　　墨西哥作家和文学评论家布兰卡·安索莱加指出，玛斯特尔塔和其他当代作家面对社会问题所采用的策略之一是诉诸历史，并对玛斯特尔塔新历史小说的写作特点做出了精辟总结：

　　　　它可能是一部新历史小说，[…]它并不打算坚持事实，以最大的真实性和精确性挽救已发生的事情，而是从人物的外表和声音及他们的观点中给出一种解释、一种视角、与真实事件的关系，并使之在对过去的叙述中具有合理性，看起来好像真的发生了，并且据说就是这样发生的。我们谈论的是虚构中的历史存在。①

《爱之恶》创作于 20 世纪 90 年代中期，回顾的是 19 世纪与 20 世纪

---

① Ansoleaga, Blanca. "De «La casa de la estrella» a la casa de Milagros." *Territorio de leonas: cartografía de narradoras mexicanas en los noventa*, Domenella, Ana Rosa (coord.), México: Universidad Autónoma Metropolitana, 2004, p. 175.

之交的历史，在一定意义上这本小说昭示着当代墨西哥社会仍未实现真正意义上的民主、平等，妇女问题仍在解决之中，还需要以史为鉴，既要避免暴力、战争历史的重演，又要加大改革的力度，解决一些根本性的社会（包括妇女）问题。《爱之恶》重写墨西哥革命历史，就是要对墨西哥革命中妇女的地位和作用做出新的"判断"，并且将历史上妇女的作用与她们当下的社会境况联系起来，质疑思想文化领域父权制意识形态对于妇女的压制，以及这种压制与权力话语之间的复杂关系。

安索莱加将《爱之恶》定义为"一部新历史小说"，应该说是比较恰当的。20 世纪 90 年代兴起的新历史小说就叙事结构而言，本质上是对历史客体的"二次修正"，历史在作家那里已经不再如历史教科书那样真实而简单清晰，历史的真相对于作家而言已经无关紧要，重要的是在历史中寻找自己的"话语场"，寻找一种解释和一种视角，传达一种历史意识和历史情绪。同时，历史在作者眼中已经不再是确定的、外在于个人的，而是不确定的，是个人的体验、感觉和想象，是叙述中的"合理性"，也是看起来"好像"真的发生了、"据说"这样发生的，即"虚构中的历史存在"。

作为 40 年代末出生的相对年轻的一代，1910 年代发生的墨西哥革命对于玛斯特尔塔来说，存在着时间和空间上的距离感，她对革命历史的了解也大多来源于历史教科书，这种教科书式的历史在她看来又是"非常糟糕"的。特别是作为深受西方解构主义等思潮影响的一代，在对待历史和现实的态度上必然会做出与革命一代截然不同的认知和反应。所以，她的作品已经不可能再像传统革命历史小说那样，从官方视角出发，描写宏大的革命战争场景，叙述革命的起源、曲折的过程，或是表达对英雄主义和民族主义的情感，或是对政治的渴望和对军事领导人的崇拜，或是表现出寻求真理的勇气和对自由乌托邦的渴望。恰恰相反，玛斯特尔塔明确表示："虽然作家总是在讲相同的故事，但我想看看我是否可以讲述一个不同的版本。"[①]在玛斯特尔塔版本的历史中，"我"已经成为历史的主体，历史是经过"我"的思想过滤和心灵反思而获得的结果，"我"也在历史中不断或隐或显并与历史之间形成一种对话关系。所以，在《爱之恶》中，革命、战争场景的描写退居次要位置，民间视角、边缘人物的日常生活以及个人对历史的体验、感受上升到主要位置，成为小说的主体内容。

　　小说以萨利家族在墨西哥殖民时期的生活作为故事起点，其中尽管也有对土著居民与殖民者斗争场景的描写，但也只是作为爱弥儿的父亲迭戈·萨利个人成长经历的历史背景。在后来的故事发展中，作者用了较长的篇幅，细致地描写了贝依缇（米拉格罗斯和何塞法两姐妹）、萨利和昆卡家族各具特点的爱情、婚姻和家庭生活，以及主要角色爱弥儿和丹尼尔的出生、成长，刻画出一幅19世纪末到20世纪初墨西哥中产阶级日常生活的生动画面，而墨西哥官方历史中所展现的独裁以及革命场景却在小说中仅作为"故事背景"存在。

　　爱弥儿出生和成长在一个有着浓厚民主氛围的墨西哥中产阶级家庭，从孩童时代起就受到自由思想的熏陶。父亲迭戈是"一群稀有的男人"之一，"他们毫无异议地尊重妻子，将她们视作神权的化身"[②]。姨妈米拉格罗斯是一位坚定的女性主义者，她"讨厌传统赋予女人的工作。在她看来，这是无谓的忙碌，浪费了成千上万智慧的头脑，它们本应该献

---

① Lavery，Jane Elizabeth．"Entrevista a Ángeles Mastretta：la escritura como juego erótico y multiplicidad texual．" *Ángeles Mastretta: textual multiplicity*，Woodbridge：Tamesis Books，2005，p. 224.

② 安赫莱斯·玛斯特尔塔：《爱之恶》，程弋洋译，海口：南海出版公司，2012年，第8页。

给更有价值的事业"，而母亲何塞法尽管是一位"家中天使"，但也反对
"将男主外女主内的现状视为自然和必然"①。这样的家庭氛围和环境，
无疑预示着爱弥儿会有一个完全不同的未来，并且将与墨西哥革命的动
荡岁月发生紧密的联系。

　　小说中多次将爱弥儿的成长与国家历史相关联。爱弥儿的"十五岁
生日聚会，本是初入社会界的一种仪式，却变成了在萨利家召开的反改
选俱乐部的第一次会议"②。小说通过这种方式将爱弥儿的十五岁与波
菲里奥独裁统治末期相对应：社会底层的农民和工人境遇每况愈下，经
济陷入混乱，社会矛盾日益激化；社会进步人士十分关注国家面临的问
题和困难，迭戈和昆卡医生的家成为普埃布拉进步人士展开政治辩论的
场所。

　　三年之后，爱弥儿十八岁的时候，墨西哥革命爆发，"普埃布拉的暴
动失败了，但起义之火却燎遍全国。一九一一年二月爱弥儿生日的那一
天，奇瓦瓦的起义者成功地赶走了联邦军，将控制范围推进到了索诺拉
州东部的采矿地区"③，预示着墨西哥社会由此进入漫长的战乱和动荡
时期。

　　1916 年，当在军阀混战的局面中革命渐渐忘记其初衷的时候，丹尼
尔流亡海外，爱弥儿也结束了追赶丹尼尔、追赶革命的脚步，回到了普埃
布拉，那些曾寄希望于革命能为国家带来一线生机的资产阶级进步人
士，又聚集到了萨利家，但此时的他们已经失去了往日的热情，徒留疲惫

---

① 安赫莱斯·玛斯特尔塔：《爱之恶》，程弋洋译，海口：南海出版公司，2012 年，第 52 页。
② 同上，第 58 页。
③ 同上，第 157 页。

和感伤："民主没来，混乱来了；正义没来，刽子手来了。"①

1917年，新成立的国会颁布了新宪法，墨西哥成为一个民主国家，开始推进社会的现代化进程。到1919年，爱弥儿与萨瓦尔萨建立的医院又多了二十张病床和七名医生；爱弥儿的女友，"世上最追求完美也最头脑清醒的人"——索尔也从一个对命运妥协的家庭主妇变成了医院的行政主管。爱弥儿开始"尽情地享受着自己的工作，一派宁静"。这样理想的生活让爱弥儿戏谑地感叹："连政治这玩意儿，都成了一道魅惑的风景。"②

玛斯特尔塔以这种独特的方式，即不同人物和视角对革命的介入，消解了"官方历史"的唯一性和确定性，呈现出不一样的面貌。相对应地，看似传统的女性成长故事，因为增加了对革命的亲身体验和切身感悟，人物形象更加丰满、鲜活，人物的蜕变也更具说服力，同时也反映出革命给普通民众和女性生活带来的深刻印记。在最初的时光里，"听到政事，爱弥儿有时会置诸脑后，有时也会存进美丽清醒的大脑，仔细琢磨一番"③。与为了实现民主、自由、平等的理想，进而参与政治和革命活动相比较，爱弥儿更在意与丹尼尔在一起过平静的生活，认为平凡的生活比残酷的战争更有价值。面对姨妈等人积极支持丹尼尔参与革命的行为，爱弥儿曾愤怒地说："你和所有这些人都将会使我们卷入一场战争。为什么你们愿意丹尼尔离开，为了看是否有人会杀了他？为了想再

---

① 安赫莱斯·玛斯特尔塔：《爱之恶》，程弋洋译，海口：南海出版公司，2012年，第260页。
② 同上，第266—268页。
③ 同上，第58页。

多一个人让你们遗憾追思，作你们攻击政府的借口？我痛恨这一切。"①
在起初面对贫困和战争时，爱弥儿总是想着逃避，甚至在战争临近时还
前往美国学习。

　　然而，在目睹了因为战争而流离失所和失去生命的人民之后，她意识
到自己作为一个墨西哥人永远无法摆脱战争，所能做的只有履行医生的
职责，尽力修补战争带来的伤痛。也正因为医学，爱弥儿认识了年轻医生
安东尼奥·萨瓦尔萨，如果说丹尼尔·昆卡带给爱弥儿的是爱的伤痛，那
么萨瓦尔萨则教给了爱弥儿成为一名好医生的热情和责任，并与爱弥儿
一起创建一所医院，为爱弥儿实现理想提供新的空间。

　　由此，我们可以看到，作家在将革命与女性命运作为小说的两条叙
事线索时，并没有完全否定墨西哥革命的意义和价值，而是将其看成女
性身份变革的重要契机。正如阿根廷学者、作家芭芭拉·穆希卡所言：

> 　　人们进行革命是为了改变事物。很多时候，革命带来的变
> 化很小。但在革命时期，人们敢于做出不可思议的事情。他们
> 享有极大的自由。我可以告诉你，在 40 年代和 50 年代，墨西
> 哥妇女不可能像 20 年代那样拥有那么多的自由。②

　　在《爱之恶》中，作家通过爱弥儿所展现的人生轨迹，为妇女如何在
革命和战争中获得独立和自由作了文学的探索和尝试。玛斯特尔塔的

---

① 安赫莱斯·玛斯特尔塔：《爱之恶》，程弋洋译，海口：南海出版公司，2012 年，第 67 页。
② Mujica, Bárbara. "Ángeles Mastretta: Women of Will in Love and War." *Américas*,
　 Vol. 49, No. 4, 1997, pp. 36 - 43, web, https://law-journals-books.vlex.com/vid/
　 angeles-mastretta-women-will-love-war-53719294. [2024/06/15]

这种叙事方式具有强烈的后现代特征,其初衷在于质疑历史的"官方"版本,并试图在文本中构建一些关于"过去的""全新的"但迄今为止仍被隐藏的故事。同时,对历史事件和历史人物的互文和戏仿,消除了历史编写与小说创作的界限,揭示了历史的"文本性"和"被建构性"。

在官方历史中,1910 年的墨西哥革命是一场具有重要意义的资产阶级民主革命。革命取得了空前重要的成果:在政治上,结束了迪亚斯长达 30 余年的独裁统治,逐步建立了资产阶级民主体制;在经济上,实现了石油、铁路等重要领域的国有化,摆脱了英、美等国的经济控制;在教育上,制定了国家义务教育政策,实现了教育现代化。以上成果无疑为 20 世纪 40 年代的墨西哥经济腾飞奠定了重要基础。

但是,《爱之恶》对此并不完全认可,作者多次通过小说中人物的叙述表达了这一点,其中最具代表性的是昆卡医生。丰富的人生经历和对民族国家深切的关怀,使他的话语颇具感染力:"五十年前,我们就梦想着共和、民主、平等、理性,五十年后,独裁、专制、落后、封闭仍统治着我们,甚至还染上了殖民主义最致命的恶瘤。"[1]基于此,昆卡医生对当时即将进行的墨西哥革命并不抱太大希望:"他不信任那些认为夺兵营、袭商铺和推动罢工易如反掌的家伙",因为"他们缺乏应有的思考和分寸";也不信任那些单纯的革命者,这些人"时刻准备着去杀戮和被杀"[2]。"战争到最后也不过是战争罢了,反对某位将军的胡作非为反而导致了更多将军的胡作非为"[3]。

---

① 安赫莱斯·玛斯特尔塔:《爱之恶》,程弋洋译,海口:南海出版公司,2012 年,第 56 页。
② 同上,第 143 页。
③ 同上,第 260 页。

　　不论是文学评论家费尔南多·艾因萨的文章《新拉丁美洲叙事中的历史重写》，还是西摩·门顿的著作《拉丁美洲新历史小说（1979—1992）》（1993），都在强调"新历史小说"专注于历史主题的动机之一是质疑和改写过去的刻板印象，进而表现当代拉丁美洲小说家对"官方史学"话语的批判态度。与官方历史相比较，《爱之恶》对"独裁"的评判在一定意义上更具颠覆性和批判性，玛斯特尔塔再次借助昆卡医生用更为尖锐的话语表达了这一点：

　　　　他这一代人梦想的共和国，应该是民主、平等、理性和富饶的，应该是开放又积极地面对革新与进步的。但是到老，他却眼睁睁看着这片土地依然独裁专制，分配不公，变成了有钱人的王国。它还是他出生时的那个国家，还是他祖父反抗西班牙殖民统治争取独立时的那个国家。社会依然被最愚昧固执的天主教控制着，由特权阶层和政经寡头统治着。①

　　在官方历史中，弗朗西斯科·马德罗是 1910 年墨西哥革命中的大人物，是革命后的第一位民选总统。在官方记忆中，马德罗从投身革命到成为民选总统，一直表现为正面的英雄形象：善良、富有激情，主张自由、民主，全身心投入革命。在竞选总统前马德罗曾因革命活动而入狱，革命后又因叛徒的出卖而被杀害，是一位具有悲壮色彩的英雄人物，从而也成为墨西哥历史、文学和影视作品所宣传的英雄形象。

---

① 安赫莱斯·玛斯特尔塔：《爱之恶》，程弋洋译，海口：南海出版公司，2012 年，第 143—144 页。

　　但是,在《爱之恶》中,作者却将马德罗描写成为一位政治经验老到的政客,并借中产阶级代表迭戈之口,将马德罗定义为一个靠一本"不知所云"的书而一夜成名的演讲家、空想家和政治投机分子。就连马德罗的坚定支持者丹尼尔也承认,作为总统候选人,"马德罗不是我们的最佳选择,只是唯一选择"①。在听了马德罗的总统竞选演讲之后,迭戈更加气愤地将马德罗称为"愚蠢的马德罗先生",认为"他与魔鬼同行,将自己的支持者置于炭火之上"②。在小说中,马德罗与其他政客一样,为了实现自己的政治野心,刻意模糊自己的政治立场,极力讨好各界人士,包括敌对势力,目的只为拉拢更多的选票。这位总统候选人"根本不知道自己想要追寻什么,所有的一切都只是美好的愿望、含糊的言辞和有益的目标"③。

　　历史的演进也无情地证明了迭戈和丹尼尔的预言,马德罗在选举中获得了绝对的胜利,但他当选总统并组成过渡政府之后,国家的状况并没有得到根本改变。政府也没有兑现当初为换得农民支持所许下的诺言:"某个支持波费里奥的百万富翁,摇身变成了马德罗的热烈拥护者;一个失望的马德罗主义者,交出一把破损的来复枪向政府表忠心,却又藏起一把性能更为优异的以备不测。"④由此预示着革命后的国家并没有走出混乱的状态,残酷的战争还将持续下去。

　　玛斯特尔塔小说的另一个显著特点,是对武装冲突的直接叙事很少,并且尽量避免出现战争的血腥场景描写,但她又总是以不同的方式不断地提醒读者,这是一部历史小说。以《爱之恶》为例,小说通过爱弥

①　安赫莱斯·玛斯特尔塔:《爱之恶》,程弋洋译,海口:南海出版公司,2012 年,第 98 页。
②　同上,第 122 页。
③　同上,第 121 页。
④　同上,第 167—168 页。

儿细腻、独特的女性视角，描述了在革命战争的灾难场景和废墟中挣扎求生的普通民众所受到的身体伤害："从最简单的胃疼到她见过的最为恐怖的外伤：只剩下半截的胳膊、没有指头的手、患烂疽病的腿、脱落的耳朵、拖在肚子外面的肠子"或是"有两个孩子，因为没有干净的生活用水，躺在她的臂弯间死掉了。一个在将军的马蹄下失去胳膊的士兵，一个因为不明病状双腿间流脓的女人，也都死在了她面前"①。面对这种惨痛的场景，身陷缺乏药品和医疗设施的窘境，爱弥儿愤怒地质问丹尼尔："这就是你追随的救世战争？"②

在返回墨西哥城的火车上，爱弥儿看见了更多更加可怕的景象："火车慢慢地驶着，车窗外是一长排吊死的人。舌头拖在外面，面容扭曲"；"一个孩子努力去够高吊着的父亲的靴子，一个女人哀哀地哭着，身子都缩成了一团。树一棵又一棵地闪过，每一棵上都吊着一个死人，就像结了一个怪异的果子"。③ 火车才开出几十公里，"他们又看到一群衣衫褴褛的人在拼命逃跑，后面则有一队人骑马追赶着，向那些老弱病残扫射。身后的村子里燃烧的房子冒着黑烟，后面躲着吓坏了的女人和孩子，一股恶臭袭来，渗入骨髓"④。这些是在"官方历史"中被寥寥数笔带过的内容，玛斯特尔塔则借助爱弥儿的视角和个人体验将之放大，再现了身处战乱之中的边缘属下群体，在身不由己被卷入战争之后面临的悲惨命运。

费尔南多·艾因萨曾对拉丁美洲新历史小说作过概括，认为其中存

---

① 安赫莱斯·玛斯特尔塔：《爱之恶》，程弋洋译，海口：南海出版公司，2012年，第218—220页。
② 同上，第218页。
③ 同上，第226页。
④ 同上。

在着两种相反趋势：一些文本试图重建过去，而另一些则试图解构过去；一些小说给现有史学提供资料，而另一些则源于作者的自由想象。[①]卢卡斯·格鲁茨马赫在《"新历史小说"概念的陷阱与后官方历史修辞》一文对这种观点作了修正，并且强调：

> 在 20 世纪下半叶的大多数拉美历史小说中不难察觉到两种力量的存在。因此，与其将历史小说分为"新"的和"传统"的，不如将之称为两个极点，每个文本都位于这两个极点之间。以向心力为主导的小说接近于传统模式，而以离心力为主导的小说则代表了后现代叙事。[②]

90 年代的墨西哥女性小说一直存在两种趋势：一种侧重于对家庭空间中女性个人记忆的描绘，以此阐明女性的从属地位、历史上女性的缺失，以及在文学表达中总是作为客体的境遇；另一种则受到后现代文学理论，特别是空间理论的影响，作家在写作过程中特别注重将女性问题从过于局限的家庭视角引向一个更为广阔的视野，一个更具批判意义的社会生存环境，并以女主人公为线索，将不同社会阶层、国籍、年龄和性别的群体串联在一起。小说的叙事方式已经不是单一的第一人称独白，而是女性群体共同参与的集体记忆，并加入了更多、更丰富的男性角色，从而使她们的作品内容更具有冲突感和丰满度。

---

① 参见 Ainsa, Fernando. "La reescritura de la historia en la nueva narrativa latinoamericana." *Cuadernos Americanos*, Vol. 28, No. 4, 1991, pp. 13 - 31.

② Grützmacher, Lukasz. "Las trampas del concepto «la nueva novela histórica» y de la retórica de la historia postoficial." *Acta poética*, Vol. 27, No. 1, 2006, p. 149.

玛斯特尔塔的作品并没有超出这两种基本趋势，但不同的是她试图在两者之间寻找一种平衡，她的《普埃布拉情歌》(1985)与《爱之恶》(1996)无疑比较好地阐释了"两个极点之间"的关系。

在《普埃布拉情歌》中，玛斯特尔塔更多地以女性视角解构官方所编撰的历史事件和人物形象，从而颠覆男权意识形态，更多地表现为"传统"。在《爱之恶》中，玛斯特尔塔尽管延续了对官方历史的某种质疑和解构，但是，这种质疑和解构并不是为了完全否定墨西哥革命历史的意义和价值，而是要重新审查以弥补官方历史的缺失和不足，尤其要恢复那些无法出现在官方历史中的名字和故事，同时展示女性人物主体意识的觉醒和对传统社会角色的突破。具体如下：

首先，与《普埃布拉情歌》采用第一人称叙事不同，《爱之恶》采用了第三人称的叙述视角。在对历史事件、历史人物的叙述中，不同阶级、不同性别、不同年龄、不同观点的群体都进入叙述范围，特别是以群体形象出现的女性参与到了该过程当中，成为历史过程的经历者和体验者，避免了叙述者的主观性和唯一性，同时又再现了历史记忆的多样性、丰富性和复杂性。

其次，与《普埃布拉情歌》主要围绕独裁时期展开的历史记忆不同，《爱之恶》的时间跨度更为广泛，包含了波菲里奥独裁时期和墨西哥革命时期，尤其是玛斯特尔塔更侧重于将这两个时期看作墨西哥从近代到当代历史的转折期，以及墨西哥社会进入现代化的重要阶段。在这一时期，现代化的某些弊病也初露端倪，西方科学和理性的权威话语受到质疑，并表现出对土著文化的某种回归。在小说中，质疑科学和理性的最有代表的事件是，西班牙书商依戈纳西奥带着严格按照西方科学和理性精神编撰的"大百科辞典"信心满满地来到墨西哥，但找不到买家，生活无着，靠维修冰箱为生，最后只能与流亡者丹尼尔一起，失落地返回西班牙。而瑞富希奥老人的形象则反映了现代化的另一面，以他为代表的土著话语处于科学、理性话语的对立位置，尽管对未来的"预知"能力具有迷信色彩，但也显示出强大的生命力和文化价值。这种包容度实际上是作家对墨西哥历史的多元化重构，并集中体现在爱弥儿的医学求学生涯中，她不仅接受了昆卡医生传授的西方现代医学知识、受到美国现代医学的专业训练，还继承了父亲迭戈传授的从16世纪延续至今的传统医学和草药学知识，最为重要的是，她还认识到女巫医特奥多拉的土著医术的重要性。爱弥儿创建的医院不仅运用现代医学替病人医治，还吸纳了墨西哥土著传统疗法。这些无疑都预示着墨西哥的文化和历史绝不仅仅是单一的官方历史所呈现的面貌，而是由差异和变量构成的、具有丰富内涵的集体记忆。

最后，两部小说都呈现出多条故事线索，表现为"文本的历史性"复调式的叙事，以及试图通过边缘人物的记忆，丰富和重建历史不断前进、停滞、重复和不断轮回的面貌。多条叙事线索互相穿插交错，互为映照，突出了文本在参与历史建构过程中的能动性。然而，在关于女性主体意识觉醒的主线上，两部作品存在着明显的差异。

在《普埃布拉情歌》中，玛斯特尔塔从卡塔琳娜的视角，对墨西哥独裁时期的黑暗统治和州长、总统选举过程中的弄虚作假进行辛辣的讽刺；对安德列斯将军残暴、无耻、独裁的真面目进行深刻的揭露，与此同时，故事的另一条主线则是卡塔琳娜反抗父权制的过程和自我认知的觉醒。《爱之恶》延续了《普埃布拉情歌》这一传统，主要以两条线索展开：一条表现为对墨西哥革命过程的历史记忆；另一条则以爱弥儿在革命进程中的不断成长和进步为主线，将个人记忆融入集体记忆。

　　法国社会学家莫里斯·哈布瓦赫在其著作《论集体记忆》（1925）中提出集体记忆的概念，以区别于个人记忆，并讨论了二者之间的关系，认为记忆具有群体属性，但"群体的记忆是通过个体记忆来实现的，并且在个体记忆之中体现自身"[①]。作为一部重写墨西哥革命的新历史小说，玛斯特尔塔摒弃了对宏观历史事件的描述，更加关注独裁和革命如何影响人们的日常生活，尤其是不同境遇的女性在面对由此产生的动荡局面时如何对国家、民族现状进行思考和行动，并通过构建 20 世纪初墨西哥女性的群像，进一步反映这一时期墨西哥社会更深层次的阶级和性别差异。因此，在肯定群体与个人记忆之间互相关联的前提下，还应当看到拥有共同记忆的群体记忆虽然受制于特定的社会历史语境，但必然存在差异性的个体记忆。这种差异需要通过对个体的社会阶层、宗教、性别或种族特性加以分析才能得到充分体现。在《爱之恶》中，个体记忆的差异性表现为墨西哥社会中存在着"两个世界"。

　　在《爱之恶》中，爱弥儿与其他社会阶层的女性相比，享有许多社会特权，例如良好的家庭环境，接受良好教育的机会，发展自己才能的空间，甚至参与政治的自由。作为女性，爱弥儿受到了很好的保护。这就是为什么当她与米拉格罗斯、丹尼尔一起访问圣地亚哥附近的平民区，在看到墨西哥社会最黑暗处卑微生活的人们以及忍受着饥饿的孩子们的时候，首先感受到的是"痛苦和恐惧"。这是一个充满绝望和泥泞的边缘地带："当一个浑身长满脓包的孩子触碰她时，她差一点叫了出来。她

[①] 莫里斯·哈布瓦赫：《论集体记忆》，毕然、郭京华译，上海：上海人民出版社，2002 年，第 70 页。

被从未感受到的痛苦和恐惧包围，需要尽力克制，才能继续留在那里。”[1]这也是爱弥儿第一次感受到“另一个世界”的存在。

通过不断接触“另一个世界”，爱弥儿看到其中的妇女过着与她完全不同的生活。在一次救助活动中，爱弥儿遇到一个二十岁却第六次怀孕的女孩，这个女孩只比她大两岁，因为没有钱去医院而死于难产，由此给她带来了深深的震撼。属下年轻妇女在动荡的社会中，除了被遗弃，还要忍受饥饿、辱骂和虐待。更让爱弥儿感到惊讶的是洗衣妇唐娜西尔维娜，为感谢爱弥儿帮助她解救了因参加罢工而被捕入狱的儿子，她居然提出将自己的一个女儿作为谢礼留下来：“那是个十三岁的小姑娘，苍白且营养不良。当她母亲陈述送这份礼物的理由时，小姑娘站在那里微笑着，害羞中夹杂着几分自尊。”[2]当爱弥儿拒绝这样的“礼物”时，两人都露出某种失望的神情。

女性将自己作为商品进行交换并认为这是自然合理的想法，让爱弥儿无言以对。姨妈米拉格罗斯的话也许反映了现实社会更加残酷的一面，她对爱弥儿说，或许“留下小姑娘是你对她的善举”，因为很明显这位母亲无力抚养这个孩子。“另一个世界”的妇女甚至连自己的生存问题都无法解决，独立、自主和解放更是无从谈起。

当然，除了这些在苦难中挣扎的女性，随着革命的推进，追随着丹尼尔的脚步，爱弥儿认识了多洛雷斯·百火、堂娜芭妩·佩尔普奥·索科洛等许多勇敢而坚强的女性，她们虽然没有参与革命，但却为革命者提

① 安赫莱斯·玛斯特尔塔：《爱之恶》，程弋洋译，海口：南海出版公司，2012年，第100页。

② 同上，第150页。

供了物质和精神支持。这些生活在被无休止战争摧毁了的土地上的妇女，遭受着绝望、恐惧和难以忍受的痛苦，但她们不会轻易向困难和挑战屈服，而是忍受着自己的痛苦和悲伤，不要求任何回报地为革命者提供支持和爱。爱弥儿在与这些勇敢女性的接触中了解到，在这里，有成千上万这样作为革命者坚强后盾的女性。男人们去打仗时，女人们就开始日夜操劳。她们寡言少语，手上的活计片刻不停歇，等待男人们带回胜利或失败的消息。她们和爱弥儿一样，渴望平静的生活，但面对战争和革命，她们只是默默承受。同时，玛斯特尔塔在这里巧妙地转换了叙述视角，从多洛雷斯的视角思考爱弥儿存在的意义以及审视自己与爱弥儿的差异，多洛雷斯发现"不是自己智力缺乏，而是贫穷使她没有机会去发展它"①。生存还是发展的问题将多洛雷斯和爱弥儿分割在了两个世界。

因为革命，爱弥儿经历了"另一个世界"，战争带来的贫困和死亡的洗礼让她理解了医学的真正意义。如果说在此之前爱弥儿跟随父亲学习医学知识或是去美国学习只是出于个人兴趣和理想，那么从这一刻开始，成为一名专业医生的愿望具有了更广泛的社会意义。尤其在战争时期，这项工作的重要性得到凸显："在所有的职业中，唯一受到尊敬的是医生。他们的水平和专长已经不重要，甚至镶牙的游医都被当作宝。"②这是作者从医者角度对革命和战争意义的质疑，对革命和战争带给国家和民族伤痛的反思。

---

① 安赫莱斯·玛斯特尔塔：《爱之恶》，程弋洋译，海口：南海出版公司，2012 年，第192 页。
② 同上，第 218 页。

爱弥儿处在墨西哥革命这样"一个令她每时每刻心怀怨恨、却又不舍抛弃的年代"①。在这样的年代，她的初恋丹尼尔是一位激进的革命者，认为武装革命是解决社会和政治问题的唯一途径，而她在目睹革命灾难后认为革命不是墨西哥的未来，科学，尤其医学才是；丹尼尔对革命的胜利仍然保持着幻想，爱弥儿则为因革命和战争而得不到及时救治的生命感到痛苦不已。两人对革命和战争的不同态度是导致他们最终分道扬镳的决定性因素。所以，当丹尼尔不得不流亡西班牙时，爱弥儿并没有追随他的脚步，而是回到普埃布拉与萨瓦尔萨开始了新的生活。新生活围绕着他们共同建立的医院展开，几乎所有曾经的朋友都回到了这里，为他们共同的理想而奋斗。

至此，小说的名字似乎有了不一样的意义，革命和战争尽管成为爱弥儿与丹尼尔的"爱之恶"，但同时，爱弥儿却在"爱之恶"中完成了从追求爱情的单纯女孩到不被世俗成见束缚、拥有独立人格的"新女性"的蜕变。

三、"不合时宜"的"新女性"

对女性日常生活和生存状态的关注，尤其是女性主体意识的觉醒以及对传统社会角色的突破，一直是玛斯特尔塔文学叙事的重要主题。这无疑与作家试图塑造墨西哥新女性的愿望息息相关。玛斯特尔塔小说中的女性似乎都讲述着不同的故事，但这些故事似乎又具有同样的探究目的，那就是女性如何完成从私人空间到公共空间的跨越，如何实现从顺从族群为她们塑造的形象到追求个性发展、从以家庭为中心的传统女

---

① 安赫莱斯·玛斯特尔塔：《爱之恶》，程弋洋译，海口：南海出版公司，2012年，第258页。

性到独立新女性的转变。本节从突破生存空间和塑造女性形象两个维度，对爱弥儿这一"不合时宜"的"新女性"形象进行分析，并进而探讨玛斯特尔塔在文学革新过程中写作策略的转变。

　　墨西哥是一个传统观念非常牢固的国家，"家庭是最重要的"已经成为墨西哥人的一种生活方式、信仰和基本价值观。当然，家庭的稳固必然建立在行之有效的家庭劳动分工和明确的家庭责任归属之上。"在阶级化的男权社会中，女性因其固有的性别属性，常常被形容为甜蜜、温柔、无条件服务于家庭、丈夫和孩子的"形象[1]。女性被禁锢于家庭这一狭小的私人空间，家庭成为女性发挥作用的唯一场所。在相对私密和封闭的家庭空间中，女性通常被当作男性的附属品或私有财产，可以被任意摆布和挥霍，从而在根本上否定了女性家务劳动的价值和意义，同时也造成了女性在"公共空间"的缺席。

　　女性在公共空间缺席最突出的表现在于否认和排斥女性的投票权和被选举权。整个 19 世纪，当欧洲和美国女性正积极为自己的权益发声时，拉丁美洲妇女却似乎被"消音"，或者说找不到发声的有效途径。当然，伴随着 20 世纪女权运动的兴起和"性别"研究的蓬勃发展，20 世纪初的拉丁美洲也掀起了一波争取女性投票权和被选举权的热潮，大部分拉丁美洲国家在 20 世纪上半叶实现了女性在全国范围内投票和选举的合法性。但相较于其他拉丁美洲国家（厄瓜多尔 1929 年、乌拉圭 1932 年、古巴 1934 年等），墨西哥直到 1953 年 43 号宪法修订才真

---

[1] Arauz Mercado, Diana. "Primeras mujeres profesionales en México." *Historia de las mujeres en México*, Patricia Galeana（ed.），México: Instituto Nacional de Estudios Históricos de las Revoluciones de México, 2015, p. 192.

正承认女性投票的有效性，并于 1955 年第一次在全国范围内实行。尽管存在像埃尔维亚·卡里略·波多（Elvia Carrillo Puerto，1878—1967）一样的墨西哥女性主义先驱者，她们为推动墨西哥女性教育、卫生和公民权利合法化作出了卓越贡献，但是在墨西哥，女性社会地位及性别差异一直被刻意忽略的现象仍然没有得到根本性解决。除来自男权社会主流思想、意识形态的压力和限制之外，女性对自我性别认同和社会身份的理解、封闭保守的生活模式、固化的观念等也是十分重要的原因。

在私人空间与公共空间的对立中寻求和解的诉求，是"女性文学爆炸"时期女作家写作的核心主题之一。在《普埃布拉情歌》（1986）中，玛斯特尔塔已经表达了对女性被局限于家庭私人空间的不满和失望，以及冲破家庭牢笼、结交新朋友、接触新事物和探寻更广阔公共空间的愿望和勇气。但是，由于传统男权社会及其观念对女性的长期压制，女性自主权和独立意识的缺失，尤其是经济上的依附性，使得女性摆脱家庭私人空间束缚、追寻自由和真爱的愿望，不论在现实还是文学作品中都受到来自社会各方面的重重阻碍。

《普埃布拉情歌》将小说背景设置在 19 世纪末波菲里奥独裁统治时期。在这一时期，墨西哥仍然是一个父权制意识形态较严重的国家，一般而言，家庭私人空间是女性发挥作用的"第一空间"，女性被禁锢于狭小的家庭，成为男性附属品，处于边缘位置。父权至上、"男主外女主内"，父亲是家里的绝对权威；母亲默默地操持家务、生儿育女，没有任何话语权。

小说主人公卡塔琳娜 15 岁嫁给安德列斯成为将军夫人。安德列斯是一个贪婪自私又残酷无情的人。婚后生活中，家庭就像一个囚笼，安德列斯将妻子视作"买来收进抽屉的一件物事"①，像家里的其他家具一样，是一件没有生命的摆设。卡塔琳娜被限制在家庭私人空间，就像生活在"各种盒子"里，作为安德列斯宣泄欲望的对象和生育工具。卡塔琳娜与公共空间的任何接触都处在丈夫的严密监视之下，与音乐家比韦斯的婚外情，实际上也是安德列斯的一个阴谋，卡塔琳娜成为政治斗争的牺牲品，比韦斯最终也以被谋杀的悲剧方式告终。

　　作家借助小说还暗示了这样一种现象，即在父权制家庭中，父亲与丈夫都是男性权威的代表，但由于父女关系的特殊性，父亲的男性权威表现为一种奇特的景观：出嫁之前，父亲作为男性权威的代表，女儿必须服从父亲；出嫁后，父亲又是女儿权利的代言人，在一定程度上表现出对女儿权利的维护。所以父亲在世的时候，卡塔琳娜还可以从父亲那里得到些许的保护和温情；父亲去世后，卡塔琳娜便陷入孤独、恐惧和绝望之中，只能"像梦游症患者那样在家里乱走，渴望有人陪伴"，家庭空间不仅是她的囚笼也是无法摆脱的梦魇，她只能默默承受"独自醒来的恐惧"②。也正是在这样严密的保护或者说控制之下，卡塔琳娜从一开始就缺乏自我意志和反抗精神，无法从男权思想的枷锁中挣脱，这一点可以从卡塔琳娜的梦想得到验证："我特别希望能在大教堂结婚，因为那里的走道比别处都长"③，但这样的梦想最后也没有实现，因为丈夫认为他们应该像士兵那样结婚。

　　卡塔琳娜曾经也有过冲破家庭束缚走向社会公共空间的冲动，如做

---

① 安赫莱斯·玛斯特尔塔：《普埃布拉情歌》，李静译，海口：南海出版公司，2010 年，第24 页。
② 同上，第 117 页。
③ 同上，第 8 页。

一些慈善事业、学会开车等，但最终被将军粗暴地阻断。她也曾反抗过将军残忍的谋杀行为，但最终只能以要回一匹叫"浣熊"的马匹或通过拒绝性爱来表达。可见，在男性霸权之下的家庭私人空间里，女性不可能拥有自己的主体位置，只能以"他者"的身份处于男性世界的边缘，其反抗的形式也仅限于一些根本无法改变现状的"小打小闹"。

对生存空间的争夺是20世纪80年代女性书写的一个重要领域。由于父权制机制和意识形态的长期存在，女性往往被限制和束缚在家庭私人空间之中。正如波伏瓦在《第二性》中所强调的："女人不是天生的，而是后天形成的。"[①]家庭私人空间对女性的束缚是长期的历史和文化原因造成的。在文学领域，更早一些时候，弗吉尼亚·伍尔夫曾在《一间自己的房间》(1929)明确指出一个"独立空间"对于女性的重要性。当然，她这里的"独立空间"不仅指物理空间，更重要的是作为女性独立精神空间的隐喻，以及自己用于完成写作的独立空间和自由支配的时间。更重要的是，在伍尔夫那里，创作并不是单纯个人的事情，而是为了介入公共事务的讨论，发表女性对于历史、政治、文化等问题的思考，所以伍尔夫的"一间自己的房间"已经具有一定的公共性指向。

值得注意的是，两位早期女作家都不约而同地讨论了女性工作权利的重要性，即她们实际上已经意识到工作是个体有效联系社会最直接的方式，是女性走出封闭私人空间迈向社会公共空间、实现自身社会价值的最有效途径，也是在家庭的门被关上之后，女性能够独立生存的基本

---

① 西蒙娜·德·波伏瓦：《第二性 II》，郑克鲁译，上海：上海译文出版社，2014年，第9页。

保障。可见，女性文学的写作重心正不断地将女性自身内在的强化过程与外部世界相关联，将女性自我身份的构建和社会问题相联系，从而建立起沟通私人空间与公共空间的桥梁。

受此影响，玛斯特尔塔的第二部小说《爱之恶》将女性小说从家庭私人空间延伸至社会公共空间，并试图在社会公共空间寻找和确立女性的主体位置。与《普埃布拉情歌》中的卡塔琳娜不同，《爱之恶》中的爱弥儿出生于一个充满民主自由气氛的家庭，长辈都是受过良好教育、具有民主思想的社会进步人士，父母之间互相尊重、平等相待，家庭空间中的男性中心观念被一定程度地弱化。

昆卡医生家和父亲的药房作为爱弥儿从私人空间向社会空间过渡的两个特殊的场所，对青少年时期的爱弥儿产生了重要影响。昆卡医生家本来属于私人空间，但由于昆卡医生是一位民主主义和自由主义者，所以他把自己的家打造成了民主人士自由讨论政治和社会议题的公共空间。"昆卡家的大门是敞开的，如同炽热地区的房门"①，是每个星期天渴望民主自由的人们进行政治辩论的重要场所。而位于"星辰之家"一层父亲的药房，是爱弥儿青少年时代的另一个重要活动空间："爱弥儿大清早就同父亲去药房，在那些瓶瓶罐罐和药味中泡一整天"②。在药房里，"迭戈和爱弥儿结成了快乐的工作伙伴，甚至星期日早晨都会在药房实验室的混合气味中度过"③，爱弥儿成为医生的职业理想，也是在这个空间里不断萌芽成长的。

---

① 安赫莱斯·玛斯特尔塔：《爱之恶》，程弋洋译，海口：南海出版公司，2012 年，第 19 页。
② 同上，第 93 页。
③ 同上，第 96 页。

成年之后，为了实现医生这一职业理想，爱弥儿将自己的活动扩展到更为广阔的空间：离开家乡到芝加哥接受专业的医学训练。在墨西哥革命动荡的历史背景下，环境艰苦的乡村、缺医少药的旅馆、满是伤员和患者的火车、充满感染危险的瘟疫现场等，都成为爱弥儿实现职业理想的场所。即便与丹尼尔的感情纠葛使她身心疲惫，但是她"不想一觉醒来无事可做，不想放弃充满希望的理智生活"，更不愿意"跟在他身后化为一道影子"[1]。为此，爱弥儿坚决地离开了丹尼尔，在自己的职业领域，"在诊断和治疗的同时享受着从来未有过的工作乐趣与平静"[2]。不难看出，通过爱弥儿的形象，作家试图说明只有冲破家庭—私人空间束缚走向公共空间，才能不断获得独立自由和主体位置。

玛斯特尔塔对爱弥儿这种追求自我职业发展的"新女性"形象的塑造，恰恰对应了 19 至 20 世纪之交墨西哥技术革命迅速发展的现代化进程。新行业、新业态的产生为女性进入公共空间提供了更多的机会，出现了第一批职业女性。她们专注于与医疗保健和家庭教育相关的行业，特别是医药学、产科和牙科以及基础教育。从女性从事的职业可以看出，她们关注的职业方向都与当时社会的迫切需求相关，一方面，充分凸显了女性自主选择职业的权利，以及这个权利所赋予她们的更多的社会责任和担当；另一方面，也意味着女性能够取得经济独立。

可见，女性自我意识觉醒和社会参与意识的增强始终与女性受教育机会的增多、科学技术发展所带来的行业细分和就业机会的增多密切相

---

[1] 安赫莱斯·玛斯特尔塔：《爱之恶》，程弋洋译，海口：南海出版公司，2012 年，第 258 页。

[2] 同上，第 262 页。

关。同时，女性受教育机会的增多和受教育水平的提高，也意味着进入职场、参与社会公共事务能力和水平的提高，并为女性文学写作提供了更多的可能性。

同样地，在女性形象的塑造上，从《普埃布拉情歌》到《爱之恶》，玛斯特尔塔经过近十年思考和探索，实现了从传统的"家中天使"到"新女性"的突破。

在《普埃布拉情歌》中，玛斯特尔塔将卡塔琳娜置身于一个传统的墨西哥家庭，让她只接受了传统"教会学校"的初级教育，并试图将卡塔琳娜塑造成一位"贤妻良母"的形象。这种形象符合当时墨西哥社会对"家庭"概念的理解，女性因其具有"先天的"生育能力和道德优越感，常常被冠以"家中天使"和"母性"光环，母亲、外婆一直是墨西哥文学中最具典型性的传统女性形象。

因此，成为将军夫人后，卡塔琳娜自觉或不自觉地将欧洲殖民女性"家中天使"的形象加以内化。她按照"操持家务、生儿育女"的女性职责，报名参加烹饪学习班，练就了一手好厨艺。结婚后的五年里，她不仅为安德列斯生育一双儿女，还抚养了丈夫前妻和情妇的孩子。在日常生活中，她"安静恪守、沉默寡言"，一切以丈夫为中心，扮演着贤淑妻子的角色：帮丈夫参选州长拉选票，为丈夫安排各种晚宴，陪丈夫参加各种社交活动，容忍丈夫拥有多个情妇，甚至帮助丈夫掩盖各种丑闻和罪行，成为安德列斯家庭和社会身份的附庸。这样的妻子却得不到丈夫的尊重，安德列斯不允许卡塔琳娜有独立思想，更不允许她有任何自主的行为，任何超越或挑战其权威的言行都会受到严厉的压制。可见，所谓的"家中天使"不过是传统女性形象在男权社会中的模式化，其本质是女性对男性的无条件服从，也是男性为女性设置的命运陷阱。

在传统女性文学中,女性形象通常是单一视角下的人物关系,并较多集中于家庭成员和恋人关系,缺乏对其他女性角色发散性的叙述,具有一定的封闭性和单一性。由此也在一定程度上表明,女性文学写作如果被困于私人领域而与社会空间脱节,必然会使其塑造的女性形象在自我认知、公共世界感知、独立自主等方面存在某种欠缺。因此,在整个小说中,卡塔琳娜一直呈现出一种矛盾心理:一方面,她一直按照安德列斯的要求,扮演着"家中天使"的角色;另一方面,她的精神世界一直在抗拒着这样的角色,她与音乐家比韦斯的婚外情,就是试图颠覆这种形象的一次尝试,但最终以失败告终。作家将卡塔琳娜独立自由的获得寄托于丈夫肉体的死亡,而不是整个父权观念的颠覆。所以,尽管在小说结尾作家写道:"一个人生活,没人命令我。多少事可以做了! 在雨中,我放声大笑,[…]未来的生活很精彩,几乎称得上幸福。"①但是,这些自由、幸福在男权中心面前仍然只是想象,或者最多只能说是希望。

女性在认同和自我身份构建的同时,也在对男权世界塑造的女性传统形象进行解构。出于女性在身份建构过程中对自身形象多元化发展的需求,女作家的观察视野也开始从家庭转向社会、从私人空间转向公共空间,其人物性格的描述也开始从"家中天使"向"新女性"转换。作为玛斯特尔塔着力塑造的新女性形象,与《普埃布拉情歌》中的卡塔琳娜相比,爱弥儿从童年时代开始已经展示出极大的不同。她从小接受民主自由思想的熏染,在教育上,父亲迭戈秉承自然主义教育理念,认为"只要不把孩子塞到修女那里,去哪儿都行。修女只会教孩子祷告,培养出的

---

① 安赫莱斯·玛斯特尔塔:《普埃布拉情歌》,李静译,海口:南海出版公司,2010 年,第258 页。

都是与现代世界矛盾的生物"①。主张应该让孩子在自由的空气下成长，培养自由的天性。基于这样的认识，爱弥儿的早期教育并没有局限于学校教育，家庭教育也在其中扮演了重要角色：母亲教她弹钢琴、引导她阅读小说，父亲与她谈论政治、旅行和医学，昆卡医生教她大提琴，姨妈米拉格罗斯带她旅行。

在这种教育理念和生活环境的熏陶下，随着社会阅历日渐丰富以及墨西哥革命的影响，爱弥儿意识到自己并不是一个单独的个体，而是与整个社会密切联系的，只有成为一个在精神和经济上完全独立的新女性，才能承担自己的社会责任。在这个过程中，家庭成员给予的不是过度保护和控制，而是尊重爱弥儿独立自主地选择自己的生活方式，使她真正实现了向"新女性"的转变。

正如在上一节所讨论的，玛斯特尔塔小说在女性形象塑造方面的一个显著革新，在于实现了从单一的女性视角到女性群像的过渡，其中的每一个女性角色都具有非常鲜明的个性，并且以不同方式保持着自己的信念。也就是说，在《爱之恶》中，爱弥儿不再是小说中的唯一叙述主角，而是以爱弥儿为线索将不同境遇的女性串联起来，展现出世纪之交更为丰富的女性群像。值得注意的是，传统意义上，当我们说起"女性"这个能指时，通常涵盖了一个所指群，即"自然""母亲""神秘""恶的化身""知识与欲望的对象"等，用来代表所有女性内在的本质特点。这种对女性的本质主义界定是以"男性"为参照的，是一种男性中心主义观念。而在玛斯特尔塔的小说中，不管是"女性群像"还是"新女性"形象都强调了女性的个体差异和多样性，所以，这里所叙述的女性都是以复数形

---

① 安赫莱斯·玛斯特尔塔：《爱之恶》，程弋洋译，海口：南海出版公司，2012 年，第 41 页。

式出现的。

另一方面，如果说上一节中提到的"两个世界"女性的存在，展现出由于阶级差异而造成的一种反差和对立，一种由不同视角引发的关于女性世界观的内部张力；那么从贝依缇姐妹到爱弥儿和朋友索尔，则体现了一种女性的世代传承。事实上，这种叙事方式在"文学爆炸"以来的墨西哥小说中已经成为一种趋势，阿连德的《幽灵之家》、劳拉·埃斯基韦尔的《恰似水之于巧克力》都体现了这种传承。

在《爱之恶》中作为爱弥儿最亲近的两位女性，贝依缇姐妹展现出非常鲜明并且完全不同的性格特征。何塞法聪明而温暖，她是迭戈的妻子、爱弥儿的母亲、米拉格罗斯的妹妹，是"家中天使"的代表。尽管更多精力用来安排家中的大小事务，但受姐姐和丈夫的影响，她也表现出对政治的极大兴趣。她有时会阅读报纸，并且对革命和政治抱有自己的看法和主张，有时也会因某些观点的不同与自己的丈夫展开争论，但总是表现出女性特有的感伤和诗意："战争从来就不可能是短暂的。战端一开，就像撕开了填满羽绒的枕头，细小的绒毛会无穷无尽地四散开去。"[①]与妹妹相比，米拉格罗斯是玛斯特尔塔笔下最为激进的女性形象，她的特立独行和不顺从与传统的女性形象相去甚远，但同时她也展现出了女性的另一种可能性。这种可能性甚至在某种程度上忽略了修女胡安娜·伊内斯·德·拉·克鲁兹都无法逃脱的女性所面临的困难抉择，即嫁为人妇或者成为修女。

米拉格罗斯非常积极地参加以男性为主导的政治讨论会，在与男人

---

① 安赫莱斯·玛斯特尔塔：《爱之恶》，程弋洋译，海口：南海出版公司，2012年，第139页。

的辩论中不会显露丝毫的恐惧或羞耻感，她身上拥有大多数女性所不具备的优点："自由是米拉格罗斯最大的激情，勇气则是她最优秀的弱点[…]很少有人像她那么喜欢阅读，也没有人像她那样博学。"①她始终是一个对世界充满热情并抱有好奇心的女人，也从来不向衰老和残疾屈服，"她急于了解一切，甚至世界上最后一个隐蔽的溪谷。如果找不到答案，疑问便会扼住她的咽喉，使她无法发声"②。最重要的是，她向往自由，但也懂得家庭的重要性。毫无疑问，米拉格罗斯虽然并不是小说的主角，但将新女性形象演绎到极致，成为一种精神象征的存在。在《爱之恶》中，如果说何塞法的"家中天使"呈现出一种完美主义的传统女性形象，那么米拉格罗斯则展现出了新女性的反叛精神，她拒绝婚姻并积极参与政治和革命的行为，表现出一种要求突破阶级和性别压迫以及家庭空间桎梏的强烈愿望。

　　毫无疑问，爱弥儿的成长受到许多个性鲜明女性的多重影响，但是，从新女性人格的形成而言，母亲何塞法和姨妈米拉格罗斯则是最直接的：爱弥儿像她的母亲何塞法一样温柔而有爱心，但同时她的勇敢和独立，则继承自米拉格罗斯。玛斯特尔塔在一次访谈中也明确表达了这一点：

　　　　我爱我的主角，米拉格罗斯·贝依缇有很多我想拥有的特点：她非常坚定，她非常清楚自己想要什么，她说话非常有力，她非常大胆。如果我们做精神分析，我想成为一半何塞法和一半米拉格罗斯。这就是为什么我允许自己创造一个兼具两者

① 安赫莱斯·玛斯特尔塔：《爱之恶》，程弋洋译，海口：南海出版公司，2012 年，第 13 页。
② 同上。

的和谐角色，那就是爱弥儿。当然，我不知道当我 70 岁时，我是否会得到爱弥儿内心的和谐。我正在寻找那个。①

可见，玛斯特尔塔所理想的新女性，一方面试图摆脱墨西哥社会和文学传统中形成的对于女性的刻板印象，获得身体、精神和情感的自由；另一方面又表现出对于传统的某种妥协，即试图保持墨西哥女性的一些传统美德，并在传统女性和现代女性之间寻求一种平衡与协调。

奥克塔维奥·帕斯认为，墨西哥社会仍然处于父权制话语体系下，仍然存在种族、阶级差别和道德、法律等意识形态差异，面对这种现实背景，妇女对爱和自由的追求是难以实现的。所以，他在《孤独的迷宫》中悲观地将这种女性定义为"不合时宜的女性"：

> 在我们的世界里，爱是一种几乎难以企及的体验。每个人都反对它：道德、阶级、法律、种族和相爱之人。对于男人来说，女人一直是"他者"，是他的对立面和补充。因此，能够自由选择爱情的女性无疑是不合时宜的女性。②

玛斯特尔塔并不完全赞同帕斯的这种观点，所以在塑造爱弥儿这一"不合时宜"的新女性时，她非常巧妙地借用了卢梭《爱弥儿》（1762）中

---

① Lamas，Marta. "Entrevista con Ángeles Mastretta：Perseguir el deseo." *La jornada*，1996，web，http：//www.jornada.unam.mx/1996/11/10/sem-mastretta.html.［2024/06/15］

② Paz，Octavio. *El laberinto de la soledad*. Enrico Mario Santí（ed.），Madrid：Cátedra，2015，p. 351.

"完美"男性"爱弥儿"的模板，目的就是要质疑和打破这种观念。玛斯特尔塔并没有按照《爱弥儿》中爱弥儿的妻子——一位如"家中天使"般的典型家庭主妇——苏菲的形象来塑造自己的新女性形象，而是从女性的视角重新审视男性"爱弥儿"（Emilio），并将其变为"完美"的女性爱弥儿（Emilia）①，"以此来纪念卢梭"②。

为了解决"新女性"形象建构过程中所面临的困境，作家提出了家庭关系的新规则：米拉格罗斯有对她不离不弃的里瓦德内拉，爱弥儿可以同时拥有两位爱人——丹尼尔和萨瓦尔萨。所以，当爱弥儿宣布她犯了"重婚罪"的时候，何塞法也感叹道："我在小说里都没见过这样的好事。像里瓦德内拉那样的男人绝对出不了第二个，可在同一个家庭降临了两个……要是把这事写成小说，谁都不会相信。"③对此，玛斯特尔塔在访谈中也作了回答：

> 爱弥儿·萨利是一个想知道是否有可能同时爱两个男人的女人。从这种两难的境地中，她变成了一个更丰富的角色。一个女人想知道什么更重要，战争或和平，冒险或内心的平静，最后，是只有她的身体和爱的欲望重要，还是她的职业诉求同样重要，抑或更重要的是其他充满她生活的东西。④

---

① 参见 Molina Sevilla de Morelock, Ela. "Ángeles Mastretta y la Mujer Nueva en *Mal de amores*." *Relecturas y narraciones femeninas de la Revolución Mexicana: Campobello, Garro, Esquivel y Mastretta*, Woodbridge: Tamesis Books, 2013, pp. 138 - 145。
② 安赫莱斯·玛斯特尔塔：《爱之恶》，程弋洋译，海口：南海出版公司，2012 年，第 10 页。
③ 同上，第 264 页。
④ Lamas, Marta. "Entrevista con Ángeles Mastretta: Perseguir el deseo." *La jornada*, 1996, web, http://www.jornada.unam.mx/1996/11/10/sem-mastretta.html. [2024/06/15]

在这里，作家实际上想要说明的是，同时爱上两个男人的"新女性"只具有象征意义，她所要拒绝的是对女性定义的单一性，所要强调的是女性角色的丰富性和复杂性，即不仅仅是"身体和爱的欲望"，还有职业诉求以及其他充满她生活的东西。

同时，作家在形塑新女性形象和建构女性主体性之时，并没有将男性看成女性的"他者"和对立面，而是充分肯定男性在女性主体建构过程中的重要性。在小说中，与爱弥儿相伴的男性群体包括父亲迭戈，昆卡医生、姨妈的情人、诗人里瓦德内拉、爱弥儿的情人丹尼尔和萨瓦尔萨，老人堂雷夫西奥，美国的霍根医生，西班牙书商卡尔德纳尔等，他们都不是传统意义上被男权思维洗脑的男性，而是尊重、爱护和欣赏优秀的女性，并给予她们成长以重要的助力。

这种"非典型"或者"不可能"的男性角色，作为打破男性霸权的一种重要策略，在小说中也以多种形式存在。爱弥儿的父亲迭戈无疑成为新女性的"完美帮凶"。作为一名药剂师，迭戈对医学和草药自然疗法的热情深刻影响着爱弥儿，并在女儿的人格形成中发挥着重要作用。迭戈除了教爱弥儿使用草药的基本知识外，还给她讲述土著文化传说和神话故事以及有关旅行的知识，这使得爱弥儿的童年充满了乌托邦式的想象。同时，迭戈认为，爱弥儿的"一生都将在新世纪度过"[①]，那会是更丰富、更自由的生活，因此他拒绝向爱弥儿灌输任何保守观念，无论是传统习俗还是宗教信仰，并认为这些观念可能成为影响女儿自由天性的障碍。

在小说中，玛斯特尔塔向我们描述了一个由开明的父亲和温柔的母亲组成的和谐自由的家庭，这种环境成为构建青年爱弥儿世界观的基

---

① 安赫莱斯·玛斯特尔塔：《爱之恶》，程弋洋译，海口：南海出版公司，2012年，第43页。

础。正如在被问及小说为什么会用大量篇幅来描写爱弥儿父母的日常生活时，玛斯特尔塔说：

> 这部小说应该从第 185 页开始，也就是爱弥儿 17 岁的时候。我一路回溯，让爱弥儿出生，因为我爱上了她的父母，这就是为什么我想到了爱弥儿的所有童年和她父母的自由传统，他们的学术争论和政治理想，他们梦想的落空，以及生活如何背叛了所有可能性。迭戈·萨利梦寐以求的世界，也是我们现在梦寐以求的世界，即一个和平、和谐、民主、寻求正义、努力使我们的国家变得更加平等的世界。那时，那个故事赢得了我，那个故事占据了半部小说。①

在这种环境中成长的爱弥儿，接受了自由多样的教育，在了解世界的同时也熟悉墨西哥的文化和历史，了解医学和政治，也懂得如何欣赏艺术和音乐，以及知晓如何面对梦想和生活的背叛及背叛之后如何继续生活。当然，更为重要的是拥有对一个和平、和谐、民主、正义、平等的国家理想的追求。可见，在作家看来，美好家园和理想国家，无疑是新女性成为可能的前提和基础，也是她用大量篇幅描写爱弥儿父母日常生活内容的重要原因所在。

可以说，玛斯特尔塔利用大量篇幅描绘爱弥儿的家庭环境以及她在

---

① Lamas，Marta. "Entrevista con Ángeles Mastretta: Perseguir el deseo." *La jornada*，1996，web，http：//www. jornada. unam. mx/1996/11/10/sem-mastretta. html. [2024/06/15]

成长过程中遇到不同的女性、男性和他们的各色人生，不仅是为了衬托出爱弥儿更为鲜明的"新女性"形象，还是为了探讨使爱弥儿"不合时宜"的女性形象合理化的必要条件。在小说结尾，作者运用"俄罗斯套娃"来比喻以爱弥儿为代表的新女性丰富、多样的内涵。"俄罗斯套娃"不仅颠覆了传统文学叙事对女性歪曲、刻板的印象，而且突破了性别二元对立和女性的本质主义定义，具有诸多的后现代和后殖民特征。

在墨西哥社会种族、阶级、性别多重压迫的背景下，女性丧失主体地位而沦为"他者"。妇女如何才能冲破这些压制浮出历史地表，文学叙事无疑发挥着重要作用。玛斯特尔塔作为现实主义小说家，在自己的文学叙事中并没有回避妇女问题，而是将之作为自己作品的中心议题，表现出其思想的一贯性和女性主义立场的坚定性。

当然也必须看到，不论是《普埃布拉情歌》中的卡塔琳娜，还是《爱之恶》中的爱弥儿，她们无论是冲破家庭私人空间转变为"新女性"，还是冲破家庭束缚走进民族历史，都需要经历十分漫长的过程。而其现实性和可能性在面对墨西哥复杂的社会现状时，或许只能存在于虚构的"理想"中。同时，作为西班牙前殖民地，墨西哥社会实际上深受殖民结构的影响，小说中的女性从"家中天使"到"新女性"的形象转变，尽管表现了墨西哥女性意识的觉醒和主体位置的确认，但多少仍保留了西方殖民结构内化的影子。另外，对于女性而言，家庭生活与职业理想、理智与情感之间的矛盾及冲突也许是永恒的课题，《普埃布拉情歌》以丈夫安德列斯身体的死亡作为解决冲突的途径，《爱之恶》则以二者的平衡作为解决方法。文学文本中的这些途径和方法也许是作者对未来的期望，也许是对问题的"悬置"，这一问题真正的解决，可能在理论和实践上都需要经历更为漫长的探索过程，是一场"漫长的革命"。

《没有人看见我哭泣》：现代化与属下女性

    对于世纪末的墨西哥女作家而言，不论承认与否，女性主义无疑是她们的基本立场，墨西哥妇女的生存状况是她们关注的共同问题；文学书写的目的在于打破父权制和菲勒斯中心主义话语霸权，并建构女性自己的文学叙事传统；重写历史的意义在于表现那些沉默的和无法触及的声音，讲述"另一个"被官方史学抹去的故事，并使墨西哥妇女的存在浮出历史的地平线。

    我们在讨论安赫莱斯·玛斯特尔塔的文学创作时已经论及，波菲里奥独裁统治和革命时期是墨西哥历史上的关键节点，是一个在玛斯特尔塔看来"充满风险"的"梦想岁月"，从而也成为当代墨西哥学术界非常重视并不断回顾的时代，以及被90年代墨西哥女性小说反复叙述的一个重要题材。但同时也应当注意到随之而来的一个新时代的开始——革命后不仅开启了墨西哥当代历史，而且展现了从国家重建中崛起的墨西哥，这种重建涉及为现代民主国家的建立而进行的新的权力配置和社会改革。作为墨西哥"新一代"作家的重要代表，里维拉·加尔萨将自己的小说《没有人看见我哭泣》置于更为宏观的历史背景之下。如果说在玛斯特尔塔的《普埃布拉情歌》和《爱之恶》中，墨西哥革命是叙事的重点，主角大多是中产阶级女性，对历史事件的描述和人物形象的塑造介于传统与非传统之间，具有明显的过渡性质，那么在《没有人看见我哭泣》中，里维拉·加尔萨则将叙事侧重点放在对墨西哥革命的后果——墨西哥现代化——的质疑和反思上，小说中的大多数人物都是边缘群体和属下女性，历史线索更多地以无序和碎片化的方式被组织起来，历史事件只是作为人物生活中转瞬即逝的场景而被忽略，表现出更多的后现代特征。二者之间前后接续、异中有同，共同构成了 90 年代墨西哥女性小说发展的独特景观。

一、克里斯蒂娜·里维拉·加尔萨的文学视野

克里斯蒂娜·里维拉·加尔萨，墨西哥小说家、散文家、诗人、学者，1964 年出生于墨西哥东北边境的塔毛利帕斯州马塔莫罗斯市，1989 年之后一直居住在美国。里维拉·加尔萨在墨西哥国立自治大学城市社会学专业毕业之后，在美国休斯敦大学取得拉丁美洲历史学博士学位和人类学荣誉博士学位。自 2016 年开始，她一直在休斯敦大学担任教职，并创办了西班牙语创意写作项目。里维拉·加尔萨先后在美国及拉丁美洲的多所大学担任客座教授，在文学理论和历史教学工作中不断积累的实践经验以及历史学和文学的系统训练，使她逐渐完成了对世界和自我认知的知识体系的建构，并在其文学创作中留下了深刻的印记。她的文学作品呈现出广泛的美学精神和意识形态创新，被评论界誉为"跨基因、跨学科和双语的"作家①。

里维拉·加尔萨是一位多产作家，主要叙事作品包括：《没有人看

---

① González Mateos，Adriana. "La cresta de Ilión." *Debate feminista*，Vol. 27，2003，p. 344.

见我哭泣》(1999)、《伊利昂之巅》(*La cresta de Ilión*，2002)、《往事》(*Lo anterior*，2004)、《死亡予我》(2007)、《绿色上海》(*Verde Shanghai*，2011)、《针叶林之恶》(2012)等，这些作品都表现出非常不同的叙事风格和主题。特别是最新出版的《棉花自传》(*Autobiografía de algodón*，2020)，围绕移民、打击贩毒、曾经繁荣的棉花产业和塔毛利帕斯州、得克萨斯州的边界历史等主题展开叙述，《莉莉安娜无敌的夏天》(2021)则回顾了妹妹在1990年遭受的"女性杀戮"(feminicidio)事件，不仅延续了她在写作风格上将文学与社会、政治相结合的显著特点，而且表现出对墨西哥社会现实问题，尤其对美墨边境地区女性生存现状的深刻关注。

里维拉·加尔萨的作品因其重要的影响力曾赢得过许多荣誉。1997年中篇小说《我，莫德斯塔·布尔戈斯》(后改名为《没有人看见我哭泣》)获得何塞·鲁本·罗梅罗国家小说奖(Premio Nacional de Novela José Rubén Romero)；2003年，小说《伊利昂之巅》进入罗慕洛·加列戈斯奖决赛单元。她也是唯一一位两次获得胡安娜·伊内斯·德拉·克鲁兹修女奖的作家(分别为2001年《没有人看见我哭泣》和2009年《死亡予我》)。另外，她还获得过诸多的文学荣誉奖项：墨西哥国立自治大学起点奖(Premio Punto de Partida，1984)、圣路易斯波托西国家故事奖(Premio Nacional de Cuento San Luis Potosí，1987)、胡安·维森特·梅洛国家故事奖(Premio Nacional de Cuento Juan Vicente Melo，2001)、德国柏林安娜·塞格斯国际拉丁美洲文学奖(Premio Internacional de Literatura Latinoamericana Anna Seghers en Berlín，2005)、法国罗歇·凯卢瓦国际拉丁美洲文学奖(Premio Internacional de Literatura Latinoamericana Roger Caillois，2013)、何塞·埃米利奥·帕切科菲利文学卓越奖

(Premio Excelencia en las Letras José Emilio Pacheco，2017)、雪莉·杰克逊奖(Shirley Jackson Award，2018)、何塞·多诺索伊比利亚美洲文学奖(Premio de Literatura Iberoamericana José Donoso，2021)、哈维尔·维亚乌鲁迪亚奖(2021)、马萨特兰文学奖(Premio Mazatlán de Literatura，2022)，等等。在其他领域，2020 年获得美国麦克阿瑟奖(MacArthur Fellows Program)、巴塞罗那大学玛丽亚·桑布拉诺奖学金(Beca María Zambrano)。2023 年入选为墨西哥国家学院(El Colegio Nacional)成员，成为首位入选的女作家。该机构主席尤西比奥·华里斯蒂(Eusebio Juaristi)曾给予她的工作以很高评价，认为作为一名处理墨西哥当前问题的作家，她的写作对于促进我们时代的文学发展至关重要。[①]

里维拉·加尔萨十分关注当代墨西哥文学创作，并对当代小说创作表达了自己不同的看法。在与《国家报》文化增刊负责人萨博加尔·曼里克(Sabogal Manrique)的一次采访中，她谈到，新一代墨西哥作家正处在一个社会和文化都十分复杂的环境之中：国家通过奖励、教学讲习班和奖学金方案的方式参与其中；写作的极端商业化模式，导致了创作和出版标准的统一性和一致性。"如果再加上我们不得不经历的技术革命，文学代理人越来越积极的参与，以及市场作为图书最终归属地的优势，那么情况就会变得更加复杂。"[②]为了回应这种状况，2005 年，在首尔

---

① El Colegio Nacional. "El Colegio Nacional elige a Cristina Rivera Garza y Carlos A. Coello Coello como sus próximos miembros." 9 de enero, 2023，web，https：//colnal. mx/noticias/el-colegio-nacional-elige-a-cristina-rivera-garza-y-carlos-a-coello-coello-como-sus-proximos-miembros/. ［2024/06/15］

② Manrique Sabogal，Winston. "La identidad se trabaja como proceso y exploración." *El país*，29 de noviembre，2003，web，http：//elpais. com/diario/2003/11/29/babelia/1070066354_850215. html. ［2024/03/14］

大学的另一次采访中，里维拉·加尔萨提出了批判和反抗任何稳定而僵化的文学观念以及打破单一性和跨界的必要性。她认为当代墨西哥作家应该成为繁荣、大胆、充满激情，甚至是喧嚣的一代。"新一代墨西哥叙述者唯一的文学模式是根本没有文学模式。我的意思是，如果有唯一的文学标准，那就是多样性。"①基于这种看法，里维拉·加尔萨一直致力于一种不稳定的、不断变化的身份概念的重建，以及对重新定义语言的力量、非理性的价值、正常与异常之间扭曲界限的跨越等方面进行一系列深入的探索。因此，她的每部小说都表现出致力于探索不同主题、文体以及语言多样性的积极态度。

在里维拉·加尔萨的小说中，叙事中的矛盾和冲突，人物对任何定义和稳定身份的批判以及叛逆的态度都是有意识的和持续不断的，这种叙事风格与她对文学的理解有着密切的联系。里维拉·加尔萨曾明确表示："文学是为数不多的空间之一，我们可以探索语言体验的极限，这与我们对世界的体验相通。当读一些乖巧的书或尽量不会打扰到日常生活或不断确认事态的书时，它们通常不会吸引我。"②这意味着文学的作用在于批判和反抗现实，在于打破单一性和稳定性，文学作品如果不能引起读者的反响，那一定是其中所反映的现实不够深刻。因此，她认为，"缺乏阅读与墨西哥人祖先的习惯无关，而与缺乏引起反应的书籍有

---

① Hong，Jung-Euy；Macías Rodríguez，Claudia. "Entrevista exclusiva con Cristina Rivera Garza." *Literatura joven de México. A partir del Crack*，Universidad Nacional de Seúl，19 de octubre，2005，web，https：//pendientedemigracion. ucm. es/info/especulo/numero35/crisrive. html. ［2024/03/14］

② Mateos-Vega，Mónica. "Entrevista con Cristina Rivera Garza «altera la realidad y la describe de manera alucinante»." *La Jornada*，21 de junio，2012，web，http：//www. jornada. unam. mx/2012/06/21/cultura/a04n1cul. ［2024/03/14］

关。这就是为什么我总是站在不舒服的作品这一边，这些作品不需要一封良好行为的推荐信就可以存在"①。这也在一定程度说明了她的作品为什么总是非线性的并以艰涩难懂著称。

里维拉·加尔萨的小说总会给人带来强烈的情感刺激，阅读她的小说是一种复杂的体验，其中，好奇心、反思和困惑的感觉混合在一起。现实与虚构、记忆与当下、时空之间模糊的边界总是让读者置身于社会和历史的边缘，却又总能深刻体验其本质，沉浸在一种无法回避的痛苦之中。她的作品让那些历史的或者社会的伤疤被揭开，呈现在读者面前："我希望读者认识到文学可以是痛苦的，不一定是冷漠的，以便那些仍然相信无关痛痒的写作价值的人在这里找到一个目录或一系列出口，在那里，作为叙述者、诗人和散文家的我们展现我们的悲悯。"②同时，她非常强调语言对于创作的意义，认为对于作家而言，语言是文学的核心和一种重要的武器，它"试图向我们敞开心扉，让我们了解发生了什么以及它如何影响我们的批评和反思"；语言也是缝合历史创伤的一种疗法，帮助人记住消失的和不断发生的悲剧，以及在阅读和写作时恢复"同情心"。里维拉·加尔萨拒绝冷漠的写作，认为作家无法"独善其身"，写作的特权在于"它表明我们可以与他人一起感受、连接、影响他人并被他们影响"。所以，写作并不是讲述我们所熟知的，而是讲述我们所怀疑的或不确定的，通过这种方式，写作设法揭开文学话语的神秘面纱。③

---

① Mateos-Vega，Mónica. "Entrevista con Cristina Rivera Garza «altera la realidad y la describe de manera alucinante»." *La Jornada*，21 de junio，2012，web，http：//www. jornada. unam. mx/2012/06/21/cultura/a04n1cul.［2024/03/14］

② Carlos Talavera，Juan. "Cristina Rivera Garza crea literatura contra la indolencia." *Excélsior*，27 de julio，2015，web，http：//www. excelsior. com. mx/expresiones/2015/07/27/1036875.［2024/03/14］

③ 同上。

里维拉·加尔萨认为，写作也从来不是一件单纯的事情。她对叙事的兴趣并不能被归类于某种风格、流派，也不总是出于某种政治用途，或是"旨在给出答案而不是提出问题的文学小册子"[1]，而是发现语言的张力和通过写作建立规则。她认为写作总是与阶级、国籍、性别、年龄、种族、地理等所有的一切有关；与一个人和他所知道的一切有关，也与他认为自己所知道的关于自己的一切有关；但在更根本的意义上，写作恰恰与对自己或世界不了解的一切有关。因此，互文性被认为是里维拉·加尔萨小说中经常使用的另一种策略。我们总是可以在她的作品中找到其他作品的痕迹，或者是为了揭露和讽刺受作家操纵的女性形象，例如《没有人看见我哭泣》中所影射的费德里科·甘博亚（Federico Gamboa）的《桑塔》（Santa，1903）；或者质疑墨西哥文学传统和女性文学的边缘性，比如《伊利昂之巅》中对墨西哥女作家安帕罗·达维拉作品进行的"阅读、重组和陌生化"[2]；或者打破不同文学体裁之间的界限，如在《死亡予我》中出人意料地通过阿根廷诗人亚历杭德拉·皮扎尔尼克（Alejandra Pizarnik）的神秘诗句干预历史。同时，对于里维拉·加尔萨而言，互文性导致的另一个结果是，以碎片化的方式将许多不同的片段组合在一起，成为小说的一种重要形式。这种形式既可以颠覆男性话语霸权，又可以挑战和反叛女性思维定势，从而开拓出女性写作的新空间。

因此，对于女性小说与爱情主题创作的思维定势，作者坦言在她的小说中，爱情并不是指浪漫的感觉，而是一种反思的理由。正如她在小

---

[1] Hind，Emily. "Entrevista con Cristina Rivera Garza." *Entrevistas con quince autoras mexicanas*，Madrid：Iberoamericana/Vervuert，2003，p. 188.

[2] 同上，第 194 页。

说《往事》中提到的："回想起来，爱情总是发生在之后。"①在《没有人看见我哭泣》中，她借角色之口不断地表达"不喜欢爱情故事"或"不相信爱情"。事实上，她很少关注真实的爱情故事，并申明"爱情只是借口"，只是为了让作家和她的角色加深对自己的思考和反思②。她强调写作不是为了传递信息或澄清问题，而是一个思考的过程，而"思考的实质是行为"：

> 写作是对现实的怀疑，在最好的情况下，会导致读者的多次阅读和多次怀疑。从这个意义上说，作家正在打开空间来创造更多的黑暗。在这个世界上，存在着过多的光，过度的清晰，过多的沟通，过多的资讯接收。我写作不是为了讲故事，不是为了交流，也不是为了说服我的读者我说的是正确的。写作是一个可以包含这些元素的过程，并不以其中之一作为主要方式。③

可见，在里维拉·加尔萨看来，写作对于作家而言是一种非常严肃和严谨的事业，它不是为了表明作家是正确的，也不是一种说教，而是为了让读者产生疑问，受到启发，所以是一种奉献。相对应地，阅读也不是为了休息或娱乐，而是一种"与他人一同思考的欲望"，因此，作家也对她

---

① Rivera Garza, Cristina. *Lo anterior*. México: Tusquets, 2004, p. 14.
② Carrillo Juárez, Carmen Dolores. "*Lo anterior* de Cristina Rivera Garza: novela como inquisición ficcionalizada." *Narrativas*, Julio-Septiembre 2009, No. 14, p. 3.
③ Herrera, Jorge Luis. "Entrevista con Cristina Rivera Garza: Amor es una reflexión, un volver atrás." *Universo de El Búho*, No. 60, 2005, p. 49.

的读者提出要求：

> 我有能力思考我的小说的结构，设想一系列的怀疑，勾勒出一系列人物，并把他们放在这本书的舞台上，但谁来决定它的内容和含义？是读者。读者的阅读过程是在生产他自己的书，而不是消费它。作为一个活跃的读者，我有兴趣将我所读到的内容转化为我自己与世界互动的工具，即使我在思想上不能理解它。[①]

里维拉·加尔萨过往的学习经历，加之对社会现实问题的关注，使她对编年史尤其是"档案"和"证词"，包括笔记、信件、审问、病历档案等文件产生了浓厚的兴趣和探索欲望，并将这些文本作为一种重要的叙述形式引入小说的创作中，成为小说的另一个重要特征，如《没有人看见我哭泣》中对拉卡斯塔涅达疯人院病历档案的使用，而《莉莉安娜无敌的夏天》则是一个由笔记、审问和法律信件等"证词"为主要内容构成的文本。在里维拉·加尔萨的小说中可以看到，将档案和证词引入文学叙事的重要性首先在于可以在传统的文学体裁和形式中创造出差异，从而打破小说与非小说的固有分类，使文学创作直接进入日常现实。其次，档案进入文学叙事不仅仅在于它们所表达的内容或信息，更在于它们本身的颜色、纸张大小、结构等"物质性"成为现实的"碎片"，不断提醒着我们，它们是"真实存在"的，表达着"不被听到"的声音。在这种声音和符号结构

---

① Herrera，Jorge Luis. "Entrevista con Cristina Rivera Garza：Amor es una reflexión，un volver atrás." *Universo de El Búho*，No. 60，2005，p. 49.

内，对能指形式的关注转换为对叙事和模仿之间关系的处理，实现了从虚构到现实、从直接话语到间接话语的更为流畅的过渡。[①] 更为重要的是，将历史档案引入文学叙事，可以在历史小说的叙述过程中进一步探讨历史的真实与小说的虚构之间的关系问题，并在历史与小说之间形成一种动态平衡。

里维拉·加尔萨是一位社会学和历史学家，也是一位学者型和思想型作家，她的作品都建立在对写作的严格反思之上，表现为对一系列哲学、历史和社会学问题的重新思考，并试图形成现在和过去的对话，具体地表现为对过去历史时刻与现实之间联系的关注。这种批判性写作方式，既来源于思想的力量，也来源于学术上的严谨。

强调历史与现实的联系，尤其关注墨西哥革命、现代化与当代墨西哥社会问题的联系，在一定意义上可以看成 90 年代后墨西哥女性小说的共同特点。这些小说以墨西哥革命或现代性为主题，对妇女在墨西哥社会、历史和国家政治中的代表性或边缘性提出疑问，并对历史话语中妇女声音的缺失提出含蓄的批评。同时，这些小说也试图从不同于传统男性文学的视角讲述墨西哥历史，通过展现革命和现代化的另一面，将女性从沉默中拯救出来，铭刻在民族革命的历史之中。里维拉·加尔萨无疑延续了这一新历史小说和女性主义传统。所不同的是，里维拉·加尔萨将目光投向边缘群体、属下女性，更加关注现代性对这些群体的无视和伤害，并试图在个人历史与国家历史、疯癫话语与历史话语的"裂缝"中，发现她们的声音和存在。

---

① 参见 Ritondale, Elena. "*El invencible verano de Liliana* de Cristina Rivera Garza, entre léxico familiar y archivo feminista." *Cartaphilus*, 2022, No. 20, pp. 68 - 81。

在加尔萨的诸多作品中，如《没有人看见我哭泣》(1999)、《死亡予我》(2007)、《不安分的死者：死灵书写和去挪用》(*Los muertos indóciles : necroescrituras y desapropiación*，2013)、《有很多雾或烟，或者我不知道的东西》(*Había mucha neblina o humo o no sé qué*，2016)和《棉花自传》(2020)，经常会有这样的问题反复出现："当屋顶打开时还剩下什么？""天空什么时候开放？""晚上是什么？"等等。其中，"屋顶"作为一个广泛的隐喻，暗指破旧的男性文学结构，意味着男性文学话语霸权对女性文学的束缚和压制；"夜晚"代表着一个还没有名字或可见度的存在；"天空"作为一个能指，是指打破父权制和男性话语霸权，产生一个新的女性文学空间。对于这个新的文学空间，里维拉·加尔萨几乎灌注了自己全部的热情，并通过自己独特的文学书写，在解构与建构的结合中不断滋养着它。具体表现为，她在自己的作品中注重对题外话、历史的非连续性、副文本、抗议和宣言材料的引用，关注日记，甚至报纸边缘上的零碎文字，并通过这些零碎材料组合成的混合文本，消解故事、分裂人物形象和肢解话语，以达到摧毁父权制结构、颠覆文化环境中的菲勒斯中心主义的目的，同时在主要由男性组成的文学场景中为女性文学提供生存空间。在墨西哥社会普遍存在的针对妇女的城市和家庭暴力的文学叙事中，里维拉·加尔萨着力使日常生活中的小角色变成文本的主角，让她们通过自己的叙述行为，表现"他者"处境；让被虐待的女性摆脱"受害者"的境地，从而不仅使被掩盖的性别暴力和厌女症得以揭露，而且为墨西哥女性文学打开"屋顶"，形成一个包容性、多样化的文学天空。

与同时代的女作家相比较，里维拉·加尔萨的贡献不仅是文学创作，更重要的也许还在于挑战传统文学理论，创造新的文学批判理论。她的两本散文集《呻吟：来自受伤国家的文章》(*Dolerse. Textos desde un país herido*，2011）和《不安分的死者：死灵写作和去挪用》（2013）集中代表了她在这方面的主要贡献。

首先是"死灵写作"。从民族精神的角度而言，死亡问题渗透在墨西哥民族文化的血液之中，是墨西哥文学中反复出现的重要主题。墨西哥著名作家胡安·鲁尔福的《佩德罗·帕拉莫》（1955）就是最典型的作品之一，他将"死亡"的主题扎根于墨西哥民族的记忆之中，为后来的墨西哥甚至拉美历史小说的发展起到了重要作用。奥克塔维奥·帕斯在《孤独的迷宫》中也强调："对古代墨西哥人来说，死亡和生命之间的对立不像我们认为的那么绝对。生命在死亡中延续。反之，死亡也并非生命的自然终结，而是一个无限循环的阶段。"[①]

面对这种生活和政治现实，70 年代之后出生的墨西哥年轻作家开始关注社会中普遍的暴力问题，并通过对性别、角色、身体的"去挪用"策略，开展对"死亡政治"的批判。在批判过程中，她们一方面试图与 20 世纪上半叶的作家保持距离，并与同时代的男作家展开公开对话，从而形成一种女性主义的女性社区自主艺术；另一方面，则试图在阅读的层面让读者产生"不适感"，从而营造一种美学距离，一种荒谬感和陌生感，将女性从传统性别、角色和身体中"解放"出来。当然，这种"解放"明显具有"虚构"或"表演"的成分。

在继承墨西哥民族文化传统关注死亡问题的基础上，里维拉·加尔萨在她的叙事文学中将"死亡"问题推进到了墨西哥当代社会，并将关注的重心集中到现代化和美墨边界冲突对墨西哥边缘群体，尤其属下妇女

---

① 奥克塔维奥·帕斯：《孤独的迷宫》，赵振江、王秋石等译，北京：燕山出版社，2014 年，第 43 页。

所造成的伤害，以及墨西哥政治现实对这些非正常"死亡"的漠视。特别是在墨西哥独立之后，民族国家在其合法性话语中剥夺了边缘属下阶层（比如移民和妇女）的公民权，使他们成为没有合法且稳定身份的廉价劳动力，处于生存和生命没有任何保障的社会缝隙之中，尤其对于身处"三重边缘"的妇女而言，生命失去了重量，此地成为她们被"伤害"的重灾区。

里维拉·加尔萨尽管是"死灵写作"的倡导者和叙事策略的运用者，但她并不完全同意 70 后作家的美学立场。她认为墨西哥年轻一代作家的作品，特别是小说，在以越来越粗糙的方式处理极端暴力主题。尤其这类创作将女性置于人类的边界之外，使女性角色充满了野性本能并"动物化"，成为"怪物"，在语言表达上也没有做明显的审美处理。因此，她强调，写作是一场话语战，为了阻止、谴责和回应霸权话语，有必要用另一种话语来反对它。当我们面对一个没有面孔、没有名字、没有身体或灵魂的边缘属下妇女，面对一个为了维持其统治、继续行使其权力而拒绝承认她们身份的国家时，我们唯一能做的就是给她们一个名字、一张脸、一个身体和一个声音，并伸张正义，这才是"死灵写作"的价值所在。[①] 同时，里维拉·加尔萨强调，当伤害变成了政治，"死灵写作"书写无形身体的痛苦，重新配置可见的、可能的和可想象的痛苦，无疑是在要求我们不仅要为痛苦发声，更重要的是要利用痛苦的能量进行话语建构。通过在不同社会阶层、不同种族、不同性别个人之间分配叙述声音，

---

① 参见 Palaisi, Marie-Agnès. "Cristina Rivera Garza: necroescritura y necropolitica." *Tres escritoras mexicanas: Elena Poniatowska, Ana García Bergua, Cristina Rivera Garza*, Presses Universitaires de Rennes, 2014, p. 226。

构成一个话语共同体，并允许在不同阶级、不同种族、不同性别之间进行识别，可以达到恢复和重建生命价值的目的。①

"死灵写作"概念最早从喀麦隆历史学家、政治理论家约瑟夫-阿奇勒·姆贝贝（Joseph-Achille Mbembe）的"死灵政治"中发展而来，主要表现为一种政治活动，即在公共场所展示受害者或"战俘"，以引起人们对于死亡问题的关注，并由此引出 20 世纪许多哲学家对于生命、身体和死亡问题的反思和讨论。② 里维拉·加尔萨则从文学书写的角度提出问题："在这种背景下写作意味着什么？ 在工作不稳定和可怕的死亡作为日常的环境中，写作活动面临着什么样的挑战？ 从字面上看，被死者包围的写作这一事实将我们引向哪些美学和伦理对话？"③

从美学角度出发，对于日常生活中的暴力死亡问题，在文本构成上加入档案和新媒体，一方面可以将作者的权威转移到读者，使读者成为文本的批判性解释者，表现为对艺术观念的模仿实践，从而与传统男性文学保持距离。另一方面，将死者置于文本的中心，将无意识、梦幻般的图像和不合逻辑的过程，展示、呈现于理性思考之上，也是对超现实主义前卫艺术的回应。④ 因此，"每个人都可以成为艺术话语的主体和客体，

---

① 参见 Marín, Cándida Elizabeth Vivero. "Necroescrituras, las muertes duras y los sujetos endriagos." *Sincronía*, 2020, No. 77, pp. 265 - 283。

② 参见 Mbembe, Achille. "Necropolítica seguido de Sobre el gobierno privado indirecto [Trad. Elisabeth Falomir Archambault]." *Melusina. Santa Cruz de Tenerife*, 2011, pp. 1 - 30。

③ Rivera Garza, Cristina. *Los muertos indóciles: necroescritura y desapropiación*. México: Tusquets, 2013, p. 16.

④ 参见 Le Calvez, Gaëlle. "Escrituras náufragas. Castraciones, notas, tachaduras y las reapropiaciones de las escritoras mexicanas." *Hispanófila*. Vol. 196, No. 1, 2022, pp. 158 - 159。

这使我们能够重建公民之间的认可过程，重申一个自由的、多重的我们，每个人都可以选择挪用和不挪用"①。值得注意的是，以这种方式理解的死灵书写有助于拯救被遗忘的文字和复活死者的声音。

在伦理问题的处理上，里维拉·加尔萨将死灵写作置于特定的死亡政治历史背景中，具体而言，就是新殖民主义的自由市场经济和民族国家极端的自由主义发展、非法公司的大量存在、边缘属下群体被剥夺了合法身份等，从而引发了暴力事件的增加、尸体成倍增加、生命失去了应有的价值和尊重。同时，也是为了向人们展示生命存在基础的脆弱性和不稳定性，并由此构成我们重新思考权力和集体责任理论的基础：我们和死者并没有什么不同，生命对我们而言都是相同的，每个人的生命都是相同的，每个人都是国家的一部分。我们必须保护它，国家必须保护它，因为"我们"（包括差异性，而不是如独裁制度那样的排他性）是我们主体性最亲密的政治形式。如果国家放弃它，公民必须恢复它。② 所以，死灵写作并不是为了宣扬死亡，而是通过对死亡进行不同方式的书写，揭示权力的粗鄙与丑陋及其对人的尊严和生命代价的漠视，并进而反思人类逐渐丧失人性的原因，从而建立另一种死亡美学。

通过将死灵写作与死亡政治放置于共享的历史空间之中，并围绕生与死的反向价值表达，里维拉·加尔萨使文学与写作重新置于公民和政治中心。她在自己的博客"不存在的地方"中也谈到了对死灵写作的看法：

---

① Palaisi，Marie-Agnès. "Cristina Rivera Garza: necroescritura y necropolitica." *Tres escritoras mexicanas: Elena Poniatowska，Ana García Bergua，Cristina Rivera Garza*，Presses Universitaires de Rennes，2014，p. 230.

② 参见同上，第 225—230 页。

在死灵政治条件下产生的著作，实际上是文本尸体。作家对于死亡的写作远非"生孩子"，而是像法医一样，仔细阅读它们，审问它们，挖掘它们或通过回收或复制来挖掘它们，调制它们和重新设置它们的背景，如果它们被登记为失踪者，则发现它们。最后，运气好的话，最好把它们埋进读者的身体里，正如后异国情调的典范安托万·沃洛丁（Antoine Volodine）所希望的那样，它们将成为我们永远不能放心睡觉或和平生活的梦魇。①

同样，在《死亡予我》中，里维拉·加尔萨描写了一个无名的城市，一片荒地，一些被诅咒、被驱逐和被谋杀的居民，其中包括一名记者、一名管理员、一个教师，四具遭阉割的尸体被展示在公共场所。在这样一系列关于死亡的象征性描写中，读者无疑可以在诸如"谁在言说""谁在杀人""城市是墓地吗"等问题上产生一种警觉和焦虑，一种在不真实空间中徘徊的迷失感，从而产生对于暴力和死亡的反省意识。②

"死灵写作"、"档案"、"证词"、互文性、戏仿等写作策略在小说中的大量运用，结合对真实性、原创性、剽窃、版权、所有权、作者身份等问题的讨论，使"去挪用"成为评论界争论的一个焦点，也成为里维拉·加尔萨关注的一个重要问题。她对"去挪用"被提出的原因进行了较为深入

① Rivera Garza, Cristina. "Cadáveres textuales." *Blog: No hay tal lugar*, 2012, web, https://cristinariveragarza.blogspot.com/2012_10_01_archive.html. [2024/05/30]
② Le Calvez, Gaëlle. "Escrituras náufragas. Castraciones, notas, tachaduras y las reapropiaciones de las escritoras mexicanas." *Hispanófila*. Vol. 196, No. 1, 2022, p. 157.

的分析，认为"出版业通过夸大作者的原创性来谋取更大的利益，而诗学则高估了作者所谓的不可重复的天才行为，从而将写作置于不确定的财富生产和分配的环境之中"①。基于此，里维拉·加尔萨"对原创性的怀疑并非反抗传统行为本身，而是服务于质疑独创性和作者身份的高度社会价值，质疑他们获得的报酬有时是否过高，甚至某些滥用的行为"②，因为没有人类的生产是从虚无中创造的，每个文本或多或少都源于重写过程，挪用策略并不意味不承认原创性本身的辛勤工作及其价值。如果从语言角度进行分析，可以发现里维拉·加尔萨将语言视为一个共享系统，尽管每种语言（口头或书面）都包含个人特色，甚至可以通过作家的语言对他们加以区分，但语言的共享特质决定了它始终将处于一种通过协作就可以不断修改的过程中。③ 通过这种解读，里维拉·加尔萨使文本成为语言共享宇宙的一部分，从而废除了作者处于生产中心的特权地位。任何人在语言上都不应拥有排他性和绝对的所有权。换言之，语言应该视为一种共同利益，而不是一个人的私有财产，正如作家在《不安分的死者》中所强调的："（不要相信）在动词中所做的一切都是独自完成的，或是坐着或是在象牙塔内。应该记住并提醒自己，我们在编写语言时使用了一种借来的语言，即属于每个人的语言，然后重复使用（带或不

① Rivera Garza，Cristina. *Los muertos indóciles. Necroescritura y desapropiación*，México：Tusquets，2013，p. 269.

② Estrada Medina，Francisco. "Reimaginar la autoría：la desapropiación según Cristina Rivera Garza." *Journal of Gender and Sexuality Studies/Revista de Estudios de Género y Sexualidades*，2016，Vol. 42，No. 2，pp. 29 - 30.

③ 参见同上。

带引号），这根本不是一个坏主意"。[1]

墨西哥学者埃斯特拉达·梅迪纳进一步从"私有财产逻辑"角度对"挪用主义"的本质作了分析，认为许多作品受困于"挪用美学原则"，这些作品的版权许可将以前是共同利益的事物私有化，并通过知识产权限制了它们在公众中的流行。按照这种逻辑，挪用者通过从他人作品中获得的知识或灵感为自己的作品收取版税，其后果是"挪用将不再是一个纯粹的学术术语，而成为一个具有经济和社会后果的法律象征"[2]，但矛盾的是这种原则忘记了它们的原材料是由通常属于公有领域的文本或图像组成的。对这种原则的过度使用，在政治领域会导致再次陷入对作者过度崇拜的风险，以及由此带来经济和政治影响。因此，埃斯特拉达·梅迪纳非常认同里维拉·加尔萨的"去挪用"策略，因为在后者看来，"去挪用"即"剥夺自己对自己统治权"[3]，可以用来跨越作者边界，重新构想作者的身份，使"所有与语言相关的作品从一开始就是属于集体的，而非私有的"[4]，从而摆脱私有财产的循环，哪怕是为了轻微地改变文化和经济资本过度积累的普遍逻辑。

当然，里维拉·加尔萨质疑作者及其特权并不意味她试图完全抹杀作者的作用和独创性，她所倡导的是一个与将写作视为一种纯粹的个人

---

[1] Rivera Garza, Cristina. *Los muertos indóciles: necroescritura y desapropiación*, México：Tusquets，2013，p. 241.

[2] Estrada Medina, Francisco. "Reimaginar la autoría：la desapropiación según Cristina Rivera Garza." *Journal of Gender and Sexuality Studies/Revista de Estudios de Género y Sexualidades*，2016，Vol. 42，No. 2，p. 31.

[3] Rivera Garza, Cristina. *Los muertos indóciles: necroescritura y desapropiación*, México：Tusquets，2013，p. 91.

[4] 同上，第 270 页。

行为相反的概念，强调即使是非常个人的，是用一个人的汗水和天才雕刻而成的作品，也使用或借用了他人的作品。换言之，写作关心的是它的历史时刻，并不渴望被用来提升其文学地位，也不渴望在文学经典中找到一个立足之地，相反，他们的努力集中在影响"现在"。尤其在"死亡写作"中，里维拉·加尔萨所谓的"作者已死"与罗兰·巴特指出的"读者的出生是以作者的死亡为代价"相一致，作者的死亡对于在阅读行为中转移审美效果是必要的，并突出了读者的重要性。但是，在里维拉·加尔萨看来，这种重要性是通过"在阅读不愉快的层面和审美认知的层面上形成疏远或去挪用"实现的。[①]

里维拉·加尔萨的"去挪用"策略的意义和价值有两点。一是放弃作者个人的某些特权，同时强调所有使用语言的作品从一开始就是公共性的。同时，为了超越挪用，超越传统作者的作用，必须质疑作者在物质上挪用共同作品的权利，作者的作品不应再被视为一项个人任务，而应被视为一项公共事业。二是放弃作者权利并不意味着彻底放弃利润，公平的支付是受欢迎的，甚至是必要的。但是，为了破解版权及其限制，拆除文化资本的过度积累体系，有必要求助公共版权作为工具，减少文学领域对经济资本的滥用，实现知识共享向其他领域的转移。埃斯特拉达·梅迪纳对此作了充分的肯定："从不同的方面评论，我认为她最杰出的贡献是去挪用的概念。"[②]

---

① Marín，Cándida Elizabeth Vivero. "Necroescrituras，las muertes duras y los sujetos endriago." *Sincronía*，2020，No. 77，p. 269.

② Estrada Medina，Francisco. "Reimaginar la autoría：la desapropiación según Cristina Rivera Garza." *Journal of Gender and Sexuality Studies/Revista de Estudios de Género y Sexualidades*，2016，Vol. 42，No. 2，p. 29.

从更为深广的理论角度来看,里维拉·加尔萨强调去挪用诗学的重要性,在一定意义上可以看成继罗兰·巴特从符号学角度对西方文学传统中作者与作品意义的颠覆之后,从经济学资本逻辑的角度,对西方男性作者和作品话语霸权的反抗。她在文学书写中一方面插入别人的诗歌,将其置于自己的文本之上,让诗歌、翻译相组合,将自己的空间让位于别人,放弃自己的权威地位;另一方面,她大量使用历史档案、证词、副文本、日记、草稿,并将其变成文本的主角,而自己则屈居次要地位,不仅重新定位了作者身份,完成对多重作者身份的构建,并且实现了对作者、作品"私有财产"观念的废黜。由此也可以看到,新历史主义对里维拉·加尔萨产生了深刻影响。

本章开头提到里维拉·加尔萨出生于墨美边境城市马塔莫罗斯,后来又作为一个墨西哥移民在美国休斯敦大学任教,即从童年时代起,"边境"一直伴随着她,成为她生活的重要组成部分,从而也成为她文学世界的灵感源泉。

"边境"问题从一开始就具有政治意味,里维拉·加尔萨对于"边境"问题的关注和理解以美国和墨西哥之间日益复杂、紧张的关系为起点,这些关系包括新自由主义、北美自由贸易协定、毒品战争、对话的不对等性,等等。尤其在特朗普时代,他授权在墨西哥与美国之间建立一座"边界墙",实际上是一出政治哑剧。"边界墙一直无法阻止不断越过的需要美国经济和生活方式的男人和女人"[①],只不过是帝国在试图以暴力的方式"暂停流动,停止通行,遏制问题"[②],而不是解决问题。里维拉·加

---

① Rivera Garza, Cristina. *Dolerse. Textos desde un país herido.* México: Surplus, 2015, p. 52.

② Estrada, Oswaldo. "Cristina Rivera Garza: escribir en la frontera en tiempos de guerra." *Journal of Gender and Sexuality Studies/Revista de Estudios de Género y Sexualidades*, Vol. 42, No. 2, 2016, p. 19.

尔萨在接受采访时曾坦承：

> 边界在我所做的一切和我所写的一切中的位置非常重要。
> 我不仅出生在边境，而且来自一代又一代的男人和女人，他们
> 不断越过边境寻求更好的生活，并以其他方式发展。我在这次
> 谈话中已经提到，我的祖父母，无论是父亲还是母亲，都从边境
> 的这一边，从美国发展了完整的生活。……假设这是一段长期
> 的关系，这是一种亲密关系，它标志着我所做的一切，我说了什
> 么，我的感受，最重要的是我写了什么。[1]

可见，"边境"是作者乃至于许多墨西哥人生活中的一个重要组成部
分，在边境的两边来来往往是生活的常态，也是作者"所说""所感受""所
写"的重要内容。

在美国与墨西哥的边界之间，在南北之间，在前往北方的人和仍然
留在南方的人之间，从一个种族、性别到另一个种族、性别的认同交叉所
导致的身体不适，以及在族裔、文化传统、边缘与越界、英语与西班牙语
运用上的冲突等，边界是一个令人十分痛苦的地带。对于墨西哥人而
言，"边境"位置之所以重要，正如奇卡纳作家格洛丽亚·安扎尔杜亚在
著作《边土：新混血儿》中所定义的，边境是"第三世界对第一世界的流
血中的开放性伤口"[2]，只要大量移民继续以各种方式来来去去，"边境"

---

① Martin, Joshua D. "Cruzando fronteras: una entrevista con Cristina Rivera Garza." *Arizona Journal of Hispanic Cultural Studies*, Vol. 21, 2017, p. 96.

② Anzaldúa, Gloria. *Borderlands/La Frontera: The New Mestiza*. San Francisco: Aunt Lute Books, 1987, p. 3.

就会继续存在，就会不断被跨越，就会继续流血，所以"伤口"仍然是鲜活的。同时，又如卡洛斯·富恩特斯所言，"边境"是一个"疤痕"[①]，"疤痕"表明虽然伤口已经愈合，但曾经受伤的痕迹不会消失，甚至可能始终隐隐作痛，或者可能会被随时揭开，成为新的流血的伤口。

但是，正如霍米·巴巴将"边界"视为一种跨国文化和文化翻译的罅隙或裂缝，其中充满了不确定性和混杂性，甚至会导致跨越民族意义的生产和文化差异认同。[②] 尽管近距离观察两个世界、两个系统和两种语言的"边界"地带，有时确实是非常危险的，但是分享边界位置的人都知道，"无论等式如何"，边界都是一种"跨越平等符号的线"。因为在那里——一个文化交流的混合区，"无论好坏，一切都在变化，一切都获得了新的细微的差别。最简单的变成了最复杂的"[③]。所以，里维拉·加尔萨非常重视"边界"的意义。或者说，正是"边境"这种文化交流混合区的不断流变及其复杂性，让作家可以更深入地观察和体验一个人如何在困境中生存，以及如何冲破困境，跨越差异实现认同。特别是在面对充斥着仇恨、歧视、对他人的恐惧，以及种族主义和厌女症的美国官方话语时，里维拉·加尔萨将自己对于"边境"的文学书写定位于"跨越边界"，包括在边境两侧，在令人不安的死亡和残缺不全的尸体中，在眼泪中，以及从一个国家到另一个国家，在暴力和痛苦之间，或在知识自由与政治承诺的极限之间不断跨越。

---

① Fuentes, Carlos. *Gringo Viejo*. México：FCE，1985，p. 175.

② 参见 Bhabha, Homi. "Unpacking My Library Again." *The Journal of the Midwest Modern Language Association*，Vol. 28，No. 1，1995，pp. 5 - 18。

③ 参见 Sefamí, Jacobo. "Cruzar fronteras：sumas y restas." *Ventana Abierta*，No. 35 - 38，2014，pp. 9 - 11。

后殖民主义理论家萨义德曾指出，真正的知识分子的责任，就是利用他必须说话的难得机会，为那些不能这样说话的人说话。里维拉·加尔萨的"跨界写作"无疑很好地诠释了这一点，她的许多作品都在为边境缺乏正义的边缘角落发声并伸张正义。比如，她以2007年埃尔维拉·阿雷拉诺被驱逐案件①为例，揭示美国当局的双重性别政策，指出像阿雷拉诺这样的女性不仅受到男性权力或帝国权威的压制，而且还将性别的不同经历定位在国家边界之外，定位在一个多元的、不稳定的和不同主观性并存的紧张环境中，事实上就是将移民妇女置于"多重边缘化"的位置。② 同时，她的作品还将我们置于一个情感和感受的世界、情绪和恐惧的振动之中。她强调"跨界写作"的意义在于将留在他乡的移民送回他们的家乡，并为那些迷路无助的人提供穿越的尝试。

　　"跨界写作"的关键在于语言。作者在"新拉丁裔写作"中找到了自己的房间，"与过去的拉丁裔不同，他们不一定用英语写作，而经常用西

---

① 埃尔维拉·阿雷拉诺（Elvira Arellano）是一名墨西哥社会活动家，同时也是一位因非法移民而被美国驱逐出境的墨西哥女性。2002年，阿雷拉诺在奥黑尔国际机场因未经授权工作被捕。2006年她收到驱逐令，但以不接受与出生在美国的儿子分离为由拒绝离开美国，并前往教堂寻求庇护，后于2007年在洛杉矶被捕，数小时后被遣返回墨西哥。她的案例成功引起广泛关注，并促成了美国移民法案的改革，为捍卫未经合法授权居住在美国的移民的人权做出了贡献。

② 在文章中，里维拉·加尔萨认为埃尔维拉·阿雷拉诺的反抗"战略性地运用了社会母性的概念，呼吁公民及其在国会的代表批准一项移民改革，该改革不仅能够确保人民的权利，也能确保工人包括他们所属的家庭的权利"，使得"我们现在必须在这个传统形象的基础上加上许多工人阶级妇女的面孔"。（参见 Rivera Garza, Cristina. "Mujeres en pie de lucha: Elvira Arellano. Los derechos de los migrantes." *Letras libres*, Vol. 12, No. 136，2010，pp. 29 - 30。）

班牙语写作，也来自从墨西哥或加勒比海出发的传统路线之外的地区"①，他们就是要跨越英语与西班牙语的边界，在美国用西班牙语书写，在语言上重新确认墨西哥裔的公民身份。

当移民穿越边界，从一个国家来到另一个国家，语言无疑成为一个焦点问题。里维拉·加尔萨作品中展现出来的"边境"造成的语言问题，主要可以分为三个方面。首先，语言对于移民生存的影响。来自另一个地方的移民都带着叛逆和浓重的"口音"，生活在英语和西班牙语地区之间的数百万拉丁美洲人，受到语言所施加的影响和限制，被置于语言交换的"文化之地"。在这里，他们"没有记忆的字母表，或者准确地说，只具有最新记忆的字母表，使一个人刚刚转过弯之后就永远消失成为可能"②。可见，加尔萨特别重视"口音"，"口音"的存在使我们与众不同，它可以超越第一语言和第二语言的语境，并打破第一语言的合法性、限制和边界。

其次，语言造成的双重身份。移民穿越边界进入另一个国家之后必须建构新的身份，而这又必须借助于另一种语言。正如里维拉·加尔萨在《不安分的死者》中描述的：

> 围坐在桌子旁的每个人说一种语言，没有任何征兆地第二种语言就冒出来。有时只是一个突然无法翻译的单词的微小瞬间，有时通过特定翻译过程发生［…］。我对自己说，这些存

---

① Rivera Garza, Cristina. "The New Latino Writing." *Ventana Abierta*, No. 35 - 38, 2014, p. 72.

② Rivera Garza, Cristina. *Los muertos indóciles. Necroescritura y desapropiación*, México: Tusquets, 2013, p. 145.

在都提醒自己，在任何情况下，即便在快乐的情况下，以不同的方式说话都很重要，它在那里向我确定，我总是至少有两个身份。①

最后，语言造成的跨文化的二元性。一方面，不管在何种情况下，母语都给予了我们一个支撑点和安全的场域，"有了它，我可以随意诅咒，随心所欲地删减句子，发表不道德的言论，改变观点的立场，搪塞与撒谎相同，在细节上毫无顾忌地犯错，减弱声音，直到声音达到自己的零度"②。另一方面，我们接触另一种语言，在母语之外的空间获得新的语言，实现代码切换，获得一种在母语中无法想象的自由度，并通过第二语言获得越轨的可能性，但也必须看到，这种语言是我们的，也不是我们的，这种语言可能随意庇护也可能随意背叛。可见，在加尔萨看来，在"边境"中，语言并不是单纯的语言问题，而是涉及移民的生存和意识形态问题。③

基于以上观点可以看出，里维拉·加尔萨所有有关"边境"的写作都是政治的，即使她宣称自己的写作与政治无关，实际上也在表达着一种政治立场。当作家运用语言写作，与语言发生互动时，实际上已经涉及

---

① Rivera Garza, Cristina. *Los muertos indóciles. Necroescritura y desapropiación*, México: Tusquets, 2013, p. 147.

② 同上，第148页。

③ 美国拉美文学评论家兼作家奥斯瓦尔多·埃斯特拉达出生在美国但成长在秘鲁，和里维拉·加尔萨一样，同时用西班牙语和英语写作，相同的经历使他看到了里维拉·加尔萨作品中展现出来的对"边境"和语言的思考。（参见 Estrada, Oswaldo. "Cristina Rivera Garza: escribir en la frontera en tiempos de guerra." *Journal of Gender and Sexuality Studies/Revista de Estudios de Género y Sexualidades*, Vol. 42, No. 2, 2016, p. 22。）

权力关系的构建。在这种意义上，作家的作品都是政治作品，里维拉·加尔萨始终对这一点保持清醒的意识，也因此在写作时可以做出更有趣的决定，而不是变得非常虚伪。同时，始终对语言持批判态度，并试图寻找语言与读者之间的积极、动态的联系，这一点应该成为作家的一种责任。具体到"跨界写作"上，将英语与西班牙语结合起来，实际上就是对美国纯英语运动的抵抗。

作为在学者和思想家之间跨界的作家，里维拉·加尔萨的文学世界是丰富的、有创见的，同时也是有争议的，她的代表性作品——《没有人看见我哭泣》就建立在这样一些丰富而有争议的文学世界的基础之上。

二、墨西哥现代化与边缘群体

2003 年，卡洛斯·富恩特斯在《国家报》文化增刊上发表了关于《没有人看见我哭泣》的文章——《堕落女人的情节剧》。他在文章中声称："在这个世纪之交，我们面临的是不仅在墨西哥文学中，而且在西班牙语中最杰出的文学小说之一。"[①]但他也承认小说并没有在出版界和评论圈引起响应，或许还需要花时间来获得应得的认可。同年，墨西哥作家阿德里安娜·冈萨雷斯也指出：

> 就在三年前，克里斯蒂娜·里维拉·加尔萨的名字几乎不为人知，至少在墨西哥城的文学界是这样。尽管小说《没有人

---

① Fuentes, Carlos. "Melodrama de la mujer caída." *El país*, 11 de enero, 2003, web, http://elpais.com/diario/2003/01/11/babelia/1042246215_850215.html. ［2024/05/30］

看见我哭泣》获得了重要奖项，但它并没有引起首都评论家的
太大兴趣，他们现在才开始为这位来自北部边境的作家提供论
文和文章。①

可见，小说在出版之初并没有引起太多的关注。但是，随着时间的
推移，小说的现实意义和深刻性日益显现。2011 年，评论家伊雷妮·费
诺格里奥·利蒙在其评论文章中指出："克里斯蒂娜·里维拉·加尔萨
的这部作品尽管以一种特殊的方式虚构了革命的主题，但与墨西哥文学
传统具有连续性"，并且表现为对"处于进步浪潮的现代性话语进行了边
缘化的历史重写"。② 费诺格里奥·利蒙的这种观点无疑较为准确地揭
示了小说所具有的独特价值。

事实上，正如费诺格里奥·利蒙评论的那样，作为里维拉·加尔萨出
版的第一部小说，《没有人看见我哭泣》是在她的拉丁美洲历史学博士学
位论文——《街头大师：墨西哥的身体、权力与现代性（1867—1930）》
（*The Masters of the Street. Bodies，Power and Modernity in México
1867—1930*，1995）基础上形成的③。以文学叙事的形式重写墨西哥革
命，是 20 世纪末墨西哥女性小说的共同特征，在这个意义上，小说仍然与

---

① González Mateos，Adriana. "La cresta de Ilión." *Debate feminista*，Vol. 27，2003，p.
341.

② 参见 Fenoglio Limón，Irene. "«Para alejarse definitivamente de la historia»：*Nadie me
verá llorar* y la incontestabilidad del margen." *Narradoras mexicanas y argentinas：
siglos XX-XXI：antología crítica*，Maricruz Castro and Marie-Agnès Palaisi-Robert
（coord.），París：Mare & Martin，2011，pp. 203-221。

③ 该论文 2022 年以《卡斯塔涅达：墨西哥国家疯人院的悲伤叙述（1910—1930）》（*La
Castañeda. Narrativas dolientes desde el manicomio general 1910-1930*）为题出版。

"墨西哥文学传统具有连续性"。但是以历史研究为基础，并将历史研究中真实存在的人物进行改编和复活，使之成为小说中的角色，尤其是当这些人物并不包括"民族英雄"或历史上的"大人物"，而是聚焦于墨西哥城郊区的拉卡斯塔涅达疯人院，这是作家最具独创性且与其他作家相区别的地方。拉卡斯塔涅达疯人院作为小说最重要的叙述空间，院内被现代化所排斥的边缘群体成为叙述主体，精神科医生与患者之间的交流变成"话语游戏"，这实际上是对"进步"的现代性话语进行了边缘化的历史重写。

评论家赫拉尔多·苏亚雷斯对里维拉·加尔萨将疯人院的临床记录和文件作为小说的重要内容这种书写方式给予很高的评价。她认为这是该小说创作体裁的独特之处。这种写作体裁的创新表明，文学体裁不仅不是创作的限制，而且能够创造出一种新的表达的可能性，一种放大和扩展复杂现象的表现模式。[①] 通过将历史文件、档案引入小说的方式，作家不仅解构了真实与虚构的界限，而且让疯人院里的人讲述自己的故事，使他们被忽视的经历得到再现。

借助于文件、档案和证词重建被边缘化个人的历史，一直是里维拉·加尔萨小说创作的重要特色。从她的第一部小说《没有人看见我哭泣》到最新出版的《莉莉安娜无敌的夏天》，这种特点一直在延续。作家自己也明确表示：

> 我对写故事的 B 面感兴趣，在拉丁美洲的背景下，这是为

---

① 参见 Suárez, Gerardo. "El olvido del cuerpo: la obra de Cristina Rivera Garza y el Estado sin entrañas en México." *Oxímora: revista internacional de ética y política*, No. 11，2017，pp. 48 - 58。

现代性提供空间的力量。我的寻找从小说《没有人看见我哭泣》开始，从精神病院的重建开始，我注意到病人的声音——，他们当时叫他们——然后是《莉莉安娜无敌的夏天》，由于缺乏机构档案，我不得不求助于我妹妹的个人档案。这让我能够讲述她的故事，超越了国家及父权语言的范围。[1]

针对拉丁美洲特殊的背景，里维拉·加尔萨为了超越国家和父权话语的限制，一直致力于考察墨西哥现代性的边缘地带，并试图在所谓的"国家叙事"的外围（"B 面"），寻找其他声音的存在，因为在她看来社会上不只有单一的、排他性的故事流传。

从表面上看，《没有人看见我哭泣》似乎只是讲述了一个属下女性被边缘化的故事，但随着故事的展开，以玛蒂尔达为中心，吗啡吸食者、女工、妓女、疯子等边缘人物逐步进入叙述视野，成为墨西哥现代化的见证者和故事的讲述者。他们"总是走在历史的边缘，总是处于滑脱和脱离魔咒的边缘，然而，却又总是深陷其中。在最深处"[2]。墨西哥的边缘群体不代表任何社会势力，也没有参与政治的意愿，处于远离革命和现代化中心的边缘地带，但是却深陷于革命和现代化之中，成为受伤害最深的人。就此而言，小说的特殊性还在于，墨西哥革命以更隐秘和难以察觉的方式作为小说的背景存在，并影响着故事的发展，因为小说叙述的重心已让位于墨西哥的另一个重要历史议程，同时也是 20 世纪拉丁美

---

[1] Roche Rodríguez, Michelle. "Entrevista con Cristina Rivera Garza." *Cuadernos hispaniamericanos*，https：//cuadernoshispanoamericanos. com/cristina-rivera-garza/.［2024/05/30］

[2] 同上。

洲面临的最激进的社会问题：国家的现代化进程。

　　墨西哥历史学家丹尼尔·科西奥·维勒加斯在《墨西哥简史》(1973)中，曾将波菲里奥政府推行的以实证主义为核心的现代化方案概括为"少政策，多经营"的公式。他认为，由于渴望和平并希望改善经济状况，该方案长期令人满意地得到运作。然而，财富的又一轮不平等分配和扭曲使社会金字塔等级变得越来越不可持续。同时，墨西哥也不可能完全模仿欧洲自由主义经济策略，因为社会金字塔的底部非常宽且高度低，其坡度几乎接近水平线，这导致社会金字塔层级之间产生了不可逾越的鸿沟。[①] 由此造成的结果表现为，墨西哥虽然在政治上的发展已经达到其最先进点，但它的经济却没有意识到需要不可推迟的复兴。社会变革只影响了金字塔的顶端，整个社会还处于一个不平衡的状态，它的内部还隐藏着不稳定的因素，比如"社会零位"(los ceros sociales)[②]的存在，所以迟早会出现社会危机。里维拉·加尔萨赞同科西奥·维勒加斯对墨西哥现代化所面临的紧迫问题的看法，并通过历史与文学相结合的方式，形象化地再现了这些问题。

　　整个小说的叙事中心虽然是拉卡斯塔涅达疯人院，但故事的起点却发生在主角玛蒂尔达的出生地——托托纳卡潘。托托纳卡潘最早是土著托托纳克人(totonaco)的居住地，该名字暗示该地区既是一个遥远的沼泽、泥潭、疟疾流行的蛮荒之地，又是一个被菝葜、胡椒等巨大植被覆

---

① 参见 Cosío Villegas，Daniel. *Historia mínima de México*，México：El colegio de México，1973，pp. 129 – 131.

② 利西奥·维勒加斯将墨西哥属下阶层概括为妓女、无赖、流浪汉、乞丐、弃儿、战争致残者以及病人或老年人。这些群体处于墨西哥社会金字塔阶梯的最后一级，被称为"社会零位"。(参见 Cosío Villegas，Daniel (coords.). *Historia moderna de México III. La vida social*，México-Buenos Aires：Hermes，1955，p. 369。)

盖，充满着蜂蜜、香草气味的"人间天堂"的一部分。布尔戈斯家族从西班牙经帕洛斯港移民来到托托纳卡潘，以种植香草为生。玛蒂尔达出生在墨西哥独裁统治时期，政府为了推进现代化，开始大量从农村购买土地，尤其从托托纳克人手中。但是，由于该过程的腐败、管理不善和任意性，引起了土著人的强烈反抗。1885 年 12 月 30 日，安东尼奥·迪亚斯·曼福特发布抗议宣言，7 000 名土著人跟随他起义，玛蒂尔达的祖父马科斯和祖母也参加了起义。起义被 150 名国民警卫队在不到四个月的时间内镇压，祖父和祖母也在这场起义中丧生，留下他们的两个孩子——马科斯去墨西哥城接受现代化医学训练，圣地亚哥则继续留在了帕潘特拉①。

　　玛蒂尔达的父亲圣地亚哥无法远离香草的香味，除了种植香草，他不擅长其他任何事情，"照顾香草要像照顾女人一样"，所以他被当地人称为"香草的丈夫"。但是，由于政府的现代化政策，油田公司在村庄周围日益咄咄逼人地入侵，生态环境被严重破坏，不寻常的干旱也对该地区的香草林造成严重威胁，圣地亚哥失去了土地和香草种植工作。在"春天"仪式上，圣地亚哥在三十五米高的杆子顶端像疯子一样跳舞，并呼喊帕潘特拉所面临的一切应该归咎于政府、利润和贪婪，石油公司应该为所发生的一切负责。"香草的死都要归咎于你们！"可悲的是，"声音消失在空气中，在下面，几乎听不到他的声音"，他的声音被"无序的欢呼声"所压制。同时，圣地亚哥的这种行为被村医诊断为"震颤性谵妄"，他被定义为了一个疯子②。可见，帕潘特拉尽管地处墨西哥北部的边远乡

① 托托纳卡潘地区由三个重要城市组成：埃尔塔金、帕潘特拉和森波阿拉。
② Rivera Garza, Cristina. *Nadie me verá llorar*. Barcelona：Tusquets，2013，pp. 53 - 54.

村,但并没有逃脱墨西哥现代化的波及,玛蒂尔达的祖辈和父辈都成为受害者。

随着故事的推进,玛蒂尔达被迫离开帕潘特拉来到墨西哥城,作家对墨西哥现代化质疑和反思的重心也转移到大都市。作为墨西哥资本主义现代化的摇篮,20 世纪初的墨西哥城并不是"人间天堂"。作家借助全知叙述者华金的视角,展现了墨西哥城界限分明的"两个世界":现代化的有轨电车、宽广明亮的街道、马约尔广场、喷泉、花园、售票亭和谐的设计比例,商业中心和丰富的商品;"尸体缓慢分解的气味与几个世纪的湿度混合在一起"的妓院和医院,拉博尔萨社区尘土飞扬的小巷,排水工程排出的又黑又臭的污水①。这种都市空间分布上的不公平实际上成为整个墨西哥现代化的缩影。

爱德华·索杰曾在《寻求空间正义》中探讨后殖民国家的现代性都市空间如何作为一个参与生产和维持不平等、不公正、剥削、种族主义、性别歧视的场所而存在。作为原殖民地国家,墨西哥波菲里奥政府的新经济体系建立在新殖民主义国际分工的基础之上,新工业体系以纺织、电话、雪茄生产等加工业为主体,表现出对西方发达国家很强的依附性。同时,作为西方资本主义的复制品,波菲里奥所推行的现代化、工业化是非人性的,并不断生产着新的阶级和性别剥削与压迫形式。正如奥克塔维奥·帕斯所指出的那样:

> (墨西哥)资本主义剥夺了他(工人)的人性——这是在农
> 奴身上没有发生过的——因为将工人的存在简化为劳动力,仅

---

① Rivera Garza, Cristina. *Nadie me verá llorar*. Barcelona: Tusquets, 2013, pp. 34 – 35.

从这一点就将其变成一个客体。他们像所有物品一样，成为买卖交易中的东西。工人就这样，突然地，由于他的社会阶层，失去了与世界一切人性的、具体的联系。①

可见，波菲里奥政府的现代化并没有给广大民众带来福祉，而是生产着更多的"不公正"。对于边缘群体而言，工业化生产与农奴制并没有实质的不同，只是将他们变成了劳动力，变成了失去人性的商品：

> 在墨西哥城有十三家纺织厂，有5 000多名工人在其中工作。拉马格达莱纳、圣特雷莎、阿尔皮纳、拉霍尔米加和拉阿贝哈位于圣安赫莱斯镇，其中有3 400名工人。他们每天只向儿童和妇女支付五十美分工资。②

在玛蒂尔达工作的第一个场所雪茄厂里，工人的处境更为悲惨，那里的大多数工人是女性，每天工作十二小时，只能得到三十五美分的微薄工资。工厂封闭的空间"经常给她们带来绝望的肺部疾病"，"长时间站立的工作导致静脉曲张和慢性背痛"，"怀孕使她们瘦得像被吮吸过的水果，堕胎期间的失血使她们贫血"。③ 缺乏基本的劳动保护和保障，突发疾病、被解雇和意外死亡在女工中随时可能发生。墨西哥的现代化并没有将妇女

---

① Paz，Octavio. *El laberinto de la soledad*. Enrico Mario Santí（ed.），Madrid：Cátedra，2015，p. 213.

② Rivera Garza，Cristina. *Nadie me verá llorar*. Barcelona：Tusquets，2013，p. 148.

③ 同上，第169页。

考虑在内，她们不仅被边缘化，而且成为受伤害最深的群体。

由于波菲里奥政府现代化的资本主义性质以及墨西哥根深蒂固的父权制观念，一些妇女为了生存沦为妓女。在当时的墨西哥城，"许多人是孤儿和未婚者，尽管也有寡妇和有孩子的已婚妇女。她们是女佣、裁缝、洗衣工、工人和街头小贩，工资几乎每天不超过二十五美分"，为了解决生计问题，"15 至 30 岁的女性中有 12％一直或曾经是妓女"[①]。但是，最具有讽刺意味的是，在墨西哥的现代化过程中，妓女这种"地球上最古老的交易"[②]不仅被保留下来，而且作为一种普遍的"社会公共问题"得到广泛讨论，并被写入墨西哥官方历史。

墨西哥历史学家科西奥·维勒加斯在其著作《墨西哥现代史》中记录了当时的讨论，并将其概括为两种完全相反的意见：赞成卖淫合法化的观点只是将其视为一种"不良需求"，并且认为"世界上一直存在并将永远有公共女性"；而反对卖淫合法性的观点坚持将"卖淫视为危害国家良好习惯和健康的罪行"，认为卖淫不仅会导致无法控制的梅毒流行，而且会导致男人和女人都走向毁灭。两种意见虽然完全相左，但在对妓女进行监管和卫生检查上竟出奇的一致："必须在最明智的基础上对卫生检查进行监管，当局应共同帮助巩固公众对卖淫的耐受性，使之不再是杀死社会的毒瘤。"讨论的结果是国家最终颁布了相关法律，明确规定从事这项职业的妇女必须提供姓名、身份证号码、医疗证明和照片进行登记，按规定进行体检并缴纳一定的费用。[③]

---

① Rivera Garza, Cristina. *Nadie me verá llorar*. Barcelona：Tusquets, 2013，p. 170.

② 同上，第 161 页。

③ 参见 Cosío Villegas, Daniel（coords.）. *Historia moderna de México III. La vida social*，México-Buenos Aires：Hermes, 1955，pp. 369 – 370。

对妓女实施监管和卫生检查从表面上看主要基于卫生健康和道德需要，但是从根源上看实际是墨西哥现代化"阴暗面"的表现，也是实证主义政策的具体体现。作家之所以要在小说中借用大量的历史资料，描述 20 世纪初墨西哥社会对妓女问题的处理方法，一方面是为了让她的文学叙事更具有真实性，同时也意在说明墨西哥的现代化并没有考虑性别不公问题，监管和卫生检查的对象只有女性，而男性不仅不需要检查甚至得到了匿名保护。

正如福柯在对现代性进行批判时所强调的那样，现代性是权力与知识相结合并对社会实施"权力技术"微观控制的过程，对妓女实施监管实际上就是将妓女和妓院这种与社会主体不一致的部分"清除""隔离"并控制起来。① 所以，里维拉·加尔萨在小说里给玛蒂尔达所在的妓院取了一个具有讽刺意味的名字——"现代性"（La Modernidad）。同时，在作家看来，波菲里奥政府对妓女和妓院所实施的"现代化"监管不仅十分可笑，而且是一个巨大的讽刺，因为"'现代性'是一个充满走廊的地方，没有欲望被禁止"②。在"现代性"妓院里，上班族、文员、士兵、高级官僚、学生、将军、政治家、时尚明星、诗人、画家、导演、建筑师、外国投资者各色人等混杂在一起，法语、英语或纳瓦特尔语混杂在一起，异装癖、大麻、鸦片吸食者混杂在一起。在这种"混杂性"面前，理性和科学被打得粉碎，"现代性"妓院也成为墨西哥现代化的一个"怪胎"或反讽。

拉卡斯塔涅达疯人院作为小说另一个重要的叙事空间，具有悠久的

---

① 参见米歇尔·福柯：《临床医学的诞生》，刘北成译，南京：译林出版社，2001 年，第 20 页。

② Rivera Garza, Cristina. *Nadie me verá llorar*. Barcelona: Tusquets, 2013, pp. 181 - 182.

历史,是墨西哥创建的第一批收容机构之一。作家为了完成她的博士学位论文,对该疯人院做了大量的历史调查。根据调查结果可以看出,建立该收容机构有三个主要目标:其一,建立一个公共福利机构,照顾被其家庭认定为精神失衡的公民;其二,作为一个国家机构,有助于加强波菲里奥政府的社会秩序和思想控制;其三,作为一个医疗机构,其使命在于为所有进入它的人提供医疗服务或精神病学实践培训。[1] 但是,由于诸多复杂的原因,该机构并不像最初想象的那样无私,也不像人们希望的那样可控。其中关押的大部分人都"因为缺乏经济支持或缺乏医疗条件而终生无法再回归社会"。[2] 1910 年,作为庆祝墨西哥独立 100 周年活动的重要组成部分和主要舞台,波菲里奥·迪亚斯为拉卡斯塔涅达疯人院揭幕。但是,现实情况是,其中关押的大多数人是被现代化进程所抛弃的边缘下层群体,如酗酒者、吸毒者、无政府主义者和乞丐等;或与当时卫生学概念相悖的身体疼痛者、不符合社会规范的行为者,如梅毒患者、疯女人、单身母亲等,他们甚至永远无法逃脱医生和护士的监管,总是漂浮在"历史的边缘"。

"现代性妓院"和"拉卡斯塔涅达疯人院"的存在,实际上也是 19 世纪末波菲里奥政府现代化方案的一个缩影。从理论层面来看,波菲里奥政府推行的现代化是以实证主义为思想基础的,其所强调的工具理性将外部自然界看成人类征服、控制和支配的对象,强调人类对自然界的操控和对周围世界的控制。这种欲望扩张到社会生活领域,一方面,试图

---

① 参见 Palaisi, Marie-Agnès. "Cristina Rivera Garza: nuevas voces revolucionarias." *1910: México entre dos épocas*, México: Colegio de México, 2014, p. 406。

② 参见 Cosío Villegas, Daniel (coords.), *Historia moderna de México III. La vida social*, México-Buenos Aires: Hermes, 1955, pp. 375 – 378。

将伦理和审美尺度从社会发展的分析框架中剔除出去；另一方面，试图将人类经验进行纯化隔离，亦即按照现代性的抽象系统所构建的日常生活规范，清除掉人类生活经验的其他方面，尤其是那些涉及伦理道德危机者。作为二者在制度层面上的对应物，在许多社会生活领域内出现了制度化的隔离过程。英国社会学家安东尼·吉登斯曾对这种制度化隔离政策作过较为深刻的剖析，认为"日常生活本体的安全维护，有赖于将那些向人类提出重大难题的根本性存在的课题，从社会生活中制度性地加以排斥清除"[1]。同时，他强调，这种"排斥清除"行动以"人在本质上是可以改造的"这种信念为基础。精神失常尽管是一种生理性疾病，但人们相信绝大多数的精神失常是由社会环境诱发的，所以，为那些异常的人们建立一个特殊的场所，就可以将对他们的纠偏治疗、维系与对外界日常生活常规化的控制融为一体。这样一来，疯人院变成了社会改良的实验室，在那里，社会可以对那些不能或不愿依照外部世界所要求的生活样式生活的人进行改造，并在他们桀骜不驯的心中培育出反射性的自我控制机制。[2]

　　与吉登斯的看法类似，里维拉·加尔萨通过历史调查，深刻地揭露了被誉为波菲里奥政府纪念碑的拉卡斯塔涅达疯人院，实际上只不过是"现代和未来的所有时代的垃圾桶"[3]。疯人院通过"高墙和铁栏杆"将内部世界与外部世界隔离开，使被关押者漂浮在历史的边缘，过着支离破碎的生活。但是，疯人院的这种真实状况一直被官方历史所遮蔽，那

---

[1] Giddens, Anthony. *Modernity and Self-Identity*. Cambridge: Polity Press, 1991, p. 156.

[2] 同上，第 160 页。

[3] Rivera Garza, Cristina. *Nadie me verá llorar*. Barcelona: Tusquets, 2013, p. 29.

些被关押的"疯子"及其历史和声音在整个 20 世纪一直受到压制。里维拉·加尔萨之所以要将她的历史调查的结果，以真实与虚构相结合的方式用小说的形式表现出来，就是为了恢复这一时期被遮蔽的历史和声音。

在对文学文体的选择上，里维拉·加尔萨一直对传记和回忆录抱有抵制的态度，因为在她看来，不存在孤立的自我，当谈到"我"时，总是与"你"以及"我们"联系在一起。在《没有人看见我哭泣》中，女性被边缘化，甚至无法使用自己的名字并失去了固定的住所。然而，随着故事的发展，她们不仅通过神秘莫测的话语给男性造成了困扰，从而引起"一场噩梦"，而且在小说里，男性、科学家、医院机构的官员、异性恋者成为最无知和最笨拙的人；相反，那些被认为不正常的女性、同性恋者和疯子则成为对一切神秘和隐藏事物最了解和最明智的人。这种正常与异常之间界限的扭曲，通过人物心理位置的变化，以放射状的方式表现出来。

在小说里，华金·布伊特拉戈是唯一的全知叙述者。由于"讨厌医学"，对父亲向他展示的手术刀和听诊器感到恐惧，对欧洲大学医学课程感到厌恶和恼火，华金放弃了家族既定的发展路线，选择了摄影师作为职业以及毒品吸食者的身份，甚至因为拍摄对象的特殊性，他在摄影领域也遭到了排斥：

> 华金几乎无法掩饰自己声音的羞耻和悲伤，说："我的东西是摄影"，仿佛在被世界遗忘的房间里拍摄疯子们的胶片并不是真正的摄影师该做的事情。好像他实际上并不是他这一代人中唯一没有拍摄过将军、参与革命的女战士、总统或大屠杀

的摄影师。[①]

　　由于被家族抛弃，被同行排斥，并且患有严重的焦虑症和抑郁症，华金成了一个有精神问题、没有出路的吗啡瘾君子，处于正常与扭曲的交会地带。所以，当华金在疯人院遇到玛蒂尔达时，他回忆起曾在妓院为她拍摄过照片，于是对玛蒂尔达产生了浓厚的兴趣，她成了他的执念，让他几乎发疯。为了帮助玛蒂尔达恢复记忆和健康，他查阅文献研究玛蒂尔达的家族史；为了帮助玛蒂尔达离开疯人院，他甚至不惜贿赂奥利戈切亚医生，制造虚假证明文件等，都表现出一个现代性的男性受害者对另一个女性受害者的真诚和爱意。但是，正如评论家杰西卡·莱纳姆所言，华金是"进入玛蒂尔达生活的最阴险、最恶意的男性角色，因为他最终甚至想要将自己铭刻在玛蒂尔达的过去"[②]。华金既是现代性的受害者，同时他对玛蒂尔达的所有帮助，都是想要品尝她，咀嚼她，挤压她，控制她，让她成为自己的一部分。在这一点上，作为现代性的受害者，华金与马科斯叔叔及奥利戈切亚医生所代表的理性、知识及现代性父权制的思维模式并无二致，他们都试图行使男性对女性的特权，他们既是现代性的受害者，同样也是现代性特权的行使者。

　　从叙事学的角度来看，作家将华金设置为一个全知的叙述者，并插入玛蒂尔达故事发展的全过程，主要目的在于通过两个被边缘化、被定义为具有疯癫倾向的人物之间的对话，打破叙事的稳定性。一方面，华

---

① Rivera Garza, Cristina. *Nadie me verá llorar*. Barcelona: Tusquets, 2013, p. 29.

② Lynam, Jessica. "Un palimpsesto renuente: Reescribiendo a la mujer y el futuro en *Nadie me verá llorar* de Cristina Rivera Garza." *Hispania*, Vol. 96, No. 3, septiembre, 2013, p. 508.

金作为全知叙述者，一定要对玛蒂尔达的叙述进行控制，但是由于华金生活在依靠吗啡制造的幻觉中，回忆与幻觉交织在一起构成了他的历史，所以他的话语失去了权威性，是不可靠的，甚至是不可思议的。正如奥利戈切亚医生所定义的："对华金来说，说话就是谵妄。他混淆了动词时态和代词。忽略日期。当他说'他'时，像描述另一个人一样，实际则指的是自己。过去以第三人称讲述"。① 另一方面，玛蒂尔达因为其属下女性的身份，无法用正常的语言表达自己，只能通过"疯言疯语"来诉说，因此也只能被记录在疯人院的档案中。二人讲述的故事因为不具备真实性和客观性都无法被记录进"大写的历史"。通过这种叙事策略的运用，里维拉·加尔萨动摇了传统叙事的稳定性，提供了更多表达的可能，从而也让她重新书写"另一部"墨西哥现代化的历史成为现实。在此基础上，不难看出，华金的全知叙述者身份是里维拉·加尔萨有意为之的结果，其目的在于反驳男性全知全能的父权制身份。

小说中，另一个现代性男性受害者是美国工程师保罗·卡马克。在小说里，当玛蒂尔达第一次遇见保罗，看到那双凹陷的小蓝眼睛时，就知道"他的爱好是迷失的原因"。② 保罗的爱好是现代化工程、桥梁和矿业。1893 年当他作为一名学生参加芝加哥哥伦比亚世界博览会时，就对墨西哥的自然资源、纺织品产量和卫生的进步，以及各种气候区域、河流网络和通信系统产生了浓厚兴趣。1900 年，他带着先进的工程知识，怀着对桥梁的迷恋和对现代化进步可能性的无限信念来到墨西哥城。他在墨西哥地理与统计学会查阅了大量文献资料，了解到当时在雷亚尔

---

① Rivera Garza, Cristina. *Nadie me verá llorar*. Barcelona: Tusquets, pp. 33 - 34.
② 同上，第 189 页。

有一个巨大的银矿之后，他来到雷亚尔，带着探险家背包、指南针和几个柠檬，徒步走遍了整个矿区。1905 年，保罗带着装满书籍和科学仪器的两个手提箱再次回到雷亚尔，并在那里度过了三年时光。在三年中的大部分时间里，保罗都在翻阅设计书籍或在白纸上画桥梁图，也在查看卡洛斯·帕切科将军绘制的墨西哥地图和地理学家安东尼奥·加西亚·古巴斯的众多草图。"那一刻，他的眼睛似乎在看着一个女人的身体。"①在拉巴斯矿，"保罗用他所有的工程智慧向她求爱。他挖了新的地道，用旧的蒸汽泵和由电力驱动的绞车"，"他知道对那片风景的热爱是他一生中拥有的最强烈的感觉"②。同时，现代化桥梁建设也让保罗痴迷，"除了桥梁之外，世界上没有什么比精心设计的地图更让保罗喜欢的了"③，由于没有投资者，他只能在想象中建设自己最先进的现代化桥梁工程，并且幻想开工仪式、烟花，以及被空间几何形状迷住了眼睛的画家和摄影师。

保罗是一个坚定、真诚的现代科学的痴迷者，一个坚定、真诚的现代矿山和桥梁工程建设的痴迷者。但是这种痴迷随着墨西哥革命爆发就像梦一样破灭了。革命后，"机器被掠夺、蒸汽泵和绞车被无声拆除"导致了许多家庭的离开："曾经在雷亚尔积累了巨额财富的矿工和商人没有留下任何一个基金会，也没有留下修道院，没有留下公共工程，没有喷泉，也没有留下艺术品。在它之后，只剩下被刺穿的泥土和被技术腐烂到牙齿的幽灵。"④雷亚尔成为废墟，保罗的现代化工程理想也成为泡

---

① Rivera Garza, Cristina. *Nadie me verá llorar*. Barcelona：Tusquets，p. 198.
② 同上，第 199 页。
③ 同上，第 195 页。
④ 同上，第 204 页。

沫。"保罗筋疲力尽。他再也没有力气去寻找另一个地方了。"保罗对现代化已经彻底绝望，对于陪伴他七年的玛蒂尔达，"他唯一能请求的就是原谅"。绝望后的保罗，选择在他简陋的土坯房子里，"用油浇上地板，然后扔出一根点燃的火柴"①。

社会学家齐美尔曾经从心理主义出发，重新定义了现代性，认为：

> （现代性）存在于一种体验世界的特殊方式中，一种不只是化约为我们内心的反应，而且将其融合进我们的内在生活的方式。外在世界成为我们内心世界的组成部分，外在世界的实质成分又被化约成永不休止的流动。我们外在生活的飞逝的、碎片化的和矛盾的时刻，全部都融入我们的内在生活。②

由于现代性是偶然的、碎片性的和不确定的，所以不能依赖那些宏大的、系统的理论体系，而应借助于对现代生活的敏锐感觉，努力捕捉那些片段、瞬间，并从中发现总体性、基础性的东西。在《没有人看见我哭泣》中，不仅主角玛蒂尔达从乡村到都市，不断扮演着女佣、女工、妓女、疯女人等社会身份，其他人物包括叔叔、婶婶、革命者、女工友、华金、保罗、奥利戈切亚、疯人院里的所有人，在现代性面前都变成不确定、偶然性和碎片化的存在。里维拉·加尔萨在小说里通过这种写作策略，旨在从微末中发掘墨西哥现代化的总体性和基础性，进而质疑和反思现代性话语的"进步性"。

---

① Rivera Garza, Cristina. *Nadie me verá llorar*. Barcelona: Tusquets, pp. 207 - 208.
② 戴维·弗里斯比：《现代性的碎片》，卢晖临等译，北京：商务印书馆，2003 年，第 83 页。

里维拉·加尔萨一直致力于考察墨西哥现代性的边缘地带,在所谓"国家叙事"的外围,建构一个彻底开放的空间,以跨越种族、性别、阶级二元划分的界限以及其他不公正的他者范畴。因此,与其他历史小说有所不同,《没有人看见我哭泣》讲述的都是城市社会中非典型的边缘人物:玛蒂尔达因失去母亲和父亲酗酒而被寄养在叔叔家中,华金是一位出生于富裕家庭的吗啡吸食者,卡斯图洛是一名雪茄工人,迪亚曼蒂娜是画家的女儿,卡马克是一位来自美国并有自杀倾向的工程师,还有疯人院的疯癫者,雪茄厂的女工,妓院的妓女,等等;小说展示了社会主体巨大的多样性,他们通过日常实践构成了"现代"国家。这种"外围"或边缘化的叙事使小说能够远离官方话语同质化的意识形态叙事,表现出自己的独特性。同时,因为边缘视角替代了官方历史的宏大叙事,所以作者并没有按照时间顺序重写墨西哥现代化的历史过程,而是逆着"进步"和"时间"的潮流,在明确与历史和时间保持距离的同时,将故事的不同时期重叠在一起,以重建边缘人物的生活年表,使个人历史、家族历史与国家生活事件交织在一起,并形成碰撞和交融;通过多重事件的叠加,呈现一种"复调式"的叙述风格,重构出"另一个"墨西哥现代化的历史,亦即揭示现代性的"多副面孔"甚至"潜藏"的"野蛮主义"①。另一位现代性问题研究专家艾森斯塔特则提出了"野蛮主义潜藏于现代性的核心"的观点。他认为"野蛮主义不是前现代的遗迹和'黑暗时代'的残余,而

---

① 现代性研究学者卡林内斯库在《现代性的五副面孔》一书中曾从"五个方面"对现代性做出概括,并认为实际上存在着"两种彼此冲突却又互相依存的现代性——一种从社会上讲是进步的、理性的、竞争的、技术的;另一种从文化上讲是批判与自我批判的"。(参见马泰·卡林内斯库:《现代性的五副面孔》,顾爱彬、李瑞华译,北京:商务印书馆,2002年,第284页。)

是现代性的内在品质"①，如果说理性主义展示着现代性光明一面的话，野蛮主义体现的便是现代性阴暗、无意识和反人性的一面。

美国黑人批评家贝尔·胡克斯从女性主义立场出发，在《渴望：种族、性别与文化政治》一书中，曾经对女性所处的边缘立场作过较为精辟的论述。她认为边缘作为一种激进的立场、观点和态度，尽管是一个充满矛盾、危机的地带，但又是一个彻底开放的空间，一个意义深远的边锋，一个"积蓄创造性和力量的地方"，一个"反抗之所"。② 里维拉·加尔萨在《没有人看见我哭泣》中，对边远乡村种植香草的农民，以及都市里的雪茄厂女工、妓院妓女、被关押在疯人院的疯癫者等边缘群体的文学叙事，就是要在"国家"叙事的外围，将"边缘性"转换成一个"反抗之所"。在这个空间里，被压制和遮蔽的声音得到恢复。正如朴俊园在分析小说的现实意义时也曾强调：

> 对于里维拉·加尔萨来说，这些边缘化构成了公民生活的底部，预见了该国政治领域潜在但未知的紧张局势。作者旨在通过呈现"坏的墨西哥人"，来展示现代制度和进步手段强加给人的令人不安的现实。他们的病理症状证实，混乱和无序可以被解读为不满、分歧和抵制不断变化的运动的零碎表现。③

---

① 艾森斯塔特：《野蛮主义与现代性》，刘锋译，《二十一世纪评论》，2001 年，第 4 页。
② 参见 Hooks, Bell. *Yearning: Race, Gender, and Cultural Politics*, Boston: South End Press, 1990, pp. 149 - 151。
③ Park, Jungwon. "Manicomio y locura: revolución dentro de la Revolución Mexicana en *Nadie me verá llorar* de Cristina Rivera Garza." *Anclajes*, Vol. 17, No. 1, julio 2013, p. 61.

　　进而言之，在将近一个世纪之后，里维拉·加尔萨重新恢复这些声音，就是要拷问在近一个世纪的时间里，墨西哥的现代性究竟有什么变化？边缘化构成了公民生活的底部，甚至变成不满和分歧，这对于当下的墨西哥社会究竟意味着什么？

　　作为一部历史小说，里维拉·加尔萨在《没有人看见我哭泣》中以较为隐晦的方式，质疑现代性作为一种历史范畴在墨西哥的可行性。因为现代性一方面强调科学技术进步以便更快地实现现代化；另一方面又依据主体的经济地位划分社会阶层从而使社会等级的金字塔得以巩固。因此，波菲里奥的现代化并不是理想和想象中的那样，它没有解决社会所存在的普遍贫困问题，也没有为社会成员提供具有稳定性的身份。它是"一种没有门的方法"①，导致"社会高效地但漫无目的地前进"②，生活在这个时期的墨西哥人从无处走向无处，过去已经模糊，从这里看不到未来。

三、属下女性对现代性的反抗

　　从 20 世纪末墨西哥女性文学的总体特征来看，对墨西哥妇女面临的生存困境的关注仍然是叙事的重心，但是女作家并没有制造关于女性的刻板印象，而是选择构建不断变化的女性主体，并为墨西哥社会中不同阶层的女性寻求各种可能性。这种多样性不仅可以通过不同的身份来体现，还可以在多变的主题中找到答案，包括对墨西哥历史和现代性

---

① Rivera Garza，Cristina. *Nadie me verá llorar*. Barcelona：Tusquets，p. 211.
② Paz，Octavio. *El laberinto de la soledad*. Enrico Mario Santí（ed.），Madrid：Cátedra，2015，p. 213.

的不同态度，性别问题或文化差异导致的意识形态冲突，等等。

在前面的讨论中我们曾论及，卡门·博略萨在《沉睡》中将叙事背景置于遥远的殖民时代，关注的是种族、性别冲突中的女性身份认同；安赫莱斯·玛斯特尔塔在《爱之恶》中将目光投向墨西哥革命，表现出资产阶级妇女融入墨西哥现代化的强烈愿望。与她们不同，里维拉·加尔萨则将目光投向对现代性的反思，并在吸收了朱迪思·巴特勒将性别看成一种因具体谈判而变化的表演的观点之后，更为强调女性身份的多样性和流动性，并在小说中塑造了与常规认知相去甚远的女性形象。里维拉·加尔萨强调：

> 我们确实生活在两性关系不平等的社会中，但我认为，正如新的社会历史在许多情况下所表明的那样，这种关系比我们迄今所认为的更有活力，更充斥着紧张和谈判。换句话说，我对女性作为受害者的论述并不感兴趣，因为很多时候，在急于识别和辩护妇女的要求时，人们常常忽略了在这些不同寻常的女性中，有许多人在历史上用了非常具有延展性和文化上特定的手段行使其能动性。[①]

不难看出，与同时代的女作家相比较，里维拉·加尔萨更为关注那些历史中被边缘化的属下女性，尤其作为受害者存在的女性，但是这种关注的目的并不在于为她们辩护，而是发现这些不同寻常的女性所拥有

---

① Hind，Emily．"Entrevista con Cristina Rivera Garza."*Entrevista con quince autoras mexicanas*，Madrid：Iberoamericana，2003，p. 189.

的"延展性"和"能动性"，或者说发掘她们所拥有的特殊的、内在的抵抗能力。所以，《没有人看见我哭泣》并不是在对墨西哥的现代化过程做整体或全面的历史叙事，也没有为成功者树碑立传，而是构建了一个关于"疯癫"的属下女性的故事，在重新审视墨西哥现代化的同时，打破了墨西哥文学统一的审美倾向。

大量的历史文件、档案和证词进入文学叙事，是里维拉·加尔萨文学书写的一个显著特征。在小说的"尾注"中作家明确表示：小说主角玛蒂尔达的原型人物——莫德斯塔·布尔戈斯，"她的名字和照片都是真实的"，而整个故事则是"想象力的自由重建"①。将历史与文学、真实与虚构相结合，以"一个女人是如何变得疯癫"为主题，一个属下女性——玛蒂尔达——浮出历史的表面，作为一个被现代性规训伤害的身体，同时又是一个反抗的主体。

随着母亲去世，父亲"疯癫"，15 岁的玛蒂尔达被送到位于墨西哥城的叔叔家寄养。叔叔马科斯作为知识分子和科学精英的代表，是现代性思想的坚决拥护者，他认为"缺乏卫生和工作习惯，家庭不稳定，妇女滥交，过度嗜酒和其他恶习，甚至习惯吃太辣的食物，都使这个群体成为国家的真正威胁。这些返祖行为极端但自然的后果是罪犯、酗酒者和疯子"②。对他而言，现代性相当于创造新的社会规范和造就具有良好卫生习惯的现代公民，并与过去的文化传统完全决裂，因为这些传统只会导致野蛮、原始、迟钝和顽固的半伪装暴徒，他们的犯罪本能也会危及他们的同胞以及整个国家。同时，他还认为"送妇女上学是浪费时间，也是

① Rivera Garza，Cristina. *Nadie me verá llorar*. Barcelona：Tusquets，2013，p. 253.
② 同上，第 127 页。

一项糟糕的投资"①。毫无疑问，叔叔马科斯将其对现代性的理解与墨西哥根深蒂固的父权制思想结合起来，认为教育不仅破坏了女性"与生俱来的自我否定和牺牲意识"——这被认为是女性最好的美德，还产生了大批傲慢无用的女性。他将那些"坚持独自走在街上并要求她们投票权"的剪了短发的女性主义者比作"天生的畸形儿"②。可见，在现代性面前，当男性的行为和话语象征着科学、现代性和未来时，女性则被认为是古老传统和文化返祖的继承人，社会的"落后"被归咎于女性，无论是身体还是道德，她们都是需要彻底净化的人。

　　基于以上看法，马科斯对玛蒂尔达的到来感到非常矛盾，一方面，作为墨西哥现代性思想的杰出代表，像所有想要成功的人士一样，他对国家现代化进程的未来抱有近乎盲目的信念，并把大部分精力和几乎所有热情都投入推进"卫生学项目"之中。③ 同时，作为一名医生，他以社会和职业上的优势地位以及在城市穷人中的医疗实践，证实所有病症都与民众缺乏身心卫生习惯直接相关。他认为，"如果政权真的在秩序和过程中发展，就必须首先使卫生不是一项权利，而是一项公民义务。城市

---

① Rivera Garza, Cristina. *Nadie me verá llorar*. Barcelona：Tusquets，2013，p. 132.
② 同上。
③ 卫生学项目(proyecto higienista)是欧洲实证主义潮流的一部分，在 1880 年左右渗透到拉丁美洲，恰逢拉丁美洲国家的现代化发展和巩固时期。它是在拉丁美洲国家秩序和进步框架内建立组织和控制的典范。基于这种潮流，它在社会、政治、法律和医疗机构中传授了一种基于生物学概念的同质化话语，基于的是追求社会健康的优生理想。它试图创造男性公民的理想，并作为民族国家的先驱，排除任何本项目认为不正常或危险感染新国家的人。(参见 Bianchi，Paula Daniela. "La genealogía de las violencias expresivas mexicanas：De la revolución a la intemperie fronteriza." *Filiaciones y desvíos: Lecturas y reescrituras en la Literatura Latinoamericana*，Buenos Aires：Noé Jitrik Editor，2021，pp. 220.)

的设计应该掌握在医生手中,而不是具有欧洲化和不切实际想法的建筑师"[1];他相信,"有一个纪律、卫生和教育管理的合适环境,即使不能彻底改变,也可以通过抛光其邪恶本性中最锋利的边缘来改善"[2]。另一方面,作为拥有布尔戈斯家族血统的人,马科斯内心怀有深深的自卑感,认为其家族具有明显的民族劣根性,就如同他的哥哥一样,具有疯癫的基因。因此,出于对现代性的狂热和为了职业荣誉,他决定用理性强行镇压玛蒂尔达身体里"返祖"的疯癫基因,甚至将驯服自己侄女看成一场个人职业的漫长征途。

为了消除玛蒂尔达从酗酒和精神错乱的父母那里继承下来的遗传"缺陷",马科斯按照墨西哥现代公民标准,为玛蒂尔达制定了严格的行为规范准则:

> 一个好公民、一个体面的女孩、一个有礼貌的女人必须从学习时间的确切名称开始。该起床了,早上五点。是时候收拾和整理床铺了。该准备早餐了。是时候坐在餐桌旁,等待马科斯叔叔喝橙汁、吃水果沙拉和饮热气腾腾的黑咖啡了。是时候清理桌子、收拾桌布并摆放椅子了。是时候拿起篮子,跟着罗莎拉婶婶去市场了。是时候准备食物,等待马科斯叔叔从医院的办公室回来了。该午睡了。是时候默默地在婶婶旁边绣桌布或补裙子了。是时候听讲文明和卫生课了。是时候学习元音了。是时候准备晚餐了。是时候祈祷了。就寝时间。一切

---

[1] Rivera Garza, Cristina. *Nadie me verá llorar*. Barcelona: Tusquets, 2013, p. 126.
[2] 同上,第 130 页。

又重新开始，没有任何节奏变化。①

正如福柯在《规训与惩罚：监狱的诞生》中所指出的那样，现代性是"身体遭受惩罚的历史"②。经过一段时间的训练和干预，当马科斯看到玛蒂尔达的"身体不再发出气味"，已经学会用手不紧不慢地、有效地触摸物体，在遇到突如其来的喜悦时用微笑取代大笑，曾经因迷茫而惊奇和敬畏的瞳孔小心翼翼地落在万物之上，他对自己的实验结果感到非常满意："科学和纪律终于打败了摧毁圣地亚哥和普鲁登西亚·布尔戈斯生活的酒鬼幽灵。"③

边缘叙事作为里维拉·加尔萨文学书写的显著特点，整部小说既没有关于墨西哥革命的全面叙事，也没有对墨西哥现代化进程的宏观描述。同样地，作为小说的主角，属下女性玛蒂尔达"总是走在历史的边缘"，并且"当革命爆发时，她身陷由仙人球和蓝色空气组成的爱情"，与一个安静的美国人一起生活在墨西哥北部的沙漠中④。尽管如此，作家还是赋予"革命"以重要的意义和价值，主要表现在革命对玛蒂尔达个人成长的重要影响，但这种影响不是通过具体历史事件给个人带来的冲击和感悟来表现，而是通过日常生活中的人际交往来体现，如她与两位年轻革命者的偶遇。

在小说里，作家为玛蒂尔达与"革命"的连接设计了一场"偶遇"：年

---

① Rivera Garza, Cristina. *Nadie me verá llorar*. Barcelona：Tusquets, 2013, p. 119.
② 米歇尔·福柯：《规训与惩罚：监狱的诞生》，刘北成、杨远婴译，北京：生活·读书·新知三联书店，1999年，第27页。
③ Rivera Garza, Cristina. *Nadie me verá llorar*. Tusquets：Barcelona, 2013, p. 134.
④ 同上，第211—212页。

轻的革命者卡斯图洛·罗德里格斯因为受伤意外闯入了玛蒂尔达的生活，玛蒂尔达从人性和同情心出发，违背了马科斯为她制定的行为准则，救治了革命者。故事虽然简单而老套，但作家借助于玛蒂尔达的视角，运用诸多象征性的语言对年轻革命者的身体进行了细致的描写，在一定意义上暴露了作家对待革命的基本态度和看法。玛蒂尔达在救治卡斯图洛的过程中，发现他的"身体像新生儿一样没有毛发"，"他的青春让她感到惊讶"，"他的五官很精致，他手腕上血液的脉动，他笔记中拼写错误的单词，让她信任他"①。作家用年轻革命者的身体所表现出来的这些特征，象征性地表达了"革命"本身的青春靓丽及不完善性。同时，在小说里，里维拉·加尔萨通过日常生活中的细节展现了革命者对玛蒂尔达带来的巨大影响："三天内发生的故事比过去五年还要多。叔叔家的两只玻璃杯被打破了，玛蒂尔达帮佣的哥伦巴医生的一条丝绸裙子的卷边折错了角，沸腾的水在炉子上消失了。在那些日子里，她开始撞到椅子、门、窗户。"②在她眼中，原本自然、不朽的风景，开始发生变化。玛蒂尔达开始注意到以前没有注意过的角落和缝隙、蜘蛛网、天花板上的碘色污渍、破裂的杯子等，这意味着玛蒂尔达开始思考和观察，开始与外部世界交流，开始试探叔叔马科斯为她设立的边界。另一方面，通过革命者的眼睛，玛蒂尔达看到了不同视角下的墨西哥城："卡斯图洛的眼睛是显微镜，放大了房子的不完美，整个城市的不平衡、不公正。"③革命者为玛蒂尔达打开了另一扇窗户，使她看到了现实世界的"另一副面孔"。因

---

① Rivera Garza, Cristina. *Nadie me verá llorar*. Tusquets: Barcelona, 2013, pp. 135 - 137.

② 同上，第 138 页。

③ 同上，第 139 页。

此，在玛蒂尔达救助了卡斯图洛之后，"当她来到外面时，首先注意到的是在三月灰色的天空中，在厚厚的云层之间，出现了一个形状不规则的空洞，在那里可以看到一片蓝天"①。作者使用色彩的对比，在这里埋下了一个隐喻，即将"灰色云层"比喻为父权制观念，将"蓝色天空"比喻为女性应该拥有的未来和希望。

对于另一个女性革命者迪亚曼蒂娜·维卡里奥，作家则给予其"新女性"的定位：玛蒂尔达第一次见到迪亚曼蒂娜的时候，发现她没有穿裙子，而是穿着工作服，但是"她很漂亮，几乎是完美的，优雅，充满生机"，而且"完全没有虚荣心"②。玛蒂尔达将革命者迪亚曼蒂娜与婶婶罗莎拉和哥伦巴医生比较之后得出结论，符合"好习惯""好公民"等现代性要求的两位女士，一位"是一个不知道休息和乐趣的女人"，一位则"在多年的学习和博览群书之后，也许没有得到过一个拥抱"，两个人的嗓音如同"空陶罐碰撞发出的声音"③。不管是作为家庭主妇的婶婶罗莎拉还是哥伦巴医生，无疑代表了中产阶级女性试图通过约束自己行为举止或用知识和理性武装自己，以成为墨西哥现代性理想的公民形象，但她们却没有意识到作为女性仍然无法逃离作为现代性（男性中心）附庸的命运。所以，当迪亚曼蒂娜告诉玛蒂尔达，"你需要打扫的房间在你的眼睛后面，在你的脑袋里。女性必须带着书，带着音乐去天堂，而不是带着扫帚和旧破布"④，实际上就是让玛蒂尔达明白，一个真正意义上的现代女性，不能仅仅围绕着家庭与厨房，在此之外还有更为广阔的天地，女性

---

① Rivera Garza, Cristina. *Nadie me verá llorar*. Tusquets：Barcelona，2013，p. 137.

② 同上，第 144 页。

③ 同上，第 118 页。

④ 同上，第 154 页。

应该不断提高自己的知识水平，应该学会审美。这种具有强烈女性主义色彩的话语让玛蒂尔达的精神世界产生了巨大震荡，使她意识到教养良好的女孩，除了有"好习惯"之外，还有其他宝贵的品质，比如勇气和果断做出决定的智慧。尽管与迪亚曼蒂娜相处的时间比较短暂，但是她对玛蒂尔达产生的影响是巨大的，以至于她牺牲后，出于对她的"钦佩"和"怀念"，玛蒂尔达在自己皮肤上的一个地方，"用蓝色字母刻着迪亚曼蒂娜的名字"[①]。

在两位年轻革命者的影响下，玛蒂尔达"不作告别"就坚定地离开了叔叔家，成为革命队伍中的"小女士"，并在革命活动中不断丰富着自己的内心世界，变成一个十分坚强的属下女性。"没有人看见我哭泣"既是小说的书名，也成为玛蒂尔达的座右铭。实际上，这一主题在整部小说里出现过 7 次之多，每一次的重复都在表达主角内心所经历的痛苦，但同时也预示着她的成长和蜕变。即使后来因为生活所迫，她成为雪茄厂的一名女工，在恶劣的工作环境中，她也表现出与其他女工不同的地方："玛蒂尔达会对大家说早安，每天早上六点之前打扫卫生。"晚上，特别是星期天，"她会留出半个小时给她们读在街上发现的报纸上的新闻"；她找到一块黑板，"教她们如何画元音，然后用粉笔一个接一个地将之组成单词"；她"在锡桶里播种天竺葵"以美化破烂不堪的工厂环境；等等。尤其是她利用在叔叔那里学来的简单的医学知识和技能，为工友和她们的孩子们治疗一些简单的伤病，并获得了"小医生"的赞誉。[②]

作为一位学者型作家，里维拉·加尔萨对于墨西哥革命和现代化进

---

① Rivera Garza，Cristina. *Nadie me verá llorar*. Tusquets：Barcelona，2013，p. 154.

② 同上，第 166－167 页。

程并没有作简单的肯定或否定，而是持较为冷静、客观的态度：革命者打开了属下女性通向另一个世界的窗户，玛蒂尔达的主体意识觉醒，看到了另一个世界的风景，成为一个拥有坚强心灵和同情心的女性；现代性教育尽管是为了规训玛蒂尔达的身体，使她成为一个"好公民"，但也使玛蒂尔达拥有了帮助别人的知识和技能，并对同处于边缘位置的人们施以援手。作家通过主角玛蒂尔达的这些变化，在肯定墨西哥革命和现代化意义的同时，又强调了女性意识的觉醒和接受现代教育的重要性。

女性主义学者贝尔·胡克斯从黑人女性主义立场出发，十分关注边缘性问题。在《女性主义理论：从边缘到中心》一书中，她将边缘性看成一种具有反抗特质的世界观和方法论，认为边缘为黑人女性提供了一个表达对世界感受的新位置。"我们既从外面往里看，又从里面往外看。我们既关注边缘也关注中心。"[1]所以边缘视角意味着一种认识论和思维方式上的变革，是观察属下女性生存现状的一种有效的方法。在后来出版的另一本著作《渴望：种族、性别与文化政治》中，胡克斯进一步对"边缘"与"中心"的关系作了较为深刻的分析，并提出了"选择边缘性"的观点。她认为，主动地选择边缘位置意味着解构和破坏中心与边缘的界限，重构后获得中心地位，所以边缘地带既是边缘又是中心。她进而区分了压迫性结构所施予的边缘性与主动选择的边缘性的区别，认为选择的边缘性可以为反抗提供彻底开放的空间和立足点，这样一来，"边缘既是镇压之地，也是反抗之所"[2]。

---

[1] Hooks，Bell. *Feminist Theory: From Margin to Center*. Boston：South End Press，1984，p. ix.

[2] Hooks，Bell. *Yearning: Race，Gender，and Cultural Politics*，Boston：South End Press，1990，pp. 151 - 153.

　　按照胡克斯所论，里维拉·加尔萨在《没有人看见我哭泣》中，从边缘视角对墨西哥现代性的质疑和反思，无疑属于"选择边缘性"。在小说里，边缘既是镇压之地，也是反抗之所；既是"边缘"又是"中心"。玛蒂尔达作为一个属下女性，处于边缘位置也许是她的宿命。但是，在雪茄工厂里，玛蒂尔达虽然只是一个小女工，但她并没有放弃生活的希望，而是通过自己的努力，从边缘走向中心，成为一名"小医生"。后来，为了抚养工友遗留下的两个孤儿，玛蒂尔达迫不得已来到妓院，成为一名妓女，但她并没有屈服，而是带领其他妓女抗拒监管和卫生检查，与警察对抗，获得了"女魔头"的名号。

　　在 20 世纪 90 年代的墨西哥文学界，费德里科·甘博亚的小说《桑塔》(1903) 曾轰动一时，获得巨大成功。该小说以命运决定论为主题，讲述了一个名为"桑塔"的女孩，因在社会规范之外主导自己的身体和欲望而堕落成为妓女，并最终获得救赎的故事。包括里维拉·加尔萨在内的许多墨西哥女作家，对甘博亚在《桑塔》中将女性物化并作为操控对象的情节极为不满，纷纷采用互文方式，质疑以甘博亚为代表的男性话语对女性的不公正描述，并为女性正名。特别是在《没有人看见我哭泣》中，里维拉·加尔萨将"桑塔"看成男作家对女性臆想的集合，通过玛蒂尔达在"现代性"妓院里与其他妓女一起排演《桑塔》并对其戏仿，向甘博亚的性别决定论和道德说教主义发起挑战。

　　在对《桑塔》的戏仿中，玛蒂尔达身上没有任何珠宝或香水，只用一件黑色燕尾服外套，塑造了一个"女魔头"形象，以抵抗"桑塔"原型的柔弱、无知又自甘堕落的形象。这种戏仿隐藏着玛蒂尔达对残酷、冷漠的墨西哥社会的绝望与愤怒，以及一个属下女性受害者对这一现实的最具戏剧性的报复。正如卡洛斯·富恩特斯所指出的那样：

克里斯蒂娜·里维拉·加尔萨以残酷的狡猾提醒我们，左拉的自然主义伴随着隆布罗索的决定论犯罪学。对于隆布罗索来说，罪犯是通过返祖，通过回归到进化的原始阶段。隆布罗索在 1886 年的《普通人类学》中指出，妓女的脚是可弯曲的，也就是说，它可以像猴子一样捕捉。玛蒂尔达没有读过隆布罗索或左拉，她通过反叛打破了决定论和禁锢。也就是，证明了玛蒂尔达疯狂反抗了她预定的命运。①

富恩特斯将玛蒂尔达演出时所穿的黑色燕尾服解读为黑色长裙、丧服，并认为这是在"何塞·雷弗埃塔斯之后，墨西哥没有人做过的悲剧性选择和精神撕裂"②。所以，二者之间存在着根本区别：在甘博亚的《桑塔》中，少女桑塔是因为无知而被诱惑又遭到抛弃后沦为妓女；而在《没有人看见我哭泣》中，玛蒂尔达进入妓院不是出于欺骗或意外，而是因为她在哀悼：为了卡斯图洛、为了迪亚曼蒂娜、为了墨西哥、为吞噬自己孩子的革命，"仿佛她的灵魂是所有失败的英雄主义的万神殿"③。

---

① Fuentes, Carlos. "Melodrama de la mujer caída." *El país*, 11 de enero, 2003, web, http://elpais.com/diario/2003/01/11/babelia/1042246215_850215.html. [2024/05/30]
② 何塞·雷弗埃塔斯(José Revueltas)，墨西哥作家、编剧和政治活动家，他因多次参与学生运动和工人罢工而受到政治迫害和监禁，最具影响力的是参与 1968 年墨西哥运动并发表演讲。他的政治文学和对社会问题批判性的思考使他成为 20 世纪墨西哥文学的重要人物。雷弗埃塔斯的写作探讨了不公正、压迫、社会中个体的异化等主题，他将政治意识与质疑资本主义结构和革命运动意识形态局限性的叙事相结合，通过作品展现了人物在理想与现实之间矛盾的内心困境。这种观点对寻求将个人与集体结合起来并质疑社会结构的里维拉·加尔萨产生了重要影响。
③ Fuentes, Carlos. "Melodrama de la mujer caída." *El país*, 11 de enero, 2003, web, http://elpais.com/diario/2003/01/11/babelia/1042246215_850215.html. [2024/05/30]

卡斯塔涅达疯人院是整部小说的历史起点，既是一个十分重要的叙事空间，也是玛蒂尔达一个重要的反抗空间。根据玛蒂尔达的自述，她被送往疯人院，是因为拒绝了一群在街上要求她提供性服务的士兵。但里维拉·加尔萨在疯人院的历史档案记载中发现，玛蒂尔达是一位无合法职业、中年单身妇女和妓女，这些条件所对应的可能是道德感异常、梅毒、酗酒者、谵妄和疯癫。所有这些身体和精神症状都被视为危害社会稳定和公共安全的犯罪，是墨西哥现代化进程中必须割除的毒瘤。

福柯在《疯癫与文明：理性时代的疯癫史》一书中通过对欧洲自文艺复兴以来疯癫与理性关系的考察，揭示了二者之间从对话到对立的转变，以及背后所隐藏的权力关系，尤其通过古典时期对疯癫者的"禁闭"与疯癫话语建构关系的考察，揭示了理性、医学话语如何含纳疯癫话语，并成为辨别和控制疯癫话语绝对权威的内在机制。[1] 里维拉·加尔萨抱有与福柯相近的看法，在小说里通过玛蒂尔达被关押在疯人院后与奥利戈切亚医生之间的对话，巧妙地表达了权力、话语与疯癫的微妙关系以及二者之间的对抗与斗争。

在里维拉·加尔萨看来，玛蒂尔达被关入疯人院，一方面与墨西哥现代化的"清除"与"禁闭"的总体方案有关，背后隐藏着权力关系；另一方面也是话语建构的结果。在疯人院里，奥利戈切亚医生对玛蒂尔达的诊断结论如下：

> 被关押者爱讽刺且粗鲁。她话太多。对自己的过去发表

---

[1] 参见米歇尔·福柯：《疯癫与文明：理性时代的疯癫史》，刘北成、杨远婴译，北京：生活·读书·新知三联书店，2012年，第41页。

了语无伦次和无休止的演讲。[…]她患有古怪的幻想，并且对她从不厌倦讲述的故事有明显的创作倾向。从一个问题到另一个问题，从不停止。倾向于试图使用矫揉造作的言辞表达另一种含义。[①]

从以上的诊断结论不难看出，奥利戈切亚将玛蒂尔达判定为"疯癫"并没有明确的医学根据，完全是从理性、科学和逻辑的角度，对她的话语做出分析。所以作家在小说里，将所有关于疯癫的叙述用"一切都是语言"概括，就是要表明所谓的"疯癫"无非是由"语言"所定义和话语所建构的。

里维拉·加尔萨进一步揭示了疯癫话语建构背后的权力关系，她认为奥利戈切亚医生之所以可以轻易得出结论，并将之写入玛蒂尔达的档案，将她定义为疯癫，是因为他作为国家、理性、科学的代言人，掌握着决定玛蒂尔达命运的话语权。正如福柯所强调的：

> 每个社会[…]都有其关于真理、也就是关于每个社会接受的并使其作为真实事物起作用的各类话语的总政策；都有其用于区分真假话语的机制和机构，用于确认真假的方式；用于获得真理的技术和程序；都有其有责任说出作为真实事物起作用的话语的人的地位。[②]

---

① Rivera Garza, Cristina. *Nadie me verá llorar*. Barcelona：Tusquets，2013，p. 110.
② 米歇尔·福柯：《米歇尔·福柯访谈录》，杜小真编选：《福柯集》，上海：上海远东出版社，1998 年，第 445—446 页。

　　同时，作家还揭露了作为现代性利己主义的代表，奥利戈切亚医生并不愿意在拉卡斯塔涅达疯人院工作，"他设想了一个光明而可能的未来。拉卡斯塔涅达只是他必须跳过的一个障碍，之后才能进入更好的医院。他需要获得国外的机会和经验，这将使他成为一名真正的精神科医生，一个有声望的专业人士"①。所以，"将玛蒂尔达诊断为'语言失禁'和'精神错乱'不仅意味着在她的医疗档案的苍白描述上重新覆盖一层，而且还免除了他破解'重复是她心中的女王'的任务。他关注的是患者可以为他提供什么"②。病人是否真的存在精神问题，或者有无治愈的可能，并不是他关心的问题，因为他的未来不在这里。也正因为如此，玛蒂尔达被关押在疯人院达38年之久。

　　在疯人院里，玛蒂尔达尽管处于被定义的一方，但也并不完全是被动的，而是在不断进行着反抗，医学话语与疯癫话语之间为争夺话语权也展开了激烈的斗争。如果说以奥利戈切亚医生为代表的医学语言在形式上与理性语言相吻合，并以"客观知识"的形态表现为有序和逻辑严密的话语，能够准确地对疯癫进行识别、定义、诊断和标记。同时，科学语言也代表着一种权力和暴力，不仅安抚、修复疯癫，而且试图利用"压制技术"来控制疯癫。而以玛蒂尔达为代表的疯癫话语则表现为丰富而不连贯、讽刺与粗鲁、结结巴巴与滔滔不绝、语无伦次与无休止，不可翻译性和词语之间的断裂并不断地冲击着理性、科学的医学语言。除此之

---

① Rivera Garza, Cristina. *Nadie me verá llorar*. Barcelona：Tusquets，2013，pp. 29 - 30.

② Lynam, Jessica. "Un palimpsesto renuente：Reescribiendo a la mujer y el futuro en *Nadie me verá llorar* de Cristina Rivera Garza." *Hispania*，Vol. 96，No. 3，Septiembre 2013，pp. 509 - 510.

外，玛蒂尔达还"写作。写信。撰写外交信函。写'世界的污秽'。写日记"[1]，为自己抗争，也为疯人院的其他人抗争。但是这些抗争最终只能被收录在编号为 6353 的病历档案中，被理性和医学的权力和话语定义为"谵妄"，所以玛蒂尔达采取的最后的反抗形式是"沉默"。

回归孤独和沉默是玛蒂尔达最后的抵抗，在那个被称为疯狂的地方，在"那个没有门的地方"，在那个"每隔一段时间就会下雨"的地方，玛蒂尔达找到了她的避难所。在那个没有人看到她哭泣的地方，她独自一人却也摆脱了所有人的注视，特别是男性的凝视，在孤独和沉默中，玛蒂尔达选择与自己的存在建立联系，而不是被试图改变她的男人的野心所困扰。

奥克塔维奥·帕斯在《孤独的迷宫》中，曾对墨西哥人性格中的"孤独"做过很精辟的定义：

> 感觉本身具有双重含义：一方面，它包括对自己的意识；另一方面，它渴望摆脱自己。孤独，这是我们生活的本质，在我们看来是一种考验和净化，最后，痛苦和不稳定将消失。充实，团聚，这是休息、幸福与世界和谐，在孤独迷宫的尽头等待着我们。[2]

里维拉·加尔萨在小说中完成了主角从"没有人看见我哭泣"到最

---

[1] Rivera Garza, Cristina. *Nadie me verá llorar*. Barcelona：Tusquets，2013，p. 27.

[2] Paz, Octavio. *El laberinto de la soledad*. Enrico Mario Santí（ed.），Madrid：Cátedra，2015，p. 350.

后归于"沉默"和"孤独"的蜕变，不仅表达了属下女性玛蒂尔达的"孤独""骄傲"与"坚定"，而且非常好地契合了帕斯对于墨西哥人"孤独"的定义。

当玛蒂尔达从偏远的乡村第一次来到墨西哥城时，随着这只城市动物缓慢地走近，她心中夹杂着恐惧、惊讶和绝望，但她毫不畏惧，咬了咬嘴唇："没有人看见她哭泣。"[1]在跟随父母参观托托纳克遗址时，在巨大未知的动物通过她的想象吞食了她的身体时，"孤独第一次牵着她的手"，她咬了咬嘴唇："没有人看见她哭泣"[2]……可见，玛蒂尔达的一生都处于"孤独"之中，又处在骄傲的抗争之中，并通过孤独与抗争不断地"考验和净化"自己。同时，她断然拒绝被别人看到自己哭泣，也许是作家为了断然拒绝被传统文学所赋予的脆弱和柔弱的女性特征。因此，"没有人看见我哭泣"，并不意味着玛蒂尔达处于沮丧或无助的境地，而完全可以看成自由意志的象征。帕斯说：

> 只有独自一人，在伟大的时刻，他们才敢于表现自己的本来面目。他们所有的关系都被恐惧和怀疑所毒害。敬畏领主，怀疑同龄人。每个人都观察对方，因为每个伙伴也可能是叛徒。为了摆脱自己，懦弱的人需要跳过障碍，喝醉，忘记他的处境。独自生活，没有证人。只有在孤独中，他才敢这样做。[3]

---

[1] Rivera Garza, Cristina. *Nadie me verá llorar*. Barcelona: Tusquets, 2013, p. 62.

[2] 同上，第 76 页。

[3] Paz, Octavio. *El laberinto de la soledad*. Enrico Mario Santí (ed.), Madrid: Cátedra, 2015, p. 350.

在欲望或科学热情的驱使下，人们的眼睛不由自主地或详尽地看到、测量和评估她们的身体，然后是她们的思想，直到使她们筋疲力尽。但玛蒂尔达不愿做那个"懦弱的人"，她无所顾忌地反抗着男性目光的凝视和追随，并且比以往任何时候都更渴望生活在一个没有眼睛的宇宙中，一种远离男性野心的孤独中。这个"疯女人"不断向华金表明："别再打扰我"，"你不是香草的丈夫"，"我不是任何人的妻子，华金"，"没有人能保护我"，"没有人能看顾我的梦"，"我会想办法独自逃跑的"。玛蒂尔达建造了她自己的天堂，在那里，没有游客，没有人关心她的过去和未来；在那里，没有目光追赶，没有哭泣吓唬，没有野心；在那里，不仅可以找到自己的存在，还可以找到和平与安宁。这本身也是一种反抗，所以，玛蒂尔达申明："让我保持沉默。让我住在沙漠里。"[1]沙漠成为她最后的乌托邦。

概言之，在小说里，玛蒂尔达扮演的所有角色都没有超出历史学家科西奥·维勒加斯所定义的"社会零位"群体。随着故事的发展，玛蒂尔达试图改变命运的决心被一次次无情地破坏，每次的决定都使她跌落至更糟糕的境遇，但反抗从未停止，只是在隐秘的和看不见的地方悄无声息地发生，无论在工厂车间、妓院，还是在疯人院没有灯光的走廊里。同时，玛蒂尔达的故事实际上是墨西哥现代化历史的另一面，墨西哥现代性的矛盾在于所谓的"现代化"只片面地关注经济利益，资本主义的发展过度依靠跨国资本，以牺牲农民和工人为代价的发展注定不能持久。在墨西哥工业化的背后是像玛蒂尔达这样无休止工作的妇女，与此同时，这样的女性被视作现代性的对立面，她们的价值被贬低和忽视，被贴上

---

① Rivera Garza, Cristina. *Nadie me verá llorar*. Barcelona：Tusquets，2013，p. 242.

疯女人和妓女的标签，被定义为不理想的身体，这种身体无法进入建立在现代化发展要求之上的新国家。所以，里维拉·加尔萨通过讲述玛蒂尔达的故事，试图发出一种声音，通过这种声音，不仅质疑稳定不变的身份的存在，而且质疑实证主义以揭示父权制操纵、定义和控制墨西哥未来的企图；通过这种声音，作家不仅在设法质疑社会不公正和性别不平等，声援她们的隐形和边缘化，同时设法让其他人听到她们的声音。

结

语

　　20 世纪 90 年代的墨西哥女性小说是墨西哥文学史上一颗璀璨的明珠,它们以独特的魅力和深刻的内涵,展现了墨西哥女性的智慧和力量。从墨西哥女性小说发展史来看,90 年代的女性小说处于 20 世纪与 21 世纪承上启下的位置,通过这一时期女性小说的研究,既可以回望 20 世纪墨西哥女性小说的整体发展,又可以观察到其对 21 世纪初女性小说的深刻影响。从这一时期小说的主题来看,重写历史是一个极为重要的对象,女作家对殖民、革命和现代化运动等重要历史节点的文学书写,不仅揭示了历史的复杂性、多样性,而且通过女性发声表达了自己在历史上的存在,展现了对自我认同和自由的渴望。将重点放在为被遗忘的"属下"女性发声,是 90 年代墨西哥女作家重写历史的显著特征,她们通过这种发声不仅体现了对传统叙事的深刻质疑,而且重塑了"属下"女性的历史记忆和身份认同。不论女作家是否赞同女性主义立场,在她们的文学叙事中,女性大多是故事的主角,女性经验、体验、感悟成为叙述的重心,从而打破传统文学叙事中的女性刻板印象,塑造具有独立意识和反抗精神的"新女性"。90 年代的墨西哥女性小说不仅具有重要的文学价值,而且与墨西哥社会现实紧密相连,具有重要的社会、政治意义,主要表现为女作家试图通过文学叙事,反映墨西哥妇女面临的种族、阶级、性别等重大问题以及现实困境与挑战，并借助小说呼吁社会关注女性命运，推动性别平等和社会进步。

本书借用了埃莱娜·西苏"飞翔的姿势"一语作为主书名，一方面象征 90 年代墨西哥女作家摆脱束缚，争取自我认同的过程；另一方面也表明她们试图在小说中用自己的声音去挑战、改变、超越既定框架的坚定决心。在这些小说中，女作家们通过重写历史、重构身份、重新审视性别与权力的关系，不仅为自己的存在争取话语权，也为边缘群体提供了发声的平台。她们的写作不仅关注女性的个人经历，还将视角扩展至社会、历史和文化的广阔领域，以揭示现代化和全球化背景下，女性如何在多重身份的交织中找到自己的生存空间。同时，"飞翔的姿势"也是女作家创造力的象征，她们在写作风格上突破传统男性叙事结构，将注意力集中在日常生活和女性的内心世界，展现女性个体的复杂性和多样性，创造出一个更加包容和自由的文学空间；她们在创作技巧上大胆创新，融合历史、小说、诗歌等多种元素，运用元小说、互文性、戏仿等多种文学手法，使作品具有更高的艺术价值，从而不仅丰富了墨西哥文学的内涵，也为全球女性文学提供了重要借鉴和启示。

总的来说，20 世纪 90 年代墨西哥女性小说是一个十分复杂和丰富的文学现象，本书研究仅仅涉及三位女作家及其作品，未能涵盖更多作家作品；在研究内容上主要关注了历史类别，而较少涉及科幻、自传、侦探等类别，只在第二章第二节做了简单回顾；注重从女性、社会现实视角对作品进行分析，但从文学技巧上进行艺术特色和审美价值分析、跨学科研究体现得还不够充分。这些不足还有待于在今后研究中不断加以补充、完善、扩展和深化。

参考文献

中文作家作品

安赫莱斯·玛斯特尔塔：《爱之恶》，程弋洋译，海口：南海出版公司，
　　2012 年。

安赫莱斯·玛斯特尔塔：《普埃布拉情歌》，李静译，海口：南海出版公
　　司，2010 年。

外文作家作品

Boullosa，Carmen，*Duerme*，Madrid，Alfaguara，1994.

——. *Mejor desaparece*，México：Océano，1987.

——. *Antes*，México：Vuelta，1989.

——. *Son vacas，somos puercos: filibusteros del mar Caribe*，México：
ERA，1991.

——. *Llanto: novelas imposibles*. México：Era，1992.

——. *El médico de los piratas: bucaneros y filibusteros en el Caribe*，
Madrid：Siruela，1992.

——. *La milagrosa*. México：Era，1992.

———. *Cielos de la tierra*. México：Alfaguara，1997.

———. *Treinta años*. México：Alfaguara，1999.

Mastretta，Ángeles，*Mal de amores*，Barcelona：Seix Barral，2011.

———. *Pueblo libre*，Madrid：Aguilar，1994.

———. *El mundo iluminado*，Madrid：Grupo Santillana de Ediciones，1998.

———. *El cielo de los leones*，Barcelona：Seix Barral，2004

———. *Arráncame la vida*，Barcelona：Seix Barral，2014.

———. *Mujeres de ojos grandes*，Barcelona：Seix Barral，2010.

———. *Maridos*，Barcelona：Seix Barral，2009.

Rivera Garza，Cristina，*Nadie me verá llorar*，Barcelona：Tusquets，2013.

———. *Lo anterior*，México：Tusquets，2004.

———. *La cresta de Ilión*，México：Tusquets，2002.

———. *Ningún reloj cuenta esto*，México：Tusquets，2002.

———. *La muerte me da*，Barcelona：Tusquets，2008.

———. *La cresta de Ilión*，México/Barcelona：Tusquets，2002.

———. *Verde Shanghai*，México：Tusquets，2011.

———. *Autobiografía del algodón*，México：Literatura Random House，2020.

———. *El invencible verano de Liliana*，México：Random House，2021.

———. *Dolerse. Textos desde un país herido*. México：Surplus，2015.

——. *Los muertos indóciles. Necroescritura y desapropiación*. México：Tusquets，2013

中文著作文献

埃娃·多曼斯卡:《邂逅:后现代主义之后的历史哲学》,彭刚译,北京:北京大学出版社,2007 年。

爱德华·W. 萨义德:《东方学》,王宇根译,北京:生活·读书·新知三联书店,1999 年。

奥克塔维奥·帕斯:《孤独的迷宫》,赵振江、王秋石等译,北京:燕山出版社,2014 年。

巴特·穆尔-吉尔伯特:《后殖民理论:语境、实践、政治》,陈仲丹译,南京:南京大学出版社,2001 年。

彼得·巴里:《理论入门:文学与文化理论导论》,杨建国译,南京:南京大学出版社,2014 年。

翟晶:《边缘世界:霍米·巴巴后殖民理论研究》,北京:文化艺术出版社,2013 年。

海登·怀特:《话语的转义:文化批评文集》,董立河译,郑州:大象出版社,北京:北京出版社,2011 年。

海登·怀特:《元史学:19 世纪欧洲的历史想象》,陈新译,南京:译林出版社,2013 年。

克利福德·格尔茨:《文化的阐释》,韩莉译,南京:译林出版社,1999 年。

米歇尔·福柯:《疯癫与文明:理性时代的疯癫史》,刘北成、杨远婴译,北京:生活·读书·新知三联书店,2012 年。

米歇尔·福柯：《规训与惩罚：监狱的诞生》，刘北成、杨远婴译，北京：生活·读书·新知三联书店，2007 年。

米歇尔·福柯：《临床医学的诞生》，刘北成译，南京：译林出版社，2001 年。

米歇尔·福柯：《知识考古学》，谢强、马月译，北京：生活·读书·新知三联书店，2003 年。

塞缪尔·亨廷顿：《文明的冲突与世界秩序的重建》，周琪等译，北京：新华出版社，1998 年。

生安锋：《霍米·巴巴的后殖民理论研究》，北京：北京大学出版社，2011 年。

斯蒂芬·格林布拉特：《文艺复兴时期的自我塑造》，吴明波、李三达译，上海：上海文艺出版社，2022 年。

索杰：《第三空间：去往洛杉矶和其他真实和想象地方的旅程》，包亚明主编，陆扬等译，上海：上海教育出版社，2005 年。

王岳川：《后殖民主义与新历史主义文论》，济南：山东教育出版社，1999 年。

西蒙娜·德·波伏瓦：《第二性 II》，郑克鲁译，上海：上海译文出版社，2014 年。

伊莱恩·肖瓦尔特：《她们自己的文学：从勃朗特到莱辛》，韩敏中译，杭州：浙江大学出版社，2012 年。

张京媛主编：《当代女性主义文学批评》，北京：北京大学出版社，1992 年。

张京媛主编：《新历史主义与文学批评》，北京：北京大学出版社，1993 年。

赵稀方：《后殖民理论》，北京：北京大学出版社，2009 年。

中文期刊文献

陈怀凯：《格林布拉特新历史主义的"触摸真实"》，《国外文学》2020 年第
　　2 期。

傅洁琳：《"自我造型"的人类文化行为——格林布拉特"文化诗学"核心
　　理论分析》，《华南师范大学学报（社会科学版）》2010 年第 6 期。

顾明栋，彭秀银：《论文化研究的"去殖民性"转向》，《学术研究》2021 年
　　第 1 期。

顾明栋：《什么是"去殖民性"？ 一种后殖民批评》，《海峡人文学刊》2021
　　年第 1 期。

赖国栋：《创伤、历史叙事与海登·怀特的伦理意识》，《学术研究》2019
　　年第 4 期。

李圣传：《实践"新历史主义"：格林布拉特及其同伴们》，《学术研究》
　　2020 年第 2 期。

吕洋，孙晓喜：《历史与文学的视界融通：海登·怀特"历史转义话语"解
　　读》，《华南师范大学学报（社会科学版）》2015 年第 2 期。

彭秀银，顾明栋：《后殖民批评的"去殖民性"——跨文化研究的一个新
　　趋势》，《中国比较文学》2021 年第 1 期。

盛宁：《历史·文本·意识形态——新历史主义的文化批评和文学批评
　　刍议》，《北京大学学报（哲学社会科学版）》1993 年第 5 期。

陶水平：《"文学的历史性"与"历史的文本性"的双向阐释——试论格林
　　布拉特文化诗学研究的理论与实践》，《江汉论坛》2007 年第 8 期。

王晴佳：《历史等于历史学：海登·怀特治史主旨简述》，《北方论丛》

2020 年第 2 期。

吴震东：《民族志诗学与阐释学文论研究》,《西南民族大学学报（人文社科版）》2017 年第 7 期。

杨梓露：《文学与历史：海登·怀特的转义理论及其效应》,《文艺理论研究》2016 年第 1 期。

姚文放：《文学理论的话语转向与福柯的话语理论》,《社会科学辑刊》2014 年第 3 期。

张珂：《〈爱之痛〉的解析——后现代语境下的历史小说》,《北京第二外国语学院学报》2014 年第 36 期。

张沁园：《〈恰似水之于巧克力〉中属下女性主体意识的构建》,《外国文学研究》2017 年第 39 期。

赵志义：《历史话语的转义与文学性的衍生——评海登·怀特的话语转义学》,《青海师范大学学报（哲学社会科学版）》2012 年第 4 期。

郑书九：《当代拉丁美洲小说发展趋势与嬗变——从"文学爆炸"到"爆炸后文学"》,《外国文学》2012 年第 3 期。

外文文献

Aínsa, Fernando. *La reconstrucción de la utopía*, México: Correo de la UNESCO, 1999.

——. "La reescritura de la historia en la nueva narrativa latinoamericana." *Cuadernos americanos*, 1991, Vol. 28, No. 4, pp. 13 - 31.

Alberca Serrano, Manuel. *El pacto ambiguo: de la novela autobiográfica a la autoficción*. Madrid: Biblioteca Nueva, 2007.

Álvarez, Natalia. "La narrativa mexicana escrita por mujeres desde 1968 a la actualidad." *Tendencias de la narrativa mexicana actual*, José Carlos Gonzáles Boixo (ed.), Madrid: Iberoamericana, 2009, pp. 89 - 122.

Anzaldúa, Gloria. *Borderlands/La Frontera: The New Mestiza*. San Francisco: Aunt Lute Books, 1987.

Asensi Pérez, Manuel (ed.); Chakravorty Spivak, Gayatri. *¿ Pueden hablar los subalternos?*, Barcelona: Museu d'Art Contemporani de Barcelona, 2009.

Baudrillard, Jean. *Cultura y simulacro*, Barcelona: Kairós, 1978.

——. *Simulacra and Simulation*, University of Michigan Press, 1994.

Benach, Núria; Albet, Abel. *Edward W. Soja: la perspectiva postmoderna de un geógrafo radical*. Barcelona: Icaria, 2010.

Benmiloud, Karim; Lara-Alengrin, Alba (coords.). *Tres escritoras mexicanas: Elena Poniatowska, Ana García Bergua, Cristina Rivera Garza*, PU Rennes, 2014.

Bhabha, Homi K. *El lugar de la cultura*, Buenos Aires: Manantial, 1994.

——. "Culture's In Between." *Artforum*, No. 32, 1993, pp. 167 - 168, 211 - 212.

——. "Unsatisfied: Notes on Vernacular Cosmopolitanism." *Postcolonial Discourses: An Anthology*, Gregory Castle (ed.), Oxford: Blackwell Publishers, 2001, pp. 41 - 74.

Bloom, Harold. *El canon occidental. La escuela y los libros de todas las épocas*. Barcelona: Editorial Anagrama, 1995.

Boullosa, Carmen. "En el nombre del Padre, del Hijo y de los Fantasmas." *Revista Canadiense de Estudios Hispánicos*, 1998, pp. 295 – 305.

——. "La destrucción de la escritura." *Inti. Revista de literatura hispánica*, No. 42, 1995, pp. 215 – 220.

——. "Llanto." *Debate Feminista*, 1992, Vol. 5, pp. 243 – 247.

——. "Más acá de la nación." *Revista de Estudios Hispánicos*, 2012, Vol. 46, No. 1, pp. 55 – 72.

Burke, Jessica. "Renegotiating Colonial Bodies in Historiographic Metafiction: Carmen Boullosa's *Son vacas, somos puercos, Llanto: Novelas imposibles*, and *Duerme*." *L'Érudit Franco-Espagnol: An Electronic Journal of French & Hispanic Literatures*, Vol. 6, 2014, pp. 47 – 59.

Butler, Judith. *Gender trouble: Feminism and the Subversion of Identity*. New York: Routledge, 2002.

——. "Performative Acts and Gender Constitution: An Essay in Phenomenology and Feminist Theory." *Theatre Journal*, Vol. 40, No. 4, 1988, p. 519 – 531.

Cantero Rosales, María Ángeles. *El " Boom femenino " hispanoamericano de los años ochenta. Un proyecto narrativo de "ser mujer"*. Granada: Universidad de Granada, 2004.

Carballo, Emmanuel. *Historia de las letras mexicanas en el siglo XIX*. Guadalajara: Universidad de Guadalajara-Xalli, 1991.

Carrillo Juárez, Carmen Dolores. "*Lo anterior* de Cristina Rivera Garza: novela como inquisición ficcionalizada." *Narrativas*, Julio-Septiembre 2009, No. 14, pp. 3 - 12.

———. "De la utopía franciscana a la utopía dialógica en Cielos de la Tierra." *En-claves del pensamiento*. 2015, Vol. 9, No. 17, pp. 51 - 68.

Castro-Gómez, Santiago; Grosfoguel, Ramón (coords.). *El Giro decolonial: reflexiones para una diversidad epistémica más allá del capitalismo global*, Bogotá: Siglo del Hombre, 2007.

Castro, Maricruz; Palaisi-Robert, Marie-Agneès (coord.), *Narradoras mexicanas y argentinas: siglos XX - XXI: antología crítica*, París: Mare & Martin, 2011.

Colmeiro, José F. *La novela policiaca española: teoría e historia crítica*. Barcelona: Anthropos, 1994

Coria Sánchez, Carlos M. *Ángeles Mastretta y el feminismo en México*. México D. F: Plaza y Valdés Editores, 2010.

Coronil, Fernando. "Listening to the Subaltern: The Poetic of Neocolonial States." *Poetics Today*, Vol. 15, No. 4, Duke University Press, 1994, pp. 643 - 658.

Cosío Villegas, Daniel (coords.). *Historia moderna de México III. La vida social*, México-Buenos Aires: Hermes, 1955.

———. *Historia moderna de México I. La vida política*, México-Buenos Aires: Hermes, 1955.

———. *Historia mínima de México*, México: El colegio de

México，1973.

De Beer，Gabriella. *Escritoras mexicanas contemporáneas: cinco voces*，México：FCE，1996.

Domenella，Ana Rosa（coord.）. *Territorio de leonas: cartografía de narradoras mexicanas en los noventa*，México：Universidad Autónoma Metropolitana，2001.

——. "Escritura，historia y género en veinte años de novela escrita por mujeres." *Revista de Literatura Mexicana Contemporánea*，Vol. 1，No. 2，1996，pp. 7 - 23.

Domenella，Ana Rosa；Pasternac，Nora（eds.）. *Las voces olvidadas: Antología crítica de narradoras mexicanas nacidas en el siglo XIX*，El Colegio de México，1997.

Dröscher，Barbara；Rincón，Carlos（eds.）. *Acercamientos a Carmen Boullosa. Actas del simposio "Conjugarse en infinitivo"-la escritora Carmen Boullosa"*，Berlin：edition tranvía/Verlag Walter Frey，1999.

Edgardo Lander（ed.）. *La colonialidad del saber: eurocentrismo y ciencias sociales. Perspectivas Latinoamericanas.* Buenos Aires：Clacso，2005.

Emily，Hind. *Entrevistas con quince autoras mexicanas*，Madrid：Iberoamericana，2003.

Estrada，Oswaldo. *Ser mujer y estar presente. Disidencias de género en la literatura mexicana contemporánea.* Textos de Difusión Cultural，México：Coordinación de Difusión Cultural，Dirección de

Literatura, UNAM, 2014.

——. *Troubled Memories: Iconic Mexican Women and the Traps of Representation*. SUNY, 2018.

Fanon, Frantz. *The Wretched of the Earth*. New York: Grove Press, 1963.

Finnegan, Nuala; Lavery, Jane Elizabeth (ed.). *The "Boom Femenino" in Mexico: Reading Contemporary Women's Writing*, Newcastle upon Tyne: Cambridge Scholars, 2010.

Foucault, Michel. *Microfísica del poder*. Julia Varela and Fernando Alvarez-Uría(transl.), Madrid: La Piqueta Seseña, 1980.

——. *The Order of Things: An archaeology of the human sciences*. London and New York: Routledge, 2005.

Frye, Northrop. *Anatomy of Criticism: Four Essays*, Princeton University Press, 1957.

Fuentes, Carlos. *Gringo Viejo*. México: FCE, 1985.

Gac-Artigas, Priscilla. "Carmen Boullosa y los caminos de la escritura." *Escritoras mexicanas del siglo XX*. Vol. XII Colección Tema y variaciones de Literatura. Vicente Francisco Torres Medina (ed.), México: Universidad Autónoma Metropolitana, 1999: 267 – 280.

García Barragán, María Guadalupe. *Narrativa de autoras mexicanas. Breve reseña y bibliografía 1900 – 1950*. Guadalajara: Universidad de Guadalajara, 2002.

Giardiello, Giannina Reyes; Pérez, Oscar A. "Nuevas aproximaciones a las escritoras de la Generación de Medio Siglo: una introducción."

Humanística. Revista de Estudios Críticos y Literarios. 2021，pp. 23 – 33.

Giddens，Anthony. *Modernity and Self-Identity.* Cambridge：Polity Press，1991.

Glantz，Margo. "Mi escritura tiene..." *Revista Iberoamericana*，Pittsburgh，No. 132 – 133，1985，pp. 475 – 478.

Gutiérrez de Velasco，Luzelena（coord.）. "La narrativa escrita por mujeres. treinta años（1980 – 2010）." *Los grandes problemas de México. Relaciones de género. T – VIII*，México：Colegio de México，2010，pp. 251 – 272.

Hind，Emily. *Entrevistas con quince autoras mexicanas.* Madrid：Iberoamericana/Vervuert，2003.

——. *La generación XXX: Entrevistas con veinte escritores mexicanos nacidos en los 70. De Abenshushan a Xoconostle.* México：Eón，2013.

Hooks，Bell. *Feminist Theory: From Margin to Center.* Boston：South End Press，1984.

——. *Yearning: Race，Gender，and Cultural Politics*，Boston：South End Press，1990.

Huntington，Samuel P. *The Clash of Ciuilizatilns and the Remaking of World Order*，New York：Simon & Schuster，1997.

Hutcheon，Linda. *A Poetics of Postmodernism*，New York：Routledge，1988.

——. "Historiographic Metafiction Parody and the Intertextuality of

History. " *Intertextuality and Contemporary American Fiction.* O'Donnell, P. , and Robert Con Davis (eds.). Baltimore: Johns Hopkins University Press, 1989, pp. 3 – 32.

Irigaray, Luce. *Ética de la diferencia sexual.* Agnès González Dalmau and Àngela Lorena Fuster Peiró (transl.), Castellón: Ellago Ediciones, 2010.

——. *This Sex Which Is Not One.* Catherine Porter and Carolyn Burke (transl.) Ithaca: Cornell University Press, 1985.

Jaiven, A. L. "Emergencia y trascendencia del Neofeminismo. " *Un fantasma recorre el siglo. Luchas feministas en México 1910 – 2010* , G. Espinosa Damián and A. Jaiven (eds.), 2013, pp. 149 – 180.

Lavery, Jane Elizabeth. *Ángeles Mastretta: textual multiplicity* , Woodbridge: Tamesis Books, 2005.

Lefebvre, Henri. *Tiempos equívocos* , Barcelona: Kairos, 1976.

Lefebvre, Henri. *La producción del espacio* , Madrid: Capitán Swing, 2013.

Linhard, Tebea Alexa. " Una historia que nunca será la suya: feminismo, poscolonialismo y subalternidad en la literatura femenina mexicana. " *Escritor* , *Revista del Centro de Ciencias del Lenguaje* , No. 25 , 2002, pp. 135 – 156.

López González, Aralia. "Narradoras mexicanas: utopía creativa y acción. " *Literatura Mexicana (UNAM)* , Vol. 2, No. 1, 1991, pp. 89 – 107.

——. "Quebrantos, búsquedas y azares de una pasión nacional（dos décadas de narrativa mexicana: 1970 – 1980）." *Revista Iberoamericana（Pittsburgh）*, Vol. 59, No. 164 – 165, julio-diciembre de 1993, pp. 659 – 685.

López Muñoz, Irma. *El boom de la narrativa femenina de México: su aporte social y sus rasgos literarios. Cuadernos de la Corregidora*, No. 4, Western Michigan University, 2005.

Madrid Moctezuma, Paola. "(Re)lecturas de la historia en las escritoras mexicanas del siglo XX." *Líneas actuales de investigación literaria: estudios de literatura hispánica*, 2004, pp. 619 – 628.

——. "Cuando ellas dicen no: rebelión e identidad femenina en la narrativa de la revolución mexicana escrita por mujeres." *Nuestra América*, No. 1, 2006, pp. 55 – 67.

——. "Las narraciones históricas de Carmen Boullosa: el retorno de Moctezuma, un sueño virreinal y la utopía de futuro." *América sin nombre*, No. 5 – 6, 2004, pp. 138 – 146.

Manickam, Samuel. "La ciencia ficción mexicana（1960 – 2000）." *Historia de la ciencia ficción latinoamericana*, 2021, pp. 311 – 346.

Mastretta, Ángeles. "Con la precisión del arrebato." *NEXOS*, No. 112, pp. 5 – 8.

Mattalía, Sonia. "Historia de la Un «invisible collage»: la narrativa de mujeres en América Latina." *Historia de la literatura hispanoamericana III: SIGLO XX*, Trinidad Barrena（coord.）,

Madrid: Cátedra, 2008, pp. 147–166.

McClintlock, Anne. *Imperial Leather: Race, Gender and Sexuality in the Colonial Context*. London and New York: Routledge, 1995.

Mchale, Brian. *Postmodernist Fiction*. New York: Londo, Methuen, 1987.

Melgar Pernías, Yolanda. *Los Bildungsromane femeninos de Carmen Boullosa y Sandra Cisneros: mexicanidades, fronteras, puentes*, Woodbridge: Tamesis Books, 2011.

Melgar Pernías, Yolanda. *Los Bildungsromane femeninos de Carmen Boullosa y Sandra Cisneros: mexicanidades, fronteras, puentes*. Woodbridge: Tamesis Books, 2012.

Menton, Seymour. *La nueva novela histórica de la América Latina, 1979–1992*. México: Fondo de cultura económica, 1993.

Mignolo, Walter. *La idea de América Latina: la herida colonial y la opción decolonial*. Barcelona: Gedisa, 2007.

Molina Sevilla de Morelock, Ela. *Relecturas y narraciones femeninas de la Revolución Mexicana: Campobello, Garro, Esquivel y Mastretta*, Woodbridge: Tamesis, 2013.

Monsiváis, Carlos. "Notas sobre la cultura mexicana en el siglo XX." *Historia general de México*. México: El Colegio de México, Vol. 2, 1994, pp. 1375–1548.

Muñiz-Húberman, Angelina. *El juego de escribir*, México: UNAM/ Corunda, 1991.

Ortega, Julio. "Fabulaciones de Carmen Boullosa." *CELEHIS: Revista*

del Centro de Letras Hispanoamericanas，1992，No. 2，pp. 145 –
157.

——. "La identidad literaria de Carmen Boullosa." *Texto Crítico.*
Nueva época，enero-junio，No. 10，2002，pp. 139 – 144.

——. "La literatura mexicana y la experiencia comunitaria." *Revista*
Iberoamericana，1989，Vol. 55，No. 148 – 149，pp. 605 – 611.

Osorio T.，Nelson. *Las letras hispanoamericanas en el siglo XIX.*
Universidad de Alicante，2000.

——. "Ficción de oralidad y cultura de la periferia en la narrativa
mexicana e hispanoamericana actual." *Literatura mexicana hoy:*
del 68 al ocaso de la revolución，Karl Kohut（ed. ），Frankfurt：
Vervuert，1995，pp. 243 – 252.

Palaisi，Marie-Agnès. "Cristina Rivera Garza：nuevas voces revolucionarias."
1910: México entre dos épocas，México：Colegio de México，2014，
pp. 397 – 408.

Park，Jungwon. "Manicomio y locura：revolución dentro de la Revolución
Mexicana en *Nadie me verá llorar* de Cristina Rivera Garza."
Anclajes，Vol. 17，No. 1，2013，pp. 55 – 72.

Paul，Herman. *Hayden White: The Historical Imagination.*
Cambridge（GB）：Polity Press，2011.

Paz，Octavio. *El laberinto de la soledad.* Enrico Mario Santí（ed. ），
Madrid：Cátedra，2015.

Pellón，Gustavo. "La novela hispanoamericana de 1975 a 1990."
Historia de la literatura hispanoamericana II: el siglo XX，

Roberto Gonzáles Echevarría and Enrique Pupo-Walker (eds.), Madrid: Gredos, 2006, pp. 295 - 317.

Perkowska, Magdalena. *Historias híbridas: la nueva novela histórica latinoamericana*, 1985 - 2000, *ante las teorías posmodernas de la historia*. Madrid: Iberoamericana Editorial Vervuert, 2008.

Pettersson, Aline. *De cuerpo entero*, México: UNAM, 1990.

Pfeiffer, Erna (ed.). *Exiliadas, emigrantes, viajeras: encuentros con diez escritoras latinoamericanas*. Madird: Iberoamericana Vervuert, 1995.

——. "El desencantamiento de utopías patriarcales en la escritura histórica de autoras latinoamericanas: Camen Boullosa, Antonieta Madrid, Alicia Kozameh." *La novela latinoamericana entre historia y utopía*, Katholische Universität Eichstätt, Sonja M. Steckbauer (ed.), 1999, pp. 106 - 121.

——. "Las novelas históricas de Carmen Boullosa: ¿una escritura posmoderna?" *Narrativa Femenina en América Latina: prácticas y perspectivas teóricas*, Madrid: Iberoamericana, 2003, pp. 259 - 275.

——. "De Tenochtitlán a la Ciudad de México: escenarios de transición en las novelas de Carmen Boullosa." *Las ciudades en las fases transitorias del mundo hispánico a los Estados nación: América y Europa (siglos XVI - XX)*, José Miguel Delgado Barrado, Ludolf Pelizaeus, María Cristina Torales Pacheco (eds.), Madrid: Iberoamericana; Frankfurt am Main: Vervuert; México, D. F. :

Bonilla Artigas Editores，2014，pp. 225 – 233.

Pons，María Cristina. *Memorias del olvido: Del Paso，García Márquez，Saer y la novela histórica de fines del siglo XX*，México： siglo XXI，1996.

Rama，Ángel. *Transculturación narrativa en América Latina*. México： Siglo Veintiuno，1982.

Rincón，Carlos. "Modernidad periférica y el desafío de lo postmoderno： perspectivas del arte narrativo latinoamericano. " *Revista de crítica literaria latinoamericana*，Vol. 15，No. 29，1989，pp. 61 – 104.

Ruffinelli，Jorge. "Los 80： ingreso a la posmodernidad?" *Nuevo texto crítico*，Año III，No. 6. California： Stanford University，1990，pp. 31 – 42.

Salvador Jofre，Álvaro. "El otro boom de la narrativa hispanoamericana： Los relatos escritos por mujeres en la década de los ochenta. " *Revista de Crítica Literaria Latinoamericana*，No. 41，1995，pp. 165 – 175.

Sefchovich，Sara. *Mujeres en espejo. Narradoras latinoamericanas，siglo XX*，México： Folios Ediciones，1985.

Seydel，Ute. *Narrar Historia（s）: La ficcionalización de temas históricos por las escritoras mexicanas. Elena Garro，Rosa Beltrán y Carmen Boullosa*. Madrid： Iberoamericana/Vervuert，2007.

——. "La construcción de la memoria cultural. " *Acta Poética*，Vol. 35，No. 2，Mística en la literatura contemporánea，Universidad Autónoma de México，julio-diciembre，2014，pp. 187 – 214.

Showalter, Elaine. *A Literature of Their Own: British Women Novelists from Brontëto Lessing*. Princeton: Princeton University Press, 1977.

Spivak, Gayatri. *A Critique of Postcolonial Reason. Toward a History of the Vanishing Present*. Boston: Harvard University Press, 1999.

Stavans, Ilan. *Antiheroes: Mexico and Its Detective Novel*. Madison, NJ: Fairleigh Dickinson UP, 1997.

Suárez Briones, Beatriz (eds.). *Escribir en femenino. Poéticas y políticas*. Barcelona: Icaria, 2001 (Mujeres y Culturas, 5).

Trejo Fuentes, Ignacio. "La novela mexicana de los setenta y ochenta. " *Revista Fuentes Humanísticas*, Vol. 1, No. 1, 1990, pp. 5 – 14.

White, Hayden. *Tropics of Discourse: Essays in Cultural Criticism*. Baltimore: Johns Hopkins University Press, 1978.

——. *The practical past*. Illinois: Northwestern University Press, 2014.

后

记

　　本书是以我的博士论文为基础修改完成的。当时的论文题目是"记忆与反抗：安赫莱斯·玛斯特尔塔、克里斯蒂娜·里维拉·加尔萨和桑德拉·西斯内罗斯小说研究"。主要从重写历史的角度对墨西哥两位女作家和一位奇卡纳作家以及各自的代表作品《爱之恶》《没有人看见我哭泣》《拉拉的褐色披风》进行研究。这一研究选题的确定，首先基于自己作为一个女性，对女性小说如何反映女性生活有着浓厚的兴趣。在 20 世纪的西班牙语女性小说中，80 年代之后的墨西哥女性小说以其独特性引起了评论界的高度重视，也让我对当代墨西哥妇女现实生活及其在小说中的表现产生了强烈的好奇：她们在男性中心与殖民遗产并存的社会中的生存状况如何？受社会和文化规范约束的女性欲望如何表现？最重要的是，不论是身处墨西哥还是远在边境线另一边的美国，不论是中产阶级白人女性还是属下女性，这些女性如何要求和争取自由的权利并发声？对这些问题的解答要感谢我的博士研究生导师，巴塞罗那自治大学拉丁美洲文学教授，比阿特丽斯·费鲁斯·安东（Beatriz Ferrús Antón）女士。作为女性文学研究专家，她成为我在这条研究道路上的启蒙者和引路人。同时，不论在论文写作过程中，还是我作为研究人员的训练中，她对我的工作都给予了极大的支持和信任，以及激励和耐心指导。

在本书的成稿过程中，照顾到研究主题的统一性，删除了对奇卡纳女作家西斯内罗斯的专题研究，增加了墨西哥另一位女作家卡门·博略萨及其《沉睡》的专题研究。这种增删一方面实现了研究体例的统一，另一方面又使问题研究失去了一个比较的维度，成为一个重要的缺憾。除此之外，受诸多主客观因素的制约，本研究仅选择了三位女作家及其作品进行专题研究，难免存在以点代面、以偏概全的嫌疑。在对三位作家作品的研究中，"记忆"与"反抗"、重写历史与边缘女性自我意识的主题得到凸显，其他方面则有所弱化，这些都是自己深感"不满意"的地方。当然，这些"缺憾"和"不满意"之处，也许为今后进一步研究留下了一定空间。

本研究是在汲取大量前辈和同行已有研究成果的基础上进行的，借此向他们表示感谢！在本书的写作过程中，家人和朋友给予我无私的帮助，成为我完成书稿的重要动力。本书的责任编辑张婷婷女士以她的细致和耐心，最终使书稿得以成形。本书的出版得到华东师范大学人文社会科学青年预研究项目资助。

陈　硕

2024 年 11 月